铜材生产加工丛书

铜合金
型线材加工工艺

刘晓瑭　刘培兴　刘华鼐　编著

化学工业出版社

·北京·

本书先介绍了铜合金型材的各种生产方法、加工原理、加工生产工艺过程和生产设备，包括孔型和孔型系统的基本知识、设计方法；型辊轧制中的塑性加工基础理论、加工工艺、力能计算、设备利装置，以及型材拉伸原理、方法、工艺过程与拉伸设备和工具。接着介绍了铜合金线材和线坯的加工工艺、线材的拉伸加工工艺、设备和工具。

　　本书涵盖了国内外有关铜合金型材和线材的常用加工技术及加工工艺，也汇集了作者多年积累的工作经验，内容丰富，资料翔实，深入浅出，理论联系实际。

　　本书非常适合铜与铜合金生产和加工企业的技术人员使用，同时也可供大专院校冶金、材料及相关专业的师生参考。

图书在版编目（CIP）数据

铜合金型线材加工工艺/刘晓瑭，刘培兴，刘华萧编著. —北京：化学工业出版社，2009.9
（铜材生产加工丛书）
ISBN 978-7-122-06543-8

Ⅰ. 铜…　Ⅱ.①刘…②刘…③刘…　Ⅲ.①铜合金-型材轧制-生产工艺②铜合金-线材轧制-生产工艺　Ⅳ. TG335

中国版本图书馆 CIP 数据核字（2009）第 147970 号

责任编辑：丁尚林　　　　　　　　　　文字编辑：冯国庆
责任校对：宋　玮　　　　　　　　　　装帧设计：关　飞

出版发行：化学工业出版社（北京市东城区青年湖南街 13 号　邮政编码 100011）
印　　装：大厂聚鑫印刷有限责任公司
720mm×1000mm　1/16　印张 14¾　字数 321 千字　2010 年 1 月北京第 1 版第 1 次印刷

购书咨询：010-64518888（传真：010-64519686）　　售后服务：010-64518899
网　　址：http://www.cip.com.cn
凡购买本书，如有缺损质量问题，本社销售中心负责调换。

定　　价：58.00 元

序

铜和铜合金是古老而永远年轻的有色金属。它伴随着中华民族历尽了近五千年的历史沧桑。铜合金的发现和使用技术是我国古代文明史的重要组成部分。据文献记载，在4800年以前我们的先辈就铸造出了铜刀，在龙山文化时期，已经能冶炼铜和铜合金，并掌握了铜合金的铸造、锻造和退火技术，这是最早的塑性加工。蒸汽机出现后铜合金加工生产由手工作坊方式发展成为工厂生产方式。随着社会和科学技术的进步和发展，铜和铜合金加工技术也由半机械化向机械化和自动化发展。20世纪80年代，在铜合金加工理论取得很多新成果的同时，新工艺、新技术和新产品也相继出现。

铜和铜合金在航天、航空、电子、电力、信息、能源、机械、冶金、建筑和交通等领域得到广泛应用。我国铜合金加工产业发展迅速，铜合金材料加工产量居世界首位。铜合金材料的加工技术是控制和改善材料形状、组织、性能及尺寸的主要手段。加工技术的发展和进步，对铜合金新材料的开发研究、应用有着决定性的作用，同时，对改善和提高传统材料的生产和使用性能也具有重要的作用。

为了满足目前铜合金加工技术开发研究和生产的要求，我们不揣冒昧，编写了这套《铜材生产加工丛书》，将铜合金材料从熔炼、铸造到加工成形等工艺做了系统全面的介绍。本丛书搜集了国内外铜合金材料加工领域的专家、学者及工程技术工作者在铜合金材料加工方面所取得的重要研究成果，以及作者在工作中积累的经验，期望使读者系统地了解铜和铜合金塑性加工理论与材料加工生产技术及设备等方面的知识，对铜合金加工工作者提高业务水平有所帮助。

鉴于铜合金加工企业中都是按产品的形状分为板、带、条、箔、管、棒、型、线八类，本丛书分为《铜合金加工基础》、《铜合金熔炼与铸造工艺》、《铜合金板带材加工工艺》、《铜合金管棒材加工工艺》、《铜合金型线材加工工艺》五个分册。各分册既有各自独立的体系，又相互联系，便于读者使用。

编著者

前　言

　　铜合金型材线材是铜合金加工材料的重要组成部分，与其他铜合金材料一样，也是国民经济各部门不可缺少的基础材料，日益显出其重要性。随着社会的进步和科学技术的发展，铜合金型线材生产加工技术的发展和进步越来越受到关注。用于铜合金型线材加工生产的塑性加工方法很多，主要有型辊轧制技术、挤压技术、拉伸技术、铜合金线材的连铸连轧技术等。这些加工技术具有很强的理论性和工艺性。编著者根据在实际工作中积累的经验和国内外铜加工业专家、学者的研究成果，不揣冒昧，编写了此书。本书详尽地介绍铜合金型线材加工工艺，以期通过深入浅出的介绍使读者对深奥的理论和复杂的工艺有一个全面的了解，便于读者理解、掌握和应用这些技术，对读者的实际工作有所裨益。

　　本书分为七章。第一章～第四章介绍了铜合金型材的各种生产方法，分析了加工原理，介绍了加工生产工艺过程和生产设备。其中第一章简介了铜合金型材概念及其分类、生产方案和工艺流程；第二章介绍了孔型和孔型系统的基本知识、孔型设计的步骤和方法；第三章介绍了型辊轧制中的塑性加工基础理论、型辊轧制加工工艺过程、型辊轧制时的力能计算、型辊轧机及辅助设备和装置；第四章介绍了型材拉伸原理、拉伸方法、拉伸加工工艺过程及拉伸设备和工具。第五章～第七章介绍了铜合金线材的加工工艺、铜合金线坯的加工工艺、线材的拉伸加工工艺及线材拉伸的设备和工具。其中第五章介绍了铜合金线坯型辊轧制加工方法及其他方法的特点和适用性、线坯轧制加工工艺、线坯连铸连轧技术和工艺、方法及设备；第六章和第七章介绍了铜合金线材加工工艺流程、线材的各种拉伸技术和设备、拉伸工艺过程、拉伸的主要设备及工具。

　　鉴于编著者学识水平和视野有限，书中难免存在不当之处，敬请铜加工业同行专家、学者和读者予以指正。

编著者

目　　录

第1章　型材概述 ……………………………………………………… 1

1.1　型材的概念和分类 ……………………………………………… 1

1.2　型材生产方案 …………………………………………………… 1

　1.2.1　型辊轧制 ……………………………………………………… 1

　1.2.2　型材拉伸 ……………………………………………………… 2

　1.2.3　型材挤压 ……………………………………………………… 3

1.3　型材坯的加工方法 ……………………………………………… 6

第2章　轧辊的孔型设计 ……………………………………………… 7

2.1　孔型和孔型系统的基础知识……………………………………… 7

　2.1.1　孔型的基本知识 ……………………………………………… 7

　2.1.2　孔型系统的基本知识 ………………………………………… 10

2.2　孔型设计概述 …………………………………………………… 13

　2.2.1　孔型设计的内容和要求 ……………………………………… 13

　2.2.2　孔型设计的程序 ……………………………………………… 13

　2.2.3　孔型在轧辊上的配置 ………………………………………… 16

2.3　孔型设计 ………………………………………………………… 18

　2.3.1　延伸孔型系统设计 …………………………………………… 18

　2.3.2　成品孔型系统设计 …………………………………………… 29

　2.3.3　无孔型型材轧制法及其孔型设计 …………………………… 33

第3章　型材的型辊轧制加工工艺 …………………………………… 37

3.1　实现型辊轧制过程的条件——咬入条件 ……………………… 37

3.2　型辊轧制时的变形 ……………………………………………… 39

　3.2.1　型辊轧制时变形的不均匀性 ………………………………… 39

　3.2.2　压下 …………………………………………………………… 39

　3.2.3　延伸 …………………………………………………………… 42

　3.2.4　型辊轧制时的宽展 …………………………………………… 42

3.3　型辊轧制时轧制力和电机功率的计算 ………………………… 44

　3.3.1　轧制力的计算 ………………………………………………… 44

　3.3.2　轧件温降的计算 ……………………………………………… 48

　3.3.3　道次电机功率的计算 ………………………………………… 49

3.4 型材轧制生产的加工工艺 ………………………………………………… 51

    3.4.1 型材轧制的锭坯和坯料 ………………………………………… 51

    3.4.2 型材轧制时的工艺参数 ………………………………………… 52

    3.4.3 型材轧制注意事项 ……………………………………………… 57

3.5 型材轧制的典型孔型系统举例 ……………………………………… 58

    3.5.1 紫铜小型材坯轧制典型孔型系统举例 ……………………… 58

    3.5.2 铜合金型材坯轧制典型孔型系统举例 ……………………… 58

3.6 型材轧制时的废品 …………………………………………………… 59

3.7 型材轧机及其附属装置和辅助设备 ………………………………… 60

    3.7.1 型材轧机 …………………………………………………………… 60

    3.7.2 轧辊 ………………………………………………………………… 65

    3.7.3 粗轧机的机械化装置 …………………………………………… 66

    3.7.4 活套沟 …………………………………………………………… 68

    3.7.5 导卫装置 ………………………………………………………… 69

    3.7.6 围盘 ……………………………………………………………… 73

    3.7.7 型材轧机的调整 ………………………………………………… 80

    3.7.8 型材轧机的辅助设备 …………………………………………… 81

第4章 铜合金型材的拉伸加工工艺 ……………………………………… 84

4.1 拉伸的理论基础 ……………………………………………………… 84

    4.1.1 拉伸的基本概念 ………………………………………………… 84

    4.1.2 实现拉伸过程的基本条件 ……………………………………… 89

    4.1.3 拉伸时的应力与变形 …………………………………………… 90

    4.1.4 拉伸力和拉伸应力 ……………………………………………… 91

4.2 型材拉伸加工方法 …………………………………………………… 97

    4.2.1 空拉 ………………………………………………………………… 98

    4.2.2 固定短芯头拉伸 ………………………………………………… 98

    4.2.3 长芯杆拉伸 ……………………………………………………… 98

    4.2.4 游动芯头拉伸 …………………………………………………… 98

4.3 型材的拉伸工艺 ……………………………………………………… 98

    4.3.1 型材的拉伸配模 ………………………………………………… 98

    4.3.2 异形管材拉伸配模 ……………………………………………… 104

    4.3.3 型材拉伸加工工艺 ……………………………………………… 105

4.4 型材拉伸时的质量控制及废品 ……………………………………… 111

    4.4.1 拉伸制品的质量 ………………………………………………… 111

    4.4.2 拉伸制品质量控制 ……………………………………………… 111

    4.4.3 拉伸废品 ………………………………………………………… 112

4.5 铜合金型材拉伸时的主要设备和工具 ……………………………… 112

    4.5.1 拉伸机 …………………………………………………………… 113

4.5.2 热处理设备——退火炉 ……………………………… 115
4.5.3 酸洗设备 …………………………………………… 119
4.5.4 制夹头设备 ………………………………………… 119
4.5.5 矫直机 ……………………………………………… 120
4.5.6 锯切设备 …………………………………………… 121
4.5.7 型材拉伸的工具 …………………………………… 121

第5章 铜与铜合金线坯加工工艺 ………………………… 126
5.1 线坯的加工方法、特点和适用性 ……………………… 126
5.2 线坯轧制加工工艺 …………………………………… 127
5.3 线坯连铸连轧技术和工艺 …………………………… 128
5.3.1 无氧铜线坯连铸连轧加工新技术 …………………… 128
5.3.2 低氧光亮铜线坯连铸连轧生产技术 ………………… 133
5.3.3 紫杂铜连铸连轧生产低氧光亮铜线坯技术 ………… 139

第6章 铜合金线材的拉伸加工工艺 ……………………… 145
6.1 概述 …………………………………………………… 145
6.1.1 线材的分类 ………………………………………… 145
6.1.2 线材生产方案 ……………………………………… 145
6.1.3 实现线材拉伸的条件 ……………………………… 146
6.2 线材的拉伸方法 ……………………………………… 147
6.2.1 单模拉伸和多模拉伸 ……………………………… 147
6.2.2 带滑动的连续式多模拉伸 ………………………… 147
6.2.3 无滑动的连续式多模拉伸 ………………………… 149
6.2.4 无滑动积蓄式多模拉伸 …………………………… 150
6.2.5 多线多模连续拉伸 ………………………………… 151
6.2.6 线材连续拉伸方法的比较 ………………………… 151
6.3 拉伸配模 ……………………………………………… 151
6.3.1 线材拉伸配模的方法 ……………………………… 151
6.3.2 拉伸圆线时的配模 ………………………………… 153
6.3.3 拉伸型线时的配模 ………………………………… 158
6.3.4 铜合金线的配模方案 ……………………………… 160
6.4 线材拉伸的加工工艺 ………………………………… 161
6.4.1 线材拉伸的坯料 …………………………………… 161
6.4.2 线材拉伸工序 ……………………………………… 161
6.5 线材拉伸加工的废品 ………………………………… 184
6.6 线材加工新工艺和新技术 …………………………… 186
6.6.1 用超微连轧机制线的新工艺 ……………………… 186
6.6.2 压力模拉伸铜线新工艺 …………………………… 187
6.6.3 细线的静液压挤出拉伸线工艺 …………………… 188

6.6.4 其他拉线新工艺 ………………………………………… 189

第7章 铜合金线材拉伸的主要设备和工具 …………………… 192

7.1 线材拉伸机及其辅助设备 ………………………………… 192

7.1.1 线材拉伸机 ……………………………………………… 192

7.1.2 拉伸机的辅助设备 ……………………………………… 199

7.2 线材拉伸生产辅助设备 …………………………………… 204

7.2.1 热处理炉 ………………………………………………… 204

7.2.2 酸洗设备 ………………………………………………… 206

7.2.3 供给润滑剂的装置 ……………………………………… 207

7.3 拉伸工具及其设计和加工 ………………………………… 208

7.3.1 拉模材料和各部位的参数 ……………………………… 208

7.3.2 金刚石模的设计和加工 ………………………………… 209

7.3.3 硬质合金模的设计和加工 ……………………………… 214

7.3.4 型模加工 ………………………………………………… 220

7.3.5 扒皮模及其加工 ………………………………………… 221

7.3.6 模子的质量检查 ………………………………………… 222

附录1 直径 0.010～0.095mm 的铜及铜合金线材的横断面积及质量 …… 224

附录2 直径 0.10～20.00mm 的铜及铜合金的横断面积及质量 ………… 225

参考文献 ……………………………………………………… 228

第1章

型材概述

1.1 型材的概念和分类

凡横断面为非圆形的、几何形状的、实心或空心的铜合金加工制品称为铜合金型材。

按照制品的横断面形状分为空心型材和实心型材或简单断面型材和复杂断面型材，也可分为三角形型材、方形型材、六角形型材、矩形型材、扇形型材。异形管材属于空心型材，异形棒材属于实心型材。按照制品的成分分为纯铜型材、黄铜型材、青铜型材、白铜型材等。按照用途分为矩形波导管、空调管、内螺纹管、散热管、冷凝管、铜排、电车线、整流子等。

1.2 型材生产方案

通常型材生产是采用挤压、型轧、连铸的加工方法生产的坯料，通过拉伸获得所需形状和尺寸的型材。型材生产方案如图 1-1 所示。

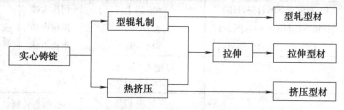

图 1-1 铜合金型材加工生产方案

1.2.1 型辊轧制

通常在单一的型材生产时，其坯料多是采用型辊轧制的加工方法。型辊轧制是一种塑性加工方法，它是用一对型辊轧制的方法来加工生产各种棒材、型材和线坯。型辊轧制的加工过程是将加热到一定温度的锭坯，通过轧辊上的孔型轧制变形，从而获得各种断面形状、尺寸精确的制品。在铜及其合金的型辊轧制加工中，主要是生产简单断面的型材和线坯，一部分制品可作为成品供用户使用，大部分是用作拉伸加工的坯料。

型辊轧制的基本原理和板材轧制（平辊轧制）的原理是相同的。只是型辊轧制时轧件的变形受到孔型（轧槽）的限制，宽展为限制展宽或强迫展宽（视孔型结构而异）。

1.2.1.1 型材轧制的产品

对铜及铜合金的型材轧制而言，其产品基本上是拉伸加工工序的坯料，只有一少部分圆棒材和扁材直接供给用户使用。铜及其合金型材轧制的部分产品列于表1-1中。

表 1-1 铜及铜合金的型材轧制产品

制　品	金属及合金牌号	直径及断面/mm	轧件用途
热轧盘条 （线坯）	T1 H80,H68,H62,HPb59-1 QMn5,QCd1 QBe2,QCr0.5 QSi3-1,QSn4-3 B0.6,B19 BZn15-20,BMn3-12 BMn40-1.5 BMn43-0.5	$\phi 7 \sim 15$	以盘卷状交货，拉线生产
热轧小型材	T1 T1,H80,H68,H62 QBe2.0,B0.6,B19 B30 QCd0.5,BMn40-1.5	矩形(6~12)×(10~22) 梯形 $\phi 10 \sim 20$ 矩形(6~12)×(10~22)	矩形铜线卷坯 整流排坯料 棒坯 矩形窄卷带
热轧中型型材	T1,H62,QSi3-1 QSn4-3,B19 T1,H62,QSi3-1 T1,H62,QSi3-1 T1	$\phi 20 \sim 45$ 方形 20~40 六角形 20~40 矩形(6~8)×(50~105) 矩形(6~15)×(50~105) 梯形	拉制 $\phi 40$mm 以下圆棒 拉制 36mm 以下方棒 拉制 36mm 以下六角棒 用作卷带带材 用作矩形扁线（母线） 用作整流排
热轧棒材	T1,H96,H80,H68,H62 HPb59-1,HSn60-1,QSi3-1 QSn4-3,BZn15-20	$\phi 60$ 以上 $\phi 27 \sim 60$ $\phi 14 \sim 26$	用作大棒 用作中棒 用作小棒 用作切削加工成各种仪表和机器用的零件
扁坯		厚度 4.5~18, 宽度 12~140	
异型断面型材	QSn6.5-0.4		一般热态轧制。不适于热轧生产的可采用冷轧法制得以供拉线

1.2.1.2 型材轧制的工艺流程

铜及其合金棒、型、线型材轧制生产的工艺流程如下。

锭坯 → 加热 → 热轧 → 收料 → 剪切 → 检验 → 包装入库

1.2.2 型材拉伸

拉伸是最常见的金属塑性加工方法之一。拉伸过程是金属在拉伸力的作用下，通过断面逐渐减小的模孔拉制成圆形或异型断面制品的加工过程。在拉伸过程中，坯料的横断面减小而长度增加。

拉伸的主要工具是拉伸模。拉伸使用的坯料是挤压、轧制的。拉伸一般是在冷状态下进行的。用拉伸方法能生产其他加工方法不能达到的尺寸精确、形状复杂的管材、棒材和型材制品。它可以消除坯料表面上的凹坑、歪扭、弯曲、划伤及其他缺陷，改善制品的外观质量。

1.2.2.1 型材拉伸的特点

（1）由于拉伸过程通常是在冷态下进行的，使用的模具是由硬度高、耐磨性好的材料经过精密加工制成的，因而所获得的拉伸制品表面光洁、尺寸精确。例如拉制的波导管，其内表面粗糙度可达到 $R_a 0.4\mu m$，尺寸公差达到正负百分之几毫米。

（2）拉伸时更换模具方便，生产灵活性大，所以拉伸制品的品种、规格多。它可以生产直径在 0.04mm，长度达千米以上极细的线材，也可生产直径为 350mm 的大直径管材。至于异型断面的偏心管、外方（矩）内圆管、空心导线等，一般都要通过拉伸才能满足用户对制品品种和规格的要求。

（3）在拉伸变形过程中金属的冷作硬化大，故拉出后的制品力学性能好。在变形量足够大的情况下，拉伸制品的力学性能约比挤压坯料增加 0.5～1.0 倍。

（4）拉伸工艺、工具、设备比较简单，维护方便，操作也不复杂，生产效率高。

（5）拉伸时用于克服摩擦所消耗的能量较多，大约占总能量的 60% 以上。拉伸道次加工率小，两次退火间的总变形量不够大，这就增加了拉伸道次和退火次数。

为了减少和克服上述缺点，在生产中采用硬质合金作为拉伸模具的材料；精心设计和加工模孔；采用游动芯头和强制润滑拉伸；使用辊式拉模和旋转拉模；对模子、芯头施以超声波振荡等方法，使拉伸力减小，道次加工率增加，同时也减少了能量的消耗，延长了工具的使用寿命。

1.2.2.2 型材拉伸的工艺流程

型材拉伸是型材生产工艺中最后一道加工工序。坯料在拉伸过程中要进行中间退火、酸洗处理、制夹头/切头切尾、锯切、扒皮等辅助工序。最终拉伸后的制品还要进行精整或成品退火，最后经过检验合格后才能称为成品。空心型材拉伸工艺流程如图 1-2 所示，实心型材拉伸工艺流程如图 1-3 所示。

1.2.3 型材挤压

铜合金型材挤压是把加热到一定温度的铸锭放进挤压机的挤压筒中，挤压机的挤压力通过挤压轴、垫片作用于铸锭上，迫使合金通过挤压模流出，从而获得所需的形状、尺寸和性能的型材成品。铜合金型材坯的热挤压加工法也是一种常用的坯料加工方法。与型辊轧制法相比，热挤压加工法具有很多优点。

用热挤压法加工的型材绝大部分是作为拉伸工序的坯料，只有少数的制品（多为复杂断面的型材）作为成品供应用户使用。

按挤压坯料相对挤压筒的运动特点分为正向挤压、反向挤压和联合挤压。按挤压型材的类型可分为实心型材挤压、空心型材挤压和沿型材长度方向断面变化的实心型材挤压等。

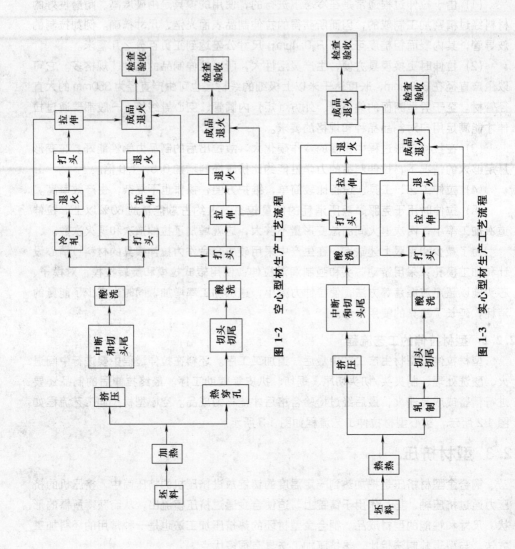

图 1-2 空心型材生产工艺流程

图 1-3 实心型材生产工艺流程

1.2.3.1　实心型材挤压

实心型材通常采用正向挤压和反向挤压两种方法。

（1）实心型材正向挤压的特点

① 由于型材与坯料之间缺乏相似性，金属的流动不具备挤压圆棒时的完全对称性。

② 型材各部分的金属流动受到比周长的影响。所谓比周长是指把型材横断面假想分为几部分后，各部分面积上的周长与该面积的比值。

由于上述两种原因，使得型材各部分所得的金属供应量不同，加之型材各部分受模子工作带的摩擦阻力也不同，因而造成正挤压型材时变形不均匀。这样型材出模孔后往往发生弯曲和变形。

为了减少由于型材不均匀变形产生的弯曲和变形，应尽量避免型材各部分金属流出模孔速度不等的现象。目前采用的措施主要是合理设计挤压模，适当控制速度或者型材出模后进入导路。

（2）实心型材反向挤压的特点　反向挤压时，位于死区处的金属与挤压筒有相对滑动，其他部分的金属与挤压筒并不发生相对滑动。因此摩擦力对反向挤压的影响小。塑性变形区仅集中在模口附近，塑性变形区的最大高度为挤压筒内径的一半；而死区的高度约为挤压筒内径的 1/8~1/4。反向挤压时，锭坯未变形部分受到三向等压应力的作用。反向挤压由于变形区小，金属流动均匀，因此使挤压缩孔和压余少，制品力学性能也较均匀。反向挤压的制品力学性能较正向挤压低，表面质量较正向挤压差。

1.2.3.2　空心型材挤压

（1）空心型材正向挤压的特点　空心型材在正向挤压时，由于型材各部分所受的摩擦阻力不同，致使其各部分的流出速度非常不均匀。这常引起型材的翘曲、破裂，不能充满模孔，使芯棒位置偏移，从而改变了型材的尺寸。因此，在正向挤压空心型材时需采取有效措施。

（2）空心型材的挤压方法　根据空心型材的外形、孔腔的数目及尺寸、形状、孔腔对型材断面中心位置的非对称分布程度以及其他因素，可采用如下两种方法挤压空心型材。

① 穿孔针型材挤压法　此法可对空心和实心锭坯进行挤压。当采用实心锭坯时，在挤压前要先进行穿孔。这种方法挤出的空心型材无接缝。不过此法只能生产断面形状简单的空心型材和孔腔较大的异形断面型材。

② 组合模焊合挤压　此法只适合用于焊接性优良的铜合金，大多数铜合金不适于用此法生产。这种方法可以生产横断面形状复杂的空心型材，但是挤出的空心型材有接缝。

上述两种方法中金属流动的特点都与圆棒挤压有很大的不同。在用带穿孔针的挤压机上挤压实心锭坯或空心锭坯时，金属流动不仅受到挤压筒与模端面的摩擦阻力，还受到穿孔针的摩擦阻力。从而使金属的流动较均匀。用组合模挤压时，由于金属受到分流桥的阻滞，也使内外层金属流动速度均匀。

（3）空心型材反向挤压的特点　在生产大直径（约300mm以上）空心型材时采用反向挤压法或联合挤压法，而在生产带底的薄壁空心型材时用冲击挤压法。上述三种方法均属反向挤压法。

反向挤压时，金属的变形区很小，只集中在出口间隙处，变形区的高度随变形程度或延伸系数增加而减少，流动较均匀。锭坯表面缺陷仍出现在空心型材表面。

1.2.3.3　变断面实心型材挤压

铜合金变断面型材的断面大小和形状沿其长度方向上的分布是不一样的，其中有的是连续变化的，称为"逐渐变断面型材"，有的是非连续变化的，称为"阶段变断面型材"，亦或是两种形式的结合。

变断面实心型材有如下几种挤压方法。

① 用几套可拆卸的挤压模分步挤压基本型部分和大头部分的方法，用单独的挤压模挤压型材各个断面，每个挤压阶段结束后更换挤压模。

② 采用异型挤压筒的挤压法。挤压断面形状简单且长度不大的型材大头部分时，可在挤压筒内孔的横断面形状与型材大头部分的横断面形状相同的挤压筒内进行挤压。

③ 逐渐变断面实心型材挤压。逐渐变断面实心型材主要采用带活动件的挤压模的挤压方法来挤压。挤压模的活动件在挤压过程中沿径向移动，利用仿形导向装置保证挤压模的活动件的移动，导向装置与挤压机的前机架相连接。

实心型材的挤压工艺流程、工艺参数和工艺制度与同类合金的圆棒挤压基本相同；空心型材的挤压工艺流程、工艺参数和工艺制度与同类合金的管材挤压基本相同。

1.3　型材坯的加工方法

（1）连铸型材坯　简单断面型材坯（例如方棒坯、六角棒坯、扁坯）采用水平连铸法或立式连铸法铸造。连铸型材坯可直接送去热处理后进行拉伸生产。此方法工序少、设备少、成本低。

（2）热挤压型材坯　断面较复杂的型材是在挤压机上生产的。凡是难于用连铸法和型辊轧制法生产的型材坯料都可以用此法生产。挤压出的制品有的可以直接供应使用。因与管材、棒材热挤压相似，故本书只做简单的介绍。

（3）型辊轧制型材坯　简单断面的型材坯（如方棒坯、六角棒坯、扁坯、梯形坯等）都可以用型辊轧制法生产。这种方法生产率高、成品率高，适于大批量生产。本书以此法为重点，详细论述其理论基础、工艺过程和设备等。

轧辊的孔型设计

将锭坯在逐渐减小断面的轧辊孔型中间进行轧制，从而获得所需要的断面形状、尺寸和性能的产品。为此而进行的设计和计算工作称为孔型设计。

2.1　孔型和孔型系统的基础知识

型辊轧制的主要工具是带有不同形状和断面尺寸的、逐渐减小的刻槽的轧辊，这种刻槽称为轧槽。由两个或三个轧辊相对应的轧槽及其辊缝所构成的空间则称为孔型，如图 2-1 所示。

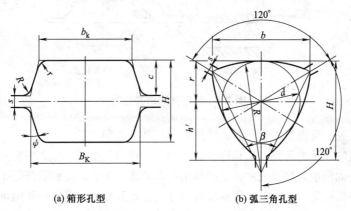

(a) 箱形孔型　　　　　　(b) 弧三角孔型

c—轧槽深度；H—孔型高度；B_K—　　d—内切圆直径；b—孔型理论宽度；
轧槽槽口宽度；b_K—轧槽槽底宽度；　　R—弧边半边；H—孔型高度；h'—
R—外圆角半径；r—内圆角半径；　　孔型长半轴；r—孔型短半轴；β—弧
s—辊缝；ψ—侧壁斜角　　　　　　　边对应的圆心角；s—辊缝

图 2-1　孔型

2.1.1　孔型的基本知识

2.1.1.1　孔型的分类及应用

孔型的形状有许多种，生产实践中轧制型材坯、线坯常用的孔型种类如图 2-2 所示。

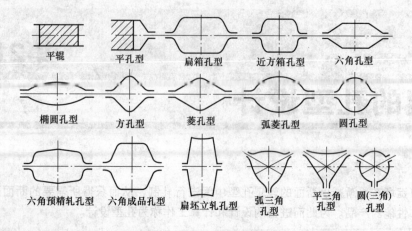

平辊　平孔型　扁箱孔型　近方箱孔型　六角孔型

椭圆孔型　方孔型　菱孔型　弧菱孔型　圆孔型

六角预精轧孔型　六角成品孔型　扁坯立轧孔型　弧三角孔型　平三角孔型　圆(三角)孔型

图 2-2　常用的孔型的种类

孔型分开口式和闭口式，如图 2-3 所示。若一个轧辊的辊体不进入另一个轧辊的辊体中，所构成的孔型即称为开口式孔型；反之则称为闭口式孔型。轧制线坯和棒坯时，常用的是开口式孔型；轧制型材时，常用闭口式孔型。

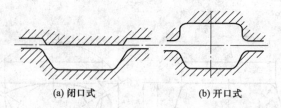

(a) 闭口式　　　　　　(b) 开口式

图 2-3　闭口孔型与开口孔型

按照孔型在轧制过程中所起的作用，可将其分为四类。

(1) 粗轧或延伸孔型　如箱形、椭圆形和方形等孔型可以作为粗轧孔型。一般用在减小锭坯的断面，将铸坯的铸造状态组织改造成加工状态组织的开坯工序上。

(2) 中轧孔型　由方形、菱形和椭圆形孔型等互相交替合成的孔型可以作为中轧孔型。用于继续减小轧件的断面面积，并且使轧件的外形逐渐接近成品形状和尺寸。

(3) 预精轧或成品前孔型　是成品前一道孔型，使轧件的形状和尺寸十分接近于成品。如椭圆形孔型可以作为圆断面线坯和圆棒的预精轧孔型，六边形孔型可以作为六角形制品的预精轧孔型。

(4) 精轧或成品孔型　它是最后一道孔型，给轧件以最终断面形状和尺寸，孔型的形状和尺寸与技术条件上所要求的成品形状和尺寸相同。

2.1.1.2　孔型的要素

不同的孔型形状有着不同的结构特点，基本上都是由辊缝、圆角、孔型侧壁、孔型高度以及孔型宽度等要素组成。

(1) 辊缝　轧辊辊面的间隙称为辊缝。辊缝是可调节轧辊，并且可避免空轧时轧辊相互接触摩擦。上下轧辊的轧槽凹入深度与辊缝之和便是由孔型中轧出的轧件高度。但是，当轧件在通过孔型时将会引起辊缝的增加，此现象称为辊跳。因此，为了轧得一定厚度得轧件，必须考虑到辊跳所引起的变化。

不同孔型的辊缝值可以参见表2-1。可见，粗轧孔型的辊缝值较大；接近成品尺寸的预精轧孔型中，其辊缝值较小。

表 2-1　辊缝值

孔 型 类 别	轧辊直径/mm	辊缝值/mm
粗轧孔型	350～450	4.0～6.0
中轧孔型	250～350	2.0～4.0
预精轧孔型	240～310	1.0～2.0

（2）孔型侧壁的斜度　矩形孔型的轧槽侧壁为倾斜的，如图2-1中 ψ 角。这样可使轧件顺利、正确地咬入轧辊，防止轧件对轧辊的冲击；而且使轧件容易脱出孔型；保证重车轧辊时该孔型宽度不变，且侧壁斜度越大，重车量越小。因此，在轧件形状许可范围内，孔型侧壁的斜度应力求增大。

（3）孔型的中性线　上下两轧辊作用于轧件上的力矩相等的直线称为孔型中性线。在简单的孔型中（如圆形、方形、菱形和椭圆形等）中性线与这些孔型的对称轴相重合。

（4）孔型的圆角　对于有棱角的孔型应该用圆角过渡，这样可减小轧辊应力集中，提高轧辊强度；防止轧件棱角处剧冷，防止裂纹出现；防止轧件过充满时形成尖锐的"耳子"，以免再轧制造成"折叠"的缺陷；防止侧壁切割轧件而造成废品。

如图2-4所示即为带圆角的孔型和不带圆角的孔型在轧制时所产生的飞边的情况。

（5）辊环　辊环是两个轧槽之间的辊面部分，如图2-5所示，位于轧辊端头的辊环称为端头辊环，其余的称为中间辊环。

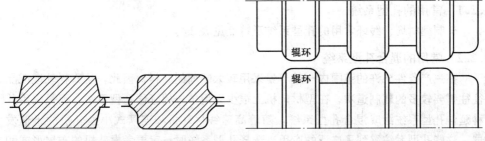

图 2-4　有圆角的无圆角孔型的飞边情况　　　　图 2-5　辊环

辊环的宽度应根据轧辊的材料、孔型深浅以及导卫装置的安装情况来确定。尤其是端头辊环的宽度应特别考虑到满足导卫装置安装的要求，以及调整螺丝的长度和操作所需的空间大小，一般的取值见表2-2。

表 2-2　端头辊环的宽度一般取值

轧机类型	粗轧机	大型轧机	三辊开坯机	中小型轧机
端头辊环的宽度/mm	50～120	100～150	60～150	50～100

对中间辊环来说，由于其要承受轧件的侧压力的作用，为了保证轧辊具有足够的强度，中间辊环的宽度应视孔型深度来确定，其最小值一般如下。

对钢质轧辊：

$$a = \frac{1}{2}c \qquad\qquad (2\text{-}1)$$

对铸铁轧辊：

$$a = c \qquad\qquad (2\text{-}2)$$

式中　a——辊环宽度，mm；

　　　c——轧槽深度（或高度），mm。

（6）锁口　在闭口孔型中为了便于调整轧件形状，在开口处的辊环需要有一个锁口。锁口高度 H 按下式确定（图2-6）。

$$H = R + \Delta h' + H' \qquad (2\text{-}3)$$

式中　H'——取 2～8mm；

　　　R——辊环过渡圆半径；

　　　$\Delta h'$——孔型高度调整值。

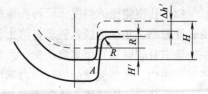

图2-6　闭口孔型所口示意图

2.1.1.3　常用孔型的构成及特点

常用的孔型的构成、特点及用途见表2-3。

2.1.2　孔型系统的基本知识

在型辊轧制过程中，单纯地采用一种孔型是轧制不出成品的，只有把不同形状的孔型组合起来使用，才能轧出符合技术要求的产品。由若干种不同形状和尺寸所组合起来的孔型集合称为孔型系。

2.1.2.1　常用的孔型系统

轧制型材坯、线坯常用的孔型系统及特点见表2-4。

2.1.2.2　常用的混合孔型系统

在生产条件允许的范围内一般尽量采用较大断面的原料，因此，从原料轧成成品往往需要较多的轧制道次，在型材轧机上很少采用单一的延伸孔型系统，而是采用几种延伸孔型系统组成混合孔型系统。随着高速线材轧机和连续式小型轧机的迅速发展，这些孔型系统得到了广泛的应用。选择孔型系统时一定要考虑轧机的布置形式和原料的大小，不可机械搬用。

（1）箱形-菱-方或箱形-菱-菱孔型系统。这种混合孔型系统是由一组以上的箱形孔型和一组以上的菱-方（或菱-菱孔型）所组成。它一般用于三辊开坯机和中小型轧机的开坯机架上。

此系统中，箱形孔型的作用是去除锭坯表面的氧化皮，有利于提高成品的表面质量。除此之外，箱形孔型轧槽浅，有利于保证轧辊强度和增大道次压下量。箱形孔型的组数取决于所轧断面的大小，当轧件断面较小时，在箱形孔型中轧制是不稳定的。

表 2-3　常用孔型的构成及特点

	矩形孔型	菱形孔型	弧菱形孔型	方形孔型	椭圆孔型	圆形孔型
图示	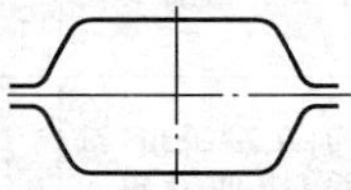 扁箱孔型 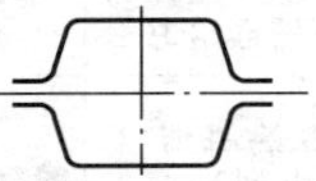 / 近方箱孔型	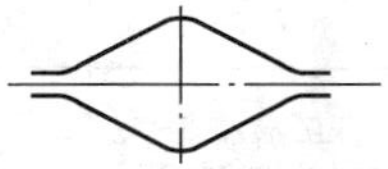 菱形孔型	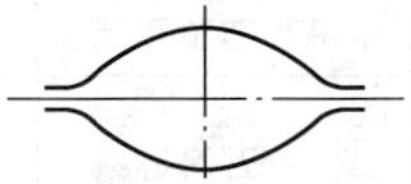 弧菱形孔型	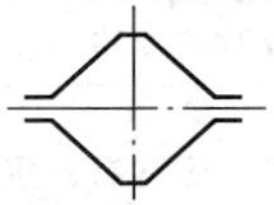 方孔型	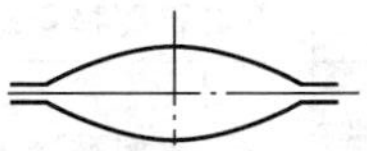 椭圆孔型	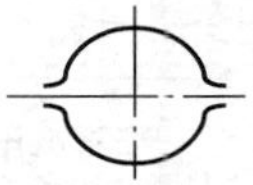 圆孔型
特点	又称箱形孔型，由于存在侧壁斜度，实际上是呈六角形的。 (1)孔槽浅，能保证轧辊强度，轧制时允许有较大的压下量，通常压下率可达50%～60% (2)在同一孔型中只需调整轧辊辊缝就能轧出断面尺寸不同的轧件，延伸系数可在较大范围内变动 (3)在轧件宽度上变形较均匀 (4)延伸孔型有较大的斜度，可允许较多的重车次数 (5)由于矩形孔型的凹下部分，可避免在下一道轧制中或中型件中产生耳子	由直线围成的开口式孔型，长对角线处水平位置并与轧辊分离线重合的正方形孔。 (1)在同一个孔型中轧制近似方形的轧件两次，便得到八角形。调节压下量大小就能得到多尺寸不同的方坯 (2)在同一孔型中只需调整轧辊便能轧出断面尺寸不同的轧件，稳定性较好 (3)孔型的顶角轧制较稳定性较好 (4)在断面积相等的其他孔型相比，其轧辊强度高，允许道次压下量均匀。一般道次压缩率为15%～25%，最大压下率不超过30% (5)由于棱在冷却处均匀，将引起应力集中或中而产生裂纹	又称箭形孔型，菱形孔型的直边改以圆弧来代替所作的长对角线的圆弧线。菱形孔型比弧菱形孔型有以下特点 (1)不能自成一个轧制孔型系，因为方形轧件进入较小的弧菱形孔时有展入的余地。 (2)轧件由方形的孔型与其他方形孔型中轧出断面孔型都不应，即方形孔型中采用圆盘，但椭圆孔型系可采用椭圆-圆形孔定，方中使轧件产生宽展，易使轧件翻转后很不稳定。由于其长短轴比较小，还导致其长轴方向的小些 (3)轧槽强度较小，其压缩率会降低。一般达50%	这是水平对角线与垂直线相重合的方形断面孔型。 (1)不能单独组成一道轧型系。因为一道轧制孔型进入轧件中发有宽展的余地。 (2)轧件由方形的孔型与其他中轧件方形的孔型系不应，方向均匀 (3)轧槽强度低轧制方坯，其压缩率最一般达30%～35%，最大达50%	(1)轧槽较浅，保证了轧辊的强度 (2)轧件的道次压缩率较大，一般可达55% (3)轧件的冷却均匀，不易产生裂纹 (4)方形孔型中比较稳定，但椭圆孔型中采用圆盘，椭圆孔型在轧件中变形均匀	(1)由于没有棱角，故在冷却时均匀 (2)对过充满十分敏感 (3)轧件不能采取大道次的压缩量，一般压缩量7%～12%
用途	主要用在粗轧机机的头几道开坯，以及轧制大型和中型断面的型钢	通常可作为轧制方形孔辊精确的方形轧辊和中轧制六角形型，也可作为轧材翻排的方坯	在有色金属制中弧菱形孔制依塑性轧于轧制坯料的预精型轧辊	一般用于轧制塑性较好的金属及合金，通常组成椭圆-方孔型系统，圆坯轧以及方坯条，轧制圆坯以及方坯孔型，而轧制圆孔型则可做预精轧孔型	可用作轧制圆形轧件的预精轧孔型，组成椭圆-圆形孔型系或椭圆-圆孔型系，为而轧制中	通常只用作圆轧件的精轧孔型，也可用作为中轧孔型

表 2-4　各种常用孔型系统的特点

孔型系统	箱形孔型系统	椭圆-方孔型系统	六角-方孔型系统	菱-方孔型系统	菱-菱孔型系统	椭圆-圆孔型系统	三辊Y形轧机孔型系统
图示	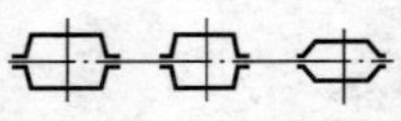 （孔型图示）	 （孔型图示）	 （孔型图示）	 （孔型图示）	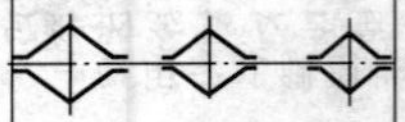 （孔型图示）	 （孔型图示）	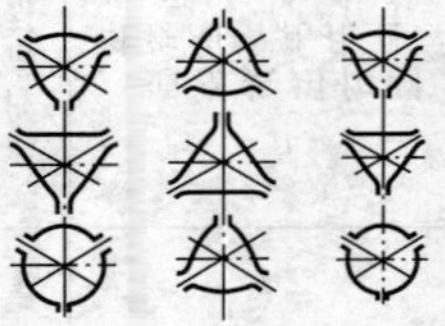 （孔型图示）
延伸性能	延伸较大,$\lambda=1.4\sim1.8$,$\lambda_{max}=2\sim2.2$(紫铜)	延伸较大,$\lambda_方=1.5\sim1.8$,$\lambda_椭=1.8\sim2$(均为紫铜)	延伸大,$\lambda_六=2\sim2.6$(紫铜)	延伸较小,$\lambda=1.3\sim1.7$	延伸小,$\lambda=1.2\sim1.5$	延伸小,$\lambda=1.2\sim1.5$	延伸小,$\lambda=1.2\sim1.6$
沿宽度上变形的均匀性	较均匀	不均匀,变形较严重	较均匀(当六角孔型不饱满时变形更不均匀)	不均匀,变形程度较小	不均匀,变形程度较小	较均匀	较均匀
轧件受几向压缩	两向	四向反复压缩	四向反复压缩	两向	两向	两向	六向反复压缩
轧槽切入轧辊的深度	浅	方孔型深、椭圆孔型浅	方孔型深、六角孔型浅	较深	较深	较浅	浅
轧件稳定性	稳定	较稳定(椭圆轧件宽厚比大时不太稳定)	较稳定	菱孔型顶角大时不太稳定	菱孔型不太稳定	不太稳定	较稳定
操作	便于机械化操作	便于使用正、反围盘	便于使用正、反围盘	—	—	便于使用正、反围盘	—
导卫	形状简单,设计、安装、维护较方便	形状简单,设计、安装、维护较方便	形状简单,设计、安装、维护较方便	形状较复杂	形状较复杂	形状较简单	形状复杂,设计、制造、使用较复杂
其他	轧件尺寸不太精确	方孔型易过充满,中间方孔型可当成品孔型使用	—	需电机能量较小,中间方孔型可轧出成品或同方孔型	需电机能量较小,连续可轧出近似圆形品的八角形轧件	需电机能量较小,中间圆孔型可轧出近似圆形品孔型	—

注：λ 为延伸系数。

菱-方（或菱-菱）孔型的组数取决于成品规格的大小和数量以及对其断面形状精度的要求。当成品只有一种规格，对其断面形状和尺寸无严格要求时，可采用一组菱-方（或菱-菱）孔型。若对成品方坯的断面形状和尺寸要求较严时，则采用两组菱-方孔型。当成品方坯的规格尺寸较多时，菱-方孔型的组数就由所需的规格数量决定。在轧制规格较多、批量又不大时，往往采用菱-菱孔型系统。

（2）箱形-六角-方混合孔型系统。这种孔型系统主要用于中小型轧机的开坯机架上。当轧件在箱形孔型中轧到一定断面尺寸后，采用六角-方孔型系统轧制除了具有较好轧制稳定性外，还有较大的延伸能力，这对减少轧制道次有利。

（3）箱形-六角-方-椭圆-方混合孔型系统。这种混合孔型系统主要用于小型线材轧机上。用六角-方孔型将轧件轧到一定断面尺寸后，为了轧制稳定及用较少道次轧出成品，采用椭圆-方孔型系统是有利的。应当指出的是，由于椭圆-方孔型磨损的不均匀性，这种混合孔型系统用于连轧件时，使轧机调整困难。

（4）箱形-六角-方-椭圆-立椭圆或箱形-六角-方-椭圆-圆混合孔型系统。这种混合孔型系统采用椭圆-立椭圆或椭圆-圆孔型的目的是变形均匀、易于去除轧件表面上的氧化皮。所以这种混合孔型系统用于轧制塑性较低的铜合金，也广泛用于小型或线材连轧机。

（5）箱形-椭圆-圆-椭圆-圆、箱形-椭圆-立椭圆-椭圆-圆-椭圆-圆、箱形-双弧椭圆-圆-椭圆-圆混合孔型系统。

2.2 孔型设计概述

为了获得某种型材，通常在成品孔和预轧孔（成品前孔）之前有一定数量的延伸孔型或开坯孔型。这些孔型的组合就称为延伸孔型系统。常见的延伸孔型系统和特点见表2-4，孔型设计分为延伸孔型系统设计和成品孔型设计。

2.2.1 孔型设计的内容和要求

（1）断面孔型设计 根据坯料和成品的断面形状和尺寸及对产品的性能要求，确定孔型系统、轧制道次和各道次的变形量以及各道次的孔型形状和尺寸。

（2）轧辊孔型设计 确定孔型在各机架的分配及其在轧辊上的配置方式，以保证轧件能正常轧制，操作方便，成品质量好，产量高。

（3）轧辊辅件设计 辅件即导卫和诱导装置应保证轧件能按照要求的状态进出孔型，或者使轧件在孔型以外发生一定的变形，或者对轧件起矫正或翻转作用。

2.2.2 孔型设计的程序

（1）了解产品的技术条件 产品的技术条件包括产品的断面形状、尺寸及其允许偏差，也包括产品表面质量、金相组织和性能的要求；此外，对某些产品还应了解用户的使用情况及特殊要求。

（2）了解原料条件 原料条件包括已有铸锭或锭坯的形状和尺寸，或按孔型设计要求重新选定原料的规格。

（3）了解轧机的性能及其它设备条件　包括轧机的型式及其布置型式、机架数、轧辊尺寸、轧制速度、电机能力、加热炉及其附属设备、工作辊道和延伸辊道、延伸台、剪机、锯机、卷取机的性能以及车间平面布置情况等。

（4）选择合理的孔型系统　这是孔型设计的关键步骤之一。对于新产品设计孔型之前应该了解类似产品的轧制情况及其存在问题，作为新产品孔型设计的依据之一。对老产品应了解在其他轧机上轧制该产品的情况及存在问题。在多品种、小批量的轧机上，应选用共用性大的孔型系统，可减少换辊次数和轧辊的贮备量。在品种单一、专业化高、批量大的轧机上，要尽可能采用专用的孔型系统，这样可以不受其他产品的干扰，确保产品质量，使产量提高。

（5）总轧制道次数的确定　选定了孔型系统后，首先要确定轧制时所采用的总轧制道次数及按道次分配变形量。

① 已知铸锭或锭坯断面尺寸和成品横断面面积时，其总延伸系数为：

$$\lambda_\Sigma = \frac{S_0}{S_n} \tag{2-4}$$

式中　S_0，S_n——锭坯和成品的横断面面积，mm^2。

若用平均延伸系数 $\bar{\lambda}$ 代替各道的延伸系数则：

$$\lambda_\Sigma = \bar{\lambda}^n \tag{2-5}$$

由此可确定总轧制道次数：

$$n = \frac{\lg\lambda_\Sigma}{\lg\bar{\lambda}} = \frac{\lg S_0 - \lg S_n}{\lg\bar{\lambda}} \tag{2-6}$$

轧制道次数应取整数，具体取奇数还是取偶数则取决于轧机的数量（台）和布置。平均延伸系数 $\bar{\lambda}$ 是根据经验或用同类轧机类比法选取。$\bar{\lambda}$ 值见表2-5。

表2-5　铜及铜合金常用的道次平均延伸系数

金属及合金类别	金属及合金名称	金属及合金牌号	常用的道次平均延伸系数					
			线坯				型材	
			总的	粗轧机	中轧机	精轧机	粗轧机	中精轧机
紫铜	紫铜	T2,T3,T4	1.30～1.50	1.45～1.90	1.30～1.60	1.20～1.40	1.40～1.80	1.18～1.35
黄铜	普通黄铜	H90,H80	1.25～1.40	1.40～1.80	1.25～1.50	1.20～1.40	1.30～1.60	1.18～1.35
	普通黄铜	H68,H62	1.22～1.35	1.30～1.60	1.20～1.40	1.15～1.30	1.25～1.50	1.18～1.35
	铅黄铜	HPb59-1	1.20～1.30	1.30～1.45	1.18～1.35	1.12～1.25	1.18～1.35	1.10～1.20
青铜	锡青铜	QSn4-3	1.22～1.35	1.30～1.55	1.18～1.40	1.15～1.25	1.20～1.40	1.12～1.25
	铍青铜	QBe2	1.20～1.30	1.30～1.45	1.18～1.35	1.15～1.25	1.18～1.35	1.10～1.20
	硅青铜	QSi3-1	1.22～1.35	1.30～1.50	1.18～1.40	1.15～1.30	1.20～1.40	1.12～1.25
	镉青铜	QCd1	1.22～1.35	1.30～1.55	1.18～1.40	1.15～1.30	1.20～1.40	1.12～1.25
	铬青铜	QCr0.5	1.22～1.35	1.28～1.55	1.18～1.40	1.15～1.30	—	—
铜镍合金	普通白铜	B0.6	1.25～1.40	1.30～1.55	1.22～1.45	1.20～1.40	—	—
		B16	1.22～1.35	1.30～1.50	1.18～1.40	1.20～1.40	—	—
		B19	1.22～1.35	1.30～1.50	1.18～1.40	1.15～1.30	1.25～1.50	1.18～1.35
	锰白铜	BMn3-12	1.22～1.35	1.30～1.55	1.18～1.45	1.18～1.40	1.25～1.45	1.18～1.35
		BMn40-1.5	1.22～1.35	1.30～1.50	1.18～1.40	1.18～1.40	1.25～1.50	1.12～1.25
		BMn43-0.5	1.20～1.30	1.30～1.45	1.18～1.35	1.12～1.25	—	—
	锌白铜	BZn15-20	1.25～1.40	1.20～1.40	1.18～1.35	1.15～1.30	1.20～1.40	1.12～1.25

在实际设计时，也可根据轧机的具体条件选择最合理的总轧制道次数，然后求出生产该产品的平均延伸系数 $\overline{\lambda}$。

$$\overline{\lambda} = \sqrt[n]{\lambda_\Sigma} \tag{2-7}$$

再将 $\overline{\lambda}$ 与同类型轧机生产该产品所使用的平均延伸系数相比较，若接近或小于表 2-5 中数据，说明生产是可能的。若大于表 2-5 中数据很多时，则需要增加道次。若增加道次也不能解决，说明原料断面过大，需另选原料，或将原料轧成较小的断面，然后经过再加热才能轧出成品。

② 如有几种锭坯尺寸可以任意选择时，应根据轧机的具体情况选择最合理的轧制道次，然后求出锭坯的横断面积。

$$S_0 = S_n \overline{\lambda}^n \tag{2-8}$$

锭坯的边长为 $\sqrt{S_0}$，根据 $\sqrt{S_0}$ 选择与其接近的锭坯尺寸。

（6）各道次变形量的分配　如图 2-7 和图 2-8 所示是延伸系数按道次分配的原则曲线和道次延伸系数实际曲线。

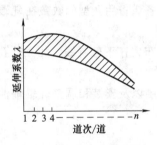

图 2-7　分配道次延伸系数的原则曲线

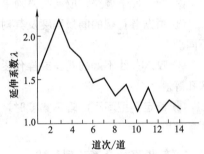

图 2-8　道次延伸系数的实际曲线

在实际生产过程中，为了合理地分配延伸系数，必须对具体的生产条件作具体的分析。如在连轧机上轧制时，由于轧制速度高，轧件温度变化小，所以各道的延伸系数可以取成相等或近似相等，如图 2-9 所示。

确定各道次的延伸系数后，要用其连乘积进行校核。若其连乘积等于总延伸系数，则说明确定的各道次的延伸系数是对的；否则需要调整各道次的延伸系数使其连乘积等于总延伸系数。

（7）确定轧件的断面形状和尺寸　根据各道次的延伸系数确定各道次的横断面面积，然后按照轧件的断面面积及其变形关系确定轧件的断面形状和尺寸。

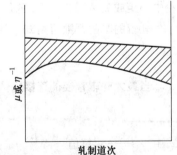

图 2-9　连轧机上延伸系数按道次分配的曲线

（8）确定孔型的形状和尺寸　根据各道次轧件的断面形状和尺寸确定孔型的形状和尺寸，并构成孔型。应指出，有时孔型设计是根据经验数据直接确定孔型尺寸及其构成，这时不用事先确定轧件尺寸。

（9）绘制轧辊孔型配置图　把设计出的孔型按一定规则配置在轧辊上，并绘制配辊图。

（10）进行必要的校核　对咬入条件和电机负荷进行校核，有必要时，也要对轧辊强度进行校核。

（11）轧辊辅件设计　根据孔型图和配辊图设计导卫装置、围盘、活套沟（回线槽）、检测样板等辅件，并绘制结构图。

2.2.3　孔型在轧辊上的配置

在孔型系统及各孔型尺寸确定后，还要合理地将孔型分配和布置到各机架的轧辊上去。配置应做到合理，以便使轧制操作方便，保证优质高产，并使轧辊得到有效的利用。

2.2.3.1　孔型在轧辊上的配置原则

① 孔型在各机架的分配是力求轧机各机架的轧制时间均衡。

② 为了便于调整，成品孔必须单独配置在成品机架的一个轧制线上。

③ 根据各孔型的磨损程度及其对质量的影响，各道备用孔型的数量在轧辊上应不同。

④ 咬入条件不好的孔型或操作困难的道次尽量布置在下轧制线，如立轧孔、切深孔等。

⑤ 确定孔型间距即辊环宽度时，应考虑辊环强度以及安装和调整轧辊辅件的操作条件。

2.2.3.2　轧辊直径及其车削系数

轧辊在使用过程中要经过多次重车，轧辊直径将由新辊的 D_{max} 减小到最后一次重车的 D_{min}，因此，型材轧机的大小不能用实际轧辊直径来表示，而是用传动轧辊的齿轮中心距或其节圆直径 D_0 的尺寸来表示，D_0 称为名义直径。

轧辊的车削系数可用式（2-9）表示。

$$K = \frac{D_{max}}{D_{min}} \tag{2-9}$$

当最大轧辊直径的连接轴倾角与最小轧辊直径的连接轴倾角相等时，有：

$$D_0 = \frac{(D_{max} + s) + (D_{min} + s)}{2} \tag{2-10}$$

式中　s——辊缝值。

对开坯和型材轧机，$K = 0.08 \sim 0.12$。当用万向或万能连接轴时，其倾角可达 $10°$；用梅花连接轴时，其倾角一般不超过 $4.5°$，通常不大于 $2°$。最理想的是新辊的连接轴倾角与轧辊使用到最后一次时连接轴的倾角相等，此时得到：

$$D_{max} = \left(1 + \frac{K}{2}\right) D_0 + s \tag{2-11}$$

$$D_{min} = \left(1 - \frac{K}{2}\right) D_0 + s \tag{2-12}$$

在配置孔型或配辊图时，是以新轧辊的直径 D 为依据的，D 称为原始直径。

$$D = D_{max} + s \qquad (2\text{-}13)$$

由于孔型的形状各异，所以孔型各点的圆周速度也是不同的，但轧件只能以某一平均速度出孔，所以通常把与轧件出孔速度相对应的轧辊直径 D_k（不考虑前滑）称为轧辊的工作（轧制）直径。

当轧件充满孔型时，轧辊平均工作直径为：

$$D_k = D - H_c = D - \frac{F}{B} \qquad (2\text{-}14)$$

式中　H_c——孔型的平均高度，mm；

　　　F——孔型的面积，mm^2；

　　　B——孔型的宽度，mm。

2.2.3.3　轧辊的"上压力"和"下压力"

在型材轧制时，由于受各种因素（温度不均、轧槽磨损、轧槽形状不同等）的影响，轧件出孔后，不能按一定方向平直地行进。为了防止上述现象产生，采用不同辊径的轧辊。若上轧辊的工作直径大于下轧辊的工作直径称为"上压力"轧制；反之，则称为"下压力"轧制。上下两辊工作直径的差值称为"压力"值。例如5mm的上压力就表示上辊工作直径比下辊工作直径大5mm。

当采用"上压力"轧制时，由于上辊圆周速度大于下辊，使轧件出口后向下弯曲，这样只需要安装下卫板，轧件出孔后，沿下卫板滑动，之后获得平直方向。

轧制型材时大多采用"上压力"，这样可不用安装上卫板，也便于观察轧件行进情况。

为了操作方便，设备正常运转，"压力"值不宜过大，一般情况下，延伸箱形孔型不大于2%；其他形状的开口延伸孔型不大于1%。成品孔型尽量不采用"压力"。

2.2.3.4　轧辊中线和轧制线

两个轧辊轴线之间的距离称为轧辊的平均直径 D_0。等分这个距离的水平线称为轧辊中线。若无"压力"配辊时应将孔型的中性线与轧辊中线重合。

当采用"压力"时，孔型的中性线必须配置在离轧辊中线一定距离的另一条水平线上，以保证一个轧辊的工作直径大于另一个轧辊的工作直径，该线称为轧制线。当采用"上压力"时轧制线应在轧辊中线之下；反之，则相反（图2-10）。

若"压力"为 m，当采用"上压力"轧制时，轧制线在轧辊中线之下 $m/4$ 处；而采用"下压力"轧制时，轧制线在轧辊中线之上 $m/4$ 处。

2.2.3.5　孔型的中性线

上、下轧辊作用于轧件上的力对孔型中某一水平直线的力矩相等，这一水平直线称为孔型的中性线。确定孔型中性线的目的在于配置孔型，即它与轧辊中线相重合时，上、下两辊的轧制力矩相等，这使轧件出辊时能保持平直；若使它与轧制线相重合，则能保证所需的"压力"轧制。

对于简单的对称孔型，孔型的中性线就是孔型的水平对称轴线。对非对称孔型，

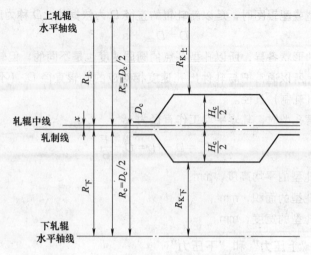

图 2-10 采用"上压力"时轧辊的配置情况

孔型的中性线一般按如下方法测定,各种方法均为近似方法。

① 重心法 是最常用的方法,它首先求出孔型的面积重心,然后通过重心画出水平直线,该直线就是孔型中性线。这种方法对于水平轴不对称的孔型经常不能得到满意的结果。

② 面积相等法 将等分孔型面积的水平线作为孔型的中性线。

③ 周边重心法 是把上下轧槽重心间距的等分线作为孔型的中性线。

④ 按轧辊工作直径确定孔型中心线 原理是上、下轧辊平均速度相等的条件。

2.2.3.6 孔型在轧辊上的配置步骤

① 按轧辊原始直径确定上、下轧辊轴线。

② 在与两个轧辊轴线等距离处画轧辊中线。

③ 在轧辊中线 $x = m/4$ 处画轧制线。当采用"上压力"时,轧制线在轧辊中线之下;"下压力"时,轧制线在轧辊中线之上。

④ 使孔型中性线与轧制线重合,绘制孔型图;确定孔型各处的轧辊直径,画出配辊图。

2.3 孔型设计

2.3.1 延伸孔型系统设计

各种延伸孔型及表示方法如图 2-11 所示。

2.3.1.1 箱形孔型系统的设计

箱形孔型系统通常在轧件边长大于 60mm 时使用,其设计步骤如下。

(1) 根据来料的尺寸和本道选定的压下量或延伸系数,设计箱形孔型的高度和宽度。

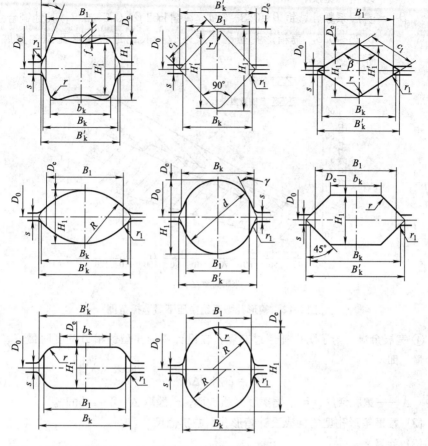

图 2-11 各种延伸孔型

① 箱形孔型的高度

$$H = H_0 - \Delta h \qquad (2-15)$$

或

$$H = \frac{H_0}{c\lambda} \qquad (2-16)$$

式中 H_0——来料的高度，mm；

Δh——根据来料尺寸选定的压下量，mm，由图 2-12 选取，选择时要考虑咬入条件，若采用圆断面锭坯时，则压下量可适当增加；

λ——本道选定的延伸系数；

c——考虑宽展得出的系数，紫铜 $c = 1.1$，黄铜 H62 $c = 1.2\sim1.3$，其他金属及合金 $c = 1.1\sim1.2$。

② 箱形孔型的槽底宽度

$$b_k = B_0 - (0\sim2)\,\text{mm} \qquad (2-17)$$

或

$$b_k = (0.98\sim1)B_0 \qquad (2-18)$$

③ 箱形孔型的槽口宽度

$$B_k = B_0 + \beta\Delta h \qquad (2-19)$$

式中　B_0——来料的宽度，mm；

　　　β——宽展系数，紫铜 $\beta = 0.3 \sim 0.4$，黄铜 H62 $\beta = 0.5 \sim 0.7$，其他铜合金 $\beta = 0.25 \sim 0.5$。扁箱形孔型的宽展系数一般比近方箱形孔型的宽展系数稍大。

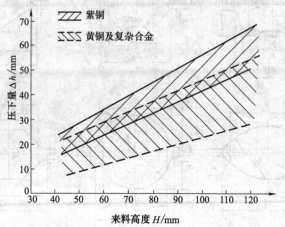

图 2-12　箱形孔型系统中压下量选择范围

④ 宽展余量　为了防止轧件过充满，在设计箱形孔型的槽口宽度时最好留有宽展余量，即：

$$B_k = B_0 + \beta \Delta h + \Delta \tag{2-20}$$

式中　Δ——宽展余量，可根据实践经验选取，一般取 $\Delta = 2 \sim 2.5$mm。

（2）根据箱形孔型的构成设计箱形孔型的其他尺寸。

（3）验算。

① 用咬入角校核本道次选定的压下量或延伸系数是否在允许范围内。

② 校核箱形孔型的侧壁斜度是否在允许范围内。

（4）根据来料尺寸和箱形孔型的尺寸求本道次的理论延伸系数。

$$\lambda = \frac{F_0}{F} \tag{2-21}$$

式中　F_0——来料的断面积，mm²；

　　　F——本道次箱形孔型的理论面积，mm²。

2.3.1.2　椭圆-方孔型系统的设计

椭圆-方孔型系统常在轧件边长 75mm×75mm 以下时使用。设计椭圆-方孔型系统时，一般采用"两方夹一椭圆"的设计方法（图 2-13）。首先确定系统中各个方孔型的边长，再由两个相邻方孔型的边长来确定中间椭圆孔型的尺寸，步骤如下。

（1）确定椭圆-方孔型系统的来料轧件边长 A_0 和最小方孔型边长 a_0。

① 来料方轧件的边长 A_0　椭圆-方孔型系统前面所采用的孔型系统（如箱形孔型系统或六角-方孔型系统）的最后一个方孔型或近方孔型的边长，即为来料方轧件的边长 A_0。

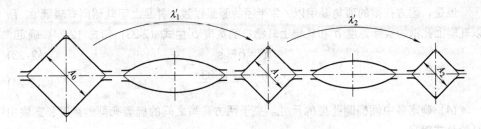

图 2-13 "两方夹一椭圆"设计中间椭圆孔型尺寸

② 最小方孔型边长 a_0。 椭圆-方孔型系统后面的精轧孔型系统中根据成品直径选定的成品前方孔型的边长，即为此系统最小方孔型边长 a_0。

(2) 确定各中间方孔型的边长，有以下两种方法。

① 根据前一个方孔型的边长 A，由图 2-14 查得两相邻方孔型的边长差 $(A-a)$，依次求得中间方孔型的边长，使用该图时应注意根据现场实践加以修正。

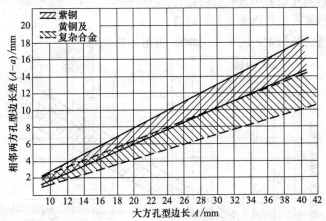

图 2-14 椭圆-方孔型系统中相邻两方孔型的边长差值 $(A-a)$

② 根据式 (2-4) 和式 (2-6)，确定椭圆-方孔型的总延伸系数及道次，所得道次 n 应为偶整数，否则需调整 $\bar{\lambda}$ 值使 n 为偶整数。

然后分配道次延伸系数，确定每对相邻方孔型之间的延伸系数：λ_1'、λ_2'、λ_3'、…、$\lambda_{n/2}'$，并使 $\lambda_1'\lambda_2'\lambda_3'\cdots\lambda_{n/2}' = \lambda_\Sigma$。

之后确定各中间方孔型的边长：

$$A_1 = \frac{A_0}{\sqrt{\lambda_1'}}, \quad A_2 = \frac{A_1}{\sqrt{\lambda_2'}}, \quad \cdots \tag{2-22}$$

(3) 根据方孔型的构成确定各中间方孔型的其他尺寸。

方形孔型的顶角一般常做成 $90°30' \sim 92°$，以留出金属宽展的余地，避免飞边的产生。

特殊情况下，当 $\alpha = 90°$ 时，方形孔型的边长 a 与孔型宽度 b 的关系为 $b = 1.41a$。较常用的是当 $\alpha = 90°30'$ 时，$b = 1.42a$；其余情况即为当 $\alpha = 91°30'$ 时，$b = 1.45a$；当 $\alpha = 92°$ 时，$b = 1.46a$。

在方形孔型两对角线相等时，可取 $h = b$。

但是，因方孔型的顶角要用以 r 为半径的圆弧过渡，并且上下轧辊间有辊缝 s，所以轧辊上孔槽的实际深度 h' 和轧辊上轧槽口的宽度 b' 由式（2-23）和式（2-24）确定。

$$b' = b - s \tag{2-23}$$

$$h' = \frac{h - s - 0.83r}{2} \tag{2-24}$$

（4）确定各中间椭圆孔型的尺寸。夹于两方孔型之间的椭圆孔型的高度和宽度由经验公式确定。

① 椭圆孔型的高度 H

$$H = \sqrt{14(A - a)\sqrt{\frac{a}{A}} + \frac{s^2(\sqrt{Aa} + 7)}{\sqrt{Aa}}} \tag{2-25}$$

或

$$H = A - \Delta h \tag{2-26}$$

式中　A——椭圆孔型前大方孔型的边长，mm；

　　　a——椭圆孔型后小方孔型的边长，mm；

　　　s——椭圆孔型后小方孔型的辊缝，mm；

　　Δh——椭圆孔型中的压下量，mm，由图 2-15 选取。

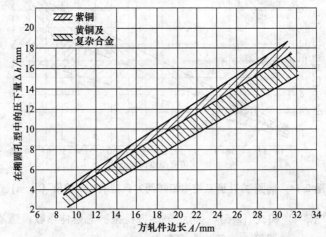

图 2-15　方轧件在椭圆孔型中的压下量

② 椭圆孔型的宽度 B_k

$$B_k = A + (A - H)\beta + \Delta \tag{2-27}$$

或

$$B_k = \frac{3F}{2H} \tag{2-28}$$

式中　β——椭圆孔型中的宽展系数，由 $\beta = \dfrac{10}{A} + 1$（紫铜）计算或由图 2-16 查得；

　　　Δ——宽展余地，一般取 $= 1 \sim 3$mm；

　　　F——椭圆孔型的面积，mm^2，$F = \dfrac{2}{3}B_k H$ 或 $F = b'\left(\dfrac{4}{3}h' + s\right)$；

　　　H——椭圆孔型的高度，mm；

　　　b'——椭圆孔槽口的宽度，mm；

h'——椭圆孔槽的深度，$h' = \dfrac{H-s}{2}$，mm。

对于轧制圆形材的预精轧椭圆孔型的计算可根据成品的直径 D 来定：

$$b' = 1.3D + 2 \tag{2-29}$$
$$h' = 0.99D - 1.6 \tag{2-30}$$

式中　D——圆形材直径。

如图 2-16 所示是紫铜在 $\phi400/\phi250$mm 轧机上的试验数据，使用时注意修正。

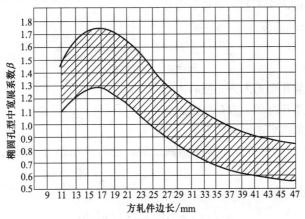

图 2-16　方轧件在椭圆孔型中的宽展系数

(5) 校核椭圆孔型的高度，即校核在椭圆孔型的下一道方孔型中轧件是否会过充满。在下一道方孔型中轧件的宽度：

$$b' = H + \Delta h \beta_f \leqslant B_{kf} \tag{2-31}$$

式中　Δh——方孔型中的绝对压下量，mm；

　　　B_{kf}——方孔型的槽口宽度，mm；

　　　β_f——方孔型中的宽展系数，对紫铜椭圆轧件在方孔型中宽展系数由图 2-17 查得。

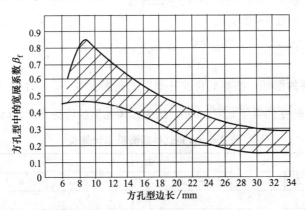

图 2-17　椭圆轧件在方孔型中的宽展系数

图 2-17 是紫铜在 $\phi400/\phi250$mm 轧机的实验数据，使用时注意修正，其他金属及合金的宽展系数根据实践经验选取。

2.3.1.3 六角-方孔型系统的设计

六角-方孔型系统一般在由箱形孔型系统向椭圆-方孔型系统过渡时使用。使用范围是轧件边长在 30～65mm 以下，18～35mm 以上（亦即边长为 18mm×18mm～65mm×65mm 的方轧件）。

六角-方孔型系统的设计方法与设计椭圆-方孔型系统时一样。

(1) 确定各中间方孔型的边长 A 或 a。

(2) 确定中间六角孔型的高度和宽度。

① 六角孔型的高度

$$H = A - \Delta h \tag{2-32}$$

或

$$H = a - 0\sim8\text{mm} \tag{2-33}$$

式中　A——六角孔型前大方孔型的边长，mm；

　　　a——六角孔型后小方孔型的边长，mm；

　　　Δh——六角孔型选定的压下量，mm。

Δh 和 0～8mm 数值的选取根据实践经验，当两个相邻方孔型的边长差越大时，其值选取的也越大。

② 六角孔型的槽口宽度

$$B_k = A + 0.9\left(\frac{10}{A} + 1\right)(A - H) \tag{2-34}$$

式中　H——六角孔型的高度，mm。

③ 六角孔型的槽底宽度

$$b_k = (0.7\sim1)A \tag{2-35}$$

或

$$b_k = (0.3\sim0.6)B_k \tag{2-36}$$

(3) 根据六角孔型的构成设计六角孔型的其他尺寸。

① 六角孔型的内圆角半径　$r = 6\sim15\text{mm}$。

② 六角孔型的外圆角半径　$R = 5\sim10\text{mm}$。

③ 辊缝　$s = (0.2\sim0.3)h$。

④ 六角孔型的面积　$F = \dfrac{B_k + b_k}{2}(H - s) + B_k s$。

⑤ 六角轧件的面积　根据轧件在孔型中的充满度 $\delta = \dfrac{b'}{B_k}$，由表 2-6 或图 2-18 查得。式中，b' 为轧件的实际宽度，mm；B_k 为六角孔型的理论宽度，mm。

表 2-6　六角轧件断面积 F 计算表

δ	B_k/H										
	2.0	2.2	2.4	2.6	2.8	3.0	3.2	3.4	3.6	3.8	4.0
	F/H^2										
1.0	1.5	1.7	1.9	2.1	2.3	2.5	2.7	2.9	3.1	3.3	3.5
0.9	1.48	1.674	1.871	2.066	2.261	2.455	2.649	2.842	3.035	3.228	3.420
0.8	1.42	1.603	1.785	1.965	2.143	2.320	2.495	2.669	2.841	3.011	3.180
0.7	1.32	1.482	1.641	1.795	1.947	2.095	2.339	2.380	2.516	2.650	2.780

（4）校核六角孔型的高度，方法同椭圆-方孔型系统所述。

2.3.1.4 菱-方孔型系统的设计

菱-方孔型系统，常用来轧制品种、规格多，尺寸要求不很严格或难变形的合金线坯，有时也作为轧制多种规格的型棒的孔型系统。当作延伸孔型使用时，最好用在箱形孔型之后。

设计菱方孔型系统时采用"两方夹一菱形"的设计方法（图2-19），设计步骤如下。

（1）确定各中间方孔型的边长 方法同椭圆-方孔型系统中所述，但菱-方孔型系统的平均延伸系数要小些，一般取 $\overline{\lambda}=$ 1.3～1.7，两相邻方孔型的边长差就小些。

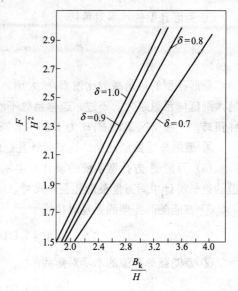

图2-18 六角轧件断面积计算图

（2）确定中间菱形孔型的尺寸（适用于紫铜的轧制）

① 中间菱形孔型的垂直对角线

$$H = (1.3 \sim 1.38)a -$$

$$\left[\frac{A-a}{2A} \sqrt{R(A-a)} - \frac{(A-a)}{2\mu} \right] \tag{2-37}$$

式中 A——菱形孔型前大方孔型的边长，mm；

a——菱形孔型后小方孔型的边长，mm；

R——轧辊工作半径，mm；

μ——轧件与轧辊的摩擦系数，与温度有关，铸铁轧辊 $\mu = 0.8(1.05 - 0.0005t)$，钢轧辊 $\mu = 1.05 - 0.0005t$；

t——轧件温度，℃。

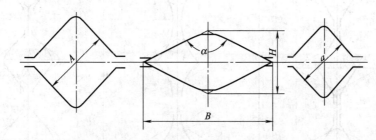

图2-19 "两方夹一菱形"设计中间菱形孔型尺寸

② 菱形孔型的顶角 一般取 $\alpha = 100° \sim 120°$，两相邻方孔型的边长差越大，顶角也越大。

③ 菱形孔型的水平对角线

$$B = H\tan\frac{\alpha}{2} \qquad (2\text{-}38)$$

菱形孔型的对角线的比值 B/H 大小，决定了可能采用的延伸系数的大小，比值越大则延伸系数越大。不过，延伸系数不能过大，否则将使轧件咬入困难，且易使轧件扭转，一般情况下取 B/H 为 1.31～1.73。

④ 最后根据菱形孔型的构成设计孔型的其他尺寸。

（3）万能菱-方孔型系统的设计　中间方孔型的边长确定方法同上。由相邻方孔型的边长设计中间万能菱形孔型的尺寸。

① 万能菱形孔型的垂直对角线

$$H = 1.88A - 0.47a \qquad (2\text{-}39)$$

② 万能菱形孔型的水平对角线

$$B = 1.91A - 0.49a \qquad (2\text{-}40)$$

式中　A——万能菱形孔型前大方孔型的边长，mm；

　　　　a——万能菱形孔型后小方孔型的边长，mm。

2.3.1.5　菱-菱孔型系统的设计

组成菱-菱孔型系统的菱形孔型有简单菱形孔型、万能菱形孔型、弧菱形孔型。各种菱形孔型系统的特点列于表 2-7 中。

表 2-7　各种菱形孔型系统的特点

项目	简单菱形孔型系统	万能菱形孔型系统	弧菱形孔型系统
图示	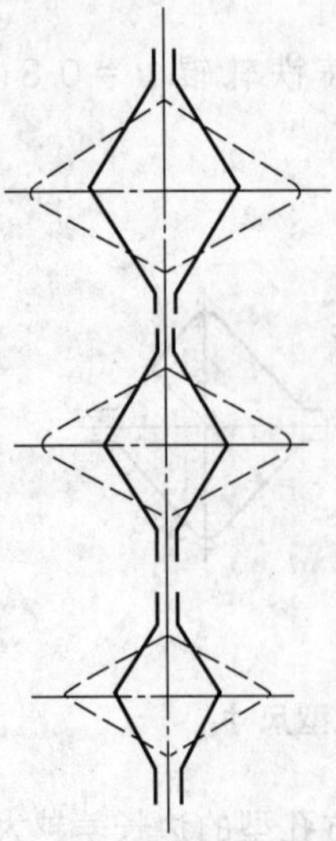	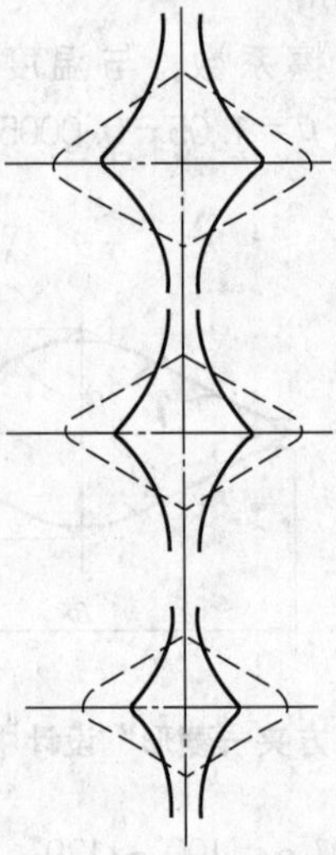	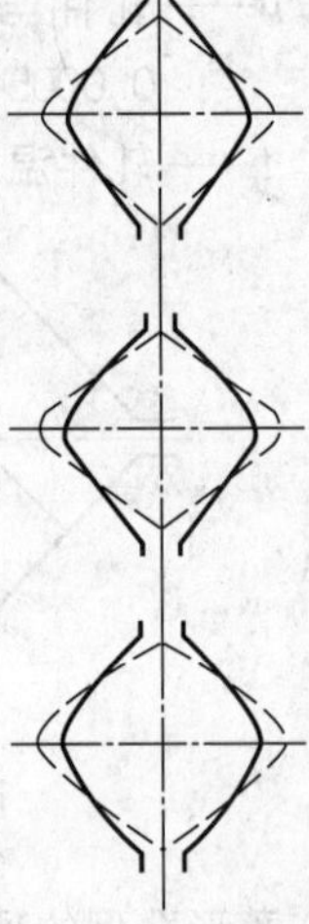

项目	简单菱形孔型系统	万能菱形孔型系统	弧菱形孔型系统
特点	(1)道次延伸系数小,一般为1.2～1.5 (2)给轧件预留的宽展余量小,轧件容易过充满 (3)轧制时需要的能量消耗少,因此需要的电机容量小 (4)经连续两个道次可以轧制出近似圆形的八角形轧件	(1)道次延伸系数较大,一般为1.25～1.6 (2)给轧件预留的宽展余量较大,轧件不易过充满 (3)需要的能量消耗少,因此需要的电机容量小	(1)道次延伸系数很小 (2)轧件在孔型中变形较均匀,轧件圆滑,不易产生角裂 (3)需要的能量消耗少,因此需要的电机容量小 (4)轧制时轧件不太稳定
适用性	一般适用于电机容量小、品种多、规格多的旧式轧机上作为延伸孔型系统使用。或适于轧制一些难变形合金或一些形状、尺寸要求不太严格的产品	一般适用于电机容量小,品种、规格多的旧式轧机上作延伸系统使用	常和其他孔型系统合并使用,适于轧制双金属或一些低塑性金属及合金

（1）简单菱-菱孔型系统的设计　如图 2-20 所示，设计方法有三种。

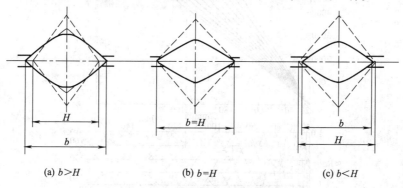

| (a) $b>H$ | (b) $b=H$ | (c) $b<H$ |

图 2-20　设计菱-菱孔型系统的三种方法

b—孔型水平对角线的宽度；H—上道轧件的高度（垂直对角线的宽度）

　　三种方法的区别是给轧件宽展预留的余量不同，图 2-20（a）法在设计时就考虑了给轧件预留有宽展的余地。图 2-20（b）、（c）法没有预留宽展余地，而是靠加大前一道孔型的内圆角半径和后一道孔型外圆角半径的方法使轧件宽展有一定的余地，图 2-20（c）法较图 2-20（b）法的圆角半径应更大些。

　　随设计方法的不同，延伸系数的大小也不同。图 2-20（b）法较图 2-20（a）法所设计的菱形孔型的延伸系数大，图 2-20（c）法设计的菱形孔型的延伸系数更大。

　　（2）万能菱-万能菱孔型系统的设计

　　① 根据具体情况确定道次，并确定各孔型的内切圆直径，两相邻万能菱形孔型的内切圆直径差一般取 5～20mm。

　　② 确定孔型的顶角 α，相邻两孔型的边长差越大，顶角选得越大。

　　③ 由各孔型的内切圆直径 D 和顶角 α，根据万能菱形孔型的构成设计孔型的其他尺寸。

　　④ 校核各孔型的压下量。

　　（3）弧菱形孔型系统的设计

　　① 由选定的道次延伸系数和上一道弧菱形孔型的面积确定本道弧菱形孔型的面

积，孔型面积在 14000mm² 以下的可由图 2-21 查得。

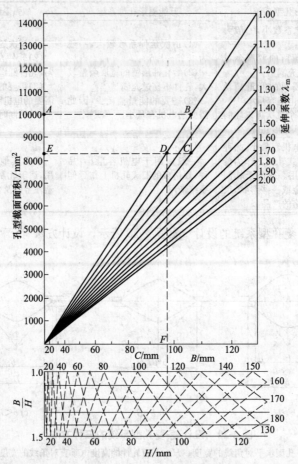

图 2-21 弧菱形孔型面积的计算图

② 确定弧菱形孔型的边长。

$$c = 1.065\sqrt{F} \tag{2-41}$$

③ 确定弧菱形孔型的水平对角线。

$$B_k = B_0 + 0.2\sqrt{F_0 - F} \tag{2-42}$$

式中 F——本道弧菱形孔型的面积，mm²；

F_0——前一道弧菱形孔型的面积，mm²；

B_0——前一道弧菱形孔型的水平对角线，mm。

④ 弧菱形孔型的垂直对角线。

当 $c \leqslant 40$mm 时：

$$H = \frac{B}{1.17} \tag{2-43}$$

当 $c = 40 \sim 100$mm 时：

$$H = \frac{B}{1.14} \tag{2-44}$$

当 $c = 100 \sim 200mm$ 时：

$$H = \frac{B}{1.13} \tag{2-45}$$

⑤ 最后根据弧菱形孔型的构成设计孔型的其他尺寸。

2.3.1.6　椭圆-圆孔型系统的设计

椭圆-圆孔型系统适于轧制低塑性和内部及表面质量要求比较高的金属及合金线坯时作为延伸孔型系统使用，也可以作成品孔型系统使用。一般多用椭圆-圆孔型系统生产多种规格的圆断面棒坯和线坯。

设计椭圆-圆孔型系统，常采用"两圆夹一椭圆"的设计方法（图2-22），即首先确定各中间圆孔型的直径，方法同椭圆-方孔型系统中确定各中间方孔型边长的方法，只是椭圆-圆孔型系统的平均延伸系数小些，一般取 1.2～1.5，然后由两个相邻圆孔型的直径确定中间椭圆孔型的高度和宽度。

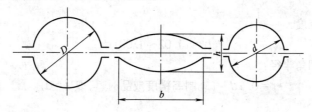

图 2-22　"两圆夹一椭圆"设计中间椭圆孔型尺寸

对于圆孔型来说，当其垂直直径 H（也即轧槽深度）做成与成品直径 D 相等，即 $H = D$ 时，则孔型的轧槽槽口宽度要做成 $B_k = (1.02 \sim 1.03)D$。在轧槽的圆周弧与直线相交的槽口处则以半径 $r = (0.1 \sim 0.3)D$ 来过渡。

中间椭圆孔型的高度：

$$h = 0.9d \tag{2-46}$$

中间椭圆孔型的宽度：

$$b = 0.9D \tag{2-47}$$

式中　D——椭圆孔型前大圆孔型的直径，mm；

　　　d——椭圆孔型后小圆孔型的直径，mm。

2.3.2　成品孔型系统设计

成品孔型系统即获得形状规整、尺寸精确的成品；因此设计时有较高的要求，成品孔型系统的道次延伸系数应小些，设计成品孔型时要考虑终轧温度冷却后的线收缩量、辊跳量、弹性变形量及成品的公差、椭圆度的要求。

2.3.2.1　线坯和圆棒坯成品孔型系统

（1）方-椭圆-圆成品孔型系统　如图2-23所示，是轧制线坯或圆棒坯常用的成品孔型系统，适用于单一规格的成品。

① 成品圆孔型的设计　成品圆孔型的设计与椭圆-圆孔型系统中圆孔型的设计相同，一般设计成假圆孔型 [图2-24 (a)] 或扩张圆孔型 [图2-24 (b)]。

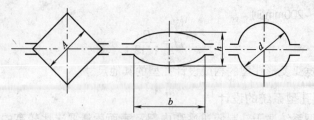

图 2-23　方-椭圆-圆成品孔型系统

a. 设计为假圆孔型

孔型高度：

$$h = d \tag{2-48}$$

孔型弧边半径：

$$R = (1.02 \sim 1.03)\frac{d}{2} \tag{2-49}$$

孔型槽口宽度：

$$b = (1.02 \sim 1.03)d \tag{2-50}$$

孔型的外圆角半径：

$$r = 0.1d \quad （轧制高精度成品时，可取 r = 0） \tag{2-51}$$

辊缝：

$$s = 0.1d \tag{2-52}$$

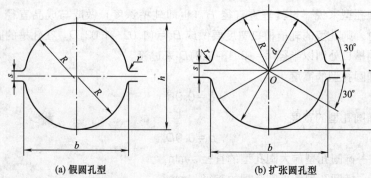

(a) 假圆孔型　　　　(b) 扩张圆孔型

图 2-24　圆孔型的构成

h—孔型高度；b—轧槽宽度；d—孔型名义直径；R—弧边半径；r—外圆角半径；s—辊缝

b. 设计为扩张圆孔型

孔型高度：

$$h = d \quad 或 \quad h = d - \left(\frac{1}{3} \sim \frac{1}{5}\right)\Delta \tag{2-53}$$

式中　Δ——成品的单向公差值，mm。

孔型槽口宽度：

$$b = (1.011 \sim 1.013)(d + \Delta) \tag{2-54}$$

扩张半角：

$$\alpha = 30° \tag{2-55}$$

孔型的圆弧半径：

$$R = \frac{h}{2} \tag{2-56}$$

扩张部位的圆弧半径由作图法求得。

② 成品前孔型的设计 根据成品的名义直径 d 由表2-8查得成品前孔型的尺寸。

表2-8 方-椭圆-圆成品孔型系统成品前孔型的尺寸

成品名义直径 d/mm	成品前椭圆孔型尺寸		成品前方孔型的边长 A/mm
	椭圆孔型高度/成品名义直径 h/d	椭圆孔型的宽高比值 b/h	
5~7	0.69~0.78	2.25~2.50	d
7~9	0.75~0.83	1.75~2.10	d
9~11	0.80~0.85	1.67~1.80	$d+(0.25~0.5)$
12~15	0.80~0.87	1.60~1.70	$d+1$
16~20	0.87~0.90	1.50~1.60	$d+2$
21~25	0.90~0.92	1.47~1.50	$d+3$
26~35	0.90	1.47~1.50	$d+3$
36~40	0.90	1.40~1.50	$d+(4~7)$
41~50	0.91	1.40	$d+(8~12)$
51~80	0.92	1.40	$d+(12~15)$

（2）圆-椭圆-圆成品孔型系统 圆-椭圆-圆成品孔型系统是轧制圆棒最常用的孔型系统（图2-23），成品前椭圆孔型和圆孔型的尺寸由表2-9查得。

表2-9 圆-椭圆-圆成品孔型系统成品前孔型尺寸

成品种类	成品直径 d/mm	成品前椭圆孔型的尺寸		成品前圆孔型直径 D
		高度 h	宽度 b	
线坯	6~12	$0.80d$	$1.45d$	$1.16d$
小圆棒	12~20	$0.85d$	$1.40d$	$1.14d$
中圆棒	20~45	$0.90d$	$1.35d$	$1.12d$

2.3.2.2 型材坯成品孔型系统

以方棒坯为例介绍如下。

① 方-椭圆-方孔型系统 同椭圆-方孔型系统。

② 方-菱-方孔型系统 成品前孔型的尺寸见表2-10。

表2-10 方-菱-方成品孔型系统成品前孔型尺寸

成品种类	成品方孔型边长	成品前菱形孔型顶角/(°)	成品前方孔型边长 A
线坯	a	110	$1.20a$
小圆棒	a	106	$1.18a$
中圆棒	a	102	$1.16a$

2.3.2.3 六角棒坯的成品孔型系统

六角棒坯成品孔型系统如图2-25所示。

（1）六角成品孔型的尺寸（图2-26）

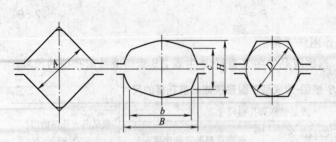 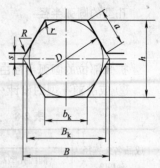

图 2-25　六角棒坯成品孔型系统　　　　　　图 2-26　六角成品孔型

六角成品孔型的高度：

$$h = D \tag{2-57}$$

式中　D——六角成品孔型的内切圆直径，当成品的名义内切圆直径 $d > 10\text{mm}$ 时，$D = (1.01 \sim 1.015)d$。

六角成品孔型的槽口宽度：

$$B_k = B - 0.58s = 1.15D - 0.58s \tag{2-58}$$

六角成品孔型的槽底宽度：

$$b_k = \frac{D}{2} \tag{2-59}$$

六角成品孔型的理论宽度：

$$B = 1.15D \tag{2-60}$$

六角成品孔型的侧壁长度：

$$a = 0.5B = 0.575D \tag{2-61}$$

孔型内圆角半径：

$$r = 0.5 \sim 2\text{mm} \tag{2-62}$$

孔型外圆角半径：

$$R = 0.1D \tag{2-63}$$

辊缝：

$$s = 0.1D \tag{2-64}$$

（2）成品前各孔型的尺寸　成品前预精轧六角孔型和方孔型的尺寸由表2-11查得。

表 2-11　六角棒坯成品孔型系统成品前孔型尺寸

六角成品孔型内切圆直径 D/mm	成品前椭圆孔型的尺寸					成品前方孔型的边长 A
	高度 H	c	槽口宽度 B_k	b	圆角半径 r	
约 24	0.9D	0.45D	1.3D	1.25D	0.1D	D
25~50	0.95D	0.475D	1.25D	1.2D	0.1D	1.1D
50 以上	D	0.50D	1.2D	1.15D	0.1D	1.15D

2.3.2.4　扁坯的成品孔型系统

轧制铜及铜合金扁坯时，由于扁坯的形状和尺寸要求不很严格，因此大多数情况下扁坯是在平辊上轧成的，其成品前孔型是方孔型，由方轧件经 1～2 道平辊轧成扁坯。成品前方孔型的边长（由方坯一道轧成扁坯时）：

$$A = \frac{B + h\beta}{1 + \beta} \qquad (2\text{-}65)$$

式中　B——扁坯的宽度，mm；

　　　h——扁坯的高度，mm；

　　　β——轧件自由宽展系数，一般取 $= 0.45～0.6$。

在成批生产扁坯时或扁坯的形状、尺寸要求较严格时，扁坯成品孔型系统一般为：扁坯立轧孔型-成品孔型（平辊或平孔型）。

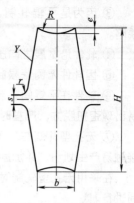

图 2-27　扁坯立轧孔型

成品前扁坯立轧孔型（图 2-27）的尺寸如下。

立轧孔型的高度：$H = B_0 - (0.5～1)\text{mm}$ $\qquad\qquad\qquad (2\text{-}66)$

式中　B_0——扁坯成品的宽度，$B_0 = (1.011～1.012)\,b_0$，mm；

　　　b_0——扁坯成品的名义宽度，mm。

立轧孔型的槽底宽度：

$$b = h_0 + (2～5)\text{mm} \qquad (2\text{-}67)$$

式中　h_0——扁坯成品的厚度，mm。

立轧孔型侧壁斜度：

$$Y = 5\%～12\% \qquad (2\text{-}68)$$

立轧孔型的槽底凸度高：

$$e = 0.3～0.5\text{mm} \qquad (2\text{-}69)$$

立轧孔型的外圆角半径：

$$r = 5～10\text{mm} \qquad (2\text{-}70)$$

辊缝：

$$s = (0.1～0.2)H \qquad (2\text{-}71)$$

2.3.3　无孔型型材轧制法及其孔型设计

所谓无孔型型材轧制法，就是在不刻轧槽的平辊上，通过方形-矩形变形过程实现延伸孔型的轧制任务，当断面减小到适当程度后，再用较少的预精轧和精轧孔型，最终轧成简单断面的圆形、扁形、方形成品。

2.3.3.1　无孔型轧制法的特点及其应用

无孔型轧制法，轧件在两辊间的宽展是自由宽展，与孔型轧制相比有如下特点。

① 因轧辊无轧槽，更换产品时只需改变辊缝即可改变压下量规程，减少了换辊次数，提高了轧机作业率。

② 因为轧辊无轧槽，可充分利用轧辊辊身，轧件变形均匀，磨损量少且均匀，提高了轧辊使用寿命；重车削量小且工艺简单，减少了车削加工成本。

③ 因为是平辊轧制，所以不会出现耳子、欠充满、孔型错位等孔型轧制中的缺陷。

④ 轧件沿宽展方向压下均匀，轧件两端的舌头和鱼尾区域短，成材率高。

⑤ 因轧件无侧壁限制作用，宽展方向变形均匀，故降低了变形抗力，减少电耗。

⑥ 轧件在平辊间轧制，轧件角部易出现尖角，精轧时易出现折叠；无侧壁夹持易出现歪扭脱方，严重时可影响轧制正常进行。

⑦ 无孔型轧制在水平连轧机上进行时，轧件在机架间需扭转90°，轧件与导卫板接触易产生划伤，并加剧脱方和尖角等缺陷。

在采用无孔型轧制时，除充分利用其优点外，更要重视克服其缺点，才能使之顺利进行。

无孔型轧制法的主要作用是减小轧件的断面尺寸，所以主要是用于开坯及延伸孔型系中。多用于中小型二辊可逆式轧机及连轧机的粗轧和中轧机组上。

2.3.3.2 无孔型轧制的孔型设计基础

无孔型轧制法是用平辊轧制型材的方法，但是轧件在轧制过程中的变形，既不同于板带材的平辊轧制，也不同于孔型轧制。只有掌握了宽展特性、自由面的变形特性、轧件的歪扭脱方产生的原因及表面金属流动特点等轧制特性，才能顺利地实现无孔型轧制，这些也是无孔型轧制的孔型设计基础。

（1）宽展特性 轧件的宽展量与其宽厚比（B_0/H_0）和径厚比（D/H_0）有关。无孔型轧制时，其宽厚比和径厚比都很小，一般（B_0/H_0）=1～2。因此，宽展量大，设计压下规程时，需精确计算宽展量。

（2）自由面的变形特性 在无孔型轧制时，轧件由于翻转90°，故各个面都将反复成为压下面和自由宽展面。自由宽展面的形状对轧制的稳定性和成品的表面质量都有重要影响。只有掌握其变形特点，才能将其反映到孔型设计和压下规程中。

自由宽展面的形状随轧件条件不同而变化。型材轧制均属于高件轧制，随压下率、宽厚比、径厚比不同，自由面可能出现单鼓形或双鼓形。通常宽厚比和径厚比越大，越容易出现单鼓形。单鼓形和双鼓形的临界压下率为：

$$\frac{\Delta h}{\overline{H_0}} = \frac{0.22}{\dfrac{B_0}{H_0} \times \dfrac{D}{H_0} - 1.5} \tag{2-72}$$

式中　Δh——压下量，mm；

　　　　$\overline{H_0}$——轧件轧前平均高度，mm，$\overline{H_0} = \dfrac{F_0}{B_0}$；

　H_0，B_0——轧件轧前的高度、宽度，mm；

　　　　F_0——轧件轧前的面积，mm²；

　　　　D——轧辊直径，mm。

单鼓严重时，下一道轧件不稳定，容易歪扭脱方，双鼓严重时，会造成折叠等缺陷。

为使轧制顺利进行，就要采用控制临界压下率的方法控制单鼓和双鼓。在孔型设计时要控制临界压下率，使单鼓或双鼓的大小在其允许范围内。

（3）轧件歪扭脱方现象　无孔型轧制，轧件两侧无侧壁夹持，稍有不当，易产生轧件歪扭脱方现象。其原因很多，锭坯宽高比越大，单鼓率和双鼓率越小，歪扭脱方的机会越小。

实践经验证明，若将 B_0/H_0 控制在 0.6～0.7 以上，再加上合理的导卫板装置的辅助作用，相对压下量控制在单鼓与双鼓的临界压下量附近，就可以保证很少出现歪扭脱方现象，使轧制顺利进行。

（4）表面金属流动特点　实验证明，无孔型轧制表面层金属分布远比椭圆-方系统均匀。一般认为，表面层厚度均匀可使氧化层均匀，并对减少表面层缺陷有利。

2.3.3.3　无孔型轧制的孔型设计

（1）孔型设计原则　无孔型轧制法的孔型设计分两部分：精轧孔型设计和粗轧、延伸孔型设计。

① 精轧孔型设计　与通常的孔型轧制法精轧孔的孔型设计相同。

② 粗轧和延伸孔型设计　可采用部分或全部无孔型轧制法进行设计，选用无孔型轧制法的道次数依轧机特点、产品规格、操作水平及导卫装置等辅助设施的情况而定。

（2）无孔型轧制法压下规程的设计原则

① 按咬入条件、最大允许轧制压力、电机功率控制各道压下量。

② 用宽展公式精确计算每道宽展量，编制压下规程，计算每道轧件尺寸。

③ 防止歪扭脱方。控制轧件入口断面宽高比，设计宽度合适的贯通型导板，用机械控制歪扭脱方效果也很好。

④ 防止尖角。当反复多道次进行无孔型轧制时，轧件断面的四个顶角容易形成尖角，带有尖角的矩形或方形断面进入椭圆孔轧制时，容易形成折叠。为了防止产生折叠，应在适当的道次设计一个带圆弧的轧制道次（图 2-28），并增加该道次的压下率，用充分宽展的方法保证充满圆弧 R。

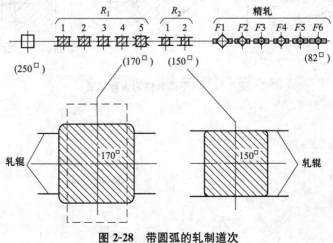

图 2-28　带圆弧的轧制道次

2.3.3.4 导卫装置设计特点

无孔型轧制时，由于无孔型侧壁的夹持作用，轧件头部容易歪曲，如果使用通常导卫装置，则轧件头部容易顶撞出口导板的前端，如图 2-29 所示。为防止此事故的发生，应设计成贯通型导板（图 2-30）。贯通型导板就是把入口导板和出口导板通过辊缝连接起来，成为贯通的整体。该导板的设计方法可仿照一般导板进行设计。

如果无孔型轧制时在水平辊连轧机上进行，则应设计成如图 2-31 所示的出口扭转导板、扭转导辊、入口滚动导板和侧导板。

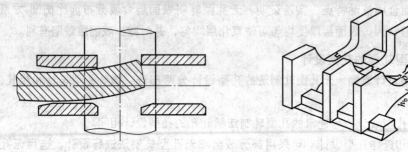

图 2-29　常规导卫板的缺点　　　　　　图 2-30　贯通型导板

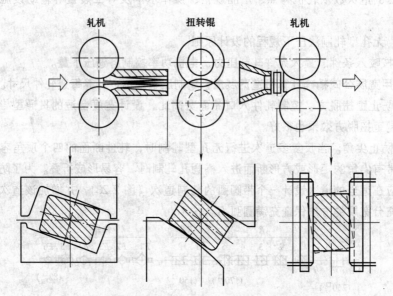

图 2-31　水平连轧机的诱导装置

型材的型辊轧制加工工艺

3.1 实现型辊轧制过程的条件——咬入条件

轧件被拽入轧辊间的现象称为咬入。咬入是实现型辊轧制过程的首要条件。咬入的必要条件可用轧辊与轧件咬入时的作用力图解加以说明，如图3-1所示。图中轧辊作用力为 P，轧辊与轧件之间产生的摩擦力为 T，P 与 T 的合力为 N；N 与 P 构成的夹角 β 为摩擦角，两者的水平分力为 P_x、T_x。P 与轧辊中心线构成角 α 为咬入角。建立轧制过程的条件是：

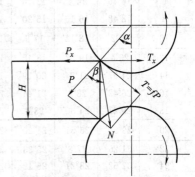

$$P_x \leqslant T_x, \text{亦 } \alpha \leqslant \beta \qquad (3\text{-}1)$$

即咬入角 α 小于或等于摩擦角 β。当 $\alpha = \beta$ 时咬入角为最大值，为不可靠的轧制咬入状态。

图 3-1 咬入时作用力图解

据此可以检验实际工艺设计中的孔型设计时所定的压下量是否合适。压下量和咬入角的关系如图3-2所示。

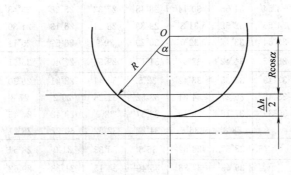

图 3-2 Δh 和 α 关系图

由图可见：

$$\cos\alpha = \frac{R - \frac{1}{2}\Delta h}{R} = 1 - \frac{\Delta h}{D} \qquad (3\text{-}2)$$

式中　Δh——绝对压下量，$\Delta h = D(1 - \cos\alpha)$。

当 $\alpha = \beta$ 时，Δh 值为最大允许压下量。此时轧件只在轧辊表面滑动，不能进入辊间，故此称此时的咬入角为极限咬入角 $\alpha_{极}$。对于型辊轧制，由于孔型形状的影响，对同一种金属的 $\alpha_{极}$ 可比平辊轧制时约大 $6° \sim 10°$。紫铜有后推力时，$\alpha_{极} = 34° \sim 37°$；黄铜的 $\alpha_{极} = 24° \sim 32°$；青铜的 $\alpha_{极} = 24° \sim 28°$。咬入角与压下量 Δh 和工作辊径 $D_{工作}$ 间的关系见表3-1。咬入角可用如图3-3所示的计算图根据绝对压下量 Δh 和轧辊最小工作直径 $D_{工作min}$ 查得。

表 3-1　咬入角与压下量 Δh 和工作辊径 $D_{工作}$ 间的关系

压下量 Δh/mm	轧辊工作辊径 $D_{工作}$/mm									
	150	200	225	250	275	300	350	400	450	500
2	9°22'	8°6'	7°39'	7°15'	6°55'	6°37'	6°8'	5°44'	5°24'	5°8'
4	13°16'	11°29'	10°49'	10°16'	9°47'	9°22'	8°40'	8°6'	7°39'	7°15'
6	16°16'	14°4'	13°16'	12°35'	12°00'	11°29'	10°37'	9°56'	9°22'	8°53'
8	18°48'	16°16'	15°20'	14°32'	13°51'	13°16'	12°17'	10°29'	10°49'	10°16'
10	21°2'	18°12'	17°9'	16°16'	15°30'	14°50'	13°44'	12°50'	12°6'	11°29'
12	23°4'	19°57'	18°48'	17°49'	16°59'	16°16'	15°3'	14°4'	13°16'	12°35'
14	24°57'	21°34'	20°19'	19°16'	18°23'	17°34'	16°16'	15°12'	14°20'	13°35'
16	26°42'	23°0'	21°44'	20°37'	19°38'	18°48'	17°23'	16°16'	15°20'	14°32'
18	28°21'	24°30'	23°4'	21°52'	20°51'	19°57'	18°28'	17°15'	16°16'	15°25'
20	29°56'	25°51'	24°20'	23°04'	21°59'	21°2'	19°28'	18°12'	17°9'	16°16'
22	31°25'	27°8'	25°33'	24°13'	23°04'	22°5'	20°25'	19°5'	17°59'	17°4'
24	32°52'	28°21'	26°42'	25°19'	24°07'	23°4'	21°20'	19°57'	18°48'	17°49'
26	34°15'	29°32'	27°49'	26°22'	25°07'	24°2'	22°13'	20°46'	19°34'	18°34'
28	35°35'	30°41'	28°53'	27°23'	26°05'	24°57'	23°4'	21°34'	20°19'	19°16'
30	36°52'	31°47'	29°56'	28°21'	27°01'	25°51'	23°54'	22°20'	21°2'	19°57'
32	38°8'	32°52'	30°56'	29°19'	27°55'	26°42'	24°42'	23°4'	21°44'	20°37'
34	39°21'	33°54'	31°55'	30°14'	28°48'	27°33'	25°28'	23°48'	22°25'	21°15'
36		34°55'	32°52'	31°8'	29°39'	28°21'	26°13'	24°30'	23°4'	21°52'
38		35°54'	33°47'	32°0'	30°29'	29°9'	26°57'	25°11'	23°43'	22°29'
40		36°52'	34°42'	32°52'	31°17'	29°56'	27°40'	25°51'	24°20'	23°4'
42		37°49'	35°35'	33°42'	32°5'	30°41'	28°21'	26°30'	24°57'	23°39'
44		38°45'	36°27'	34°31'	32°52'	31°25'	29°2'	27°8'	25°33'	24°13'
46		39°39'	37°18'	35°19'	33°37'	32°9'	29°42'	27°45'	26°8'	24°46'
48			38°8'	36°6'	34°22'	32°52'	30°22'	28°21'	26°42'	25°19'
50			38°57'	36°52'	35°6'	33°33'	31°0'	28°57'	27°16'	25°51'
52			39°45'	37°38'	35°49'	34°15'	31°38'	29°62'	27°49'	26°22'
54				38°22'	36°31'	34°55'	32°15'	30°7'	28°21'	26°53'
56				39°6'	37°13'	35°35'	32°52'	30°41'	28°53'	27°23'
58				39°50'	37°54'	36°14'	33°28'	31°44'	29°25'	27°52'
60					38°34'	36°52'	34°3'	31°47'	29°56'	28°21'

影响咬入条件的因素，除金属本身的性质外，还有摩擦条件、加热温度、轧制温度、轧辊直径、轧制速度及孔型形状等。

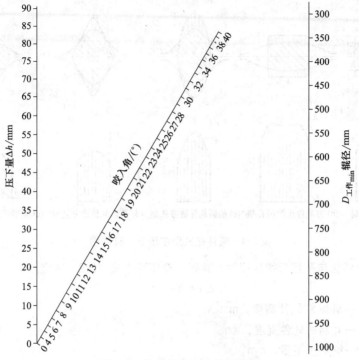

图 3-3　计算咬入角用的计算图

3.2　型辊轧制时的变形

金属在型辊轧制时的塑性变形遵循体积不变定律。在型辊轧制中轧件的变形是不均匀的。每道次的变形程度决定轧件每道次的变形；总的变形程度决定轧件由锭坯到最终尺寸所有道次的总变形。用压下、延伸系数和宽展量等变形指数表示变形程度。

3.2.1　型辊轧制时变形的不均匀性

在孔型中轧制时的轧件变形与平辊轧制比较是不均匀的，如图 3-4 所示。

由于轧件和孔型的形状不同而造成沿轧件宽度上的绝对压下量和相对压下量不均匀，因而其各点的自然延伸也不同。轧件与孔型的形状差别越大，不均匀变形的程度就越严重。

不均匀变形对金属的组织和性能都有不良影响，它使轧件产生内应力，严重时会使轧件产生弯曲、波浪、扭曲、裂纹和尺寸不符等。不均匀变形引起轧槽的不均匀磨损，压下量大的部位磨损较严重。

3.2.2　压下

轧件在高度上的变形使高度减小称为压下。当压下量在孔型宽度上分布均匀时，

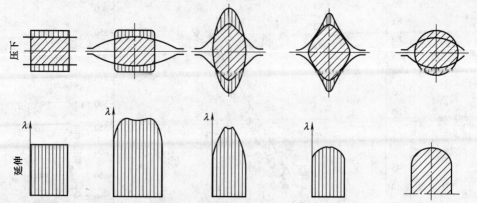

(a) 平辊轧制　(b) 方轧件进椭圆孔型　(c) 椭圆轧件进方孔型　(d) 菱形轧件进方孔型　(e) 圆形轧件进椭圆孔型

图 3-4　轧件在孔型中压下、延伸图

即当轧件的形状与孔型形状相似时，其压下量即可由式 (3-2) 决定。

$$\Delta h = h_1 - h_2 \tag{3-3}$$

式中　h_1——轧制前轧件高度，mm；

　　　h_2——轧制后轧件高度，mm；

　　　Δh——绝对压下量，mm。

当压下量在孔型宽度上分布不均匀时，压下量的大小用式 (3-4) 计算：

$$\Delta \overline{h} = \overline{h}_1 - \overline{h}_2 \tag{3-4}$$

式中　$\Delta \overline{h}$——平均压下量，mm；

　　　$\overline{h}_1$——轧件在轧制前的平均高度，mm；

　　　$\overline{h}_2$——轧件在轧制后的平均高度，亦即孔型的平均高度，mm。

轧件（或孔型）的平均高度及平均压下量的求法主要有以下三种。

（1）经验公式法　经验公式法适用于简单断面型辊轧制平均压下量的计算。

方轧件进简单椭圆孔型时：

$$\Delta \overline{h} = h_1 - 0.7 h_2 \tag{3-5}$$

方轧件进平椭圆或多半径椭圆孔型时：

$$\Delta \overline{h} = h_1 - 0.85 h_2 \tag{3-6}$$

方轧件进菱形孔型时：

$$\Delta \overline{h} = (0.55 \sim 0.6)(h_1 - h_2) \tag{3-7}$$

椭圆轧件进方孔型时：

$$\Delta \overline{h} = (0.65 \sim 0.7) h_1 - (0.55 \sim 0.6) h_2 \tag{3-8}$$

椭圆轧件进圆孔型时：

$$\Delta \overline{h} = 0.85 h_1 - 0.79 h_2 \tag{3-9}$$

式中　h_1——轧件的高度，mm；

　　　h_2——孔型的高度，mm。

（2）相对宽度法　假设一个与孔型（或轧件）面积相等而且宽度也相同的矩形断面来代替孔型（或轧件），该矩形的高即为原孔型（或轧件）的平均高度，即：

$$\overline{h} = \frac{F}{b} \tag{3-10}$$

式中　$\overline{h}$——孔型（或轧件）的平均高度，mm；

　　　b——孔型（或轧件）的宽度，mm；

　　　F——孔型（或轧件）的横截面积，mm^2。

（3）相应轧件法　用矩形断面来代替原来的轧件或孔型的断面，此矩形的面积等于原轧件或孔型的面积，而矩形的高度和宽度的比值等于原来轧件（或孔型）的高度和宽度的比值，如图3-5所示。此矩形的高度即为原来轧件或孔型的平均高度。

$$H_3 B_3 = F \tag{3-11}$$

$$\frac{H_3}{B_3} = \frac{H}{B} \tag{3-12}$$

式中　H_3——矩形的高度（为轧件的平均高度），mm；

　　　B_3——矩形的宽度，mm；

　　　F——轧件的断面积，mm^2；

　　　H——轧件的高度，mm；

　　　B——轧件的宽度，mm。

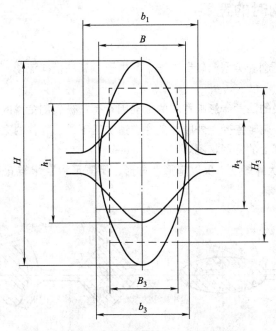

图3-5　相应轧件法求平均压下量

解上述方程可求得 H_3 即为轧件的平均高度；同理可求得 h_3 为孔型的平均高度。

$$H_3 = \sqrt{\frac{FH}{B}}$$
(3-13)

3.2.3 延伸

在型辊轧制中以延伸系数来表示变形过程的基本量。延伸系数就是轧件在轧制前后的横截面积的比值或是轧件轧后的长度与轧前长度的比，即：

$$\lambda = \frac{F_1}{F_2} = \frac{L_2}{L_1}$$
(3-14)

式中　λ——延伸系数；

F_1，F_2——轧件变形前后的横截面积，mm^2；

L_1，L_2——轧件变形前后的长度，mm。

而轧件的绝对延伸 ΔL 为：

$$\Delta L = L_2 - L_1$$
(3-15)

轧件的总延伸系数是由每道次延伸系数的连乘积决定的：

$$\lambda_\Sigma = \lambda_1 \lambda_2 \lambda_3 \cdots \lambda_n$$
(3-16)

倘若每道次的延伸系数相等或为了决定道次的数量，假定每道次的延伸系数都等于其平均值 $\bar{\lambda}$，则式 (3-16) 可改写为：

$$\lambda_\Sigma = \bar{\lambda}^n$$
(3-17)

式中　n——道次数。

3.2.4 型辊轧制时的宽展

3.2.4.1 概述

（1）宽展的概念和类型　轧制过程中，由于金属的横向流动，造成轧件在宽度上的增加称为宽展。

（2）影响宽展的因素　影响宽展的主要因素有：被轧制金属的性质、金属的轧制温度、轧制速度、轧辊直径、外摩擦条件、道次压下量、轧件的宽度和厚度、孔型的形状、轧件沿宽度上的变形状况。

① 孔型的形状的影响　仅以箱形、方形、椭圆形以及平辊孔型为例说明，如图3-6 所示。

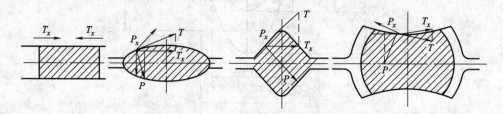

图 3-6　孔型形状对宽展的影响

在平辊上轧制时，金属横向流动的阻力仅是轧件和轧辊之间的横向水平摩擦力T_x，并没有受到轧辊侧壁的限制，故产生所谓的自由宽展。

在孔型中轧制时，金属横向流动的阻力除轧件和轧槽的摩擦力的水平分力 T_x 外，轧辊对金属压力的横向水平分力 P_x 使金属横向流动的阻力增大。因此，在孔型中轧制较平辊上轧制的宽展要小，这就是孔型侧壁限制宽展的作用。

孔型侧壁斜度越小，限制宽展的作用越大。不过，在箱形孔型中，由于孔型的底部是平的，仅在侧壁处受到阻力，当轧件不充满时，侧壁的作用也就消失。六角形孔型中由于其中间部分也是平底，其侧壁的斜度比箱形的要大，故在六角形孔型中轧件的宽展也较大，仅次于椭圆形孔型。

② 轧件的不均匀变形的影响　压下量沿轧件宽度方向上的不均匀分布，轧件在孔型中轧制时沿宽展方向上产生不均匀变形，使轧件产生强迫延伸。这就是通常说的有时孔型对金属有驱赶作用，在这种情况下延伸是被迫的。在考虑不均匀变形对宽展的影响时，必须全面、综合地分析强迫延伸和强迫宽展的总影响。

导致不均匀变形的因素很多，轧件的温度不均匀、冷却不均匀、孔型各点的线速度不同、外摩擦条件不同、轧机调整不正确和导卫装置不正确都会造成轧件压下量的不均匀，从而引起不均匀变形。

3.2.4.2　型辊轧制时宽展量的计算

由于影响宽展的因素很多且复杂，至今为止还没有一个能考虑到所有影响因素的理想宽展公式。因此，在使用上，一般只考虑一个主要因素——压下量的影响，压下量与宽展成正比，其他因素可用一个经验系数 β 来综合考虑，即：

$$\Delta b = \beta \Delta h \tag{3-18}$$

式中　Δb——宽展量，mm；

　　　Δh——绝对压下量，mm；

　　　β——宽展系数或宽展指数，即为宽展与压下量之比。

轧制紫铜时，各种简单断面孔型的宽展系数列于表 3-2 中。

表 3-2　轧铜时的各种简单断面孔型宽展系数

轧件→孔型	β 值	轧件→孔型	β 值	轧件→孔型	β 值
椭圆→方形	0.3~0.5	扁六角→方形	0.25~0.5	菱形→方形	0.25~0.4
方形→椭圆	0.8~1.2	方形→扁六角	0.7~1.0	方形→菱形	0.3~0.45

利用式 (3-18) 对不同情况进行计算。

(1) 矩形断面轧件在箱形孔型中的宽展　由于矩形断面轧件在箱形孔型中的变形与平辊轧制相同，因此用于平辊轧制的宽展公式一般都可采用。若用上述公式计算时，紫铜 $\beta = 0.3 \sim 0.4$。

(2) 存在不均匀压下孔型的宽展量计算

① 紫铜方轧件在椭圆孔型中的宽展量计算的经验公式为：

$$\Delta b_{椭} = \beta_{椭} \, \Delta h = \left(1 + \frac{10}{A}\right)(A - h_{椭}) \tag{3-19}$$

式中　A——方轧件的边长，mm；

$h_椭$——椭圆孔型的高度，mm；

$\beta_椭$——方轧件在椭圆孔型中的宽展系数。

根据在 $\phi250\sim400$mm 轧机上的实践数据得到另一经验公式为：

$$\Delta b_椭 - \beta_椭 (\Lambda - h_椭) \tag{3-20}$$

② 紫铜椭圆形轧件在小方形孔型中轧制时：

$$\Delta b_方 = \beta_方 (b_椭 - h_方) \tag{3-21}$$

式中　$b_椭$——椭圆轧件的长轴长度，mm；

　　　$h_方$——小方形孔型的对角线长度，mm。

3.3　型辊轧制时轧制力和电机功率的计算

3.3.1　轧制力的计算

金属对轧辊的全压力（即轧制力）：

$$P = \overline{p}F \tag{3-22}$$

式中　$\overline{p}$——金属对轧辊的平均单位压力；

　　　F——金属与一个轧辊的接触面积。

3.3.1.1　接触面积 F 的求法

（1）经验公式（表 3-3）

表 3-3　计算轧制时接触面积 F 的经验公式

轧件→孔型	公　式	轧件→孔型	公　式
箱形孔型	$F=\dfrac{B+b}{2}\sqrt{R\Delta h}$	方形→椭圆	$F=0.54(B+b)\sqrt{R\Delta h}$
椭圆→方形	$F=0.75\sqrt{R\Delta h}$	菱形→方形	$F=0.67b\sqrt{R\Delta h}$

注：B 为轧件轧前宽度，mm；b 为轧件轧后的宽度，mm；R 为轧辊工作半径，mm；Δh 为绝对压下量，mm。

（2）作图法　首先按比例绘出孔型和轧件图（图 3-7）。然后等距离画出其对应点连线 AA_1、BB_1、CC_1、DD_1、E，以孔型各点的轧辊半径 OA、OB、OC、OD、OE 作圆弧，从 A_1、B_1、C_1、D_1 各点作水平线交对应的轧辊半径弧线于 A_2、B_2、C_2、D_2 各点，从 A_2、B_2、C_2、D_2 作垂直线交投影图中心线于 a_0、b_0、c_0、d_0，以中心线对称作 $b_0b_1 = B_0B_1$、$c_0c_1 = C_0C_1$、$d_0d_1 = D_0D_1$、$e_0e_1 = E_0E$，用曲线圆滑连接 a_1、b_1、c_1、d_1、e_1，此曲线围成的面积即为金属和一个轧辊的接触面积（投影）。若考虑宽展，则首先估计轧件宽展到 F 点，则投影图上 $e_0f_1 = F_0F_1$，由 a_0 到 f_1 画出和原曲线相似的圆滑曲线，此外围曲线围成的面积即考虑宽展在内的金属和一个轧辊接触面积（投影）。

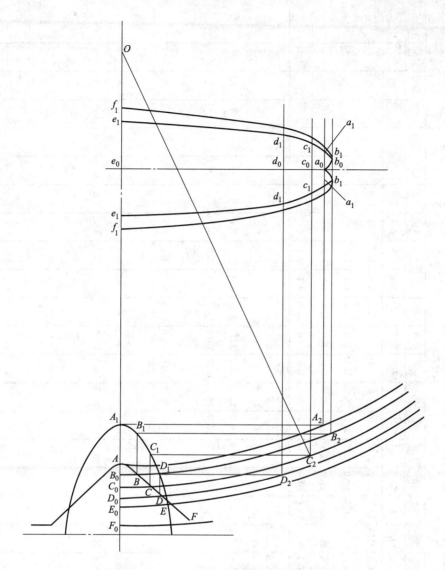

图 3-7　金属与一个轧辊接触面积的投影作图法

3.3.1.2　平均单位压力 $\bar{p}$ 的求法

$\bar{p}$ 的计算方法一般采用下列两种不同的公式进行。

（1）公式一

$$\bar{p} = K_t(1.15\sigma_b + \eta\omega) \tag{3-23}$$

式中　K_t——外摩擦对平均单位压力影响的系数，$K_t = f(\varepsilon, q)$，由图 3-8 查得；

　　　σ_b——金属及合金在某轧制温度下的抗拉强度极限，MPa，由表 3-4 查得；

　　　η——黏性系数，由公式计算；

　　　ω——变形速度，s^{-1}。

表 3-4　铜及铜合金在不同温度下的抗拉强度 σ_b

单位：MPa

金属及合金牌号	温度/°C																								
	20	50	100	150	200	250	300	350	400	450	500	550	600	650	700	750	800	850	900	950	1000	1050	1100	1150	1200
T2	24.0	22.5	20.2	18.7	17.3	16.0	14.7	13.6	12.3	11.1	10.0	8.4	7.0	5.7	4.5	3.6	2.8	2.3	1.9	1.5	1.2	—	—	—	—
H80	31.0	30.6	29.6	28.4	26.4	24.0	21.4	17.7	12.0	7.5	5.0	3.6	2.4	2.1	1.8	1.4	1.2	1.1	1.0	—	—	—	—	—	—
H68	33.0	33.0	33.0	33.0	33.0	33.0	32.0	24.5	17.0	13.0	9.0	7.0	5.0	3.8	2.6	1.8	1.0	—	—	—	—	—	—	—	—
H62	36.0	34.0	32.5	30.5	28.5	25.5	23.0	19.5	16.0	12.0	8.0	6.0	4.0	3.0	2.0	1.5	1.0	—	—	—	—	—	—	—	—
HPb59-1	37.0	36.2	34.2	32.0	30.0	24.6	20.0	14.8	10.0	7.2	4.8	3.1	1.6	1.0	0.4	0.3	0.2	—	—	—	—	—	—	—	—
QSn4-3	35.0	—	—	38.0	38.0	38.0	38.0	38.0	—	—	—	—	—	—	—	—	—	—	—	—	—	—	—	—	—
QSi3-1	38.0	38.0	38.0	38.0	38.0	38.0	38.0	38.0	26.0	20.5	15.0	10.0	—	—	—	—	—	—	—	—	—	—	—	—	—
QAl9-2	56.0	53.0	46.5	44.0	41.5	37.5	32.5	29.0	24.5	20.0	16.0	13.0	10.5	7.5	5.0	4.0	3.5	1.8	—	—	—	—	—	—	—
QBe2	50.0	50.0	50.0	50.0	50.0	50.0	50.0	50.0	50.0	47.0	40.0	28.0	16.0	13.0	10.0	7.5	5.0	3.5	—	—	—	—	—	—	—
QCd1	28.0	—	—	—	—	—	—	—	—	—	—	—	—	—	—	—	—	—	—	—	—	—	—	—	—
QCr0.5	45.0	43.5	42.0	39.5	37.0	34.5	32.5	30.5	28.0	25.0	22.0	19.3	16.5	14.0	11.5	8.7	6.0	4.2	2.5	1.7	1.0	—	—	—	—
B0.6	27.5	—	—	—	—	—	—	—	—	—	—	—	—	—	—	—	—	—	—	—	—	—	—	—	—
B16	39.0	—	—	—	—	—	—	—	—	—	—	—	—	—	—	—	—	—	—	—	—	—	—	—	—
B19	40.0	39.0	38.0	37.2	36.6	35.8	35.0	33.8	32.0	28.5	25.0	20.5	16.0	12.0	8.5	5.1	3.5	2.6	2.2	2.1	2.0	—	—	—	—
BMn3-12	47.5	—	—	—	—	—	—	—	—	—	—	—	—	—	—	—	—	—	—	—	—	—	—	—	—
BMn40-1.5	45.0	—	—	—	—	—	—	—	—	—	—	—	—	—	—	—	—	—	—	—	—	—	—	—	—
BM43-0.5	40.0	—	—	—	—	—	—	—	—	—	—	—	—	—	—	—	—	—	—	—	—	—	—	—	—
BZn15-20	41.5	—	—	—	—	—	—	—	—	—	—	—	—	—	6.0	4.2	3.8	3.0	2.2	—	—	—	—	—	—

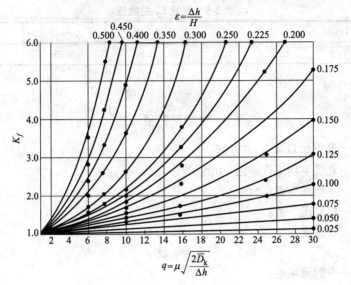

图 3-8 系列 K_f 的计算图

① K_f 的计算

$$K_f = f(\varepsilon, q) \qquad (3-24)$$

式中 ε ——相对压下量，$\varepsilon = \dfrac{\Delta h}{H}$；

q ——系数，$q = \mu \sqrt{\dfrac{2\overline{D_k}}{\Delta h}}$；

H ——轧件轧前高度，mm；

$\overline{D_k}$ ——轧辊平均工作直径，mm，$\overline{D_k} = D - \overline{H} = D - \dfrac{F_0}{B_0}$；

F_0，B_0 ——孔型的面积及高度；

μ ——轧件与轧辊的摩擦系数，一般根据轧辊材质和轧制温度按下列关系式
计算。

钢轧辊：

$$\mu = 1.05 - 0.0005t \qquad (3-25)$$

铸铁轧辊：

$$\mu = 0.8(1.05 - 0.0005t) \qquad (3-26)$$

式中 t ——轧件温度，℃。

根据已知参数计算 ε 和 q，由图 3-8 查出 K_f。

② η 的计算

$$\eta = 0.01C_v(14 - 0.01t) \qquad (3-27)$$

式中 C_v ——与轧制速度有关的系数，见表 3-5。

表 3-5　系数 C_v 的数值

轧制速度/(m/s)	<6	6~10	10~15	15~20
系数/C_v	1	0.8	0.65	0.6

③ ω 的计算

$$\omega = \frac{V_k}{\sqrt{\overline{R}\Delta \overline{h}}}\varepsilon \tag{3-28}$$

式中　V_k——轧件出口速度，mm/s；

$\overline{R}$——轧辊平均工作半径，mm；

$\Delta\overline{h}$——平均压下量，mm；

ε——相对压下量。

轧件的出口速度：

$$V_k = 1.05v \tag{3-29}$$

式中　1.05——前滑系数；

v——轧辊平均工作直径处的圆周速度，$v = \dfrac{\pi\overline{D}n}{60 \times 1000}$，m/s；

$\overline{D}$——轧辊平均工作直径，mm，$\overline{D} = D_0 - 2\overline{c}$；

n——轧辊每分钟转数，r/min。

轧件的进口速度：

$$v_0 = \frac{V_k}{\lambda} \tag{3-30}$$

式中　λ——本道孔型的道次延伸系数。

（2）公式二

$$\overline{p} = (1+m)(1.15\sigma_b + \eta\omega) \tag{3-31}$$

式中　$1+m$——轧件对轧辊的摩擦力引起的变形抗力的增加；

m——表面摩擦对变形抗力影响的系数。

$$m = \frac{1.6\mu\sqrt{\overline{R}\Delta\overline{h}} - 1.2\Delta h}{\overline{H} + \overline{h}} \tag{3-32}$$

式中　$\overline{H}$——轧件轧前的平均高度，mm；

$\overline{h}$——轧件轧后的平均高度，mm。

3.3.2　轧件温降的计算

计算轧制压力时需知轧件温度，因此需计算轧件在某个时间（每道轧制时间或两道间歇时间）内的温降。

$$\Delta t = \frac{\Delta Q}{CG} = \frac{\xi}{CG}\left(\frac{t}{100}\right)^4 F\tau \tag{3-33}$$

式中　ΔQ——轧件在某个时间的热量损失，J；

C——金属及合金的比热容，J/(kg·K)；

G——轧件重量，kg；

ξ——热辐射系数，J/(m² · h · K⁴)；

　t——轧件的温度，K；

　F——轧件的表面积，m²；

　τ——散热时间，h。

3.3.3 道次电机功率的计算

3.3.3.1 无飞轮时的道次电机功率的计算

道次的电机功率由四部分组成，即：

$$N = N_0 + N_1 + N_2 + N_3 \tag{3-34}$$

式中　N_0——电机的空转功率，kW；

　　　N_1——轧制功率，kW；

　　　N_2——摩擦功率（指轧辊辊颈处的摩擦功率），kW；

　　　N_3——传动中的损失功率，kW。

分别计算得到各部分的功率，即可得到电机功率。

（1）N_0 的计算

$$N_0 = \sum \frac{G_n \mu_n d_n}{2 i_n} n \tag{3-35}$$

式中　G_n——电机带动的旋转部件的重量，t；

　　　d_n——旋转部件轴颈处的直径，m；

　　　i_n——旋转部件与电机之间的传动比；

　　　n——电机每分钟转数，r/min；

　　　μ_n——旋转部件轴颈处的摩擦系数，与轴承材质有关，见表3-6。

表 3-6　轴承材质与摩擦系数

轴承材质	金属（如青铜等）	纤维胶木、塑料	滚动轴承	半液体摩擦轴承	液体摩擦轴承
摩擦系数 μ_n	0.07～0.1	0.005～0.01	0.003～0.005	0.006～0.01	0.003～0.005

（2）N_1 的计算

$$N_1 = P\sqrt{\overline{R}\Delta\overline{h}}n' \tag{3-36}$$

式中　P——轧制压力，10⁴N；

　　　$\overline{R}$——轧辊平均工作半径，mm；

　　　$\Delta\overline{h}$——平均下压量，mm；

　　　n'——轧辊每分钟转数，r/min。

（3）N_2 的计算

$$N_2 = Pd_1\mu_1 n' \tag{3-37}$$

式中　d_1——轧辊辊颈处的直径，mm；

　　　μ_1——轧辊辊颈和轴承的摩擦系数，和轴承材质有关，见表3-5；

　　　n'——轧辊每分钟转数，r/min。

（4）N_3 的计算

$$N_3 = \left(\frac{1}{\eta} - 1\right)(N_1 + N_2) \tag{3-38}$$

式中　η——从主电机到轧辊的传动系统的传动效率，$\eta = \eta_1 \eta_2 \eta_3$；

　　　η_1——轧辊接轴的传动效率，梅花接轴时，$\eta_1 = 0.96 \sim 0.98$，齿形接轴时，$\eta_1 = 0.97 \sim 0.99$；

　　　η_2——齿轮座的传动效率，齿轮座中为人字齿轮且为滑动轴承时，$\eta_2 = 0.92 \sim 0.94$；

　　　η_3——减速机的传动效率（包括电机联轴节和主联轴节的效率），齿轮传动时，$\eta_3 = 0.92 \sim 0.94$，皮带传动时，$\eta_3 = 0.8 \sim 0.9$。

3.3.3.2　有飞轮时的道次电机功率的计算

（1）用公式计算

$$N_k = N - (N - N_0)e^{-\frac{t}{T}} \tag{3-39}$$

式中　N——无飞轮时的道次电机功率，kW，见 2.4.3.1；

　　　N_0——电机的开始功率，kW，对每一道次来说，开始功率等于电机空转功率，见式（3-35）；

　　　e——自然对数底；

　　　t——每道次的轧制时间，s；

　　　T——电机飞轮的惯性常数，s。

$$T = \frac{GD^2 n^2 S_H}{366 N_H (1 - S_H)} \tag{3-40}$$

式中　G——飞轮的重量，t；

　　　D——飞轮轮缘的直径，s；

　　　n——电机在额定负荷下的每分钟转数，r/min；

　　　N_H——电机的额定功率，kW；

　　　S_H——电机的额定转差率，$S_H = \dfrac{n_0 - n}{n_0}$，一般 $S_H = 0.03 \sim 0.1$；

　　　n_0——电机无负荷时的每分钟转数，r/min；

　　　n——电机在额定负荷下的每分钟转数，r/min。

　　计算有飞轮时的道次电机功率 N_k 值时，需知道与电机额定功率有关的飞轮惯性常数 T 值；因此，首先近似计算电机的额定功率 N_H 值，然后再计算道次电机功率 N_k 值；如计算的 N_k 值和估计的 N_H 值相差很大，则要重新进行计算校正，实际上是用凑算法计算 N_k 值。

　　（2）用样板作图法计算

　　① 按式（3-41）计算绘制样板，如图 3-9（a）所示。

$$N' = N(1 - e^{-\frac{t}{T}}) \tag{3-41}$$

绘制样板图时，纵坐标为功率，横坐标为时间，时间取 $0 \sim 4T$。

　　② 按样板图绘制电机的道次负载曲线，即把样板放在已绘制好的静电负荷图上（静电负荷图是无飞轮时的道次电机功率），使样板的底面直线和横坐标重合，并使样

板曲线和电机空转功率 N_0 所对应的值相交于 A 点，并从 A 点起按样板曲线绘出道次的电机负荷曲线，即图 3-9（b）上的 $\overset{\frown}{AB}$ 曲线。

③ 绘制该道次的电机卸载曲线［图 3-9（c）］，把样板翻转 180°，并使样板的渐近线平行于横坐标而距横坐标为 N_0（道次电机的空转功率）值，使样板的曲线部分通过该道次电机负载曲线上的 B 点，从 B 点起按样板曲线绘出在间歇时间内该道次电机的卸载曲线，即图 3-9（c）中的 $\overset{\frown}{BC}$ 曲线。

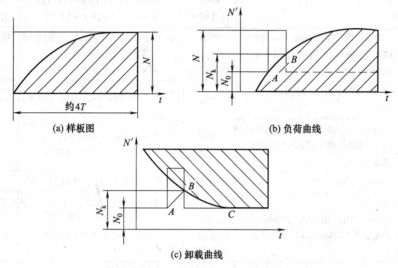

图 3-9　用样板绘制有飞轮时道次电机功率 N_k 的示意图

3.4　型材轧制生产的加工工艺

3.4.1　型材轧制的锭坯和坯料

3.4.1.1　对锭坯和坯料的要求

① 锭坯的化学成分要符合标准规定。

② 锭坯的表面不得有较大的飞边以及较深的冷隔、冷溅、气孔，不得有裂纹和较严重的夹渣、夹杂等缺陷。坯料表面不得有裂纹、折叠和较严重的起皮、陡台、夹渣等缺陷。

③ 锭坯的断面不得有较深的气孔、缩孔（冒口除外）或缩孔残余、较严重的疏松和偏析、夹杂物等缺陷。

④ 较严重的表面缺陷必须修整，铲修的沟槽深度和深宽比要符合要求，沟槽的边部要呈倾斜状。

3.4.1.2　锭坯和坯料的种类

型材轧制时采用的锭坯种类很多，选择时要根据现场的熔铸、挤压、锻造、轧制设备及工艺参数等具体条件确定。常用的铸锭和坯料种类、尺寸、质量列于表 3-7 中。

表 3-7　铜及铜合金型线坯轧制常用的铸锭和坯料

金属及合金类别	金属及合金的典型牌号	采用的铸锭和坯料		
		种类	尺寸(断面×长度)/mm	质量/kg
紫铜	T2,T3,TU1,TU2,TP1	船形锭	110/100×105×1375	115
			98/88×92×1370	85
			95/85×84×1190	>60
		圆锭	φ(60~120)×(800~1500)	25~120
		挤压圆坯	φ(40~60)×(600~1400)	12~40
黄铜	H96,H90,H85,H80,H68,H65,H62,HPb63-3,HPb60-1,HPb59-1,HSn62-1,HMn58-2,HFe59-1-1	圆锭 矩形锭 挤压圆坯	φ(40~120)×(800~1500) 45×30×(1200~1300) φ(40~60)×(600~1400)	15~120 — 12~40
	H96,H90,H85,H80,H68,H65,H62	方锭	80×(80~100)×100×(800~1400)	40~120
青铜	QSn4-3,QAl9-2,QBe2.5,QBe2.15,QBe2,QBe1.9,QBe1.7,QSi3-1,QMn5,QCd1,QCr0.5	圆锭 挤压圆坯	φ(40~120)×(800~1500) φ(40~60)×(600~1400)	15~120 12~40
	QSn4-3,QSi3-1	挤压方坯	40×(40~85)×85×(400~1400)	—
铜镍合金	B0.6,B16,B19,B30,BMn3-12,BMn40-1.5,BMn43-0.5,BZn15-20	圆锭 锥形锭 挤压圆坯 锻造方坯	φ(40~120)×(800~1500) φ120/φ85×650 φ(40~60)×(600~1400) 40×(40~70)×70×(350~1000)	15~120 50 12~40 —
	BZn15-20	矩形锭	115×110×600	62

3.4.2　型材轧制时的工艺参数

3.4.2.1　加热制度

　　型材轧制是在一定的温度下进行的,这样可充分利用金属及合金在高温下的较高的塑性,减少轧制时的能量消耗,因此要把锭坯加热到一定的温度,以保证在高塑性温度范围内进行轧制。

　　(1)加热温度　铜及合金的加热温度范围是根据塑性图确定的。表 3-8 和表 3-9 列出了一些铜合金的加热温度范围。

表 3-8　铜及铜合金锭坯的加热制度

金属及合金类别	金属及合金名称	金属及合金的典型牌号	锭坯断面尺寸/mm	加热制度		
				加热温度/℃	升温时间/min	均热时间/min
紫铜	紫铜	T2,T3	φ85	850~900	—	20~30
黄铜	普通黄铜	H80	φ85	830~870	—	30~50
		H68	φ85	800~830	—	60~90
		H62	φ85	780~810	—	30~50
	铅黄铜	HPb59-1	φ85	730~780	—	30~50

金属及合金类别	金属及合金名称	金属及合金的典型牌号	锭坯断面尺寸/mm	加热制度		
				加热温度/℃	升温时间/min	均热时间/min
青铜	锡青铜	QSn4-3	$\phi50$	740~760	—	40~60
	铍青铜	QBe2.5, QBe2.15, QBe2, QBe1.9, QBe1.7	$\phi50$	770~790	—	30~50
	硅青铜	QSi3-1	$\phi50$	800~830	—	40~60
	锰青铜	QMn5	$\phi50$	820~840	—	50~70
	镉青铜	QCd1	$\phi50$	850~900	—	30~50
	铬青铜	QCr0.5	$\phi50$	880~920	—	30~50
铜镍合金	普通白铜	B0.6	$\phi50$	880~920	—	40~60
		B19	$\phi50$	980~1030	—	40~60
		B30	$\phi50$	990~1040	—	30~50
	锰白铜	BMn3-12	(50×50)~(70×70)	780~830	40~50	30~40
		BMn40-1.5	(50×50)~(70×70)	1100~1150	40~60	40~60
		BMn43-0.5	(50×50)~(70×70)	1100~1180	40~60	40~60
	锌白铜	BZn15-20	$\phi50$	900~920	—	30~50

表 3-9　铜及铜合金加热和轧制的温度制度

金属及合金类别	金属及合金名称	金属及合金的典型牌号	锭坯断面尺寸/mm	加热制度		轧制温度制度	
				加热温度/℃	加热时间/h	开轧温度/℃	终轧温度/℃
紫铜	紫铜	T2, T3	98/88×92	850~920	0.5~1	850~900	500
黄铜	普通黄铜	H90	$\phi100$~120	840~900	2	830~880	550
		H80	$\phi100$~120	830~870	2	820~860	550
		H68	$\phi100$~120	800~850	2	800~830	550
		H62	$\phi100$~120	780~830	2	780~820	550
	铅黄铜	HPb59-1	$\phi100$~120	730~780	2	730~760	600
青铜	锡青铜	QSn4-3	(60×60)~(80×80)	720~750	2	720~740	600
	铝青铜	QAl9-2	$\phi100$	780~820	2	780~800	600
	铍青铜	QBe2	$\phi100$~120	780~800	4	780~800	600
	硅青铜	QSi3-1	(60×60)~(80×80)	800~850	2	800~840	600
	镉青铜	QCd1	$\phi100$~120	850~900	2	850~900	550
	铬青铜	QCr0.5	$\phi100$~120	900~950	2	880~930	550
铜镍合金	普通白铜	B0.6	$\phi120/\phi85$	820~900	3	820~880	600
		B16	$\phi120/\phi85$	900~950	3	900~940	600
		B19	$\phi120/\phi85$	900~950	3	900~940	550
		B30	$\phi120/\phi85$	990~1040	3	980~1020	600
铜镍合金	锰白铜	BMn3-12	$\phi120/\phi85$	780~850	3	780~840	650
		BMn40-1.5	$\phi120/\phi85$	1130~1180	3	1100~1150	650
		BMn43-0.5	$\phi120/\phi85$	1100~1180	3	1100~1150	650
	锌白铜	BZn15-20	$\phi100$~120	900~950	3	900~940	650

具体选择加热温度时要根据锭坯的断面大小、加热炉的型式、燃料、加热方式以及轧制设备和工艺等具体条件确定。锭坯断面较大或设备正常且生产率较高的可取上限温度；塑性温度较窄的铜合金（如 HPb59-1、QBe2、QSi3-1、QSn4-3、BMn3-12 等）尽量取上限温度加热，以保证终轧温度。但上限温度加热时紫铜的氧化损失较大，一些易氧化成分的挥发（如脱锌）加剧，同时要防止过热或过烧。

（2）加热时间　加热时最好规定升温时间和保温时间。升温时间太短会使锭坯产生热应力，甚至产生裂纹。均热时间短会使锭坯温度不均，轧制时造成轧件弯曲、裂纹等缺陷。加热时间太长会增加金属的氧化，增加某些易氧化成分的挥发，使无氧铜增氧，从而增加金属的消耗或造成一些轧制缺陷。

在感应电炉中对某些金属及合金进行高温快速加热可以大大缩短加热时间，减少金属消耗和轧制缺陷，但耗电量大，成本高。

表 3-7 和表 3-8 中规定了一些铜及铜合金的加热时间，其中表 3-7 具体规定了升温时间和均热时间。

（3）炉内气氛　大部分铜及铜合金在微氧化性或氧化性气氛中进行加热。为了形成微氧化气氛，应供给稍为过量的空气，若太多，则生成的氧化皮将增多。

对一些含少量脱氧剂铝、锌等成分的合金，为了减少氧化损失，可以在微还原性气氛中加热。对无氧铜，为了防止加热时增氧，需在微还原性气氛中加热。

（4）炉内压力　加热铜及铜合金时一般采用微正压操作，以防止或减少炉外的冷空气进入炉内而造成金属氧化的增加。

3.4.2.2　轧制温度

轧制温度是根据金属及合金塑性图确定的，由加热温度来满足的。开轧温度比出炉温度稍低，终轧温度是塑性温度范围的下限，见表 3-8。

对于低温或温度不均的锭坯不应进行轧制。在轧制过程中低于终轧温度的轧件应当作废品或回炉再加热。

对于一些塑性温度范围较窄的或轧制道次较多的金属及合金，为了保证终轧温度，需要二次加热后再轧制。

3.4.2.3　轧制速度

轧制速度就是轧辊表面上的最大圆周速度。开坯阶段轧制速度要低一些，开坯后，金属塑性明显改善，可采用较高的轧制速度，从而充分利用轧件在高温下的塑性、提高轧件的内部质量。目前手工操作的轧制速度一般在 8m/s 以下；在横列式活套轧机上使用正、反围盘代替手工操作时的轧制速度可达 16m/s 以上；在连续式线坯轧机上轧制速度可达 25～40m/s 以上。

轧件在孔型中轧制时，其进口速度和出口速度是不同的。轧制铜及铜合金型线坯时常用的轧制速度见表 3-10。

3.4.2.4　道次延伸系数的分配

型材轧制中，各道次的延伸系数并不是常数，通常随轧件温度的降低、变形抗力的增大，道次延伸系数是逐渐减小的。

表 3-10　铜及铜合金型线坯常用的轧制速度

金属及合金类别	金属及合金的典型牌号	轧制速度/(m/s)				
		线　坯			型　材	
		粗轧机	中轧机	精轧机	粗轧机	中轧机
紫铜	T2,T3	1.5～3.5	3.0～16.0	4.0～40.0	1.5～3.5	3.0～8.0
黄铜	H90,H80,H68,H62,HPb59-1	1.0～3.5 1.0～3.0	2.5～8.0 2.0～6.0	3.0～16.0 3.0～8.0	1.0～3.0 1.0～3.0	2.5～6.0 2.0～6.0
青铜	QSn4-3,QAl9-2,QBe2,QSi3-1,QCd1,QCr0.5	1.0～3.0	2.5～8.0	3.0～10.0	1.0～3.0	2.0～6.0
白铜	B19，BMn3-12，BMn40-1.5,BZn15-20 B0.6,BMn43-0.5	1.0～3.0 1.0～3.0	2.5～8.0 2.5～8.0	3.0～10.0 3.0～10.0	1.0～3.0 —	2.0～6.0 —

　　分配道次延伸系数时要根据所采用的孔型系统来定。另外，对于铜镍合金由于铸锭的铸造组织的塑性较差，需要先用很小的变形量改造其铸造组织，然后再给予较大的变形量，因此，前几道次中，其延伸系数是很小的。

3.4.2.5　活套和轧制图表

　　(1)　轧件活套的长度计算　在横列式轧机上进行型材轧制时，轧件在前一个机架还未完全轧完时就进入下一个机架轧制，由于两个相邻机架轧辊转数相同或相差不大，轧辊辊径相差不大，而两道的轧件断面积却相差较大，因此，在两个相邻机架之间必然会形成轧件的积累，称为活套。轧件活套长度计算如图 3-10 所示。

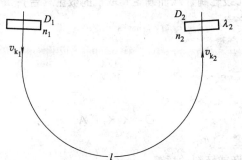

图 3-10　轧件活套长度计算示意图

　　当前一道轧件轧完时的活套长度（即活套最大长度）为：

$$l = v_{k_1} t' + (v_{k_1} - v_{k_2})(t - t') \tag{3-42}$$

式中　v_{k_1}——前一道轧件的出口速度，m/s；

　　　v_{k_2}——后一道轧件的出口速度，m/s；

　　　t——前一道轧件的纯轧时间，s；

　　　t'——轧件头部由前一道轧出到后一道喂入的间歇时间，s。

手工操作时，一般取 $t' = 1～3s$，或根据实测数据求其平均值。

使用围盘时：

$$t' = \frac{l'}{v_k} \qquad (3\text{-}43)$$

式中　l'——轧件头部由前一道轧出到后一道喂入所经过的距离，m。

对连续式轧机，l' 为相邻两机架的中心距；对横列式活套轧机，包括围盘跑槽的长度、出入口导卫装置及喇叭口的长度。

(2) 活套沟的长度计算　活套沟是接收容纳活套的斜坡道，在生产中轧件形成活套后进入活套沟中并在其中滑行。以防活套乱线，随着轧制进行，活套继续增大。设备轧制多种规格的铸锭或坯料时，则应按生产的最长活套来计算活套沟的长度。活套沟的长度：

$$l_1 = \frac{1}{2} l + (2\sim3) \text{m}$$

式中　l——活套长度，m。

(3) 轧制图表　轧制图表又称轧制进程图，表示轧制道次与轧制时间、间歇时间之间的关系。纵坐标为轧制道次，横坐标为时间。轧制图表的用途是通过它可以全面地了解轧机及辅助设备（加热炉、卷取机等）的工作情况，从轧制图表中可以看出：

① 每一道的纯轧时间、每相邻两道的间歇时间和每一根轧件的总轧制时间，从而看出生产上的薄弱环节；

② 每架轧机上同时轧制几根轧件，从而确定轧机和电动机的负荷；

③ 横列式活套轧机上几线轧制，从而确定围盘的槽数；

④ 成品轧机上几线轧制，从而确定卷取机的数量（台）；

⑤ 计算轧机生产率。

轧机的理论小时产量：

$$A = \frac{3600 G}{1000 T} \qquad (3\text{-}44)$$

轧机的全年产量：

$$Q = K_1 K_2 T_y A$$

式中　A——小时产量，t/h；

　　　G——每根锭坯或坯料的质量，kg；

　　　T——轧制周期，s；

　　　K_1——轧机工作效率，$K_1 = \dfrac{\text{轧机实际工作时间}}{\text{公称时间}}$；

　　　K_2——成品率；

　　　T_y——全年公称时间（日数×24h），h。

为绘制轧制图表，需要以下数据。

① 每一道次的纯轧时间　纯轧时间可以根据实测数据求其平均值，或由式（3-45）求得。

$$t = \frac{l_0}{v_0} = \frac{l_k}{v_k} \qquad (3\text{-}45)$$

式中 l_0——轧件轧前的长度，m；

l_k——轧件轧后的长度，m；

v_0——轧件的进口速度，m/s；

v_k——轧件的出口速度，m/s。

② 每相邻两道间的间歇时间 t'　对于顺列式轧机跟踪轧制或单机架、横列式轧机穿梭轧制，每相邻两道的间歇时间规定为前一道轧完到后一道喂入轧件的时间。间歇时间可计算或实测。

对于横列式轧机活套轧制或连续式轧机，每相邻两道的间歇时间规定为前一道开始轧制到后一道开始轧制的时间（即轧件头部从前一道出来到后一道咬入的时间）。

③ 轧制周期　轧制周期是从第一根料出炉进轧机到第二根料出炉进轧机之间的间隔时间，可由实测求得，轧制周期决定了轧机的生产率。绘制轧制图表的目的就是为了确定轧制周期。轧制图表至少应表示出一根轧件完整的轧制过程和同一道次中相邻两根轧件所对应的开始或结束的时间间隔。

3.4.3　型材轧制注意事项

3.4.3.1　轧制前的准备工作

① 检查轧辊和轧槽，要求无损坏、锈蚀、磨损，轧槽车削要符合要求。

② 非调整轧辊要求保持水平，用水平尺测量，侧斜度要符合要求。

③ 上下两轧辊要求平行且两轧辊的中心线在一条垂线上。

④ 导卫梁要用水平尺测量，导卫及围盘安装正确。

⑤ 辊缝要预先调到要求的尺寸（设计的辊缝值减去轧辊辊跳值）。上下两轧槽要对正。

⑥ 各辅助系统均需检查无问题方可开动轧机。

⑦ 正式轧前要试轧小料（将形状、尺寸符合要求的短料加热到规定温度后试轧），逐道次调整料型至符合要求。

3.4.3.2　轧制时注意事项

（1）轧机调整　轧制时轧机的调整可以弥补孔型设计和轧辊车削的不足，调整的质量直接影响轧制的产量和质量。具体的调整方法见 3.7.7。

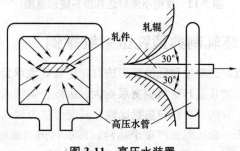

图 3-11　高压水装置

（2）冷却水及高压水　冷却水用以冷却胶木轴承、轧槽及导卫，同时也起润滑作用。冷却水的压力通常为 300～500kPa，用水量根据品种、轧制速度、轴承种类而定，轧紫铜时一般 150～250t/h；轧黄铜时则要求少量冷却水。

轧制紫铜时，为防止氧化皮压入造成夹杂，需在轧件的比面积较大道次的出口处安装高压水装置冲氧化皮。高压水装置如图 3-11 所示，高压水的压力一般为 10MPa 左右。

（3）成品淬水　紫铜成品淬水是为了减少氧化损失；铍青铜成品淬水是为了获得较软的单相组织，以便下道工序拉伸生产。

3.5　型材轧制的典型孔型系统举例

3.5.1　紫铜小型材坯轧制典型孔型系统举例

紫铜有比较大的塑性温度范围，具有良好的塑性和低的变形抗力，因此允许用较大的变形量和较少的道次进行轧制。

如图 3-12 所示为轧制紫铜小型型材坯的孔型系统图。

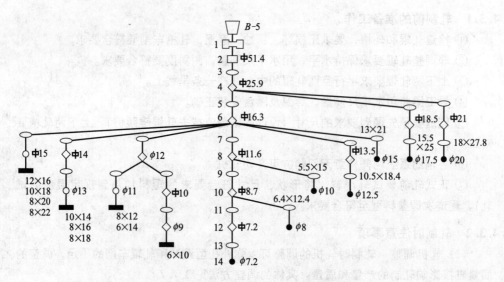

图 3-12　紫铜小型材坯孔型系统示意图

3.5.2　铜合金型材坯轧制典型孔型系统举例

大部分黄铜具有良好的塑性和低的变形抗力，能较好地承受热轧，由于黄铜在孔型中的宽展较紫铜大，尤其是 H62 黄铜宽展更大，因此，黄铜的轧制道次较多，孔型的道次延伸系数较小。青铜、白铜与黄铜比较，其变形抗力较大，而且这些合金的批量小、品种多，通常用一套孔型生产多个品种，轧制时道次变形量较小，道次较多。如图 3-13 所示为轧制铜合金中型型材坯用的孔型系统图。

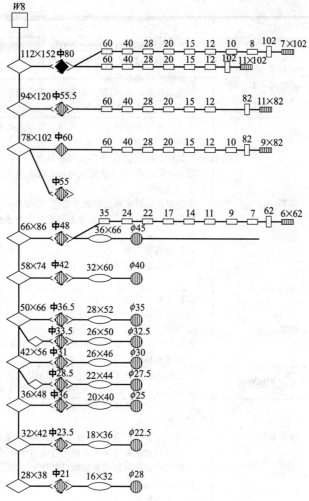

图 3-13 中型铜合金型材坯用孔型系统图

3.6 型材轧制时的废品

型材轧制时由于锭坯的质量、加热和轧制工艺不当、孔型设计不合理,或在轧制中轧槽的磨损和调整不妥,以及导卫装置和围盘等安装不正确的各种因素,将使轧件的质量出现许多缺陷。主要的缺陷类型和产生的原因见表 3-11。

表 3-11 型材轧制时的缺陷和产生原因

缺陷种类		产生的原因
尺寸范围和椭圆度	尺寸超公差	①孔型设计不合理 ②轧件前后温度波动太大 ③调整压下装置不当,压下量不符合规定 ④成品前一道孔型控制不妥或成品孔型的磨损大

缺陷种类		产生的原因
尺寸范围和椭圆度	型材头尾与中间的断面尺寸不一致	对于轧制断面较小的线材或小型材,头尾的断面尺寸大于中间的 ①轧件的头尾和中间存在温差,温差大则尺寸差亦大 ②轧机的转动不平衡 ③围盘甩套过长,甩尾时易将尾部甩成细长 ④卷取机速度与机架的出线速度不相适应
表面及内在质量	耳子(飞边)	①孔型设计不合理,上道孔型过大或本道孔型过小,留的宽展余地不够 ②轧辊错动引起上、下两孔型不对正 ③调整不正确,使上道的来料过大或本道的压下量太大,致使孔型过充满 ④料温过低及来料的形状不规整 ⑤导卫装置安装不正,或导卫装置的过松造成轧件不稳定,左右晃动甚至倾倒 ⑥轧槽磨损严重 ⑦同一轧辊上多根轧制时引起辊两端的弹跳不一致将产生单边耳子
	裂纹	①锭坯化学成分不合格 ②锭坯加热时过烧,或轧件温度过低 ③型设计不合理,本道压下量太大 ④轧制时不均匀变形严重而产生附加拉应力 ⑤锭坯头部铸造质量差,产生劈裂
	麻面及刮擦伤	①轧辊表面硬度不一,或轧槽磨损不均匀 ②导卫装置的形状不合、内表面不光洁,润滑不良、镀铬层脱落
	翘皮和起毛	①轧件表面有凸块继续轧制后成结疤 ②轧槽较毛糙 ③导板过紧或不清洁,润滑不良造成粘刮金属继续轧制 ④轧件经过之处有尖锐的棱角造成粘刮金属再轧出 ⑤轧件表面有金属的夹杂物或氧化物压入
	分层和夹杂	①带有夹杂物的轧件在连续轧制时锭坯的气泡不会焊合或裂纹进一步发展 ②锭坯原料中存在非金属夹杂物,或加热和轧制时将金属氧化物及其他异物压入轧件
力学性能不合格		①轧件由于终轧温度过低时,会出现硬线,硬线在拉伸中会脆断 ②在横列式轧机上,由于活套缠绕而造成乱线打结,或咬入不顺利等因素,引起轧件中间停留的时间过长,使终轧温度不合要求
化学成分不合格		化学成分不合格、成分或杂质含量不符合 GB/T 的技术要求

3.7 型材轧机及其附属装置和辅助设备

3.7.1 型材轧机

3.7.1.1 型材轧机的一般构造

在轧制主线上型材轧机的主要部件是传动装置、齿轮机座和工作机架等,沿横向上的结构布置简图如图 3-14 所示。

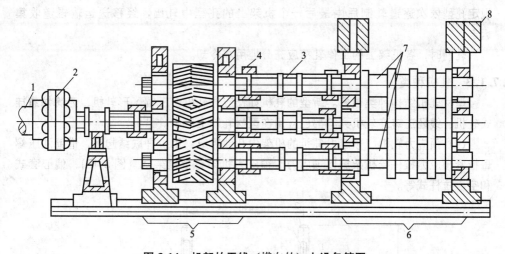

图 3-14　机架的干线（横向的）上设备简图

1—电机轴；2—主联轴节；3—连接轴；4—联轴节；5—齿轮机架；
6—工作机架；7—工作轧辊；8—牌坊

电机通过主联轴节或皮带经齿轮减速箱减速后，带动齿轮机座上齿轮转动，而后齿轮再通过它与工作机架上的轧辊相联结的联轴节和连接轴将转动传递给工作轧辊，使之正常地运转。

为了使传动负荷均匀，在轧机上使用了飞轮。对于采用齿轮减速箱时，为使电机的转动传到轧机机架上去，则将飞轮做成一个整体圆盘（直径为 1~3m），而用皮带传动的，这个飞轮同时也起到了皮带轮的作用（其直径大于 4.5m）。

主联轴节的作用是补偿轧辊的互相移动和承受轧辊倾斜弯曲时所产生的轴向力。而齿轮机座与工作机架之间，以及两个工作机架之间的辊头，则由连接轴通过联轴节连接在一起。联轴节的内形应与辊头形状相适应，辊头与联轴节之间一般应有 4~10mm 的间隙。连接轴抬起的角度应与工作轴的上升角度相适应。联轴节由铸铁或铸钢制成，当轧件过载时联轴节应比其他零件先破坏。

工作机架在一个机列可安置数个。工作机架内装有工作轧辊。按轧辊数分为三辊机架和二辊机架。按其结构来分有开口式机架和闭口式机架，开口式机架的刚性较闭口式的差，但换辊方便，常用于横列式活套轧机上。此外，还有一些新的机架型式用于生产中，如预应力机架和无牌坊吊挂机架等。

工作机架上的轴承在轧机上起着很大的作用。大量的能量用来克服轧辊辊颈和轴瓦之间的摩擦阻力，因此轧辊的辊颈不应紧夹于轴承内，一般辊颈被轴承包容部分不应多于 1/3，另外辊颈在工作时应有充分的冷却，且轴瓦上应很好地润滑。

3.7.1.2　型材轧机的操作过程

启动型材轧机后，在空车情况下检查轧机是否运转正常，并注意与辊颈相接触的轴瓦上的润滑和冷却。

然后，由推料机将已加热的锭坯推出炉膛，落入输送辊道送至粗轧机上，轧件按规定孔型依次逐道轧制后由最后一个机架上的孔型中轧出，经移送运输辊道收集运走。

轧制时，各机架上的工作轧槽应充分地用水冷却。

3 7 1 3　轧机种类

型材轧机结构种类很多。新型的轧机如预应力轧机、三辊 Y 形轧机、无牌坊悬挂式轧机、线坯连铸连轧机列等都已应用在型材轧制生产中。

（1）预应力轧机　预应力轧机的机架由几件组成，用拉杆联结起来，借助油压螺母拉紧预应力拉杆给机架施以预应力。预应力机架有半机架式（图3-15）、偏心套式和空心拉杆式等。

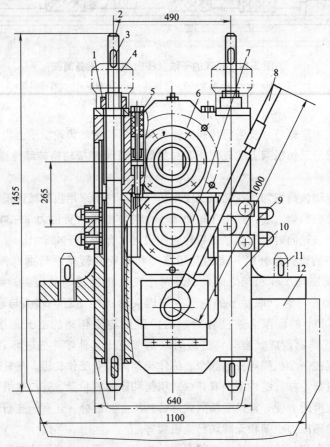

图 3-15　ϕ260mm 半机架式预应力轧机

1—螺母；2—预应力拉杆；3—扁销；4—油压千斤顶；5—轧辊平衡装置；6—上轧辊轴承座；
7—下轧辊（可调）轴承座；8—调整手柄；9—导卫梁；10—半机架；11—扁销；12—底座

预应力轧机的特点是机架刚性大，重量轻，结构紧凑，轧制精度高；机架可以分件制造，简化加工制造工艺，提高制造精度。

（2）无牌坊悬挂式轧机　无牌坊悬挂式轧机（图3-16）与旧式轧机相比，没有牌坊和"H"瓦；与预应力轧机相比没有半机架，而只有轴承座；二辊轧机从下辊轴承

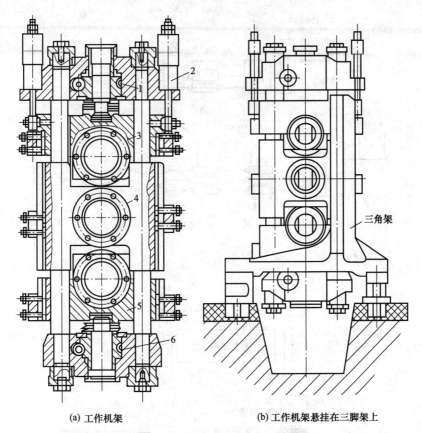

(a) 工作机架　　　　　　(b) 工作机架悬挂在三脚架上

图 3-16　φ450mm 无牌坊悬挂式轧机

1—压下装置；2—平衡装置；3—上轧辊装配；4—中轧辊装配；5—下轧辊装配；6—压上装置

座上向上伸出两根支柱（拉杆），上辊轴承座穿在拉杆上，用螺母或扁销连接在一起；三辊轧机则从中辊轴承座向上、向下各伸出两根拉杆用以连接上下辊轴承座，这样组成的工作机架悬挂在一个刚性三脚架上。无牌坊悬挂式轧机的刚性大、重量轻、结构简单、适应性强，加工制造简单，是一种较好的轧机型式。

3.7.1.4　轧机的布置

（1）横列式活套轧机　这是最普遍的轧机布置型式，分为单列式和多列式轧机。

① 单列式活套轧机（图 3-17 所示）　单列式活套轧机的所有机架都布置在一列上，由一个电机带动，其机架少、电容量小、设备简单、投资少，但操作不方便、轧制速度低、锭坯断面小、生产率低。单列式轧机多为旧式轧机布置，适用于坯料小、品种和规格多的线坯生产。

② 多列式活套轧机　轧机由二列、三列或多列组成，分别由几个电机带动。粗轧机速度较低；中、精轧机速度高些。多列式轧机的机架多，采用的锭坯断面较大、道次较多、轧制速度较高、生产率较高，便在中、精轧机列上使用正、反围盘代替手工操作。如图 3-18 所示。

粗轧机列一般为单机架三辊轧机或三辊轧机及二辊轧机的粗轧机列，使用的轧辊

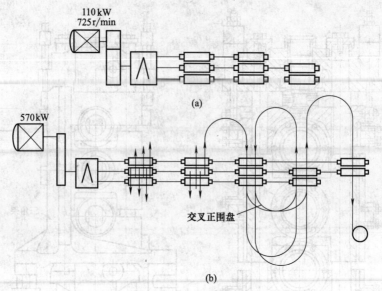

(a)

交叉正围盘

(b)

图 3-17　单列式活套轧机

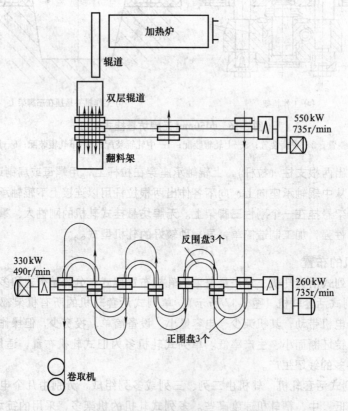

加热炉

辊道

双层辊道

翻料架

550 kW
735 r/min

反围盘3个

330 kW
490r/min

正围盘3个

260 kW
735 r/min

卷取机

图 3-18　使用正、反管式围盘的多列活套轧机

辊径一般为 $\phi360\sim500$mm，辊身长度一般为 900～1500mm，轧制速度一般为 2～4m/s。一般使用升降台或双层辊道、翻料机构实现机械化操作。

中、精轧机列一般由几个交替二辊式轧机组成，在中、精轧机列上活套轧制，以满足轧件长度大的要求；使用的轧辊辊径一般为 φ200～350mm，辊身长度一般为 400～750mm，轧制速度一般为 3～16m/s。多使用正、反围盘实现机械化操作，在品种、规格多的旧式轧机上也有手工操作的。

（2）半连续式轧机　半连续式轧机的前部为横列式轧机，后部为连续式轧机，其机械化、自动化程度较高，生产率较高。

① 精轧机列为平、立辊连轧机的半连续式轧机。

② 双机架半连续式轧机。此轧机的特点是中、精轧机全部由二辊水平轧机组成；每两架成一对，在这两架之间轧件形成连轧（轧件为椭圆断面），每对轧机之间使用正围盘。

③ 精轧机为三辊 Y 形连轧机的半连续式轧机。

（3）连续式轧机　连续式轧机的特点是一根轧件同时在几架轧机上轧制，机械化、自动化程度较高，轧制速度快，生产率高；但设备较复杂，轧机调整困难，要求有较高的技术操作水平。连续式轧机布置形式有平、立辊连轧机；三辊 Y 形连轧机；45°悬臂式连轧机。

（4）连铸连轧机列　连铸连轧机列的特点是将铜的熔化、铸造和热轧三者与收线等结合成一体，具有连续化、自动化、产量高等优点。连铸连轧机列由竖式熔化炉、保温炉、铸造机、连轧机、清洗冷却管、收料机等组成。

3.7.2 轧辊

（1）轧辊的工作条件　轧辊是轧机的主要部件，由于型材轧制通常都在热态下进行，轧辊首先承受急热的作用，不仅会使轧辊表面产生氧化，而且在热应力作用下，常使轧辊产生表面裂纹，甚至剥落。其次，轧辊在工作时还反复受到冲击和扭转的负荷，常常引起轧槽的不均匀磨损和出现麻坑、微小裂纹、毛糙等而影响到轧件表面质量、尺寸及形状，且易黏结金属，造成划伤的缺陷。在轧制时，轧件与轧辊表面间存在着相对运动所产生的摩擦，会引起轧槽的严重磨损。轧制压力越大则磨损越严重，必须及时调换轧辊或重新车削，否则将影响产品质量。另外，轧辊上工作轧槽部分，由于冷却不当或冷却不充分，轧槽会毛糙很易粘金属。

（2）轧辊的组成　轧辊是由辊身、辊颈和辊头三部分组成。辊身也是轧辊最重要的工作部分，其主要尺寸是轧辊的直径和辊身长度，它们是轧机的主要技术参数，型材轧机是以轧辊直径来称呼轧机的，如 φ250 轧机即轧辊直径为 250mm 的型材轧机。辊颈是轧辊与轴承相配合的部分。其作用是将轧辊固定在机架上。辊头是直接与传动轴连接的部分，它使轧辊转动。

（3）轧辊的尺寸

① 轧辊直径　在保证轧辊强度和咬入顺利的前提下，应尽可能采用小直径轧辊。因为辊径增大，会加大轧件的宽展量，对型材不利，而且也会增加电机负荷，电能消耗大。

当一台电机传动数台横列式轧机机架时，由于轧辊的转数相同，会使轧制速度逐渐增加，为控制活套的长度，轧辊直径应该逐道次、顺次增大一定值。

② 辊身长度　主要是根据轧辊直径、孔型的宽度和在轧辊上配置的孔型数目来确定。为保证轧辊的刚度和强度的要求，辊身长度与轧辊直径应有一定的比例，对粗轧机 $L/D=2.2\sim3.0$；对中、精轧机 $L/D=1.5\sim2.5$。

③ 轧辊的其他尺寸　根据轧辊直径来确定。在型材轧机上常用的轧辊尺寸见表3-12。

表 3-12　轧辊的各部分尺寸　　　　　　　　　单位：mm

轧机类型	机架类型	轧辊直径 D	辊身长度 L	辊颈直径 d_1	辊颈长度 l_1	圆角半径 r	辊头直径 d_2	辊头长度 l_2
中型型材轧机	粗轧机架	400～600	1200～1600	(0.54～0.58)D	$0.9d_1+20$	$0.1d_1$	(0.94～0.96)d_1	$0.5d_2+40$
	精轧机架	400～450	1100～1500	(0.54～0.58)D	$0.9d_1+20$	$0.1d_1$	(0.94～0.96)d_1	$0.5d_2+40$
小型型材轧机	粗轧机架	400～450	1100～1500	(0.54～0.58)D	$0.9d_1+20$	$0.1d_1$	(0.94～0.96)d_1	$0.5d_2+40$
	精轧机架	300～350	600～1000	(0.53～0.55)D	$d_1+(20\sim50)$	$0.1d_1$	(0.92～0.93)d_1	$0.5d_2+40$
线材轧机	精轧机架	240～310	500～850	(0.53～0.55)D	$d_1+(20\sim50)$	$0.1d_1$	(0.92～0.93)d_1	$0.5d_2+40$

（4）轧辊的材质　用以轧制铜及铜合金型材的轧辊的材质，一般有球墨铸铁、冷硬铸铁、铸钢、锻钢及合金锻钢几种。

球墨铸铁轧辊大都用在粗轧机上，其硬度为 150～250HB。

铸钢和锻钢一般多用粗轧机上，也有用在中、精轧机上的，其硬度为 150～350HB。合金锻钢轧辊一般在轧制铜镍合金时使用，其表面硬度为 350～550HB。

冷硬铸铁轧辊适用于所有机架上，其表面硬度一般为 350～550HB，其表面冷硬层厚度一般为 20～50mm，粗轧机上用冷硬铸铁轧辊时，因轧槽较深，可预先铸造带有轧槽的毛坯辊，以防车削掉冷硬层。

3.7.3　粗轧机的机械化装置

3.7.3.1　提升装置

提升装置：把轧件由下轧制线提升到上轧制线，分为摆动升降台和双层辊道。

（1）摆动升降台　摆动升降台示意图如图3-19所示。升降台上下工作稳定、可靠，处理事故方便；但使用升降台只能同时单向轧制，而且升降台的动作受纯轧时间最长的道次的限制，间歇时间长，使轧制周期和总轧制时间增长，降低生产率。升降台的安装和维护较复杂，若操作不慎，下轧制线出来的轧件会冲击升降台造成事故。

（2）双层辊道　与升降台比较，双层辊道

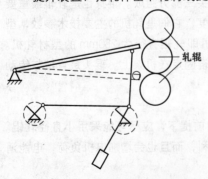

图 3-19　摆动升降台示意图

轧辊

制造、安装、维护都较方便，生产事故少，而且上下轧制线可以同时交叉轧制，间歇时间短、生产率高。目前线坯轧机上已广泛采用了双层辊道，双层辊道的形式很多，通常的有活板式和升降式两种。

① 活板式双层辊道　如图3-20所示是活板式双层辊道，它是由下层辊道、上层辊道、活板和延伸辊道四部分组成。上层辊道一般呈倾斜位置，其长度不宜过长，一般由3～4个辊子组成；下层辊道呈水平位置；延伸辊道一般呈倾斜位置，倾斜角为5°～13°，下轧制线出来的轧件通过活板落到延伸辊道上，然后由上层辊道进入上轧制线轧制。下层辊道和延伸辊道的线速度通常为轧件出口速度的1.5倍。活板式双层辊道适用于断面不太大而长度较长的轧件。

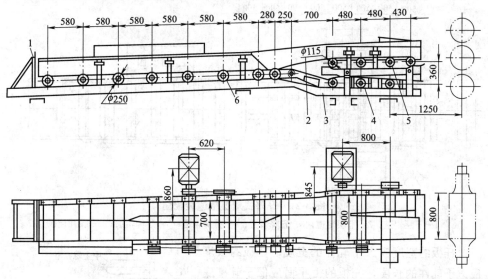

图3-20　双活板式双层辊道

1—缓冲挡板；2—活板；3—辊道架；4—下层辊道；5—上层辊道；6—延伸辊道

② 升降式双层辊道　图3-21所示是升降式双层辊道，与活板式双层辊道的区别是用一段升降活动辊道（升降有电动、气动两种）代替活板，因此设备较复杂，投资较大。

升降式双层辊道适用于断面大而长度短的轧件，升降辊道和上层辊道的长度之和略大于轧件最大长度，延伸辊道的长度为轧件最大长度的1.3～1.5倍，倾斜角约为10°。

3.7.3.2　翻料装置

从上轧制线出来的扁形轧件，经翻料装置自行翻转90°落下，进入下轧制线轧制。常用的翻料装置是翻料架和槽形辊道。

如图3-22所示是固定式翻料架示意图，它是由侧立板、托板、滑板、挡板组成，用10～20mm厚的钢板焊接，适用于轧件断面较大、长度较短的情况。

如图3-23所示是活动翻料架简图，它适用于轧件断面较小、长度大的情况。

由上轧制线出来的轧件落在托板上，轧件依靠自重或电动、气动使托板落下并使轧件翻转90°进入下轧制线轧制，托板依靠电动、气动或重锤、弹簧复位。

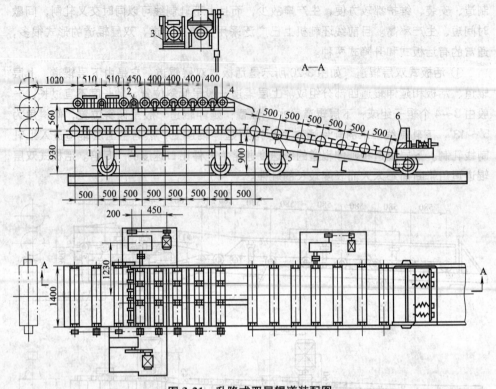

图 3-21　升降式双层辊道装配图

1—下层辊道；2—上层辊道；3—升降装置；4—升降辊道；5—延伸辊道；6—缓冲挡板

托板的宽度应大于轧件的宽度，托板的长度应大于轧件的长度，托板的上平面应低于轧槽底部 30～50mm。

如图 3-24 所示是槽形辊道示意图，槽形辊道一般由 4～8 个槽形辊（整体的或两个半环状的轮子组装在辊道上）组成，槽的宽度沿轧件前进方向逐渐减小，最后一槽形辊的底部略大于轧件宽度，槽壁斜度为 25%～35%。由上轧制线出来的轧件落到槽形辊道上，借助槽宽逐渐减小的槽形辊，使轧件边前进边翻转 90°进入下轧制线轧制。

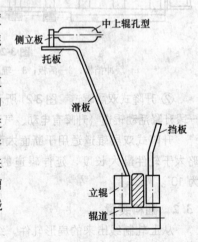

图 3-22　固定式翻料架示意图

3.7.4　活套沟

在横列式活套轧机上，为了接受活套而设置了活套沟，使活套在其中滑行，以防止活套乱线和打结。活套沟表面要求非常光滑并无脏物，有的涂以润滑油减小摩擦力。

活套沟的形式很多，有钢板焊的，有在地面上铺设铸铁板的。有地上的，也有地

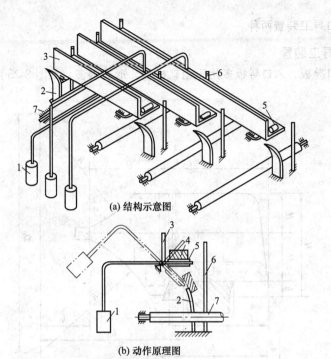

(a) 结构示意图

(b) 动作原理图

图 3-23　活动翻料架示意图

1—平衡重；2—滑料桩；3—活动翻板；4—轧件；5—辊子；6—挡料桩；7—输送辊道

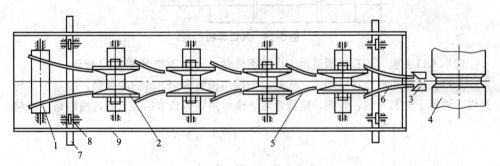

图 3-24　槽形辊道示意图

1—运输平辊；2—槽形辊子；3—进口导板；4—轧机；5—挡料板；6—进口喇叭口；

7—导轨；8—轮子；9—辊道架

下的。地下活套沟不占车间有效面积，工作安全，但跑线和乱线时不好处理。

活套沟在纵向上的倾斜度一般为（1∶6）～（1∶15），轧制速度越高，倾斜度越小。活套的横断面一般为中间凸两边低，有的中间铺设钢管以减少轧件运行阻力；有的在纵向上设置几个小台阶（称马蹄），使下滑的活套绕过马蹄，防止活套收回时乱线，也可减轻轧件尾巴的甩动。

3.7.5　导卫装置

导卫装置的作用是保证轧件顺利地进入和脱出孔型。从工艺角度要求导卫装置使用可靠，结构简单，耐磨，制造、安装、调整方便，重量轻。按安装位置分为入口导卫装置和出口导卫装置两种。

3.7.5.1 入口导卫装置

（1）入口导板　入口导板多用于粗轧机上，形式很多，如图 3-25 所示是常用的入口导板。

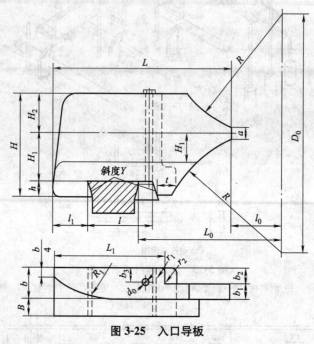

图 3-25　入口导板

（2）入口夹板　入口夹板适用于小断面轧件，如图 3-26 和图 3-27 所示。

入口夹板可用白口铸铁加工，一般工作段内槽有 3～5mm 的冷硬层，以增加其耐磨性。适用于轧制黄铜、青铜、铜镍合金。也可用钢板或锻钢加工后内槽镀铬，镀铬

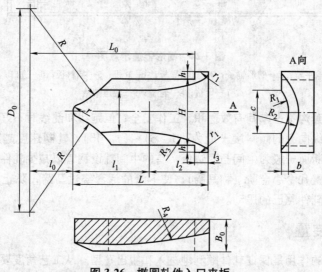

图 3-26　椭圆轧件入口夹板

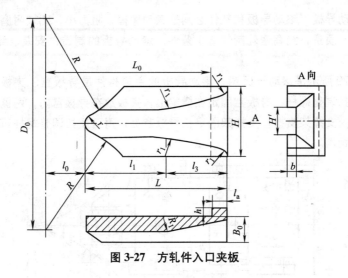

图 3-27 方轧件入口夹板

层一般为 0.08~0.20mm 厚,适用于轧制紫铜、黄铜。

入口夹板的内槽要经过铣、刨或砂轮加工,之后用砂纸打光或抛光,加工后要求用样板检查。镀铬层磨损后要重新修复。

夹板安装时,中间有的垫以适当厚的木片,以保证轧件和夹板内槽间有适当的间隙,当夹板内槽有磨损之后,可撤去木片继续使用。镀铬夹板中间不使用木片,安装时要保证轧件和夹板内槽之间留有适当的间隙。

(3)入口夹板盒 入口夹板盒(图 3-28)的尺寸要和入口夹板配合设计,其中 D_0、L_0 等尺寸和入口夹板相同,l 尺寸同入口导板。夹板固定,调整螺丝一般每侧 3 个,顶部 2 个。

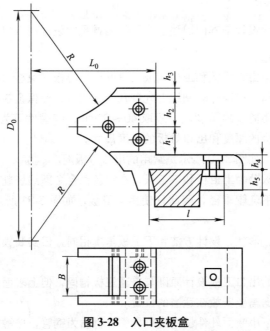

图 3-28 入口夹板盒

（4）滚动导板　滚动导板和轧件之间是滚动摩擦，阻力小，比较耐磨，轧件刮伤少，提高轧件质量，给高速轧制创造了条件，滚动导板的制造、安装、维护较复杂，成本高。

如图 3-29 所示是滚动导板图，滚动导板的主要构件是导板盒、夹板、辊子、支撑架、正反扣调整螺杆；导板盒固定在横梁上，夹板放在导板盒内，两侧用固定螺丝紧固，辊子由支撑架支撑，支撑架固定在导板盒上，用正反扣调整螺杆可以调整两个辊子之间的距离。

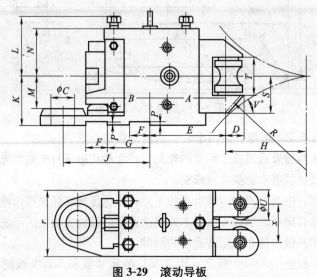

图 3-29　滚动导板

滚动导板的辊子材料为合金钢，如 12CrMo，主要考虑耐高温和耐磨，最好用水冷却。

滚动导板的夹板设计基本同前述，辊子的内槽尺寸设计同入口夹板内槽设计。

3.7.5.2　出口导卫装置

出口导卫装置由出口导板和卫板构成。设计出口导板和卫板时，必须确定横梁上表面到轧制线的距离，在同一轧制线上轧制几个道次时，要保证在最深的孔型中使用的卫板（即最薄的距离）的厚度，一般取 40～60mm，铸钢件可为 30～40mm。据此设计其他各孔型卫板的厚度和出口导板的高度尺寸。

（1）出口卫板　如图 3-30 所示是常用的出口导板图。

（2）卫板　卫板分为上卫板和下卫板，在铜及铜合金型线坯轧制时，粗轧机一般使上轧辊辊径大于下轧辊辊径，因此只使用下卫板，如图 3-31 所示是箱形孔型使用的下卫板。

上卫板的尺寸、形状、设计方法和下卫板基本相同，但安装较复杂，需用吊挂弹簧吊起。

复杂断面轧件的出口卫板设计原则与普通卫板相同，但上表面的形状要和轧件的形状相吻合，并根据需要安放在适当的位置。

（3）出口导管　小断面轧件使用出口导管，材质为钢管，接触轧辊的一端为齐头

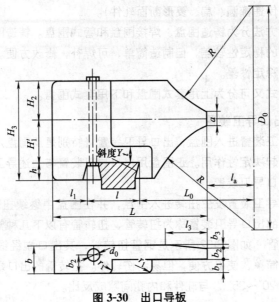

图 3-30 出口导板

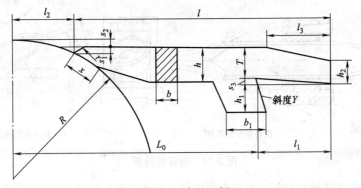

图 3-31 出口卫板

或形状与孔型形状相吻合。出口导管装在导管盒中，上下用 V 形垫铁固定，之后用斜镆打紧。

3.7.6 围盘

围盘的使用使横列式轧机或单机架轧机实现了机械化操作，减轻了体力劳动，改善了劳动条件，减少了事故，给高速轧制创造了条件，使用围盘大大缩短了轧制间歇时间，减少了轧件温降，提高了轧制产量和质量。围盘装置包括出口导卫装置、围盘、入口导卫装置。

3.7.6.1 围盘的分类

按围盘的形式分为立围盘和平围盘，立围盘用于同一机架上各孔型之间传递轧件，盘体倾斜度大，一般为 45°～90°。平围盘用于两相邻机架间传递轧件，盘体倾斜度小，一般为 5°～10°。平围盘按其传递轧件的形状又分为正围盘（传递方、圆断面轧件）和反围盘（传递椭圆、扁、菱形断面轧件）。

按围盘的加工方法分为铸造围盘、焊接围盘和管式围盘。铸造围盘的重量大，稳定性好，焊接围盘的稳定性较差，但制造简单，可焊补，修改方便。管式围盘制造简单，命中率高，但稳定性差。

按轧件甩套方式又可分为上甩套式围盘和下甩套式围盘。

3.7.6.2 反围盘用出口导卫装置

轧件由出口导卫装置进入围盘，出口导卫装置（特别是反围盘用的）设计、安装质量对围盘的使用起决定性作用。正围盘用出口导卫装置与上述导卫装置相同。在此仅介绍反围盘用出口导卫装置。

轧件通过出口导卫装置发生扭转进入围盘，并在围盘中继续扭转到 90°进入下一道轧制，反围盘用的出口导卫装置称为扭转管，扭转管有以下几种常用形式。

（1）钢管扭转管　如图 3-32 所示是钢管扭转管，其出口端经锻打成为与轧件相似的扁平状，结构简单，使用方便，但易刮伤轧件。扭转管的出口端为侧倾斜状，和水平线的倾斜度为 20°～35°，与轧件和内孔间隙成反比。

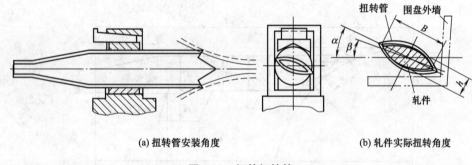

(a) 扭转管安装角度 (b) 轧件实际扭转角度

图 3-32　钢管扭转管

（2）两半式铸铁扭转管　材质为灰铸铁，分上下两半铸造，两片分别有公、母支口，使用时扣合在一起，耐磨性好，成本低。铸铁扭转管内槽接触轧辊端为圆形或方形，出口端和轧件形状相吻合。内槽为直线倾斜状或圆-椭圆锥状过渡，尺寸同钢管扭转管。铸铁扭转管的外形有圆形或矩形两种，圆形的扭转角度可调，一般取 20°～35°，方形的扭转角度为固定的。

（3）滚动扭转管　滚动扭转管是在钢管扭转管的基础上在出口端安装一对辊子，轧件的扭转靠扭转管和辊子共同实现，轧件在运动中只接触辊子，因此减少轧件刮伤。辊子中间安装滚动轴承，使用时辊子用水冷却。辊子的外形要和轧件形状相吻合，两辊子组成的内孔和轧件之间的宽度间隙为 3～8mm，厚度间隙为 1～5mm。扭转管和轧件的间隙应稍大些。

（4）二节嘴子式扭转管　二节嘴子式扭转管由二节嘴子和扭转管两部分组成（图3-33），轧件稳定，刮伤少。

二节嘴子的材质为铸铁（整体铸造，内槽光滑）或锻钢（分两半锻造，内槽加工磨光后焊接成整体）。

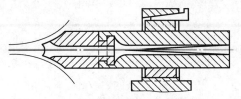

图 3-33　二节嘴子式扭转管

　　扭转管的内侧为螺旋线式、直线倾斜式或圆-椭圆锥式几种，以圆-椭圆锥式较好。扭转管安装时出口内径和水平的倾斜角（扭转角）为 10°～30°。扭转管的材质为铸铁或锻钢（锻后内槽需加工）。

3.7.6.3　围盘用入口导卫装置

　　入口导卫装置包括入口夹板盒、入口夹板、喇叭口，入口夹板盒及夹板与 3.7.5.1 中所述夹板盒及夹板相同，只是入口夹板的工作段稍短，与轧件的间隙稍大，夹板的尾部尺寸应大些，以便喇叭口的前端伸入夹板中。入口喇叭口的形状如图 3-34 所示。

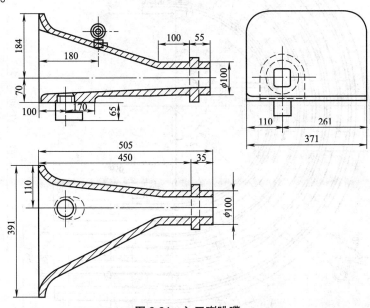

图 3-34　入口喇叭嘴

3.7.6.4　围盘

　　（1）盘体的曲率半径　在围盘盘体中轧件发生扭转和弯曲，按轧件运动规律，盘体的曲率半径应为逐渐减小的；盘体入口处的曲率半径应大些，使轧件缓慢弯曲，减少轧件的冲击力；盘体出口处的半径应小些，以便使轧件保持冲力，顺利进入下一道孔型。

　　单半径盘体适于传送小断面轧件，轧制速度低的情况下，其设计、制造简单。

　　多半径盘体较单半径盘体好，特别是反围盘。设计时一般用 2～4 个半径组成，几个半径的圆弧的水平投影宽度等于两机架或两孔型的中心距，并与直线段相切。

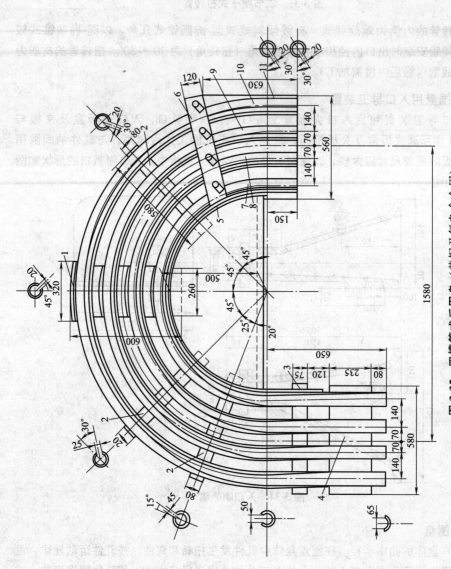

图 3-35 四槽管式反围盘（黄铜及复杂合金用）

1—中托板；2—托板；3,4—入口底托板；5—内挡板；6—分线桩；7—1#跑槽；8—2#跑槽；9—3#跑槽；10—4#跑槽；11—止口底板
钢管 φ68mm×8mm，传递轧件，椭圆 13mm×52mm

（2）盘体的直线段　盘体的入口、出口两部分都有一段直线段。盘体入口直线段的作用是缓冲轧件的冲击力，便于轧件跳套，其长度和金属及合金的种类、围盘种类、轧制速度、轧件断面的大小有关；盘体出口端的直线段的作用是将轧件导入下一道孔型，其长度要和入口喇叭口的长度相配合。

（3）盘体导槽

① 导槽底面　按理论分析最好是螺旋面，但加工复杂，实际上一般做成带倾斜度的平面。

② 导槽内墙　内墙起保护挡板作用，工人在围盘内安全。其高度通常为350～700mm。

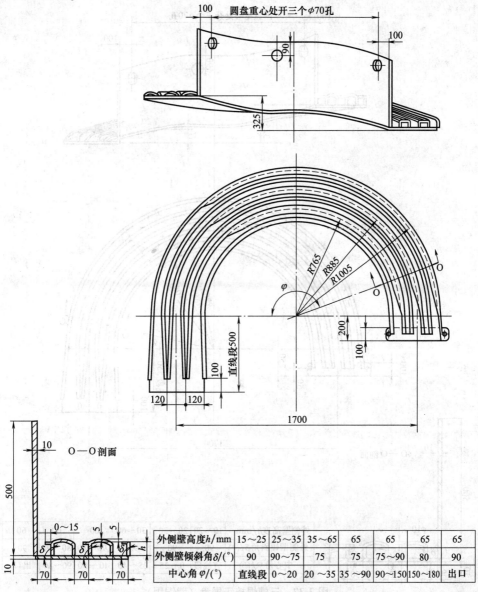

外侧壁高度h/mm	15～25	25～35	35～65	65	65	65	65
外侧壁倾斜角δ/(°)	90	90～75	75	75	75～90	80	90
中心角φ/(°)	直线段	0～20	20～35	35～90	90～150	150～180	出口

图3-36　三槽焊接反围盘（紫铜用）

③ 导槽外墙　由于离心力的作用沿外墙进行，外墙一方面要防止轧件外穿并使轧件实现扭转和弯曲；另一方面要保证轧件跳套顺利。从盘体导槽处起外墙的高度是逐渐增加的，到中心角 10°～20°对应处达到全高 H；一般外墙都是向内倾斜的。

（4）反围盘出口的上盖板　对反围盘来说，尤其是由下往上的反围盘，为了防止轧件抬头过高而穿出导槽，使轧件顺利进入孔型，一般在围盘出口处的围盘内侧加一个上盖板，盖板的宽度要大于导槽的宽度。

（5）现场用围盘举例　如图 3-35 所示是黄铜及复杂合金用的四槽管式反围盘；如图 3-36 所示是紫铜用三槽焊接反围盘；如图 3-37 所示是紫铜用三槽焊接正围盘；如图 3-38 所示是紫铜用单槽铸造反围盘。

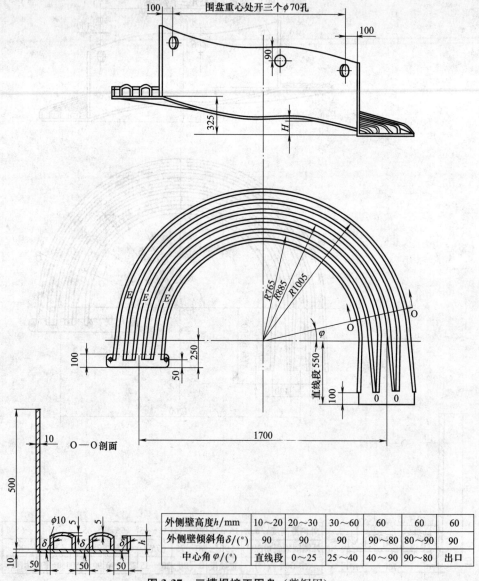

外侧壁高度h/mm	10～20	20～30	30～60	60	60	60
外侧壁倾斜角δ/(°)	90	90	90	90～80	80～90	90
中心角φ/(°)	直线段	0～25	25～40	40～90	90～80	出口

图 3-37　三槽焊接正围盘（紫铜用）

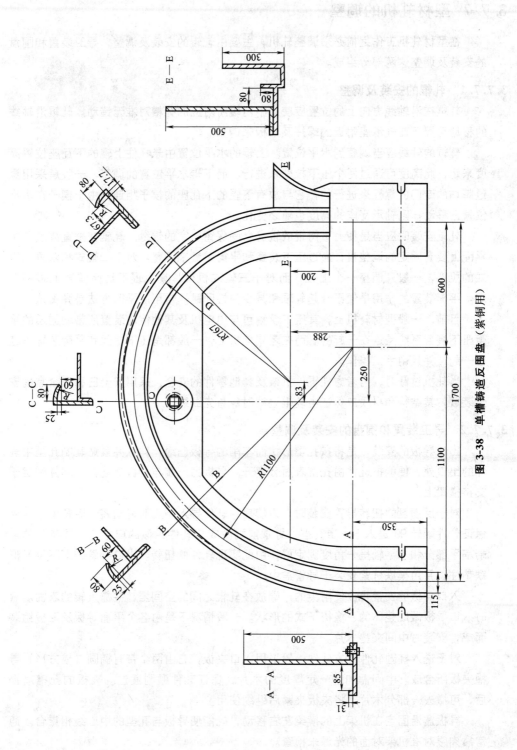

图 3-38　单槽铸造反围盘（紫铜用）

3.7.7 型材轧机的调整

在型材轧机工作之前必须调整轧机，主要由轧辊的安装及调整，导卫装置和围盘的安装及调整这两部分组成。

3.7.7.1 轧辊的安装及调整

轧辊在沿轴线方向上的位置应使上下两辊所对应的孔槽对准无错动。轧辊沿轴线的移动可用压在轴承座附近的螺杆及卡板来调整。

轧辊的轴线应当调整到水平位置。上辊的水平位置由悬托住上辊的下瓦座位置高度来定，此高度可通过两个压下拉杆来进行。而下辊水平位置的调整，一般是采用穿过牌坊的专门的螺栓来进行的，它与放有下辊的下瓦座的楔子相连，由于楔子在水平位置上移动，则轴承瓦座的高度也随之变化。

轧辊安装时应当是使上下两辊的辊身之间保留一定的辊缝。轧辊在垂直高度和水平面上要有固定的调整量，通过压下装置和平衡装置来调整。对于二辊式和双重二辊式的机架，一般只调整一个上辊；而对于三辊式机架，其中辊不动而调整上辊和下辊。平衡装置的作用是便于升起轧辊和减少弹性回跳。常用的平衡方法是弹簧法。

目前，一般型材轧机上，其压下装置可与由电机及其他传动装置所带动的总的平衡压下装置系统是连在一起的。而在老式轧机上，一般都是压下螺丝和平衡装置不连在一起，并且用手工操作。

当轧机过载时，为考虑轧辊、机架及其他零件的安全，采用安全臼和安全盒的安全装置，其结构和材质应保证当轧辊过载时能首先断裂。

3.7.7.2 导卫装置和围盘的安装及调整

出口导板的安装，是将按孔型形状而车削的导板凸缘，伸入并紧贴轧制孔型中轧件的出口处，便能把轧件由孔型表面分离开。导板另一端与导板盒连在一起并固定于支持横梁上。

对于反围盘的扭转导管安装时，为使扁平轧件导入围盘时能扭转一定角度，从而保证轧件翻转90°进入下一道孔型，导管前端做成与轧件相似的扁平状，并将管的前端扁平部分和水平轴呈一角度固定好，由此实现轧件的扭转。出口导管的上下用V形铁垫住，并用楔铁打紧安装于导管盒中。

入口导板的安置也应使削尖的一端放在轧辊之间的空间里，并靠近辊的表面。有时入口导板做成整体的、像梳子式的形状。一般情况下是由各个平面导板及卫板组装而成，安装时中间夹垫木片。

对于送入椭圆轧件或方轧件一般采用入口夹板，它由两个带有椭圆（或方形）导槽夹板所合成。中间需加垫一定厚度的木片，保证轧件顺利通过。夹板的孔槽磨损后，可撤去一部分木片，将夹板夹紧后继续使用。

导板盒沿固定在机架上的横梁左右移动，就能使导板与孔型的中心线相重合。通常靠肉眼对准机架对面的光源来检查。

滚动导板的导板箱固定于横梁上，两侧用螺丝紧固，滚动辊子置于支撑架中，可用正、反扣调整螺丝来调整两辊子间的距离。

3.7.7.3 试轧调整

工作开始时，进行轧机的最后调整就是进行试轧。特别是调整带新孔型的轧辊时，进行试轧就能检查出轧件轮廓是否符合要求，能及时发现欠充满或过充满的现象，以便及时消除。

3.7.8 型材轧机的辅助设备

型材轧机的辅助设备主要有加热炉和推料机、卷取机、剪头设备、辊道和收集输送设备。

3.7.8.1 加热炉

型轧前应将锭坯放入加热炉中加热至一定的温度。常用的加热炉有连续式加热炉、室状加热炉、箱式加热炉等。

连续式加热炉适用于大批量的连续生产，可满足轧机的要求。连续式加热以采用有预热段、加热段和保温段的三段式加热法为最好，其所用的燃料有煤气、重油、煤等。并根据轧机的生产率决定加热炉的大小和装炉量。连续式加热炉通常都使用推料机把锭坯推进炉内，但也有采用斜底式加热炉来实现连续生产的。

对于加热温度要求比较严格，保温时间长的铜镍合金，可采用室状加热炉来加热。而对于加热温度要求特别严格的金属及合金的小批量生产，还可用箱式电炉进行加热。由于它们都是间断性生产的，故生产率低。常见加热炉的技术数据见表3-13。

表3-13 一些加热炉的技术数据

项　　　目	单排连续加热炉				室状炉
炉长/m	9	14.5	15	16	2.92
炉底宽度/m	1.5	1.35	1.5	1.7	2
炉底有效面积/m²	13.5	19.7	22.5	27.2	7.84
燃烧嘴数目/个	—	11	12	16	6
装锭数目/个	100	120～150	160	170	—
锭坯质量/kg	63	45～85	85	85	45
加热时间/h	1	1～2	1	1	2～3
炉的生产率/(t/h)	6～10	8～12	—	16	1.5
装锭方法	推锭机	推锭机	推锭机	推锭机	吊钳
出锭方法	辊道	辊道	辊道	辊道	吊钳

推料机的总推力是置于加热炉滑轨上锭坯总重量与锭对轨道的摩擦系数之乘积，一般有10～20t。常用的推料机采用电机经螺杆和齿条来传动。

3.7.8.2 卷取机

卷取机是将最后一个机架上轧制好的线坯或小型材绕成盘卷的装置。

卷取机按送料方式可分为切向的和轴向的两种；按其装置位置可分为地上和地下两种；按安装形式则有立式和卧式两种。

（1）切向送料的地上立式卷取机 如图3-39所示，带滚筒的空心轴由上端的电机传动后旋转，轧好的线材由吐线管切向送入滚筒和挡板组成的夹层内，由于滚筒的旋转可将线材卷绕于滚筒上，卷完后再由辅助电机带动空心轴中的内轴使托钩脱落，盘条便落至下面的运输带上被运走。

它的特点是传送轧件的管子不动而滚筒转动，轧件切向送入滚筒，故轧件不会发生扭转。比较适用于卷取圆形、矩形、方形和六角形断面的成品。

（2）切向送料的地下立式卷取机　如图3-40所示，电机带动空心轴1连同呈两圈排列的立柱2一起旋转，轧好的线坯或小型材经吐线管3切向进入两圈立柱之间被卷成卷，卷好后，由下面汽缸4推动空心轴中的内轴5，托盘6把盘卷推到地平面，再由推卷机7推到运输机上运走。

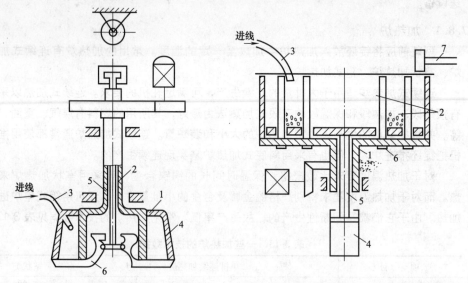

图 3-39　切向送料的地上立式卷取机示意图　　**图 3-40　地下切向送料的立式卷取机示意图**

1—滚筒；2—空心轴；3—叶线管；4—挡板；

5—内轴；6—托钩

（3）切向送料卧式的卷取机　如图3-41所示。它是由电机带动空心轴1和立柱2旋转，线坯由导槽切向进入卷绕在立柱2上，卷好后由机械或人工推动杠杆，空心轴内的内轴3和托板4把盘卷推下运走。此卷取机多用来卷取废品，有时也用来卷取线坯或扁坯。

（4）离心式吐线机　如图3-42所示，线坯由空心管进入，靠吐线机旋转的离心力将线坯卷成卷。离心式吐线机适用于线速度较高的线坯的卷取。

3.7.8.3　剪切设备

轧件头部容易产生弯曲、开裂（劈头）、发黑（低温）等问题，为了保证轧制顺利进行就需要剪头。手工喂入轧件时用上开口或侧开口的切头剪剪头，机械化喂入轧件的用摆式飞剪或圆盘式飞剪剪头。圆盘飞剪结构简单，安装、使用、维护简便，工作可靠。

圆盘剪刃的直径根据轧件咬入角选取，咬入角一般取 $10°\sim15°$。剪刃上可以滚花

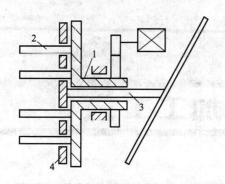

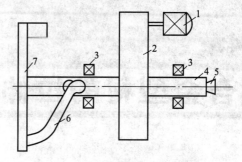

图 3-41　卧式切向送料的卷取机示意图　　　　图 3-42　离心式吐线机示意图

1—空心轴；2—立柱；3—内轴；4—托板　　　1—电机；2—减速箱；3—轴承；4—空心管；

　　　　　　　　　　　　　　　　　　　　　　5—进线管；6—吐线管；7—圆盘

帮助轧件咬入。上下剪刃平面和轧件前进方向之间的夹角一般取 30°～40°。

3.7.8.4　辊道及收集输送设备

（1）辊道　按用途可分为炉前辊道、工作辊道、延伸辊道和运输辊道。在铜及铜合金型材坯轧制时，因锭坯的重量较小，故辊道多为组传动，每组辊道由 3～15 个辊子组成，辊子直径一般为 150～250mm，圆周速度一般为 1.5～4m/s（应比轧辊线速度稍快）。

（2）收集和输送设备

① 低压电动运料小车　用以运输原料和成品、废品。

② 板式或链式运输机　用以运送盘卷状的型材坯。

③ 钩式运输机（附有挂卷机和卸卷机）　把型材坯盘卷挂在钩式运输机上，一边运输一边冷却。

第4章

铜合金型材的拉伸加工工艺

4.1 拉伸的理论基础

4.1.1 拉伸的基本概念

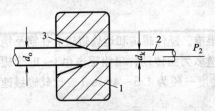

图 4-1 拉伸过程简图

1—模子；2—拉伸坯料；3—拉伸模孔

对坯料施以拉力，使其通过断面积逐渐减小的模孔，以获得与模孔尺寸和断面相同的制品的塑性加工方法叫拉伸。用拉伸方法能制得其他塑性加工方法不能达到的尺寸精确，制品横断面规整，表面光洁，力学性能好。如线材表面粗糙度可达 $R_a0.2\mu m$，尺寸精确度为正负百分之几毫米到千分之几毫米。拉伸方法的生产设备和工具简单，维修方便，生产率高，生产灵活性多，能耗少。道次加工率小，道次多，工序多，成品率低。拉伸过程如图4-1所示。

4.1.1.1 拉伸模

拉伸时，用来实现金属或合金线坯塑性变形而改变其断面尺寸、形状的工具叫线材拉伸模，简称模子，又称拉模。常用的拉伸模一般由磨好的模芯外边镶上钢套所组成，如图4-2所示，其模芯结构如图4-3所示，按用途不同共分四个区，即润滑区 Ⅰ、压缩区 Ⅱ、定径区 Ⅲ 和出口区 Ⅳ。其中变形区的圆锥母线与中心线所构成的夹角叫拉伸模角，以 α 表示。

4.1.1.2 外力

金属在模孔中发生塑性变形，其原因是受到外力的作用。

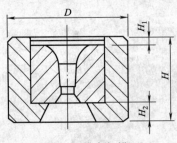

图 4-2 模套与模坯

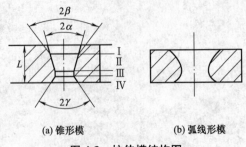

(a) 锥形模　　　(b) 弧线形模

图 4-3 拉伸模结构图

① 拉伸力（P_L） 在拉伸过程中，作用于模孔出口端线材上的拉力。

② 拉伸应力（σ_L） 在拉伸过程中，作用于模孔出口端线材单位面积上的拉伸力。

$$\sigma_L = \frac{P_L}{F_h} \tag{4-1}$$

③ 反拉力（P_q） 作用于线材拉伸时入模端上的拉力，方向与线材拉伸力 P_L 方向相反。

④ 反拉应力（σ_q） 作用于线材拉伸时入模端的单位面积上的反拉力。

$$\sigma_q = \frac{P_q}{F_0} \tag{4-2}$$

⑤ 临界反拉力（P_{qc}） 使总拉伸力有显著增加时的最小反拉力。

⑥ 临界反拉应力（σ_{qc}） 使总拉伸力有显著增加时单位面积上的临界反拉力。

$$\sigma_{qc} = \frac{P_{qc}}{F_0} \tag{4-3}$$

式中 F_0，F_h——拉伸前和拉伸后材料的断面面积，mm^2。

4.1.1.3 拉伸时的变形指数

拉伸时的主要变形指数有延伸系数、加工率、延伸率和断面减缩系数。

① 延伸系数（λ） 拉伸前断面面积（F_0）和拉伸后断面面积（F_h）的比值，或拉伸后的长度 L_h 与拉伸前的长度 L_0 的比值，又称为断面缩减率，即：

$$\lambda = \frac{F_0}{F_h} = \frac{L_h}{L_0} \tag{4-4}$$

② 相对加工率（ε） 拉伸前断面面积（F_0）和拉伸后断面面积（F_h）之差与拉伸前横断面积的比值称为加工率，即：

$$\varepsilon = \frac{F_0 - F_h}{F_0} \times 100\% \tag{4-5}$$

③ 延伸率（δ） 拉伸后长度（L_h）和拉伸前长度（L_0）之差与拉伸前长度的比值的，即：

$$\delta = \frac{L_h - L_0}{L_0} \times 100\% \tag{4-6}$$

④ 断面减缩系数（Ψ） 拉伸后断面面积（F_h）和拉伸前断面面积（F_0）的比值，即：

$$\Psi = \frac{F_h}{F_0} \tag{4-7}$$

在拉伸空心型材时还有减径量和减壁量两个变形指数，它们对变形量的大小提供了近似的概念。减径量是指每道次拉伸后空心型材内径的减少量，即 $d'_0 - d'$ 的差值。减壁量是指芯头拉空心材时壁厚的减少量，即 $t_0 - t$ 的差值。

λ、ε、δ、Ψ 间的相互关系见表4-1，利用表4-2和表4-3可分别查出延伸系数在1.0～100范围时的各指数值和加工率在0～99.9范围时的各指数值。

表4-1 拉伸变形各个指数间的相互关系

指数	符号	由下列数值表示指数值						
		F_0及F_h	d_0及d_h	L_0及L_h	ε	λ	δ	ψ
加工率	ε	$\dfrac{F_0-F_h}{F_0}$	$\dfrac{d_0^2-d_h^2}{d_0^2}$	$\dfrac{L_h-L_0}{L_h}$	ε	$\dfrac{\lambda-1}{\lambda}$	$\dfrac{\delta}{1+\delta}$	$1-\psi$
延伸系数	λ	$\dfrac{F_0}{F_h}$	$\dfrac{d_0^2}{d_h^2}$	$\dfrac{F_0}{F_h}$	$\dfrac{1}{1-\varepsilon}$	λ	$1+\delta$	$\dfrac{1}{\psi}$
延伸率	δ	$\dfrac{F_0-F_h}{F_0}$	$\dfrac{d_0^2-d_h^2}{d_h^2}$	$\dfrac{L_h-L_0}{L_0}$	$\dfrac{\varepsilon}{1-\varepsilon}$	$\lambda-1$	δ	$\dfrac{1-\psi}{\psi}$
断面减缩系数	ψ	$\dfrac{F_h}{F_0}$	$\dfrac{d_h^2}{d_0^2}$	$\dfrac{F_0}{F_h}$	$1-\varepsilon$	$\dfrac{1}{\lambda}$	$\dfrac{1}{1+\delta}$	ψ

注：F_0、F_h代表变形前、后制品的断面积；L_0、L_h代表拉伸前、后制品的长度；d_0、d_h代表圆线拉伸前、后的直径。

表4-2 λ与ε、δ、Ψ及$\ln\lambda$的关系值

λ	ε/%	δ/%	Ψ	$\ln\lambda$	λ	ε/%	δ/%	Ψ	$\ln\lambda$
1.00	0.00000	0.0	1.00000	0.00000	1.30	23.07692	30.0	0.76923	0.26236
1.01	0.99010	1.0	0.99010	0.00995	1.31	23.66412	31.0	0.76336	0.27003
1.02	1.96078	2.0	0.98039	0.01980	1.32	24.24242	32.0	0.75758	0.27763
1.03	2.91262	3.0	0.97087	0.02956	1.33	24.81203	33.0	0.75188	0.28518
1.04	3.84615	4.0	0.96154	0.03922	1.34	25.37313	34.0	0.74624	0.29267
1.05	4.76190	5.0	0.95238	0.04879	1.35	25.92593	35.0	0.74074	0.30010
1.06	5.66038	6.0	0.94340	0.05827	1.36	26.47059	36.0	0.73529	0.30748
1.07	6.54206	7.0	0.93458	0.06766	1.37	27.00730	37.0	0.72993	0.31481
1.08	7.40741	8.0	0.92593	0.07696	1.38	27.53623	38.0	0.72464	0.32208
1.09	8.25688	9.0	0.91743	0.08618	1.39	28.05755	39.0	0.71942	0.32930
1.10	9.09091	10.0	0.90909	0.09531	1.40	28.57143	40.0	0.71429	0.33647
1.11	9.90990	11.0	0.90090	0.10436	1.41	29.07801	41.0	0.70922	0.34359
1.12	10.71429	12.0	0.89286	0.11333	1.42	29.57740	42.0	0.70423	0.35066
1.13	11.50442	13.0	0.88496	0.12222	1.43	30.06993	43.0	0.69930	0.35767
1.14	12.28070	14.0	0.87719	0.13103	1.44	30.55556	44.0	0.69444	0.36464
1.15	13.04348	15.0	0.86957	0.13976	1.45	31.03448	45.0	0.68966	0.37156
1.16	13.79310	16.0	0.86207	0.14842	1.46	31.50685	46.0	0.68493	0.37844
1.17	14.52991	17.0	0.85470	0.15700	1.47	31.97279	47.0	0.68027	0.38526
1.18	15.25424	18.0	0.84746	0.16511	1.48	32.45243	48.0	0.67568	0.39204
1.19	15.96639	19.0	0.84034	0.17395	1.49	32.88591	49.0	0.67114	0.39878
1.20	16.66670	20.0	0.83333	0.18232	1.50	33.33333	50.0	0.66667	0.40547
1.21	17.35537	21.0	0.82645	0.19062	1.51	33.77483	51.0	0.66225	0.41211
1.22	18.03279	22.0	0.81967	0.19885	1.52	34.21053	52.0	0.65789	0.41871
1.23	18.69919	23.0	0.81301	0.20701	1.53	34.64052	53.0	0.65359	0.42527
1.24	19.35484	24.0	0.80645	0.21511	1.54	35.06494	54.0	0.64935	0.43178
1.25	20.00000	25.0	0.80000	0.22314	1.55	35.48387	55.0	0.64516	0.43826
1.26	20.63492	26.0	0.79365	0.23111	1.56	35.89744	56.0	0.64103	0.44469
1.27	21.25984	27.0	0.78740	0.23902	1.57	36.30573	57.0	0.63694	0.45108
1.28	21.87500	28.0	0.78125	0.24686	1.58	36.70886	58.0	0.63291	0.45742
1.29	22.48062	29.0	0.77519	0.25464	1.59	37.10692	59.0	0.62893	0.46373

λ	ε/%	δ/%	Ψ	lnλ	λ	ε/%	δ/%	Ψ	lnλ
1.60	37.50000	60.0	0.62500	0.47000	12.00	91.66667	1100.0	0.08333	2.48491
1.61	37.88200	61.0	0.62112	0.47623	14.00	92.85714	1300.0	0.07143	2.63906
1.62	38.27160	62.0	0.61728	0.48243	16.00	93.75000	1500.0	0.06250	2.77259
1.63	38.65031	63.0	0.61350	0.48858	18.00	94.44444	1700.0	0.05556	2.89037
1.64	39.02439	64.0	0.60976	0.49470	20.00	95.00000	1900.0	0.05000	2.99573
1.65	39.39394	65.0	0.60606	0.50078	22.00	95.45456	2100.0	0.04545	3.09107
1.66	39.75904	66.0	0.60241	0.50628	24.00	95.83333	2300.0	0.04167	3.17805
1.67	40.11976	67.0	0.59880	0.51282	26.00	96.15385	2500.0	0.03846	3.25810
1.68	40.47619	68.0	0.59524	0.51879	28.00	96.42857	2700.0	0.03571	3.33220
1.69	40.82840	69.0	0.59172	0.52473	30.00	96.66667	2900.0	0.03333	3.40120
1.70	41.17647	70.0	0.58824	0.53063	32.00	96.87500	3100.0	0.03125	3.46574
1.71	41.52047	71.0	0.58480	0.53649	34.00	97.05882	3300.0	0.02941	3.52636
1.72	41.86047	72.0	0.58140	0.54232	36.00	97.22222	3500.0	0.02778	3.58352
1.73	42.19653	73.0	0.57803	0.55812	38.00	97.36842	3700.0	0.02632	3.63759
1.74	42.52874	74.0	0.57471	0.55389	40.00	97.50000	3900.0	0.02500	3.68888
1.75	42.85714	75.0	0.57143	0.55962	42.00	97.62905	4100.0	0.02381	3.73767
1.76	43.18182	76.0	0.56818	0.56531	44.00	97.72727	4300.0	0.02273	3.78419
1.77	43.50282	77.0	0.56497	0.57098	46.00	97.82609	4500.0	0.02174	3.82864
1.78	43.82022	78.0	0.56180	0.57661	48.00	97.91667	4700.0	0.02083	3.87120
1.79	44.13408	79.0	0.55866	0.58222	50.00	98.00000	4900.0	0.02000	3.91202
1.80	44.44444	80.0	0.55556	0.58779	52.00	98.07692	5100.0	0.01923	3.95124
1.81	44.75138	81.0	0.55249	0.59333	54.00	98.14815	5300.0	0.01852	3.98898
1.82	45.05495	82.0	0.54945	0.59884	56.00	98.21429	5500.0	0.01786	4.02535
1.83	45.35519	83.0	0.54645	0.60432	58.00	98.27586	5700.0	0.01724	4.06044
1.84	45.65217	84.0	0.54348	0.60977	60.00	98.33000	5900.0	0.01667	4.09434
1.85	45.94595	85.0	0.54054	0.61519	62.00	98.38710	6100.0	0.01613	4.12713
1.86	46.23656	86.0	0.53763	0.62058	64.00	98.43750	6300.0	0.01563	4.15888
1.87	46.52406	87.0	0.53476	0.62594	66.00	98.48485	6500.0	0.01515	4.18965
1.88	46.80851	88.0	0.53191	0.63127	68.00	98.52941	6700.0	0.01471	4.21951
1.89	47.08995	89.0	0.52910	0.63658	70.00	98.57143	6900.0	0.01429	4.24850
1.90	47.36842	90.0	0.52632	0.64185	72.00	98.61111	7100.0	0.01389	4.27667
1.91	47.64398	91.0	0.52356	0.64710	74.00	98.64865	7300.0	0.01351	4.30407
1.92	47.91667	92.0	0.52083	0.65233	76.00	98.68421	7500.0	0.01316	4.33073
1.93	48.18653	93.0	0.51813	0.65752	78.00	98.71795	7700.0	0.01282	4.35671
1.94	48.45361	94.0	0.51546	0.66269	80.00	98.75000	7900.0	0.01250	4.38203
1.95	48.71795	95.0	0.51282	0.66783	82.00	98.78049	8100.0	0.01220	4.40672
1.96	48.97959	96.0	0.51020	0.67294	84.00	98.80952	8300.0	0.01190	4.43082
1.97	49.23858	97.0	0.50761	0.67893	86.00	98.83721	8500.0	0.01163	4.45435
1.98	49.49495	98.0	0.50505	0.68310	88.00	98.86364	8700.0	0.01136	4.47734
1.99	49.74874	99.0	0.50251	0.68813	90.00	98.88889	8900.0	0.01111	4.49981
2.00	50.00000	100.0	0.50000	0.69932	92.00	98.91304	9100.0	0.01087	4.52179
3.00	66.66667	200.0	0.33333	1.09861	94.00	98.93627	9300.0	0.01064	4.54329
4.00	75.00000	300.0	0.25000	1.38629	96.00	98.95833	9500.0	0.01042	4.56435
6.00	83.33333	500.0	0.16667	1.79176	98.00	98.97959	9700.0	0.01020	4.58497
8.00	87.50000	700.0	0.12500	2.07944	100.00	99.00000	9900.0	0.01000	4.60517
10.00	90.00000	900.0	0.10000	2.30259					

表 4-3 λ、δ、Ψ 及 lnλ 与 ε 间的关系值

ε/%	λ	δ/%	Ψ	lnλ	ε/%	λ	δ/%	Ψ	lnλ
0.0	1.00000	0.00000	1.000	0.00000	46.0	1.85185	85.18518	0.540	0.61619
1.0	1.01010	1.01010	0.990	0.01006	47.0	1.88679	88.67924	0.530	0.63488
2.0	1.02041	2.04080	0.980	0.02021	48.0	1.92308	92.30769	0.520	0.65393
3.0	1.03093	3.09278	0.970	0.03046	49.0	1.96078	96.07843	0.510	0.67335
4.0	1.04167	4.16667	0.960	0.04083	50.0	2.00000	100.00000	0.500	0.69315
5.0	1.05263	5.26315	0.950	0.05130	51.0	2.04082	104.08183	0.490	0.71335
6.0	1.06383	6.38297	0.940	0.06188	52.0	2.08333	108.33300	0.480	0.73397
7.0	1.07527	7.52688	0.930	0.07258	53.0	2.12766	112.76595	0.470	0.75503
8.0	1.08696	8.69565	0.920	0.08339	54.0	2.17391	117.39130	0.460	0.77653
9.0	1.09890	9.89010	0.910	0.09432	55.0	2.22222	122.22222	0.450	0.79851
10.0	1.11111	11.11111	0.900	0.10537	56.0	2.27273	127.27273	0.440	0.82099
11.0	1.12360	12.35955	0.890	0.11654	57.0	2.32558	132.55813	0.430	0.84397
12.0	1.13636	13.63636	0.880	0.12784	58.0	2.38095	138.09523	0.420	0.86751
13.0	1.14943	14.94252	0.870	0.13927	59.0	2.43902	143.90243	0.410	0.89160
14.0	1.16279	16.27906	0.860	0.15083	60.0	2.50000	150.00000	0.400	0.91630
15.0	1.17647	17.64705	0.850	0.16252	61.0	2.56410	156.41025	0.390	0.94161
16.0	1.19048	19.04761	0.840	0.17436	62.0	2.63158	163.15789	0.380	0.96759
17.0	1.20482	20.48192	0.830	0.18633	63.0	2.70271	170.27027	0.370	0.99426
18.0	1.21951	21.95121	0.820	0.19846	64.0	2.77778	177.77778	0.360	1.02166
19.0	1.23457	23.45679	0.810	0.21073	65.0	2.85714	185.71428	0.350	1.04983
20.0	1.25000	25.00000	0.800	0.22315	66.0	2.94118	194.11764	0.340	1.07881
21.0	1.26582	26.58227	0.790	0.23573	67.0	3.03030	203.03030	0.330	1.10867
22.0	1.28205	28.20512	0.780	0.24847	68.0	3.12500	212.50000	0.320	1.13944
23.0	1.29870	29.87012	0.770	0.26137	69.0	3.22581	222.58084	0.310	1.17119
24.0	1.31579	31.57894	0.760	0.27444	70.0	3.33333	233.33333	0.300	1.20398
25.0	1.33333	33.33333	0.750	0.28769	71.0	3.44828	244.82758	0.290	1.23788
26.0	1.35135	35.13513	0.740	0.30111	72.0	3.57143	257.14285	0.280	1.27297
27.0	1.36986	36.98630	0.730	0.31472	73.0	3.70370	270.37037	0.270	1.30934
28.0	1.38889	38.88889	0.720	0.32851	74.0	3.84615	284.61538	0.260	1.34708
29.0	1.40845	40.84507	0.710	0.34250	75.0	4.00000	300.00000	0.250	1.38630
30.0	1.42857	42.85714	0.700	0.35668	76.0	4.18889	318.88889	0.240	1.42712
31.0	1.44928	44.92753	0.690	0.37107	77.0	4.34783	334.78280	0.230	1.46968
32.0	1.47059	47.05882	0.680	0.38567	78.0	4.54545	354.54545	0.220	1.51413
33.0	1.49254	49.25373	0.670	0.40048	79.0	4.76190	376.19047	0.210	1.56065
34.0	1.51515	51.51515	0.660	0.41552	80.0	5.00000	400.00000	0.200	1.60944
35.0	1.53848	53.84815	0.650	0.43079	81.0	5.26316	426.31578	0.190	1.66074
36.0	1.56250	56.25000	0.640	0.44629	82.0	5.55556	455.55555	0.180	1.71480
37.0	1.58730	58.73015	0.630	0.46204	83.0	5.88265	488.23529	0.170	1.77196
38.0	1.61290	61.29032	0.620	0.47804	84.0	6.25000	525.00000	0.160	1.83259
39.0	1.63934	63.93442	0.610	0.49430	85.0	6.66667	566.66667	0.150	1.89712
40.0	1.66667	66.66667	0.600	0.51083	86.0	7.14286	614.28571	0.140	1.96612
41.0	1.69492	69.49152	0.590	0.52764	87.0	7.69231	669.23077	0.130	2.04023
42.0	1.72414	72.41379	0.580	0.54473	88.0	8.33333	733.33333	0.120	2.12027
43.0	1.75439	75.43889	0.570	0.56212	89.0	9.09091	809.09091	0.110	2.20728
44.0	1.78571	78.57142	0.560	0.57982	90.0	10.00000	900.00000	0.100	2.30259
45.0	1.81818	81.81818	0.550	0.59784	90.2	10.20408	920.40816	0.098	2.32279

ε/%	λ	δ/%	Ψ	lnλ	ε/%	λ	δ/%	Ψ	lnλ
90.4	10.41667	941.66667	0.096	2.34341	96.2	26.31579	2531.57895	0.038	3.27017
90.6	10.63830	963.82978	0.094	2.36447	96.4	27.77778	2677.77778	0.036	3.32424
90.8	10.86957	986.95652	0.092	2.38597	96.6	29.41176	2841.17647	0.034	3.38140
91.0	11.11111	1011.11111	0.090	2.40795	96.8	31.25000	3025.00000	0.032	3.44202
91.2	11.36364	1036.36364	0.088	2.43042	97.0	33.33333	3233.33333	0.030	3.50656
91.4	11.62791	1062.79069	0.086	2.45341	97.2	35.71429	3471.42857	0.028	3.57556
91.6	11.90476	1090.47619	0.084	2.47694	97.4	38.46154	3746.15385	0.026	3.64966
91.8	12.19512	1119.51219	0.082	2.50104	97.6	41.66667	4066.66667	0.024	3.72971
92.0	12.50000	1150.00000	0.080	2.52573	97.8	45.45455	4445.45455	0.022	3.81672
92.2	12.82051	1182.05128	0.078	2.55105	98.0	50.00000	4900.00000	0.020	3.91203
92.4	13.15789	1215.78947	0.076	2.57703	98.1	52.63158	5163.15789	0.019	3.97332
92.6	13.51351	1251.35135	0.074	2.60369	98.2	55.55556	5455.55556	0.018	4.01739
92.8	13.88889	1288.88889	0.072	2.63109	98.3	58.82353	5782.35294	0.017	4.07455
93.0	14.28571	1328.57143	0.070	2.65926	98.4	62.50000	6150.00000	0.016	4.13517
93.2	14.70588	1370.58824	0.068	2.68825	98.5	66.66667	6566.66667	0.015	4.19971
93.4	15.15152	1415.15152	0.066	2.71811	98.6	71.42857	7042.85714	0.014	4.26870
93.6	15.62500	1462.50000	0.064	2.74888	98.7	76.92308	7592.30769	0.013	4.34281
93.8	16.12903	1512.90322	0.062	2.78063	98.8	83.33333	8233.33333	0.012	4.42285
94.0	16.66667	1566.66667	0.060	2.81342	98.9	90.90909	8990.90909	0.011	4.50986
94.2	17.24138	1624.13793	0.058	2.84732	99.0	100.00000	9900.00000	0.010	4.60517
94.4	17.85714	1685.71422	0.056	2.88241	99.1	111.11111	11011.11111	0.009	4.71054
94.6	18.51111	1751.11111	0.054	2.91878	99.2	125.00000	12400.00000	0.008	4.82832
94.8	19.23077	1823.07696	0.052	2.95652	99.3	142.85714	14185.71429	0.007	4.96185
95.0	20.00000	1900.00000	0.050	2.99574	99.4	166.66667	16566.66667	0.006	5.11600
95.2	20.83333	1983.33333	0.048	3.03656	99.5	200.00000	19900.00000	0.005	5.29832
95.4	21.73913	2073.91304	0.046	3.07912	99.6	250.00000	24900.00000	0.004	5.52146
95.6	22.72727	2172.72727	0.044	3.12357	99.7	333.33333	33233.33333	0.003	5.80814
95.8	23.80952	2280.95238	0.042	3.17009	99.8	500.00000	49900.00000	0.002	6.21461
96.0	25.00000	2400.00000	0.040	3.21888	99.9	1000.0000	99900.00000	0.001	6.90776

4.1.2 实现拉伸过程的基本条件

为实现拉伸过程，并使所拉出来的制品符合有关标准要求，应使拉伸应力 σ_L 大于变形区中金属的变形抗力 σ_K，同时必须使拉伸应力 σ_L 小于模孔出口端金属线的屈服极限 σ_{SK}，才能防止被拉断或产生拉细废品，所以实现拉伸过程要遵守下列条件：

$$\sigma_K < \sigma_L < \sigma_{SK} \qquad (4\text{-}8)$$

由于一般有色金属的屈服极限难于精确确定，而强度极限是比较容易测定的，且在拉伸硬化后金属屈服极限与其强度极限 σ_b 数值相近，所以上述关系也可表示为：

$$\sigma_K < \sigma_L < \sigma_b \qquad (4\text{-}9)$$

被拉金属出口强度极限与拉伸应力的比值叫做安全系数，即：

$$K = \frac{\sigma_b}{\sigma_L} \qquad (4\text{-}10)$$

显然，实现拉伸过程的基本条件是 $K > 1$。拉伸型材时的安全系数一般取 $K >$

$1.35 \sim 1.4$。

4.1.3 拉伸时的应力与变形

4.1.3.1 实心材拉伸时变形力学图

在实心材拉伸时，作用在被拉金属上的外力，可以分为作用力、反作用力和接触摩擦力，如图 4-4 所示。

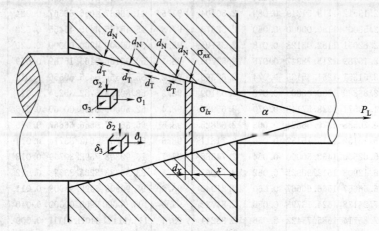

图 4-4 实心材拉伸过程变形力学图

P_L—拉伸力；d_N—反作用力；d_T—摩擦力；σ_1—主拉应力；σ_2，σ_3—主压应力；
α—拉伸模角；δ_1—延伸主变形；δ_2，δ_3—压缩主变形

作用力是由作用于被拉金属出口端的拉伸力所产生的，它在变形金属中引起主拉应力 σ_1，反作用力 d_N 是由于模孔壁阻碍金属流动所形成的，它的方向垂直于模壁表面，它在金属变形中引起主应力 σ_2 和 σ_3。

当金属在模孔中流动时，变形区以及定径区的接触面上还会产生与金属流动方向相反的摩擦力 d_T，其数值大小可由摩擦定律来确定。

$$d_T = \mu d_N \tag{4-11}$$

式中 μ——摩擦系数。

实心材拉伸时由于作用力和反作用力的作用，在被拉金属中造成三向应力状态，其中绝大部分表现为一个主拉应力（σ_1），两个主压应力（σ_2 和 σ_3）状态，并呈轴对称状态，所以 $\sigma_2 = \sigma_3$。主应力在变形金属中引起相应的三向主变形，在轴向得到延伸，在径向及周向受到压缩，即金属的长度增加，横断面积减少。变形区中金属所处变形状态是两向压缩和一向拉伸。

4.1.3.2 金属在变形区内的流动

（1）应力状态和变形状态 如上所述，在外力的作用下，变形区内的金属绝大部分处于两向压缩、一向拉伸的应力状态，因此也相应地引出两向压缩、一向延伸的变形状态。

（2）金属在变形区内的流动特点

① 金属轴向上的变形是沿轴向延伸，在径向和周向上被压缩。周边的金属除受到轴向延伸、径向和周向上压缩外还产生了剪切变形。

② 在拉伸时周边层的金属流动速度小于中心的流动速度，并且随着模角、摩擦数增大，这种不均匀流动更为明显。

③ 在同一横断面上剪切变形不同，周边层的变形大于中心层。

④ 不均匀变形使各层金属的主延伸变形也不相同，即由中心向外层逐渐增大。随着拉伸道次的增多，说明外层的变形比中心变形区更大，从而导致型材内外层力学性能不均，这种现象通常表现为金属外层的强度极限和硬度高于内层的，断面收缩率也如此，这是由于金属所受的变形应力状态不一样造成的。当变形程度增大之后，内外层金属的力学性能差减小。由于不均匀变形的结果，引起了拉伸后产生内应力，导致某些合金产生应力腐蚀和破裂。

4.1.3.3　反拉力及其对变形和应力的影响

在拉伸生产中反拉力是经常存在的，反拉力的存在可使拉模磨损、发热引起自退火使不均匀变形等有所减小，还能减小以至消除拉模入口端三向压应力区；但是反拉力也不能太大，以免 σ_L 过分增大而不得不降低道次加工率。反拉力过大时，容易降低拉伸制品的强度极限，一般应控制反拉力不超过入口前的屈服强度。

4.1.3.4　拉伸型材制品的残余应力

在温拉或冷拉伸后，由于变形不均匀而产生残余应力是不能忽视的。残余应力，特别是拉应力的存在是极为有害的，它不仅使拉伸机的能耗增加，更为严重的是它能使一些金属产生应力腐蚀和裂纹，导致产品的报废。带有残余应力的制品，在进行力学性能实验时会降低其抗拉强度值，使检验结果产生偏差，造成材料不合格的假象，因此，必须消除残余应力。

加强润滑，减小摩擦系数，采用合理的模角 α，使材料与拉模的轴线尽量重合，拉圆型材时采用旋转模拉伸等，都可以减小不均匀变形。低温退火又叫消除残余应力（内应力）退火，这是最常用的消除残余应力的办法。

4.1.4　拉伸力和拉伸应力

确定拉伸力和拉伸应力的方法大体上分实验测定法和理论计算法两种。实验测定法由于十分接近拉伸过程的实际情况，测得的数值比较准确，但要求有一套测量设备，在实际工作中不常使用。理论计算法，尽管数学运算复杂，并有一定的误差，但应用起来比较方便，不需要投资，在实际设计中被广泛使用。

4.1.4.1　影响拉伸力和拉伸应力的主要因素

（1）被拉伸金属或合金的力学性能　实验表明，对于中等强度的金属和合金，拉伸应力与其极限强度成线性关系，即拉伸应力随着金属或合金的极限强度的增加呈近似直线的增加。

（2）变形程度　拉伸力与变形程度成正比，随着道次延伸系数的增加，拉伸应力和拉伸力增大；随着断面减缩率的增加，拉伸应力增大。

(3) 拉伸模模孔的几何参数　影响拉伸力有模角 α 和定径区长度。随着 α 的增大，拉伸应力和极限强度的比值都有最小值，与此相对应的模角称为合理模角（或最佳模角）。由实际生产可知，随着变形程度的增加，合理模角 α 的值也逐渐增大。

定径区的长度对拉伸应力也有影响。当加工率小的时候（8%～16%），被拉伸金属的实际尺寸与定径区的直径相等，因此在定径区的整个长度上，都存在被拉伸金属对其壁的摩擦，定径区愈长，摩擦力愈大，所以拉伸应力也愈大。当加工率大的时候，制品的实际直径比定径区的直径稍小，因此摩擦损失不大，拉伸应力较小，对弹性变形大的金属或合金尤为明显。

(4) 反拉力　随着反拉力的增加，拉模所受到的压力直线下降，而拉伸力逐渐增加，但是反拉力处于临界反拉力范围时，对拉伸力没有影响。金属弹性极限和预先变形程度愈大，临界反拉力愈大，与该道次的加工率无关。利用这一现象，将反拉应力值控制在临界反拉应力值的范围内，可以在不增大拉伸应力和减小道次加工率的情况下，减小拉模入口处金属对模壁的压力和磨损，从而提高了拉模的使用寿命。

(5) 摩擦和润滑　在拉伸过程中，摩擦条件对拉伸力的影响是很大的。在型材拉伸时，用于克服摩擦阻力而消耗的能量占总能量的 60% 以上，因此，应尽量减少摩擦，降低拉伸应力值。

润滑剂的性质、润滑方式、模具材料和形状以及模具和被拉伸材料的表面性质、状态等对摩擦力的大小都有影响（表4-4）。一般说被拉伸材料的表面愈光滑，则拉伸力愈小。

可见，在其他条件相同的情况下，钻石模的拉伸力最小，硬质合金模次之，钢模的拉伸力最大，这是因为模具材料愈硬，抛光得愈好，金属愈不容易黏结工具。

表4-4　润滑剂和拉模材料对拉伸力的影响

金属和合金	坯料直径/mm	加工率/%	拉模材料	润滑剂	拉伸力/N
黄铜	2.0	20.1	碳化钨	固体肥皂	196
	2.0	20.1	钢	固体肥皂	314
磷青铜	0.65	18.5	碳化钨	固体肥皂	147
	0.65	18.5	碳化钨	植物油	255
B_{20}	1.12	20	碳化钨	固体肥皂	156.9
			碳化钨	植物油	196
			钻石	固体肥皂	147
			钻石	植物油	157

为了计算拉伸力和评价润滑剂的润滑性能，需要知道摩擦系数。一般只是采用实测拉伸力，然后代入合适的理论计算公式中求得，表4-5给出的摩擦系数 f 可供计算时使用。

(6) 拉伸速度　在低速拉伸（5m/min 以下）时，拉伸应力随拉伸速度的增加而有所增加；当拉伸速度增加到 6～50m/min 时，拉伸应力有所下降；当拉伸速度大于50m/min 后对拉伸应力影响不大。这是因为虽然金属的变形拉力随变形速度增加而升高，但变形热将使变形区内的金属变形抗力减小，且速度增加还有利于润滑剂带入模孔，增强润滑效果，减小拉伸力。

表 4-5 拉伸铜及铜合金时的平均摩擦系数 f

金属与合金	状态	拉 模 材 料		
		钢	硬质合金	钻石
紫铜、黄铜	退火	0.08	0.07	0.06
	冷硬	0.07	0.06	0.05
青铜、白铜	退火	0.07	0.06	0.05
	冷硬	0.06	0.05	0.04

（7）振动 在拉伸时对拉伸模施以振动可以显著降低拉伸力，继而提高道次加工率。声波的振动频率为 25～500Hz，超声波的振动频率为 16～80kHz。振动方式有轴向、径向和周向。

4.1.4.2 拉伸力的理论计算

为了计算拉伸力，不同研究者提出了许多不同的公式。采用公式计算拉伸力的优点是不需要实验设备，但是却需要预先提供与拉伸过程有关的各种数据。拉伸力的理论计算方法较多，如平均主应力法、滑移线法、上界法以及有限元法等。目前应用较广的是平均主应力法。

（1）基本公式

$$P = \sigma_L F \tag{4-12}$$

式中 P——伸力，kN；

σ_L——拉伸应力，MPa；

F——拉伸成品的截面积，mm^2。

（2）有规则的多角形型材（如六角形制品）的拉伸应力计算公式

$$\sigma_L = \frac{1}{\cos^2\left(\frac{\alpha+\rho}{2}\right)} \overline{\sigma}_b \frac{\alpha+1}{\alpha}\left[1-\left(\frac{F}{F_0}\right)^{a_1}\right] + \sigma_q\left(\frac{F}{F_0}\right)^{a_1} \tag{4-13}$$

式中 σ_L——拉伸应力，MPa；

$\overline{\sigma}_b$——平均抗拉强度，$\overline{\sigma}_b = \sigma_b + \dfrac{\sigma_n}{\cos^2\rho}$；

σ_n——正应力，MPa；

α——系数，$\alpha = \cos^2\rho\ (1+f\cot\alpha') - 1$，可查表 4-6 得到；

$\dfrac{1}{\cos^2\left(\dfrac{\alpha+\rho}{2}\right)}$——可查表 4-7 得到；

ρ——摩擦角，（°）；

$\alpha' = \cos^2\rho'\cdot\ (1+Af\cot\alpha'_c)$，$\rho' = \arctan Af$；

f——摩擦系数，公式中 $f = \tan\rho$ 或查表 4-5；

A——形状系数，$A = \dfrac{1}{4\sqrt{\pi}}\left(\dfrac{L_0}{\sqrt{S_0}} + \dfrac{L_K}{\sqrt{S_K}}\right)$；

L_0，L_K——型材在模孔入口和出口处和模壁接触的周边长；

S_0，S_K——型材拉伸前和拉伸后的截面积。

表 4-6 式 (4-13) 的 $\alpha'=\cos^2\rho\,(1+f\cot\alpha')-1$ 值

$\alpha'/(°)$	$f=\tan\rho$										
	0	0.02	0.04	0.06	0.08	0.10	0.12	0.14	0.16	0.18	0.20
0	0	∞	∞	∞	∞	∞	∞	∞	∞	∞	∞
0.5	0	2.290	4.573	6.848	9.103	11.336	13.541	15.715	17.846	19.948	22.000
1	0	1.145	2.280	3.422	4.548	5.662	6.763	7.848	8.913	9.957	10.979
1.5	0	0.763	1.523	2.280	3.029	3.771	4.498	5.225	5.933	6.627	0.023
2	0	0.572	1.142	1.708	2.270	2.825	3.373	3.913	4.443	4.959	5.468
2.5	0	0.458	0.913	1.366	1.814	2.258	2.695	3.126	3.538	3.902	4.336
3	0	0.381	0.760	1.137	1.510	1.879	2.243	2.600	2.952	3.295	3.631
3.5	0	0.326	0.650	0.974	1.293	1.609	1.920	2.226	2.526	2.819	3.106
4	0	0.286	0.572	0.851	1.130	1.406	1.678	1.945	2.206	2.462	2.712
4.5	0	0.254	0.506	0.756	1.004	1.248	1.489	1.725	1.957	2.184	2.405
5	0	0.228	0.455	0.680	0.902	1.122	1.338	1.550	1.758	1.961	2.160
5.5	0	0.207	0.413	0.617	0.819	1.018	1.214	1.417	1.596	1.779	1.959
6	0	0.190	0.378	0.565	0.750	0.932	1.111	1.287	1.459	1.627	1.791
6.5	0	0.175	0.349	0.521	0.691	0.859	1.024	1.185	1.334	1.499	1.649
7	0	0.162	0.323	0.483	0.641	0.796	0.949	1.099	1.246	1.388	1.528
7.5	0	0.151	0.302	0.451	0.597	0.742	0.884	1.024	1.160	1.293	1.422
8	0	0.142	0.283	0.422	0.559	0.695	0.827	0.958	1.085	1.209	1.330
8.5	0	0.133	0.266	0.397	0.526	0.653	0.777	0.900	1.109	1.135	1.248
9	0	0.126	0.251	0.374	0.496	0.615	0.733	0.848	0.960	1.070	1.176
9.5	0	0.119	0.237	0.354	0.469	0.582	0.693	0.801	0.907	1.010	1.111
10	0	0.113	0.225	0.335	0.444	0.552	0.657	0.759	0.860	0.957	1.052
11	0	0.102	0.204	0.304	0.402	0.500	0.594	0.687	0.778	0.865	0.950
12	0	0.094	0.186	0.278	0.368	0.456	0.542	0.627	0.709	0.789	0.866
13	0	0.086	0.171	0.255	0.338	0.419	0.498	0.575	0.651	0.724	0.794
14	0	0.080	0.159	0.236	0.312	0.387	0.460	0.532	0.601	0.668	0.733
15	0	0.074	0.147	0.220	0.291	0.360	0.427	0.493	0.557	0.619	0.679
16	0	0.069	0.138	0.205	0.271	0.335	0.398	0.460	0.518	0.577	0.632
17	0	0.065	0.129	0.192	0.254	0.314	0.373	0.430	0.485	0.539	0.591
18	0	0.061	0.121	0.180	0.238	0.295	0.350	0.403	0.455	0.505	0.553
19	0	0.058	0.114	0.170	0.224	0.278	0.329	0.380	0.428	0.475	0.520
20	0	0.055	0.108	0.161	0.212	0.262	0.311	0.359	0.404	0.448	0.490

表 4-7 式 (4-13) 的 $\dfrac{1}{\cos^2\dfrac{\alpha+\rho}{2}}$ 值

$\alpha/(°)$	$f=\tan\rho$										
	0	0.02	0.04	0.06	0.08	0.10	0.12	0.14	0.16	0.18	0.20
0	1.000	1.000	1.000	1.001	1.002	1.003	1.004	1.005	1.006	1.008	1.010
0.5	1.000	1.000	1.000	1.001	1.002	1.003	1.004	1.005	1.007	1.009	1.011
1	1.000	1.000	1.001	1.001	1.002	1.003	1.005	1.006	1.008	1.010	1.012
1.5	1.000	1.000	1.001	1.001	1.002	1.003	1.005	1.007	1.009	1.011	1.013
2	1.000	1.001	1.001	1.002	1.003	1.004	1.006	1.008	1.010	1.012	1.014
2.5	1.000	1.001	1.001	1.002	1.003	1.004	1.006	1.008	1.010	1.012	1.015
3	1.001	1.001	1.002	1.003	1.004	1.005	1.007	1.009	1.011	1.013	1.016
3.5	1.001	1.001	1.002	1.003	1.005	1.006	1.008	1.010	1.012	1.014	1.017
4	1.001	1.002	1.003	1.004	1.006	1.006	1.009	1.011	1.013	1.015	1.018
4.5	1.001	1.002	1.003	1.004	1.006	1.007	1.010	1.012	1.014	1.016	1.019
5	1.002	1.003	1.004	1.005	1.007	1.008	1.011	1.013	1.015	1.017	1.021
5.5	1.002	1.003	1.005	1.006	1.007	1.009	1.012	1.014	1.016	1.018	1.022
6	1.003	1.004	1.005	1.006	1.008	1.010	1.013	1.015	1.017	1.020	1.023
6.5	1.003	1.004	1.006	1.007	1.009	1.011	1.014	1.016	1.018	1.021	1.024

$\alpha/(°)$	$f=\tan\rho$										
	0	0.02	0.04	0.06	0.08	0.10	0.12	0.14	0.16	0.18	0.20
7	1.004	1.005	1.007	1.008	1.010	1.012	1.015	1.017	1.020	1.023	1.026
7.5	1.004	1.005	1.007	1.009	1.011	1.013	1.016	1.018	1.021	1.024	1.027
8	1.005	1.006	1.008	1.010	1.012	1.014	1.017	1.020	1.023	1.026	1.029
8.5	1.005	1.007	1.009	1.011	1.013	1.015	1.018	1.021	1.024	1.027	1.030
9	1.006	1.008	1.010	1.012	1.014	1.016	1.019	1.022	1.026	1.029	1.032
9.5	1.007	1.009	1.011	1.013	1.015	1.017	1.020	1.023	1.027	1.030	1.033
10	1.008	1.010	1.012	1.014	1.016	1.019	1.022	1.025	1.029	1.032	1.035
11	1.009	1.011	1.014	1.016	1.019	1.022	1.025	1.028	1.032	1.035	1.039
12	1.011	1.013	1.016	1.018	1.021	1.024	1.028	1.031	1.035	1.039	1.043
13	1.013	1.015	1.018	1.021	1.024	1.027	1.031	1.034	1.038	1.042	1.047
14	1.015	1.018	1.021	1.024	1.027	1.030	1.034	1.038	1.042	1.046	1.051
15	1.017	1.020	1.023	1.026	1.030	1.033	1.037	1.041	1.046	1.050	1.055
16	1.020	1.023	1.026	1.029	1.033	1.037	1.041	1.045	1.050	1.054	1.059
17	1.022	1.026	1.029	1.032	1.036	1.040	1.045	1.049	1.054	1.058	1.063
18	1.025	1.029	1.032	1.035	1.039	1.044	1.049	1.053	1.058	1.063	1.068
19	1.028	1.032	1.035	1.039	1.043	1.048	1.053	1.058	1.063	1.068	1.073
20	1.031	1.035	1.039	1.043	1.047	1.052	1.057	1.062	1.068	1.073	1.079

（3）拉伸矩形型材时的拉伸应力计算公式

$$1\sigma_{\mathrm{L}} = 1.15 r_{\mathrm{c}} \overline{\sigma}_{\mathrm{b}} \frac{a+1}{a} \left[1-\left(\frac{h_{\mathrm{h}}}{h_0}\right)^a\right] + \sigma_{\mathrm{q}}\left(\frac{b_{\mathrm{h}}}{b_0}\right)^a \tag{4-14}$$

$$r_{\mathrm{c}} = \frac{\alpha+\rho}{\sin(\alpha+\rho)} \tag{4-15}$$

$$a = \cos^2\rho\,(1+f\mathrm{ctan}\alpha') \tag{4-16}$$

$$\tan\alpha' = \frac{\tan\alpha}{1+m\dfrac{h_{\mathrm{K}}}{h_0-h_{\mathrm{K}}}\tan\alpha} \tag{4-17}$$

式中　σ_{q}——反拉应力，一般取 5；

　　　m——系数，一般取 0.2～0.15；

　　h_0，h_{h}——型材拉伸前、后的厚度（高）；

　　b_0，b_{h}——型材拉伸前、后的宽度。

4.1.4.3　拉伸力的实测

拉伸力的确定方法除理论计算法外，也可用实测法。实测可直接进行，也可通过确定传动功率或者能耗来求得。实测法十分接近实际拉伸过程的情况，所测定的拉伸力较为准确，但要求有一套特殊测量设备和仪器。

（1）用拉力试验机测定　如图4-5所示为在拉力试验机上测定拉伸力的装置。图4-5（a）为测定无反拉力时拉伸力的装置，图4-5（b）和（c）用来测定带反拉力的拉伸力时的模子压力 M_{q}。在采用后一种装置时，先测出用反拉力模 4 拉伸时的拉伸力，此力即为用模子 2 拉伸时的反拉力 Q。然后在试验机指示盘上可得 M_{q}。带反拉力的拉伸力 P_{L} 为 Q 和 M_{q} 之和。图4-5（d）为将支承模 10 固定在模子架 11 上测定拉伸力 P_{L} 的装置。

如图4-6所示为液压测力计，用它可以测定拉伸棒材、型材和线材的拉伸力。

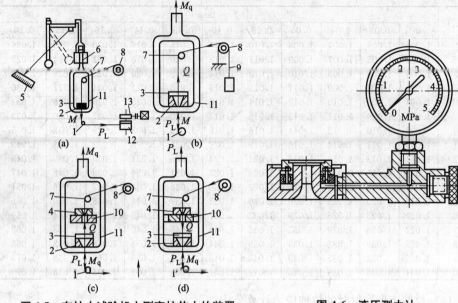

图 4-5 在拉力试验机上测定拉伸力的装置   图 4-6 液压测力计

1—导轮；2—模子；3—润滑垫；4—反拉力模；5—刻
度盘；6—夹头；7—导轮；8—放线盘；9—建立反
抗力的荷重；10—支承模；11—模子架；12—收
线盘；13—收线盘传动装置

Q—反拉力；M—模子压力；P_L—拉拔力；

M_q—带反拉力时的模子压力

（2）用电阻应变仪测量 电阻应变仪直接测量：这种方法精确度较高，而且适用于动态测量，因此，目前在测定拉伸力和轧制力等方面获得了广泛应用。

（3）用能量消耗法测量 测定能量消耗法：直接用功率表或电流和电压表测量拉伸设备所需电动机的功率消耗，再经换算来确定拉伸力的大小。此方法较方便，因而在生产中广泛应用。

用电动机功率换算拉伸力的公式如下。

$$P = \frac{(W_A - W_B)\eta \times 1000}{v_B} \tag{4-18}$$

式中 P——拉伸力，N；

W_A，W_B——拉伸、空转时的电动机功率，kW；

η——拉伸设备的机械效率，一般取 0.9；

v_B——拉伸速度，m/s。

4.1.4.4 拉伸机电机功率的计算

拉伸机电机采用交流和直流电动机。为适应生产自动化、连续化和高速化的要求，电气传动应该具备以下特点：

① 当拉伸机进行穿模时，能以很低的速度运转，穿过模后，平稳而迅速地加速到工作速度；

② 启动加速和减速过程平稳，能从任何工作速度迅速地完全停止；

③ 操纵简易，便于控制，能过载保护，可靠，检修方便；

④ 设备联动时的速度和张力同步；

⑤ 能够点动。

（1）一次拉伸机所需电机功率计算公式

$$N = \frac{P_L v_K}{75\eta} \ (\text{hp}) \tag{4-19}$$

$$N = \frac{P_L v_K}{102\eta} \ (\text{kW}) \tag{4-20}$$

式中　N——电机功率；

P_L——拉伸力，kN；

v_K——拉线速度，m/s；

η——传动速率，一般取 $\eta = 0.8 \sim 0.92$。

（2）没有反拉力的多次拉伸机所需电机功率计算公式

$$N = \frac{\sum P_L v_K}{102\eta} \tag{4-21}$$

式中　$\sum$、$P_L v_K$——各道次拉伸力与速度积之和值；

η——传动效率，一般取 $0.85 \sim 0.92$。

（3）在带滑动多次拉伸机所需电机功率计算公式　由于在绞盘上与拉伸力形成反方向的转矩，最后一道收线绞盘上没有反拉力存在，按下式计算功率：

$$N = \frac{1}{102\eta} \left[\sum_{n=1}^{n=K-1} P_n (1 - e^{\frac{f}{2\pi m}}) v_n + P_K v_K \right] \tag{4-22}$$

式中　N——电机功率，kW；

η——传动效率；

$\sum_{n=1}^{n=K-1}$——拉伸终了 K 道前拉伸力的总和；

P_n——n 道拉伸力，kN；

V_n——n 道绞盘圆周速度，m/s；

m——n 道绞盘上线材圈数；

f——线材与绞盘间的摩擦系数；

P_K——最后一道拉伸力，kN；

v_K——最后一道拉伸速度，m/s。

这些公式都没有把线材弯曲缠绕于绞盘上及空转所需要的功率部分包括在内，故使用时应注意。若校核拉伸机的电机功率，按拉伸力计算出拉伸需要的功率，不大于设备的电机功率时即可。

4.2　型材拉伸加工方法

按制品截面形状拉伸分实心材拉伸和空心材拉伸两种方法。管材和空心型材拉伸属于空心拉伸。空心材拉伸有空拉、固定短芯头拉伸、长芯杆拉伸、游动芯头拉伸和扩径拉伸等。

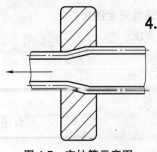

图 4-7　空拉管示意图

4.2.1　空拉

空拉又称无芯头拉伸，如图 4-7 所示。它是在无芯头支撑的情况下使空心材通过模孔。随着空拉道次和变形程度的增加，材料内壁逐渐失去光泽，出现细小的皱纹。故对内表面要求高的制品，成品拉伸道次不宜采用空拉。空拉时可以纠正管材的壁厚不均。空拉道次越多，对壁厚不均的纠正效果越显著。

4.2.2　固定短芯头拉伸

短芯头拉伸又称上杆拉伸或衬拉，亦称为固定芯头拉伸，是把短芯头固定在芯杆的一端，芯杆的另一端固定在拉伸机的后座上。它是管材拉伸中应用最广泛的方法。

4.2.3　长芯杆拉伸

长芯杆拉伸是先将管坯套在长芯杆上，拉伸时使管坯连同芯杆一起拉出模孔。芯杆的长度要大于拉伸后材料的长度。芯杆的表面必须有较高的粗糙度，以保证管材内表面的质量。

长芯杆拉伸后要把材料从芯杆上脱下来。脱管时用卡板把材料挡住，使芯杆从管内抽拉出来。脱管比较麻烦，有时还要在特殊的设备上经滚轧后再脱取芯杆。

4.2.4　游动芯头拉伸

游动芯头拉伸是一种较为先进的方法。目前这种方法已在生产塑性较好的铜及其合金的拉伸中得到日益广泛的应用。

游动芯头拉伸是在空心内部放入一个不固定的芯头，拉伸中芯头依靠自身的形状和内壁的摩擦力保持在模孔中，并能自动地与模孔形成一个稳定的间隙。

4.3　型材的拉伸工艺

用拉伸方法可以生产大量各种形状的型材，如三角形、方形、矩形、梯形、六角形以及较复杂的对称和非对称的型材。为了获得一定尺寸、形状、力学性能和表面质量的优良制品，并确定每道次拉伸前后的尺寸，亦即确定每道次拉伸所需拉磨孔的形状和尺寸，就必须进行合适的配模设计。拉伸配模是拉伸加工过程中极为重要的工作。正确合理的拉伸配模设计，除能满足上述要求外，还应尽量保证在减少断头、拉断次数和裂纹、裂口等缺陷的情况下，减少拉伸道次以提高生产率和设备利用率。在此基础上才能进行拉伸的各道工序。

4.3.1　型材的拉伸配模

4.3.1.1　拉伸配模的原则

（1）拉伸配模的通用原则

① 最佳的拉伸道次。要求能充分利用金属的塑性、减少不均匀变形程度、尽量

减少穿模数目、节省非生产时间。

②　最少的断头次数。尽可能地减少断线次数，可以缩短非生产时间，并提高成品率，减轻劳动强度。

③　最佳的表面质量和精确的尺寸及几何形状。合理地配模要保证制品的质量，提高成品率，为此要合理地分配每道次的延伸系数，正确地设计和选用模孔形状及尺寸。

④　合理制定工艺规程，保证力学、物理性能符合用户对制品性能的需要，提高成品率。

⑤　配模要与现有设备参数（如模数、拉伸速度等）和设备能力（如额定拉伸力、拉制的规格范围等）相适应，保证经济、合理和可行。

⑥　在配模设计时应注意材料的性能。

对于塑性好、变形抗力低、加工硬化慢的铜合金，如紫铜和铜含量高的黄铜等退火间变形量可超过90%，甚至达到95%。

对于塑性差或变形抗力高和加工硬化快的铜合金，则需反复多次中间退火，以恢复其塑性、降低变形抗力，如铅黄铜和铍青铜，退火间变形量仅40%～50%，如锡青铜、硅青铜和H62黄铜类材料，退火间变形量60%～80%。

对介于上述两类材料之间的中等性质的铜合金如H70黄铜、QSn4-3、BZn15-20等退火间变形量可为70%～90%。

金属的内部组织对其塑性影响甚大，一些易偏析的合金，最好在坯料时先作均匀化处理，如对锡青铜、锌白铜、铅黄铜和含镍较高的白铜等。

（2）型材拉伸配模的设计原则　设计型材拉伸配模的关键是尽量减小不均匀变形，正确地确定原始坯料的形状和尺寸。设计型材模孔的总原则或关键是使坯料各部分同时得到尽可能均的压缩，具体体现如下。

①　拉伸时，要求坯料的形状与成品型材相似，且成品型材的外形必须包括在坯料的外形中。因为实现拉伸变形的首要条件是拉力，在拉力作用下，坯料的横向尺寸难于增加。例如，不可能用直径小于成品椭圆长轴的圆形坯料拉伸成此椭圆的断面型材。

②　为了使变形均匀，坯料各部分应尽可能受到相等的延伸变形。

例如，T形型材拉伸时，正确的坯料形状如图4-8（b）所示，因为图4-8（a）所示的形状与尺寸不能使其腰的端面受到压缩，而图4-8（b）不是在壁高上给予余量，而是通过加大壁厚得到相等的压缩系数，即：

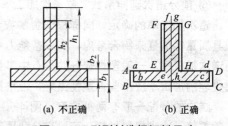

(a) 不正确　　　　(b) 正确

图4-8　T形型材选择坯料尺寸

$$\frac{ABCD}{abcd} = \frac{EFGH}{efgh} \tag{4-23}$$

满足此点在设计生产中是困难的。但在生产某些扁而宽的如矩形、梯形型材时，往往只对其中某一对平面的精度与粗糙度要求高，此情况下，一般是两个方向上的延伸系数不相等，要求精度高与粗糙度高的面给予较大的变形。

③ 拉伸时要求坯料与模孔各部分同时接触，否则由于因未接触模壁而未被压缩部分的强迫延伸而影响制品形状的精确性。为使坯料进模孔后能同时变形，各部分的模角亦应不同。

④ 对带有锐角的型材，只能在拉伸过程中逐步减小到所要求的角度，不允许中间带有锐角，更不得由锐角转变为钝角。这是因为拉伸型材时，特别是复杂断面型材，一般道次多而延伸系数小，这将导致金属塑性降低，在棱角处因应力集中而出现裂纹。

⑤ 用简单形状的坯料拉伸型材时，不可能得到自然等量压缩，但是在配模设计中必须力求其变形尽可能均匀，为此，可以部分地用宽度上的不均匀变形来补偿高度上各部分压缩量的差异。

4.3.1.2　拉伸配模的步骤和方法

(1) 拉伸配模设计的步骤

① 根据用户要求和相关标准，确定保证产品力学性能的方法，所以坯料的尺寸和总加工率的选择比较宽广，只要保证制品有良好的表面质量并大于临界加工率即可。因此，坯料尺寸和总加工率可按现场生产坯料的能力选取，现场剩余的同牌号在制材料也可以利用。半硬材料的力学性能可以通过对冷硬制品的成品退火，控制成品前退火后的总加工率来获得。

② 参照力学性能与加工率的关系曲线，确定满足制品力学性能所需要的最后一次中间退火后的总加工率，有时需要留出酸洗余量。根据总加工率和成品尺寸计算出坯料尺寸。

③ 据现场设备的生产能力或所提供的坯料系列以及材料的塑性，选择或确定坯料尺寸。

④ 根据成品尺寸及坯料尺寸确定总延伸系数 λ_Σ。

⑤ 根据总延伸系数，即两次退火间的总延伸系数和道次的平均延伸系数，初步计算确定拉伸道次 n，也可按图 4-9 确定。

⑥ 预分道次延伸系数（或道次加工率）。

道次加工率的确定，同样根据金属或合金的性质、设备的允许条件、工艺方法、模具质量等因素来综合考虑，在设备能力和材料塑性许可的情况下，应尽量采用最大的道次加工率。一般塑性较好并具有中等抗拉强度的金属或合金道次加工率可大些，塑性差的加工率应小些；塑性虽好，但抗拉强度高，道次加工率也应小些。

道次的分配一般有两种方案（图 4-10）。方案 1 适用于像铜和白铜及某些青铜一类塑性好、冷硬慢的材料，可以充分利用其塑性给予中间拉伸道较大的延伸系数。由于坯料的尺寸偏差大、退火后表面质量较差、焊接处强度较低等原因，第一道采用较小的延伸系数是适宜的，最后一道延伸系数较小有利于精确地控制制品的尺寸偏差。方案 2 对拉伸黄铜、铅黄铜、锡黄铜及一些青铜、白铜比较合适。这类合金的特点是冷硬速率快，稍加冷变形，强度就急剧上升，使继续拉伸难以进行。因此必须在退火

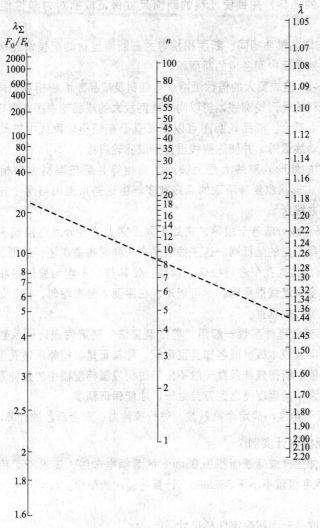

图 4-9 确定拉伸道次数或平均延伸系数的计算图

后的前几道冷加工中，尽可能采用大的变形程度，随后逐渐减小。

⑦ 计算拉伸力并校核各道次的延伸系数。

计算的结果，如果安全系数过大，就说明金属和合金的塑性未能充分利用，意味着道次过多，生产效率低；如果安全系数过小，则会引起断头、断线等，使拉伸过程难以实现，最终导致辅助时间加长，废品增加。此时必须进行重新分配、计算和修正，直到合理为止。

（2）型材"图解设计法"配模的步骤

① 选择与成品形状十分相近的，但

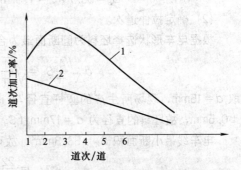

图 4-10 道次加工率的分配方案

又尽可能简单的坯料，并且使坯料的断面尺寸保证成品对力学性能和表面质量的要求。

② 参考与成品性质相同、断面积相等的圆断面型材的配模设计初步确定拉伸道次、每道延伸系数及中间各道的断面积。

③ 以 10～20 倍或更大的倍数画两个与坯料及成品断面积相等的同心圆，之后再画出所选择坯料的外形轮廓线，将以同样比例放大的成品轮廓图布置在坯料轮廓线之中，并使两重心重合。成品轮廓图可以绕其重心在坯料轮廓线中转动以确定合理位置，使金属流动线最短，并使这些线垂直于成品轮廓线。

④ 在坯料的外形轮廓线上画上彼此距离相等并且与型材主轴相对称的一些点（30～60 个点），形状愈复杂所取的点应愈多。由这些点画出与两个轮廓线相垂直且长度最短的弯曲线。

⑤ 将金属流线分成若干段落，将处于同心圆上的各分点连接起来，这些线与金属流动线必须呈正交的坐标网。这些线就是在拉伸时每道次坯料的形状。

⑥ 对所得的拉模孔型进行校核、调整，使其符合不均匀变形最小的要求。良好的设计表现在金属流线很平稳、尽可能短、在平面上分布均匀，特别是要使金属流线与每道孔型轮廓线相垂直。

⑦ 确定每道的延伸系数一般用"剪纸测重法"确定每道延伸系数。该法是用厚度均一的薄铁皮或胶木板剪成各道孔型形状，称其重量，相邻两道孔型重量之比即为延伸系数的数值。所得延伸系数一般不应超过相应圆棒配模中的延伸系数，如超过时应适当修改。天平精度需达到万分之一，才能保证精度。

⑧ 选择模子角度，确定摩擦系数，进行拉伸力、安全系数的计算。

4.3.1.3　拉伸配模设计实例

【例】　拉伸生产成品断面积为 85mm^2 的紫铜电车线，要求断面积的允许误差为 ±2%，最低强度极限不小于 362MPa，计算各道次的配模。

【设计】

(1) 根据成品断面积确定坯料尺寸。

为确保满足强度要求，取 $\lambda_{min}=2.0$。根据电车线允许公差，成品最大断面积为 86.7mm^2，故坯料的最小尺寸为：

$$S_H = 86.7 \times 2 = 173.4mm^2，取 \ S_H = 174mm^2$$

(2) 确定拉伸道次。

根据电车形状选择坯料为圆断面最为合理，其最小直径为：

$$d\sqrt{\frac{4}{\pi}S_H} = \sqrt{\frac{4}{\pi} \times 174} = 14.9mm$$

取 $d = 15mm$，现场所生产的圆杆直径与 15mm 较为接近的尺寸是 16.5mm，公差为 ±0.5mm，故坯料的直径为 $d = 17mm$（$S_H = 227mm^2$）。

电车线最小断面积 $S_K = 83.3mm^2$，故可能的最大加工率为：

$$\lambda_{max} = \frac{227}{83.3} = 2.73$$

取 $\overline{\lambda}=1.25$（考虑到焊接点强度低之故）：

$$n=\frac{\lg 2.73}{\lg 1.25}=4.5$$

取 $n=5$ 道，故 $\overline{\lambda}=\sqrt[5]{2.73}=1.222$，$\lg\overline{\lambda}=0.0895$。

（3）确定 λ_n、F_n 及（$\sqrt{S_n}-\sqrt{S_{n-1}}$）的值。

依据延伸系数分配原则，参照 $\overline{\lambda}$ 和铜的加工性能，各道次延伸系数分配如下：

$$\lambda_1=1.25,\ \lambda_2=1.265,\ \lambda_3=1.26,\ \lambda_4=1.20,\ \lambda_5=1.17$$

$$F_1=182\ mm^2,\ F_2=143\ mm^2,\ F_3=114\ mm^2,\ F_4=95mm^2$$

$$\sqrt{F_0}-\sqrt{F_1}=1.54,\ \sqrt{F_1}-\sqrt{F_2}=1.49,\ \sqrt{F_2}-\sqrt{F_3}=1.27,$$

$$\sqrt{F_3}-\sqrt{F_4}=0.90,\ \sqrt{F_4}-\sqrt{F_5}=0.65$$

（4）在金属流线上按上述数值成比例地截取各点，并将符号相同的点连接起来，即构成各道次的孔型。

（5）校核各段延伸系数的不均匀性，或用测面仪或用"剪纸称量法"求各道次的延伸系数，并作配模设计的拉伸应力、安全系数等其他计算。

计算结果见表 4-8。

表 4-8　85mm² 电车线各道次的断面参数

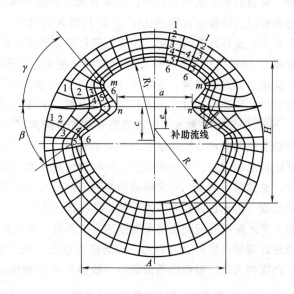

道次	线尺寸/mm							角度/(°)		断面积/mm²			延伸系数/λ		
/道	A	H	a	c	e	R	R_1	γ	β	总面积	大扇形	小扇形	总面积	大扇形	小扇形
1	15.6	15.6	12.1	2.5	2.5	7.8	7.25	78	53	183	131	52	1.24	1.22	1.29
2	14.0	13.9	9.6	2.3	2.3	7.0	7.15	68	46	145	105	40	1.26	1.25	1.30
3	12.8	12.6	7.8	2.5	2.1	6.5	6.65	62	43	116	84	32	1.25	1.25	1.25
4	12.0	11.5	6.8	2.5	1.7	6.2	6.28	57	41	97.5	70.5	27	1.19	1.20	1.18
5	11.7	10.8	5.7	2.5	1.3	6.0	6.0	50	35	83.3	60.7	22.6	1.17	1.16	1.19

4.3.2 异形管材拉伸配模

4.3.2.1 等壁厚异型管的配模

（1）坯料　拉伸等壁厚的异型管材的坯料一般都采用圆形管坯，通过几道拉伸以后，使圆管坯的周长、壁厚与成品异型管材的周长、壁厚近似相等，一般把它称为过渡圆，过渡圆的尺寸关系见表4-9。然后通过型模空拉（定型拉伸）1～3道，获得所需要的形状与尺寸。

表 4-9　异型管过渡圆尺寸的关系

图示	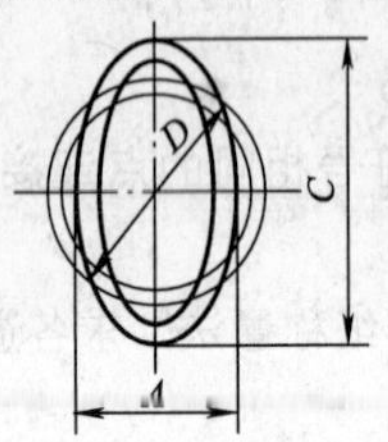	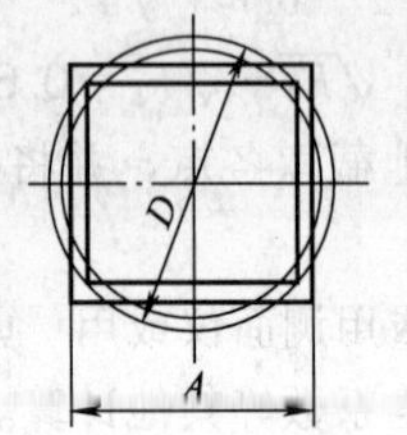	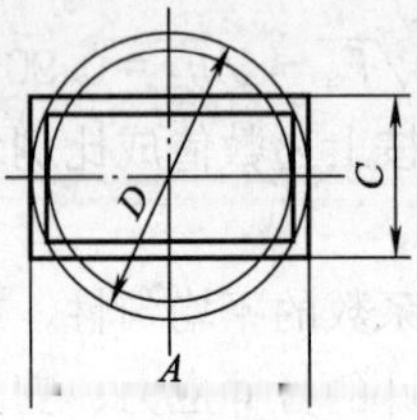	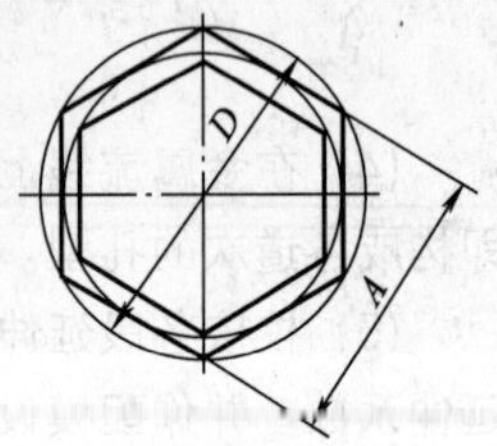
关系式	$D=\dfrac{A+C}{2}$	$D=1.27A$	$D=0.638(A+C)$	$D=1.119A$

在成形拉伸时，金属的变形是不均匀的，内层金属比外层金属变形量大。同时，变形的不均匀性随着管材的壁厚与直径的比值 S/D 的增大而增大。外层金属受到附加拉应力，导致金属不能良好地充满模角。为保证空拉后成形棱角能充满，坯料直径要稍大些，一般选用 1.03%～1.05%。保证成形拉伸时能很好成形，特别要注意保证有尖角的成品在尖角处很好地充满，这要求在尖角处有足够大的延伸系数。因此，对带有锐角的异型管材，所选用的过渡圆周长应比成品管周长增加3%～12%，个别情况下可达 15%；同时 S/D 比值越大，过渡圆周长增加也越大。

对于内表面粗糙度及内部尺寸精确度要求很高的管材，如矩形波导管，过渡圆的周长与壁厚也必须比成品的大些，以便在成型拉伸时使金属获得一定的变形。同时在最后一道成形拉伸时必须采用芯头，用来精确地控制成品尺寸及内表面的粗糙度。

（2）矩形管的凸度　由于过渡拉伸多为空拉，周向压应力较大，易于产生管壁内陷，异形管的大边尤甚。配模时应防止出现管壁内陷。为此，在生产矩形管材时，过渡拉伸后的形状应设计成带凸度的近似矩形，改善应力状态，减少管壁的失稳现象，防止管壁的内陷。凸度的大小，根据经验而定，一般按表4-10取值。

表 4-10　矩形波导管的凸度值

长边长度 A/mm	长边凸度（弦高）/mm	短边长度 A/mm	短边凸度（弦高）/mm
7～20	0.7～1.1	3～35	0.20～0.30
21～30	1.2～1.5	36～50	0.31～0.40
31～50	1.6～2.0	51～80	0.41～0.50
51～72	2.1～3.5	81～120	0.51～0.60
73～100	3.6～4.5		
101～130	4.6～7.0		
131～160	7.1～11.0		

（3）过渡形与芯头的间隙　要保证成形拉伸时能顺利地将芯头放入管内，应留有适当的间隙。例如波导管的过渡矩形与拉成品时所用芯头间隙值一般每边为0.2～11mm。波导管规格越小，间隙也越小。同时还要视拉伸时金属的流动具体情况而定。对于大型波导管，短轴的间隙要比长轴的大；对于中小型波导管，两者的间隙则近似或相等。若间隙过大，则管坯也要大，使成品拉伸的加工率和缩径增大，对成品的质量和尺寸的公差影响大；若间隙过小，则成品拉伸使套芯头困难，且缩径小，成品外角不易充满。一般过渡圆的内周长和成品内周长的比值应为1.05～1.15，其中大波导管取下限，小波导管或长宽比大的取上限。同规格时管壁厚的取得大些，否则过渡形的圆角不易充满，成品拉伸套芯头困难。根据图4-11合理选取间隙。

（4）加工率的确定　为了获得尺寸精确的成品，加工率一般不宜过大。若加工率大，则拉伸力大，金属不易充满模孔，同时也使残余应力增大，甚至在拉出模口后制品还会变形。例如波导管拉伸时，由过渡圆计算加工率，一般在15%～20%，其中长宽比大的取下限，小的取上限。

4.3.2.2　不等壁厚异型管的配模

拉伸不等壁厚异型管材的坯料，多数是由挤压机提供与成品形状相似的坯料，如用于工频感应电炉的 $30 \times 15/\phi 11 \times 2$mm 的紫铜偏心管［图4-12（a）］，采用 $42 \times 25/\phi 19$mm $\times 3$mm 的挤压坯料，经过三次短芯头拉伸后达到成品所要求的形状与尺寸。对于长度要求数十米以上的异型管材，例如紫铜 $27 \times 23/\phi 8$mm 的外矩内圆管［图4-12（b）］，要求挤压机提供长度很大的相似形管坯和采用短芯头拉伸是很困难的。故其坯料用 $\phi 75 \times 15$mm 的圆形管坯，经过 LG80 冷轧管机轧制成 $\phi 42$mm $\times 12.5$mm，再经过冷轧管机的矩形孔型轧制成 $27.5 \times 23.5/\phi 8.5$mm 的相似形管坯，最后通过卷筒拉伸机空拉到成品尺寸 $27 \times 23/\phi 8$mm。

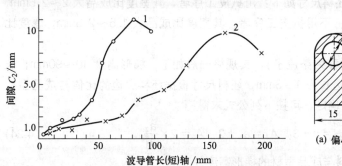

图4-11　4H96波导管近似矩形与成品芯头的理论间隙
1—短轴；2—长轴

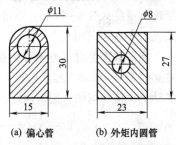

图4-12　不等壁厚的异型管

4.3.3　型材拉伸加工工艺

4.3.3.1　型材拉伸的坯料

（1）对坯料的技术要求

① 为了确保制品的质量，对型辊轧制、挤压、连铸等方法生产的型材坯料化学

成分应符合 GB/T 5231—2001 的规定；坯料规格及公差应符合相关规定。

② 热挤压法生产的圆形、方形、六角形的坯料的尺寸公差应符合挤制棒材的 GB/T 的规定；型辊轧制法生产的坯料的尺寸公差应符合表 4-11 和表 4-12 的规定。

表 4-11　型辊轧制法生产的圆形、方形、六角形的坯料的尺寸公差

尺寸/mm	6～20	>20～30	>30～50	>50～80
允许偏差/mm	±0.4	±0.5	±0.6	±0.8

注：尺寸项中圆形件为直径，方形件为边长，六角形件为内接圆直径。

表 4-12　型辊轧制法生产的矩形、梯形的坯料的尺寸公差

宽度或厚度/mm	≤6	>6～10	>10～18	>18～30	>30～50
允许偏差/mm	±0.6	±0.75	±0.90	±1.05	±1.25

③ 坯料表面应平整、光洁，不允许有裂纹、耳子、折痕、毛刺等缺陷。允许有深度不超过公差的轻微的局部的碰伤、划伤等缺陷。

④ 坯料应切掉头尾，断口切至没有缩孔时为止。

⑤ 坯料应为 R 状态供应，力学性能应符合 R 状态的要求。

⑥ 坯料应进行性能检验，如扭转试验等。

（2）坯料的选择　应根据制品的技术要求、表面质量和力学性能选择坯料。一般应选择截面形状简单，与制品截面相似或相近且易于生产、成本低廉的、能够满足技术要求的坯料。通常都是选用热轧和热挤压的坯料。

通常方形、六角形和三角形的简单断面型材的坯料选用圆形坯料。经 1～2 道次拉伸即得成品。每道最大延伸系数：紫铜 $\lambda_{max} = 1.28～1.32$，黄铜 $\lambda_{max} = 1.20～1.25$，青铜 $\lambda_{max} = 1.12～1.20$，白铜 $\lambda_{max} = 1.12～1.20$。

矩形型材（铜排亦称铜母线）的拉伸坯料，经拉伸 1～2 道次，中间扒皮 1～2mm，即得成品。其坯料尺寸如下：用扒皮工序者，其宽度比成品大 2～2.5mm，厚度比成品大 3.5～5mm；不用扒皮工序者，其宽度比成品大 1.5～2.5mm，厚度比成品大 2.0～2.5mm。

梯形截面型材（亦通称为整流子），其规格一般如下：梯形高度 10～90mm，长底边长为 2～6mm，短底边长为 1～3mm，坯料尺寸根据坯料底边的比值与成品型材底边的比值相同的原则来确定，可按下列公式求得：

$$H = h + 3 \quad A_1 = a_1 + 2 \quad A_2 = 2 \times \frac{a_2}{a_1} \tag{4-24}$$

式中　H，h——相应坯料与成品型材的梯形高度；

A_1，a_1——相应的坯料与成品型材的梯形的短底边；

A_2，a_2——相应的坯料与成品型材的梯形的长底边。

梯形截面型材（整流子）每道次拉伸后，坯料需进行退火。黄铜、青铜和白铜每道拉伸后要进行退火。

4.3.3.2　型材的拉伸工序

（1）制夹头　为使坯料的头部顺利穿过模孔，需将此端头部在辗头机或锻锤上进行辗（锻）细，称为制夹头。制夹头时，坯料端部在辗头机上按照轧槽的大小逐渐辗

压。每辗一次，坯料应翻转90°。要求断头辗压成长100～150mm的圆锥形，不应有压扁或耳子。长度应当超出模孔后使拉伸机夹钳口咬住。

(2) 酸洗　坯料都是热加工制品，坯料表面都有氧化皮及起皮、毛刺、凹坑等缺陷，应在拉伸前酸洗方法将表面氧化皮除去。酸洗工艺流程为：酸洗→冷水冲洗→热水浸泡→晾干。

铜合金型材的酸洗工艺制度见表4-13。

表4-13　铜合金型材的酸洗工艺制度

合金种类或牌号	酸洗液成分（质量分数）/%				酸洗温度/℃	酸洗时间/min
	硫酸	水	硝酸	双氧水		
紫铜，H96，H90，青铜	12～25	余量	—	—	室温	20～50
	13～18	余量	—	4～6	室温	5～20
黄铜	8～15	余量	—	—	室温	5～15
	10～15	—	—	5～8	室温	3～8
BFe30-1-1，BZn15-20，BMn40-1.5	13～18	—	—	3～5		10～60
	8～15	—	—	—		5～30
其他白铜	15～20	—	8～12		室温	5～20

(3) 拉伸　按照型材的配模设计规程，在冷状态下逐道进行拉伸。其间要注意拉伸件的中间退火和工艺润滑。部分铜母线（矩形）的拉伸工艺流程见表4-14。波导管生产的主要工艺流程见表4-15。

(4) 退火工艺　型材拉伸过程中的退火分中间退火、消除内应力退火和成品退火。为防止氧化可采用光亮退火和真空退火。

表4-14　铜母线（矩形）的拉伸工艺流程　　　　　　单位：mm

成品规格	坯料尺寸	压扁	拉伸（一）	扒皮（一）	扒皮（二）	拉伸（二）
3.18×9.54	φ8.5	$4.5^{+0.5}$×11.5	3.5×10			3.18×9.54
3.18×12.7	φ10.5	$4.5^{+0.5}$×14.5	3.5×13.2			3.18×12.7
3.18×15.88	φ13	$4.5^{+0.5}$×17.5	3.5×16.2			3.18×15.88
3.18×19.05	$7^{-0.5}$×21.5		5.0×20	$4^{-0.2}$×20		3.18×19.05
3.18×25.4	$7^{-0.5}$×27.5		5.0×16	$4^{-0.2}$×20		3.18×25.4
6.35×25.4	9.5×28		8.3×26.4	7.7×26.4	7.3×26.4	6.35×25.4
6.35×38.1	10.5×41		8.7×39	7.9×39	7.4×39	6.35×38.1
6.35×50.8	10.5×54		8.5×51.8	7.8×51.8	7.4×51.8	6.35×50.8
6.35×63.3	10.5×67		8.5×64.4	7.8×64.4	7.4×64.4	6.35×63.3
6.35×76.2	10.5×80		8.6×77.6	7.8×77.6	7.5×77.6	6.35×76.2
6.35×101.6	10.5×105		8.5×102.6	7.8×102.6	7.5×102.6	6.35×101.6
9.54×50.8	14.5×54.5		12×52	11.4×52	10.8×52	9.54×50.8
9.54×76.2	14.5×80		12×77.3	11.4×77.3	11×77.3	9.54×76.2
9.54×101.6	14.5×106		12×102.6	11.4×102.6	11×102.6	9.54×101.6
12.7×101.6	17×106		15.2×105	14.5×102.6	14×102.8	12.7×101.6
12.7×152.4	17×157		15.2×155	14.5×155	14.5×153.4	12.7×152.4
19.05×101.6	24.5×107		22.1×105	21.5×105	21×102.6	19.05×101.6
19.05×152.4	24.5×158		22.1×156	21.5×156	21×154	19.05×152.4
24.5×101.6	31×107		29×105	28×105	27×103	24.5×101.6

表 4-15 波导管生产主要工艺流程

合金	产品规格	锭坯	挤压	轧制	拉伸	过渡前圆	矩形过渡	拉伸
H96	72×34×2	245	100×7.5	85×3.5	80×2.5	76.5×7.17×23.5	81×43	76.14×38×2
	58.2×29.1×1.5	245	100×7.5	85×3	76×2.4			
					68×2	64.2×60.7×17.5	65×36	61.29×32.15×1.5
	165×82.5×2.5	360	210×10		193×6.5			
					185×5			
					180×4	171×165.5×27.5	190×110	170×87.5×2.5
	195.6×97.8×3	410	240×10		224×7			
					216×5.5			
					209×4.5	203.8×197.5×3.4	218.5×124.5	201.6×103.8×3
H62	28.5×12.6×1.5	195	65×5	38×1.9		32.1×28.7×1.7	33.4×17.5	31.62×15.66×1.5
	109.2×54.6×2	295	143×6.5		134×5.2			
					128×4			
					122×3	115.6×111×2.3	125×75	113.45×58.7×2
	15.8×7.9×1	195	6.5×7.5	38×3.5				
				26×1.4	22.5×1.25	19.2×17.0×1.1	19.7×11.8	17.86×99.2×1
TU1	47.55×22.15×4	245	82×8.5		74×7.5			
					68×6.5			
					62×5.2	59.5×50.7×4.4	61×36	55.62×30×4
	10.67×4.32×1	195	65×7.5	38×3.5				
				26×1.8	21×1.5			
					16.6×1.3	13.3×11×1.15	14.34×8.32	12.73×99.2×1
BMn40-1.5	15.8×7.9×1	83.5×33.5×2.5	38×3	26×1.35	22.2×1.2	19.2×17×1.1	19.7×11.8	
	22.86×10.16×1.27	195	85×10	60×5				
				38×1.75	29.9×1.55	26.4×23.6×1.41	28.06×14.16	25.5×12.75×1.37

① 退火的方式

a. 中间退火 又称为软化退火或再结晶退火，目的是消除坯料的加工硬化，降低变形抗力，恢复塑性。因此，中间退火温度要在合金的再结晶温度以上。紫铜的塑性好，可以不进行中间退火；黄铜、青铜塑性较差，某些牌号的黄铜和青铜必须在经过1～2道拉伸后进行中间退火。中间退火后要进行酸洗，以清除拉伸件表面的氧化。

b. 成品退火 状态不同的成品内部组织和性能是不同的。为了确保制品的组织状态与性能而进行的退火称为成品退火或最终退火。

c. 消除内应力退火 金属因不均匀变形会使制品内部产生附加应力。变形结束后保留在制品内部的附加应力称残余应力。残余应力会使制品产生裂纹、弯曲和扭拧，引起晶间腐蚀，产生微裂纹。高锌黄铜、硅黄铜和锡黄铜是对应力腐蚀敏感的合金。因此，它们在冷拉后要立即进行消除内应力退火。消除内应力退火温度在再结晶温度以下。

d. 光亮退火 光亮退火后的制品表面光洁、无化学成分变化。目前不仅成品退火，而且中间退火也采用了光亮退火。目前在国内外主要采用保护性气体进行成品退火。但制品在光亮退火前要进行脱脂处理，去除制品表面的油脂，以免退火后在制品表面留下印痕。

脱脂处理采用"741洗涤剂"水溶液，其配制方法是：每100kg水中加入2～3kg"741洗涤剂"。脱脂液温度为50～60℃。脱脂后的制品必须充分漂洗干净和晾干。

② 退火温度 见表4-16。

表4-16 一些铜合金型材退火温度

合金牌号	中间退火温度/℃	成品退火温度/℃		
		软制品	半硬制品	硬制品
纯铜，H96	600～680	580～620	—	—
H62	600～640	—	400～450	450～480
HMn58-2	580～620	—	320～370	380～420
H68	550～620	500～550	350～400	—
HPb63-3	500～550	—	300～350	180～220
HPb59-1	600～650	—	320～370	—
HSn62-1	500～600	—	400～450	—
HFe58-1-1	500～600	—	350～400	—
HFe59-1-1	500～600	—	350～400	—
HMn57-3-1	600～650	500～550	—	—
QAl9-2	650～700	—	—	550～600
QSi3-1	650～700	—	—	400～430
QSn4-3	600～650	—	—	340～380
QSn6.5-0.1	600～650	—	—	300～360
QSn7-0.2	600～650	—	—	250～300
QSn6.5-0.4	600～650	—	—	250～300
QBe2	650～700	650～700	—	250～300
QBe2.5	650～700	650～700	—	—
QCd1.0	570～650	580～620	—	250～300
QAl9-4	730～780	600～700	—	550～600

合金牌号	中间退火温度/℃	成品退火温度/℃		
		软制品	半硬制品	硬制品
QAl10-3-1.5	650～700	600～650	—	—
QAl10-4-4	730～780	650～700	—	—
QAl59-3-2	600～650	450～480	—	—
B30，BFe30-1-1	700～750	700～750	—	380～420
BZn15-20	700～750	650～700	—	250～280
BMn40-1.5	700～750	—	—	—

③ 铜合金退火时的注意事项

a. 有些合金制品要控制退火时的升温和冷却速度。锡磷青铜退火时必须缓慢升温，以防止产生裂纹；出炉时除紫铜、H96、H68、QCd1.0、QCr0.5、B10 和 HAl77-2 允许急冷外，其余合金均应自然冷却。

b. 黄铜在 700℃ 以上退火，表面的锌易蒸发，对于高锌黄铜应严格控制炉温，以防脱锌。

c. 对含锌量大于 20% 的黄铜和铜合金制品，冷拉后要及时进行消除内应力退火，以防产生应力裂纹。

d. 一般用氮气中加入少量的氢气作保护气体。

(5) 拉伸时的润滑

① 拉伸润滑的目的

a. 降低摩擦系数，减轻摩擦，降低拉伸力，减轻拉伸模的磨损、延长其使用寿命。

b. 润滑剂可以带走部分变形热，起到冷却作用。

② 对润滑剂的一般要求

a. 具有良好的润滑性。

b. 化学稳定性好，长时间不变质、不分层、不易挥发、不与金属起不良反应。

c. 退火时不燃烧、不产生损害金属表面和酸洗不净的残物。

d. 不危害人身健康和不产生难闻的气味。

e. 来源广泛，价格低廉。

③ 型材拉伸时常用的润滑剂　常用的润滑剂种类和组成见表 4-17。

表 4-17　铜合金型材拉伸用的润滑剂种类及组成

润滑剂类型	组成/%							用途
	机油	油酸	三乙醇胺	碳酸钠	白皂	石蜡	水	
乳膏①	85	10	5	—	—	—	余量	适用于紫铜、黄铜、青铜和白铜
乳液	20～25	13～15	3～5	2～3	—	—	余量	
乳液	13	15	—	—	12	—	余量	
石蜡乳液	12～15	15	—	3～5	—	12～13	余量	
其他	机油＋黄甘油							空拉紫铜，拉伸紫铜、黄铜盘卷型材
	机油＋黄甘油＋洗衣粉混合黏稠液							

① 乳膏要加水配成乳液才能使用。50%乳膏＋50%水的乳液可作润滑剂；15%～20%乳膏＋85%～80%水的乳液可作润滑冷却剂。

（6）矫直工序　为消除型材制品在拉伸时产生的弯曲和扭拧，制品要进行矫直。型材矫直一般采用张力矫直、压力矫直和圆盘矫直。

张力矫直是利用拉伸力使弯曲制品产生不影响尺寸偏差的微小塑性变形，以消除制品的弯曲和扭拧。达到矫直的目的，对不同合金，其变形量是不同的，对于紫铜约为1%，黄铜、白铜、青铜约为2%～3%。

压力矫直是把弯曲制品放在平台上对突起部分施加压力，以消除弯曲的矫直方法。

圆盘矫直是用圆盘矫直机来实现的。圆盘矫直机的矫直辊可以是弧形的、平直的或是与被矫直的制品截面相适应的形状。它不仅可以矫直圆形的型材，也可以矫直矩形、六角形、方形型材和异型材。

（7）锯切和剪切　锯切和剪切是用于制品的中断下料、切除头尾、切定尺、切试样、切去废品和制品的缺陷部分等。锯切适用于各种规格的型材。锯切设备主要有各种规格的圆盘锯和铣刀锯及弓形锯、砂轮切割片。剪切适用于中小规格的型材，常用设备有联合剪切机和偏心轮剪切机等。

（8）性能检验和成品检查　型材拉伸制品最后都要经过性能检验和成品检查。按照有关标准规定的检验项目完全合格后才算合格成品，才能出厂交货。

4.4　型材拉伸时的质量控制及废品

4.4.1　拉伸制品的质量

拉伸生产是型材的成品工序，所以，控制好拉伸制品的质量，对提高产量、降低金属消耗均有十分重要的意义。拉伸制品的质量包括两个方面。

（1）内在质量

① 包括合金成分、物理、化学性能和力学性能等，有些制品对晶粒度的大小也有要求。

② 各种性能，不但要达到标准要求，还要尽可能的均匀。

（2）外部质量

① 尺寸公差和弯曲应符合标准要求，两端面应平齐、无毛刺。

② 制品表面不应有裂纹、针孔、起皮、划沟和夹杂等缺陷。

③ 表面应光滑整洁、无严重氧化皮，尽可能呈现金属本色。

制品的内在质量是首要的，因为它是决定产品在一定条件下能否使用的前提。同时，由于内在质量的不合格，在拉伸过程中也往往影响表面质量的好坏。所以在保证内在质量符合要求的同时，要求有较好的外部质量。

4.4.2　拉伸制品质量控制

（1）软制品质量的控制　以软状态要求交货的制品，在拉伸后要进行完全再结晶退火。它的性能和金属内部组织由退火来控制。合理的退火温度和保温时间是软制品性能达到要求的保证。退火温度过高，保温时间过长，可使制品晶粒粗大，性能不合要求；反之，退火温度过低，保温时间太短，制品不能充分再结晶，同样达不到性能的要求。

（2）半硬制品的质量控制

半硬制品性能的控制有以下两种方法。

① 完全软化退火后，再进行一定程度的拉伸，使制品在变形后的性能达到要求，并能获得较好的表面质量。为了消除半硬制品中的内应力，往往在成品拉伸后再进行低温退火。

② 制品在拉伸到完全硬化直到所需要的尺寸后，再进行不完全软化的退火。制品的性能由退火温度和保温时间来控制。这种方法的关键在于准确地控制退火温度和保温时间，还要保证加热的均匀性，退火前的拉伸应保证尺寸的精确和良好的表面质量。

（3）硬制品质量的控制　铜和大部分铜合金属于热处理不强化的合金，即不能用淬火时效的方法提高它们的强度。这种合金的硬制品完全是通过拉伸产生加工硬化而得到的。为了得到合格的性能，成品前拉伸的变形程度要足够大，其数值可根据生产经验或参考有关的硬化曲线来确定。成品要进行消除内应力的低温退火。

某些合金，如铍青铜、钛青铜，则采用热处理强化的方法来获得所需要的性能。为了得到更高的强度，往往在时效前或在时效后再进行一定程度的拉伸。

（4）提高拉制品外部质量的措施

① 对拉伸坯料，特别是热轧或铸造的坯料，在工艺流程中增加一道或几道扒皮工序，以消除坯料表面的结疤、起皮、夹灰和不深的裂纹。

② 加强坯料的中间修理。坯料经扒皮后残留下来的缺陷，或在以后的加工工序中出现的磕伤和金属压入，还要进行人工修理。

③ 对空心材制品应减少空拉道次，成品道次要尽可能采用芯头拉伸。

④ 采用硬质合金芯头与拉模，拉伸中应使用良好的润滑剂，并保持其清洁。

⑤ 热加工后或退火后的坯料要经过良好的酸水洗。

⑥ 成品退火前制品要除油脱脂，并采用光亮退火。

拉伸制品的质量除了在工艺上加以保证外，在成品出厂前要经过专职检查人员对外部质量进行检查，并进行力学性能和内应力的检验，最后经过涡流或超声波探伤。

4.4.3　拉伸废品

拉伸时由于各种原因使制品产生缺陷，甚至成为废品。由于表面出现各种缺陷而产生表面缺陷废品，主要的表面缺陷有划沟、压坑、碰伤、应力裂纹、扒皮撕裂、跳车环、麻点等。由于制品外径、壁厚和长度的尺寸超出标准规定的范围，而产生尺寸公差的废品。由于抗拉强度、延伸率和硬度不合格或试样的扩口、压扁有裂纹而导致力学性能不合的废品。

4.5　铜合金型材拉伸时的主要设备和工具

型材拉伸时所用的设备主要有：拉伸机、热处理设备、酸洗设备、精整设备、锯切设备等。型材拉伸用的主要工具是拉伸模和扒皮模。空心型材拉伸一般是采用空拉，很少用芯头拉伸。只有对内表面粗糙度要求高的空心型材（如矩形波导管）才采用短芯头拉伸。

4.5.1　拉伸机

拉伸机的种类很多，其分类如图4-13所示。

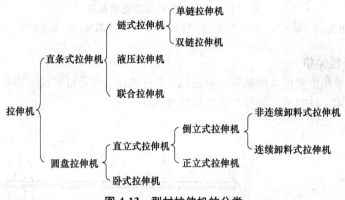

图4-13　型材拉伸机的分类

铜合金型材拉伸多用直条式拉伸机，其主要部件有工作机架、拉伸小车、拉伸模座、传动装置、上料和下料装置等。异型空心材（如内螺纹管）拉伸用圆盘拉伸机。

4.5.1.1　链式拉伸机

(1) 单链拉伸机　它是目前一般中小型工厂使用的最普遍的一种拉伸机。这种拉伸机既可以拉伸空心材又可以拉伸实心材，它的结构（图4-14）比较简单。

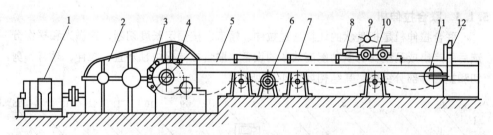

图4-14　单链拉伸机构造简图

1—主电机；2—减速箱；3—链条；4—主动链轮；5—床身；6—小车返回卷扬机；

7—拨料杆；8—挂钩；9—重锤；10—小车；11—从动轮；12—床头

如果采用固定短芯头拉管，则在床头的另一侧装一套上芯杆的装置，芯杆的往返运动借助于电动机、齿轮摩擦离合器和链条来完成。

(2) 双链拉伸机　双链拉伸机在结构上与单链拉伸机有很大的差异。它的床身是由一系列的C形工作架组成，在C形工作架内装有两条水平横梁，横梁底面上支承着链条和小车，横梁侧面装有小车导轨。两根链条从两侧连接到拉伸小车上。小车的拉伸和返回全由主电机经链条带动。双链拉伸机的结构如图4-15所示。

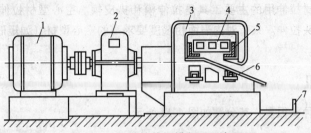

图 4-15 双链拉伸机横断面示意图

1—主电机；2—减速箱；3—C 形架；4—拉伸小车；5—水平横梁；6—链条滑槽；7—料框

4.5.1.2 液压拉伸机

液压拉伸机主要供大规格空心材进行长芯杆拉伸、长芯杆扩径、短芯头扩径以及空拉成型使用。2MN 液压拉伸机的结构如图 4-16 所示。

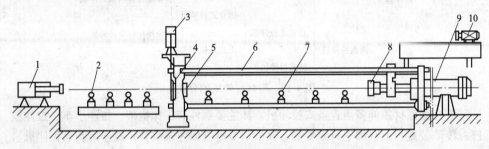

图 4-16 2MN 液压拉伸机示意图

1—后挡板汽缸；2—左升降辊道；3—卸料挡板汽缸；4—卸料挡板；5—模座；6—张力柱；

7—右升降辊；8—主柱塞；9—主液压缸；10—液压系统

4.5.1.3 联合拉伸机

联合拉伸机是把盘状的坯料通过拉伸、矫直、按预定长度切断，经抛光和探伤分选后生产出成品型材的多功能高效率的设备。联合拉伸机由预矫直、拉伸、矫直、剪切和抛光等部分组成，其结构如图 4-17 所示。

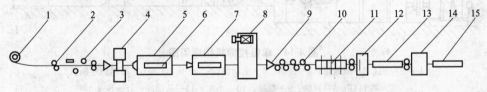

图 4-17 联合拉伸机示意图

1—放线架；2—导辊；3—预矫直装置；4—模座；5，7—拉伸小车；6—抱钳；8—主电机和减速箱；

9—导路；10—水平矫直辊；11—垂直矫直辊；12—剪切机构；13—料槽；14—抛光机；15—受料台

(1) 预矫直机构 该装置位于拉伸模座之前，为便于进入拉模，把圆盘坯料矫直成直线而配备的装置。机座上有三个固定辊和两个可移动的辊子，能适应各种规格的圆盘坯料。

(2) 拉伸机构 从减速机出来的主传动轴上，设有两个端面凸轮，该凸轮形状相同，但在位置上相差 180°，其结构如图 4-18 所示。两个小车不间断地交替拉伸，坯料长度不受床身长度的限制，凸轮转动一圈，小车往返一个行程，其距离等于 S。

（3）夹持机构　拉伸小车中各装有一对由汽缸带动的夹板，小车Ⅰ的前面还带有一个装有板牙的钳口。制品的夹头通过拉模进入该钳口中。

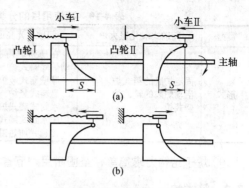

图 4-18　联合拉伸机凸轮机构

（4）矫直部分　该部分由 7 个水平辊和 6 个垂直辊组成，利用减速机传动轴上安装的伞形齿轮传动。水平矫直辊有 3 个固定辊和 4 个移动辊，用移动辊来分别调整制品的直径和弯曲度。

（5）剪切机构　在减速机的传动轴上设有多片摩擦电磁离合器和一个端面凸轮。架子上有切断用的刀具，制品达到预定长度时，极限开关才开始动作，电磁离合器也动作，凸轮转动，带动切断机构动作，制品被切断。

（6）抛光机构　它由两对抛光盘和位于其中的 5 个矫直喇叭筒组成。抛光盘由单独的电机和减速齿轮传动。抛光盘的速度必须大于拉伸和矫直速度，一般抛光盘速度为拉伸速度的 1.4 倍。

4.5.2　热处理设备——退火炉

4.5.2.1　退火炉的形式和要求

铜及铜合金的退火炉有多种形式。从结构上分有：箱式炉、竖式炉、罩式炉、管式炉、水封式炉、连续退火炉等。从制品有无氧化分有：一般退火炉、保护性气氛退火炉（光亮退火炉）、真空炉等。按热源分类的热处理炉及其优缺点见表 4-18；按使用目的分类的热处理炉的类型及形式见表 4-19。

表 4-18　按热源分类的热处理炉的优点和不足

热源	加热方式	优　点	缺　点
电能	辐射 连续通电式加热 电感应加热	构造及操作简单 加热快 加热快	加热慢 必须保证接触可靠 开始投资费用大
燃气	炉膛内燃烧煤气 在辐射管内燃烧	构造简单 能防止炉内气体作用	必须防止炉料受炉内气体作用 构造复杂
液体	用喷嘴燃烧	构造简单	必须防止炉料受炉内气体作用
固体燃料	燃烧室内燃烧	构造简单,燃料便宜	必须防止炉料受炉内气体作用

选择退火炉时，应满足下列要求：

① 应满足工艺制度的需要，使退火后的制品表面质量、组织及性能均达到要求；

② 因地制宜地选用经济而实用的热源，通常采用电炉、煤气炉、重油炉、煤炉；

③ 劳动条件好，机械化、自动化程度高；

表 4-19　按使用目的分类的热处理炉的形式

类型	间歇式氧化退火炉	间歇式光亮退火炉	连续式光亮退火炉
形式	固定炉底的箱式炉 活动炉底的箱式炉 竖式炉	在马弗炉内退火的活动炉底箱式炉 厚壁筒式竖炉 悬料式竖炉 水封式罐式炉 非水封式罐式炉 接触式加热退火炉	水封带式曲颈马弗炉 水封带式非曲颈马弗炉 气封辊道炉马弗 管式炉 接触式加热退火炉

④ 炉子结构力求简单，坚固耐用，节省占地面积，节约投资。

4.5.2.2　箱式炉

分固定炉底、活动炉底与活动炉罩多种，可用固体、液体或气体燃料，也可以用电能。固定炉底式的箱式炉结构最简单、建造容易、灵活性大、适于单批量、多规格品种的生产，是用途最广的一种炉子。活动炉底式箱式炉的炉底是一辆小台车，可以自由地推出推入，装料量大，不易出现压坑，结构简单，制造方便，是广泛使用的一种炉子。但冷炉底造成炉子顶部和底部的温度不易均匀，出炉时台车带走大量热，使炉温迅速降低，造成热量损失和温度不均；炉膛的密封性不好。活动炉罩式箱式炉多数用电能，用于间歇式氧化性退火，装料量大，装炉方便；但占地面积大，需要高大厂房。电热式箱式炉，在炉壁、炉顶、炉底和炉门上安装电阻加热元件，并多半在炉顶或炉壁上安装风扇，强制空气循环以提高加热速度和使炉温均匀。表 4-20 列出了几种退火炉的技术性能。

表 4-20　箱式电阻炉和煤气炉的技术性能

设备性能	退　火　炉				
	300kW 电炉	225kW 电炉	180kW 电炉	低真空电炉	煤气炉
功率/kW	360	225	180	200	—
最低温度/℃	700	650	750	900	1000
炉膛尺寸 （长×宽×高）/m	8×2×1.5	9×1.5× 1.0	7.95×0.91× 0.81	长 7m， 直径 0.8m	8×2×1.5
最低装料量/(t/h)	3.0	4.0	1.2	0.5	4.0
电压/V	380	380	380	380	—
炉内气氛	氧化性	氧化性	氧化性	101.325Pa	微氧化性

4.5.2.3　竖式炉

用途比较广泛，炉子可以烧煤气和重油，大多数用电能。这种炉子最大的长处是制品可以放在吊架或料筐中，装出炉都很方便。如带保护性气体竖式电炉（图 4-19）、竖式真空退火炉（图 4-20）等都可以达到无氧化的光亮退火。表 4-21 列出了氮气保护退火炉的技术性能。

4.5.2.4　罩式炉

把制品装入厚的铁罩中，并用带有阀门的盖子把它盖严。然后把罩子放在用电预热好的竖炉中进行退火。炉子生产率高，适于大批量生产。缺点是设备占地面积大，需要高大厂房。

表 4-21 氮气保护退火炉的技术性能

设备性能	技术参数	设备性能	技术参数
容量/kW	300	炉内保护气氛的成分/%	N_2 96, CO_2 0.5, H_2 1.5
炉内分区	3	炉内保护气氛的用量/(m^3/h)	200
工作温度/℃	500~800	冷却通风机数量/台	6
生产能力/(t/h)	1.2~1.5	炉膛尺寸(长×宽×高)/m	12.58×1.0×0.5
炉内辊道速度/(m/min)	慢速 0.84，快速 21.5		

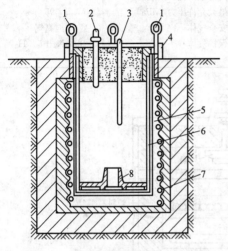

图 4-19 竖式电炉

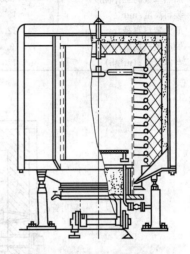

图 4-20 真空式退火炉

1—提起铁罐用的环；2—阀门；3—热电偶；
　4—橡皮垫片及冷却水管；5—铁罐；
　6—料筐；7—加热元件；8—装料架

如图 4-21 所示为罩式退火炉结构示意图，表 4-22 为一种罩式炉的技术性能。

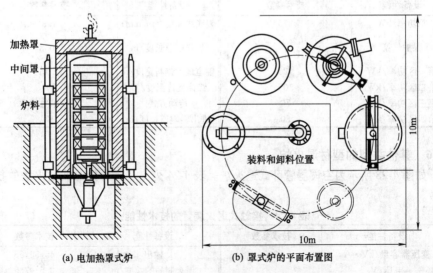

(a) 电加热罩式炉　　　(b) 罩式炉的平面布置图

图 4-21 罩式电加热炉结构及平面布置图

4.5.2.5 连续式退火炉

如图 4-22 所示为连续式退火炉的断面图。表 4-23 为该种退火炉的技术性能。

表 4-22 电加热强对流罩式退火炉的技术性能

设备性能	技术参数	设备性能	技术参数
炉胆尺寸/mm	直径 1400,高度 2000	室冷电机功率/kW	0.75×2
加热罩额定功率/kW	200	冷却水量(水冷)/(m³/h)	10
加热罩最高工作温度/℃	800	内罩最高允许温度/℃	700
装料高度/mm	1650	最大允许压力/MPa	95
最大装料直径/mm	1200	安全气体	纯氮气
炉座风机功率/kW	10/37	保护气体	95%N₂+5%H₂
空冷风量/(m³/h)	1200		

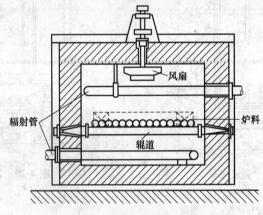

图 4-22 连续式辊底炉的断面图

表 4-23 通过式退火电炉的技术性能

设备性能	技术参数	设备性能	技术参数
总功率/kW	375	辊底线速度/(m/min)	1.3
保护气氛	CO₂ 10%～12.5%, CO 3.0%,H₂1.5%,N₂余量	加热区总长度/m	10.8
第一区功率/kW	120	辊道最大排料宽度/m	1.15
第二区功率/kW	105	最高允许温度/℃	800
第三区功率/kW	70	传动方式	三段单独传动
第四区功率/kW	80	进出料辊道长度/m	17

4.5.2.6 其他类型的型材退火炉

如图 4-23 所示为空调器管卧式退火炉。表 4-24 列出了一种接触式退火炉的技术参数。

表 4-24 接触式退火装置的技术性能

设备性能	技术参数	设备性能	技术参数
变压器容量/kV·A	200	输出	45,50,55
电压/V	—	退火制品的长度/m	2.5～7.5
输入	3800	最高退火温度/℃	1200

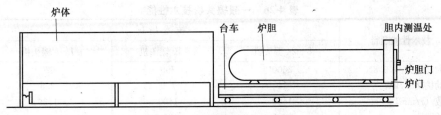

图 4-23　空调器管卧式退火炉

4.5.3　酸洗设备

酸洗用的槽子主要有：酸洗槽、冷水槽、热水槽。酸洗槽、水槽的长度根据酸洗的制品长度尺寸来决定。常用的酸洗槽、水槽的尺寸及材料见表 4-25。

表 4-25　酸洗槽和水槽的规格及材质

类别	酸水槽的规格/m			耐酸用的材料	加热装置的材料
	长	宽	高		
硫酸液洗槽	7.5 9.0 16	1 1.45 2.0	1.2 1.65 1.5	耐酸塑料，铅板， 耐酸不锈钢，青石木材	铅管或不锈钢管
硝酸液洗槽	7.5 8.0	1.0 1.0	0.8 0.9	不锈钢，耐酸塑料	—
水槽	7.5 9.2	1.1 1.4	1.2 1.5	铅板，木材	—

4.5.4　制夹头设备

拉伸前坯料要制夹头，是采用辗头机制作的。辗头机（图 4-24）主要由两个带孔槽的轧辊（图 4-25）及支持它们的框架构成。

图 4-24　辗头机图

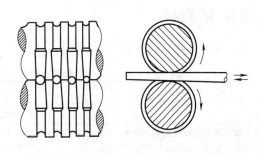

图 4-25　辗头机轧辊

辗头机轧辊的孔型横断面在两个轧辊同时转动时，由大逐渐变小，突然变大，然后又由大逐渐变小，这样周期地变化。轧辊旋转方向与进料操作方向相反。当轧辊转到孔型最大的时候，把坯料端头送入孔型内。随着孔型横断面逐渐变小，端头逐渐被轧细，同时坯料也随轧辊旋转而轧出。每一次进料量不应过大。每轧一次必须转 90°。轧辊上刻有数个截面变化的不同尺寸的孔型，这样能把不同直径的坯料轧细，供拉伸需要。一般辗头机技术性能列于表 4-26 中。

表 4-26　一般辗头机技术性能

技术性能项目	技术指标		
	8～24 辗头机	4～10 辗头机	1～5 辗头机
最大轧制力/×9.8N	2000	700	620
电动机功率/kW	14	2.5	2.8
转数/(r/min)	1460	1400	1430
传动速比	22.5	24	23
轧辊转速/r/min	65	60	62
坯料速度/(m/s)	0.68	0.36	0.24
轧辊尺寸/mm	$\phi200\times475$	$\phi120\times450$	$\phi76\times150$
辗头直径/mm	8～24	4～10	1～5

为使坯料进入模孔，就需要穿模设备。现在辗头与穿模设备多结合在一个机体上（图 4-26），称为辗头穿模机。

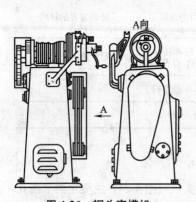

图 4-26　辗头穿模机

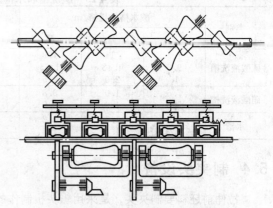

图 4-27　双曲线辊式矫直机构造简图

4.5.5　矫直机

双曲线辊式矫直机构造如图 4-27 所示，圆盘矫直机技术性能见表 4-27。

表 4-27　圆盘矫直机技术性能

设备性能	型　号	
	UO35Γ	UO35Д
矫直材料抗拉强度 σ_b/MPa	≤540	≤540
矫直速度/(m/min)	30,60	30,60
送料剪切机构驱动电机		
功率/kW	10,9,7	10,9,7
转速/(r/min)	750,950,1410	750,950,1410
矫直架电机		
功率/kW	5,7	5,7
转速/(r/min)	720,1450	720,1450
矫直规格/mm	$\phi5\sim8$	截面积≤170m²
中断长度/m	2～4	2～4
用途	矫直成盘紫、黄铜圆型材	矫直成盘紫、黄铜方形六角形型材

对于复杂形状的型材制品，一般采用张力矫直。它是借助于液压传动装置产生张力，将制品拉伸到一定长度以达到矫直的目的。拉伸的长度根据制品材料的屈服极限的大小而定，屈服极限大的拉伸长度也大，反之则小。生产中紫铜制品拉长 1% 左右，黄铜、白铜制品拉长 2%～3%。这样，既可以达到矫直的目的，又不影响制品的尺寸公差。

4.5.6 锯切设备

锯切设备的技术性能见表 4-28。

表 4-28 锯床设备技术性能

性能	G607	G6014	性能	G607	G6014
锯片直径/mm	710	1430	主轴转数/(r/min)	$v_1=4.75$	$v_1=1.52$
锯片厚度/mm	6.5	10		$v_2=6.75$	$v_2=2.47$
加工圆形最大直径/mm	240	500		$v_3=9.5$	$v_3=4.21$
锯片给进量/(mm/min)	25～400	12～400		$v_{14}=13.5$	$v_4=5.97$
主电机功率/kW	4.5	14			$v_5=9.7$
转速/(r/min)	1440	75			$v_6=16.55$
外形尺寸(长×宽×高)/mm	2350×1300×1850	3675×1940×2356			

4.5.7 型材拉伸的工具

4.5.7.1 型材拉伸模

在拉伸过程中拉伸模直接与坯料接触，并使其发生塑性变形，故此拉伸模的材质、几何形状和表面状态对拉伸制品的质量、成品率、生产率、能耗、成本都有很大的影响。因此，正确地设计、制造拉伸模，合理地选择拉伸模的材料是十分重要的。

（1）型材拉伸模的分类、特点和用途 按拉伸模的材料分：钢模、生铁模和硬质合金模，其特点和用途见表 4-29。按拉伸模的结构分：整体模、组合模、辊式模，其特点和用途见表 4-30。

表 4-29 钢模、生铁模和硬质合金模的特点和用途

拉伸模种类	材 质	特 点	用 途
生铁模	铸铁，多为硬度高的白口铁	性能差，制造容易、价廉	用于生产大截面、批量小的型材
钢模	工具钢 T8A 与 T10A 或合金钢 Cr12 与 Cr12M；在模孔上镀一层厚度为 0.02～0.5mm 的铬来提高其耐磨性	耐磨性尚可，来源广、价廉、制造方便、维修容易	适用于拉伸截面大于 600mm² 的实心型材
硬质合金拉伸模	硬质合金 YG3、YG6、YG8	耐磨性和抗压强度高，抗张和抗冲击强度较低，必须在外侧镶一个钢质外套，增强其强度	适用于拉伸小型和中型型材

表 4-30　整体模、组合模、辊式模的特点和用途

拉伸模种类		特　点	用　途	备　注
整体模		模子由一块整体材料制成,模孔尺寸不能自由调整	最常用的拉伸模	图 4-28 图 4-29
组合模		由两块或两块以上的材料制成,模孔尺寸可以改变	用于拉伸小型正方形、长方形、六边形以及截面达 150mm² 的其他异型材	图 4-30
			适用于拉伸正方形和矩形型材	图 4-31
辊式模	双辊式	摩擦系数很小,两对辊子上都有相应的孔型,拉伸时辊子随坯料的拉制而转动 拉伸力小,能耗少,工具寿命长 采用较大的变形量,道次压缩率可达 30%～40%。拉伸速度较高	用于拉伸型材 辊子的孔槽面可镀铬,提高耐磨性能和寿命 在拉伸过程中能改变辊间的距离,从而制得变断面型材	图 4-32
	多辊式	模孔工作面由若干个自由旋转辊构成。可由三个、四个或六个辊子构成孔型或构成复杂截面的异形孔型	用于拉制三角形、方形、矩形和六角形型材或用于拉制复杂截面的异形型材	图 4-33

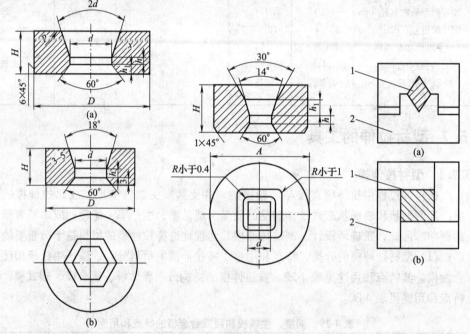

图 4-28　拉制圆模 (a) 和六角模　图 4-29　YG8 和 YG10 硬质合　图 4-30　组合模
(b) 的硬质合金模坯　　金方形拉伸模　　1—模孔;2—模衬

(2) 拉伸模的结构与尺寸　拉伸型材普遍采用锥形模。

① 润滑区 I（入口锥、润滑锥、入口喇叭、润滑带）　其作用是拉伸时便于润滑剂进入模孔,减少摩擦和带走一部分拉伸时产生的热量,并且避免坯料轴线和模孔轴线不重合时碰（划）伤坯料。

润滑区角度和长度的选择对拉伸十分重要。角度过大润滑剂不易贮存,造成润滑效果不良;角度太小,使拉伸过程中的金属屑、粉末不易随润滑剂流出而堆积在模孔中,导致制品表面划伤;长度太小将消弱润滑能力,太长则容易隐藏润滑剂中的脏物破坏润滑效果。

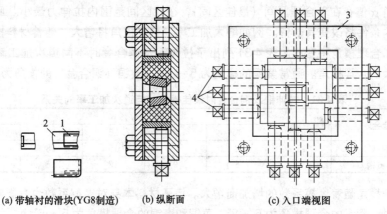

(a) 带轴衬的滑块(YG8制造)　　(b) 纵断面　　(c) 入口端视图

图 4-31　用硬质合金制成的万能组合模

1—轴衬；2—滑块；3—架子；4—螺栓

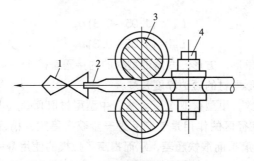

图 4-32　辊式拉模拉伸示意图

1—拉伸机小车夹钳；2—拉伸材料；3—辊式拉模水平辊；4—辊式拉模立辊

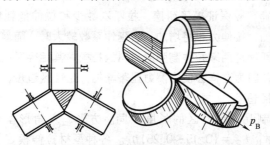

图 4-33　用于生产三角形型材的辊式模的结构图

型材拉模的润滑区的锥角一般 $\beta = 40° \sim 60°$ 或 $\beta = (2 \sim 3)\alpha$；润滑区的长度为 $L_{润} = (1.1 \sim 1.5)d_K$，式中，$d_K$ 为定径区直径。

② 压缩区 Ⅱ（工作锥、变形区、变形锥、工作带）　型材拉伸模的压缩区的形状为锥形。其作用是金属在此处进行塑性变形，获得所需要的形状和尺寸。

压缩区的锥角（又称模角）α 和压缩区的长度是拉伸模的重要参数。α 过小和压缩区过长将使坯料和模壁的接触面积增大；α 角过大将使金属在变形区中的流线急骤转弯，使附加剪切变形增大，导致拉伸力和非接触变形增加。压缩区太短，拉伸时变形的一部分将不得不在润滑区内进行，而润滑锥角度大又将造成润滑恶化、拉伸力增加。

模角 α 值存在着合理区间（最佳区间），在此区间范围内拉伸力最小。此区间随着不同的条件将改变其数值。例如增大加工率，合理模角将增大；随着材料抗张强度的增加，合理模角将变小。表 4-31 列出了拉伸铜及铜合金时不同道次加工率条件下碳化钨模的合理模角。通常紫铜的模角为 $5°\sim11°$，黄铜（铜合金）的模角为 $4°\sim9°$。

表 4-31　拉伸铜及铜合金时最佳模角 α 与道次加工率的关系

合金	加工率/%					
	10	15	20	25	30	35
紫铜/(°)	5	8	11	15	18	22
铜合金（黄铜）/(°)	4	6	9	12	15	18

合理模角随着摩擦系数的增加而增大。模子材料本身对摩擦系数也有影响，使用钻石模时，紫铜的合理模角为 $6°\sim8°$；黄铜和青铜的合理模角为 $5°\sim6°$。

不同形状的拉制品，压缩区的长度不同。

方形、六角形型材：

$$L_压 = (1.05\sim0.3)d_K \tag{4-25}$$

矩形型材　　　　　　$$L_压 = (1.05\sim0.3)h_K \tag{4-26}$$

式中　　d_K——三角形、方形、六角形型材的内接圆直径；

　　　　h_K——矩形型材的短边厚度长度；

$(1.05\sim0.3)$——系数，小型材取 1.05，大、中型型材取 0.3。

③ 定径区Ⅲ　定径区的作用是使制品进一步获得稳定、精确的形状和尺寸，可以使拉模免于因模孔磨损而很快超差，从而提高了拉模的使用寿命。

在确定定径区直径 d_K 时应考虑制品的公差、弹性变形和模子的使用寿命。实际上定径区的直径应比制品名义尺寸稍小。

定径区长度的确定应保证模子耐磨、拉断次数少和拉伸能耗低。延伸系数不大时，定径区长度增加，拉伸力也将增加；当延伸系数较大时，随着定径区长度的增加拉伸力增加甚微。即使是用来拉伸高强度材料的拉模，其定径区的长度也不应达到定径区直径的 1.5 倍，因为这样会使摩擦力显著增加；定径区过短，则将使模子定径区很快磨损，造成直径超差。

不同形状的拉制品，定径区的长度不同。方形、六角形型材：$L_定 = (0.15\sim0.25)d_K$。矩形型材：$L_定 = (0.15\sim0.25)h_K$。各种型材拉伸模定径区的长度可参看表 4-32 和表 4-33。

表 4-32　拉伸方形、六角形、三角形型材模子定径区与模孔直径的关系

模孔内接圆直径 d_k/mm	$5\sim15$	$>15\sim25$	$>25\sim40$	$>40\sim60$
定径区长度 $L_定$/mm	$3.5\sim5.0$	$4.5\sim6.5$	$6\sim8$	10

表 4-33　拉伸矩形型材模子定径区与制品厚度的关系

制品厚度 h_k/mm	$3\sim5$	$>5\sim8$	$>8\sim12$	$>12\sim20$	>20
定径区长度 $L_定$/mm	$3\sim4$	$3.5\sim5$	6	8	10

④ 出口区Ⅳ（又称出口带、出口喇叭、出口锥）　其作用是防止金属出模孔时被划伤和模子定径区出口端因受力而引起剥落。出口带一般为锥形，出口带的锥角 2γ

一般为 60°~90°。出口带与定径带交接处应研磨十分光滑，以防止制品通过定径带后由于弹性恢复或拉伸方向不正而刮伤表面，其他各带连接处也应以圆角光滑过渡。

型材拉伸模出口带的长度：

$$L_{出} = (0.2 \sim 0.3) d_K。 \tag{4-27}$$

对于复杂断面型材的拉伸模，其结构与尺寸用"图解设计法"来确定。

⑤ 拉伸模的厚度 拉伸模的厚度也称为拉伸模的高度，以 L 表示。

$$L = L_{润} + L_{压} + L_{定} + L_{出} \tag{4-28}$$

4.5.7.2 型材拉伸芯头

空心型材拉伸多为空拉，一般不用芯头，在此仅介绍波导管芯头的结构和尺寸，见表 4-31。波导管短边小于 23mm 时，采用实心芯头；短边大于 23mm 时采用空心芯头。

拉伸波导管成品的芯头，其尺寸与波导管内尺寸一致，沿其长度带 0.1~0.2mm 的锥度。芯头的形状见表 4-34。与其他芯头比较，表面粗糙度要求达到 $R_a = 0.2\mu m$，工作带不平行度要求小，一般不超过 0.02mm。同时，前后台阶均需圆滑过渡，以免划伤管材内表面。

表 4-34 波导管芯头结构尺寸　　　　　　　单位：mm

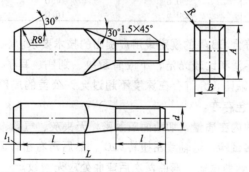

短边 B	l	l_1	l_2	L	d	R	备注
8~8.5	30	6	25	90	M6×0.75	0.35~0.4	$A>20$ 用焊接
8.6~11	30~36	6~8	25~30	90~100	M8×1.0	0.35~0.4	$A>25$ 芯头用焊接
11.1~13	35	8	30	110	M10×1.5	0.35~0.55	$A>35$ 芯头用焊接
13.1~16	35~40	8	35	115	M12×1.75	0.40~0.6	$A>45$ 芯头用焊接
16.1~24	40	8~10	35	120~125	M16×2.0	0.40~0.6	$A>50$ 芯头用焊接
24.1~30	60	10	40	125	M20×2	0.7~0.8	
30.1~41	70	12	40	130	M25×2.0	1.0~1.2	

第5章

铜与铜合金线坯加工工艺

铜线坯通常也称为铜盘条、铜杆。传统轧制法生产的有氧化铜皮的铜杆又叫黑杆，连铸连轧法生产的无氧化铜皮的铜杆又叫光亮杆或亮杆。线材的生产通常是将由液体金属或锭坯经各种方法制得的线坯通过多道次冷拉伸后得到线材成品。因此，线坯的质量直接影响线材的质量，为了保证产品质量，对线坯做如下要求。

① 线坯的规格及公差应符合表 5-1 的规定，椭圆度不应超出公差要求的范围。

表 5-1　线坯规格及允许公差　　　　　　　　　　单位：mm

线坯标准直径	允许公差	线坯标准直径	允许公差
7.2	±0.3	11.0	±0.6
8.0	±0.5	12.0	±0.6
9.0	±0.5	14.0	±0.8
10.0	±0.5	16.0	±0.8

② 化学成分应符合 GB/T 的规定或用户提出的技术要求。

③ 线坯表面应平滑和比较光洁，不应有裂纹、划伤、耳子、折痕、毛刺、金属压入、夹灰、夹杂等缺陷，允许存在深度不超过允许公差的局部碰伤、划伤等缺陷，允许线坯表面的氧化色存在。

④ 应保证线坯的内在质量，切断面应致密，无夹灰、气孔、疏松、缩尾等缺陷。

⑤ 线坯应做扭转试验，沿轴线左扭转 720°，然后再右扭转 720°后应不发生裂纹，若是连铸线坯，应做弯曲试验，弯曲两次后弯曲处应无裂纹。

⑥ 线坯一般应以软状态或 R（热轧，热挤压）状态供货，要具有一定的力学性能。

⑦ 线坯的重量应根据生产条件而定，应尽量供给较大重量的线坯。

5.1　线坯的加工方法、特点和适用性

铜及铜合金线坯的加工方法特点及用途见表 5-2。

表 5-2　铜及铜合金线坯的加工方法、特点及用途

加工方法		方法特点	用　途	线坯特点
连铸法	使炉内熔化了的铜及铜合金连续通过结晶器、引线机、卷取装置、切断剪等获得的线坯。一般采用卧式或立式铸造，引拔根数为 1～18 根，规格在 $\phi 8 \sim$ 16mm，多数为 ϕ12mm	简化了线材生产工艺，降低材料消耗，成品率大大提高，节约了能量，车间占地面积大大减少。缺点是更换产品牌号需要重新打炉或用大量金属洗炉；生产效率不如轧机高	已用于紫铜、无氧铜、黄铜、锡磷青铜等和某些白铜线坯的生产	铸造出来的线坯可直接送去热处理、拉伸生产

加工方法		方法特点	用　途	线坯特点
轧制法	在线材轧机上把铸锭(或锻造锭)加热轧制成直径为6.5～16.0mm的盘条(有时也冷轧)或断面比较简单的型线	分为冷轧和热轧。生产效率高。热轧线坯成本低,具有一定的力学性能;冷轧线坯一般加工率小,中间退火次数少	适于大批量、单一或少量品种线坯生产,如紫铜、黄铜、某些青铜、白铜等的生产	化学成分均匀,成品率高,线坯的长度较长。热轧线坯盘重大,表面易有耳子、折叠等;冷轧线坯表面易起刺
挤压法	挤压线坯是在挤压机上生产的,一般挤成的圆线坯规格为8～16mm,还可以挤压断面比较复杂的异型线坯	合金的变形条件好,成本高。由于存在压余,成品率低;在一根线坯上前后的力学性能不很均匀;设备投资大	适于生产不易热轧的合金及难于用连铸法和轧制法生产的、批量小、合金牌号复杂的线坯	挤压线坯质量好,断面形状复杂,品种多,质量好
锻造剪切线坯	在压力机上把铸锭锻造成圆盘状的半成品,再在螺旋式剪切机上剪切成6mm×8mm的矩形截面的线坯		用于不能经受热变形的铜合金,如磷锡青铜线坯	
上引法连铸法	20世纪70～80年代由国外引进的铜及铜合金线坯加工新工艺、新技术		适于生产无氧铜和铜合金线坯	表面质量好,品种多,盘重大
连铸连轧法			适于生产纯铜和无氧铜线坯	

5.2　线坯轧制加工工艺

　　线坯轧制是型辊轧制中的一种,因此,线坯轧制的理论基础和轧辊孔型及其设计与型辊轧制的理论基础与设计方法相同。轧制设备及附属装置也与型材坯轧制相同。

　　线坯轧制加工工艺流程图如图5-1所示。

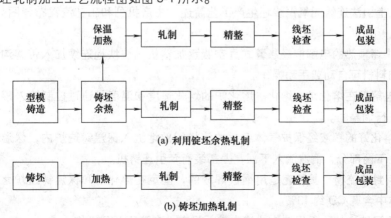

图 5-1　线坯轧制加工工艺流程图

线坯轧制用的铜及铜合金线锭一般为水平浇铸的船形铸锭，也有半连续或连续铸造的圆锭和方锭，这些铸锭应符合 GB/T 的技术标准的要求。

铸锭在连续式加热炉内加热，在线材轧机上进行轧制。加热制度、热轧制度、孔型系统及工艺要点参照型材坯轧制工艺。

线坯一般采用卷取机卷取，卷取后要切去头尾，捆扎牢固，整齐。

对线坯的检查包括线坯的表面质量、几何形状、尺寸偏差、化学性能、力学性能等，并进行扭转试验。各项指标均符合国家标准规定的制品，可作为合格品。合格的线坯，需按照国家标准有关技术规定进行包装验收；若为本企业使用则可直接转到下一工序。

只要有一项指标不符合 GB/T 的规定，则为废品。废品的种类除了型材坯轧制时的废品种类外，还有错圆，即线坯断面上下两半错开；折叠，即线坯表面纵向呈线状或锯齿状折叠，折断口可见压折痕等。

5.3 线坯连铸连轧技术和工艺

常用的线坯连铸连轧技术包括无氧铜线坯生产线和浸渍成形法无氧铜线坯生产法；韧铜铜线坯（又叫光亮铜杆）的连铸连轧生产技术分轮带式连铸连轧法、双钢带式连铸连轧法和无孔型连铸连轧法等。

5.3.1 无氧铜线坯连铸连轧加工新技术

5.3.1.1 上引法连铸连轧无氧铜线坯生产技术

上引法又叫奥托昆普法（Outokumpu），它是芬兰的奥托昆普公司的波里（Pori）厂创用于生产无氧铜杆和铜合金半成品。

（1）上引法连铸的生产原理　将石墨结晶器垂直插入熔融的铜液内，根据虹吸原理，铜液在抽成真空的石墨结晶器内上升至一定高度，当铜液进入结晶器内的冷却区时铜液冷却凝固，在牵引杆的拽引下缓慢从上面引出。

（2）上引法连铸无氧铜线坯生产工艺简述　生产机列和工艺流程布置图如图 5-2 所示。

① 烘烤预热的电解铜经悬臂式真空吸盘加料机一块块地连续加入带熔沟的熔化炉内，加料机可自动或手动操作。

② 电解铜在熔化炉内熔化。熔化炉的熔化速度和温度是通过控制输入感应线圈的功率进行调整的。

③ 熔化好的铜液经保护气体密封的流槽间歇地流入保温铸造炉内，保温炉用隔墙分为上下两部分，铜液流入下部，上部装有牵引连铸机。

a. 密封式流槽　其外壳是用钢板焊成的，固定在熔化炉和保温铸造炉之间，保护性气体中含有 CO 约 10%。

b. 保温铸造炉　采用熔沟式感应炉，设有一套液压倾翻机构。

(a) 上引铜钱坯生产线

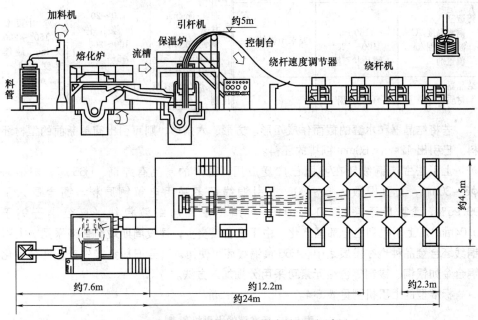

(b) 上引法连续铸杆系统立面、平面示意图

图 5-2　生产机列和工艺流程布置图

  c. 牵引连铸机　可引出圆铜线坯，生产铜线坯直径最小为 $\phi 8mm$、最大为 $\phi 30mm$，一般为 $\phi 15\sim 25mm$。连铸机内的结晶器固定在连铸机框架的支架上，结晶器下端（即石墨铸模）可插入铜液中，结晶器由石墨铸模和铸模冷却器组成，结晶器内抽真空，铜液吸入石墨铸模内，通过冷却凝固成圆形铜线坯，再经过夹送辊引出，连续引出，连续凝固，引出速度通常是 1m/min。整个系统是密闭的，在保护性气氛下生产，结晶器数量一般为 12~24 根。每根线坯经卷线机卷成盘卷。

  ④ 卷线机　双座卷线机，每个双座卷线机可以卷两根线坯，其速度自动调节为

与铸出的线坯同步。每个卷线机有两个可调式液压马达和液压泵，两对夹持辊和夹持辊，惰辊用的液压缸等。

⑤ 上引法连铸的铜线坯盘卷经摩根式连轧机或三辊 Y 形连轧机进行冷轧，轧成 $\phi8mm$ 的线坯，再用卷线机卷成盘卷。

（3）上引法连铸铜线坯的工艺参数　见表 5-3。

表 5-3　上引铜线坯主要工艺参数

工序及参数名称	参数范围	备注	工序及参数名称	参数范围	备注
熔化 熔化温度/℃ 覆盖剂 覆盖厚度/mm	1180±10 木炭 100～150	要求干燥纯净	尺寸/mm 涂层材料 涂层厚度/μm	5×120 热解石墨 30～60	（壁厚×长）
保温 保温温度/℃ 覆盖剂	1150 木炭	要求干燥纯净	水套 水流量/(L/min) 允许温度/℃	30 7～8	牵引频率为 150～200 次/min，最佳速度为 1～1.2 m/min
铸造室 铜水温度/℃ 波动范围/mm 覆盖剂	1150±5 100～120 鳞片状石墨	要求干燥纯净	上引 速度/(m/min) 方式 频率/(次/min) 行程/mm 上引能力与保温炉、熔化炉容量比例	1.0～20 拉-停-拉-停 100～200 5～10 1:1.6:4.8	
结晶器 材质	高纯石墨				

若将结晶器和水套的截面作成矩形、方形、六角形，则可引出简单断面的型材坯料。已引出 12mm×60mm 铜排的坯料。

上引法生产铜线坯在我国已广泛应用，生产的制品有纯铜、H65 等，规格为 $\phi6～30mm$，上引根数为 6～30。上引铜线坯多采用电解铜原料，铜含量大于 99.95%，含氧量不超过 10×10^{-6}，可用于生产超细漆包线（直径小于等于 0.04mm）。上引机列已全部国产化，由于设备投资少，建设周期短而普遍采用。上引铜线坯合金品种也在发展之中，H65 黄铜线坯可使用本牌号旧料直接生产，低合金化铜合金如银铜、锡铜等合金元素可采用分批加入方法。

标准型的上引机列见表 5-4。

表 5-4　标准型的上引机列表

机列型号	铸造直径/mm	头数/个	生产能力/(t/年)
L0414K	14.4	4	3000
L0614K	14.4	6	4500
L0420K	20	4	5000
L0814K	14.4	8	6000
L0620K	20	6	7500
L01214K	14.4	12	9000
L0820K	20	8	10000
L0624K	14.4	10	12000
L1220K	20	12	15000
L1620K	20	16	20000
L2420K	20	24	30000

5.3.1.2 浸渍成形连铸连轧生产无氧铜线坯技术

浸渍成形连铸连轧法简称 DIP 法，又叫浸涂成形法。

（1）浸渍成形法的生产原理 浸渍成形法生产的基本原理源于我国传统的浸涂制蜡技术，如图 5-3 所示。

当一根种杆通过熔融的铜液时，吸收了周围熔融铜的熔化潜热，使种杆温度上升，并以种杆为中心，在其上附着一层凝固的铜。使种杆增大，温度升高，从而得到浸渍后的铸造杆。铸造杆的直径与种杆的温度、铜液温度、铜液面的高度及种杆的速度有关。在这些因素不变的情况下，铸造杆的直径为一定值。

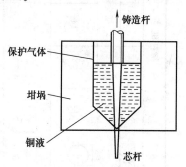

图 5-3 浸渍成型法原理示意图

（2）浸渍成形连铸连轧生产的工艺流程 浸渍成形连铸连轧的工艺流程如图 5-4 所示。

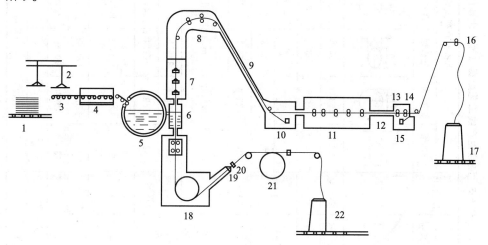

图 5-4 浸渍成型法工艺设备示意图

1—电解铜板；2—真空装料机；3—流槽；4—预热炉；5—熔化炉；6—石墨坩埚；7—冷却室；8—上传动；9—冷却管；10—张力调节器；11—直列式轧机；12—冷却管；13—吹干器；14—探伤仪；15—张力调节器；16—绕杆机；17—成品杆；18—主传动；19—扒皮装置；20—导向装置；21—拉丝机；22—种子杆

工艺过程是采用真空吸盘将电解铜板送入预热炉，在预热过程中清除掉电解残渣、水分和氧化物等表面污染物。电解铜板预热后送入熔化炉内。熔化炉内是弱还原性气氛，且铜液表面覆盖木炭。铜的熔化是靠一个低周波感应线圈，在电磁感应的搅拌作用下，铜液温度均匀，木炭的还原作用使铜液的含氧量降至 10×10^{-6} 以下。熔化好的铜液经密封的流槽送到保温炉。保温炉是工频感应电炉，它由压力室和出液室组成，用压力室内还原气氛的压力调节出液室的液面，从而使送入浸渍坩埚炉内的液面保持恒定位置。在坩埚炉内盛以恒定液面的铜液，将经过扒皮的种杆从坩埚底部垂直穿入，通过坩埚内的铜液时，铜杆浸涂铜液变粗，变粗后的铜杆进入冷却室中，将温

表 5-5　浸涂生产线工艺数据（理论计算值）

流程	主传动					六机架直列式轧机						绕杆孔	
	单头拉丝机	导向模	扒皮模	下夹辊	浸涂杆	一机架	二机架	三机架	四机架	五机架	六机架	夹辊 夹持尺寸	摆杆器 摆绕尺寸
标称值/mm	（循环杆φ14mm）11.33	11.05	10.67		17.53	23.8	φ14	16	φ10.33	12	φ8	18 ／ 8	14 ／ 8
截面/mm²	101	95.9	89.4		241.4	189.7	153.9	109.6	83.8	61.8	50.2		
缩减率/%	冷 34.4	5	0.36			21.4	18.9	28.8	23.5	26.3	18.8		
线速度/(m/min)（标称值75，最大80）	71 / 76	75 / 80	75 / 80	75 / 80	80 / 80	95 / 101.7	117.1 / 125.4	164.4 / 176.1	215.0 / 230.3	291.5 / 312.2	358.9 / 394.4	117.1 / 125.4	358.9 / 384.4
鼓轮直径/mm（工作直径；轧辊外径203mm，工作时轧辊间隙1.6mm；夹辊直径250mm；摆绕直径1000～1800mm）	600	600	600	90		198.95	196.8	199.5	198.64	200.6	199.8	457.2	484～269
75m/min时的转速	37.7	39.8	39.8	265.4		152.1	189.5	262.4	344.7	462.8	572.1	149.2	37.3～20.7
电机转数/(r/min)	1017.9	1070.6		1041.2		1238.1	1237.4	1217.5	1244.4	1240.3	1247.2	1476.3 / 431.9	1485.9～825.5 / 114.3～63.5
齿轮传动比 总计	1/27	1/26.9	1/26.9	1/3.923		1/8.14	1/6.53	1/4.64	1/3.61	1/2.68	1/2.18	1/3.23	1/13.0
齿轮传动比 皮带轮	43/83					49/76	60/66	46/80	55/71	62/65		34/56	300/400
齿轮传动比 齿轮箱	1/27	1/26.9	1/26.9	1/3.923		1/4.22	1/3.61	1/4.22	1/2.08			1/1.96	1/9.75
电机功率/kW	45	45	45	11		6×45						18.5	18.5

132　铜合金型线材加工工艺

度近于熔点的铜杆用喷嘴喷射高压水冷却，使之冷却到轧前温度。随后经上传动装置通过冷却管送入连轧机轧制。轧制到所需要的直径（ϕ8mm）。轧后的铜线坯冷却到80℃以下，经卷线机卷成3～10t的盘卷。

由于整个生产过程都是在氮气保护下进行的，故其含氧量在 10×10^{-6} 以下，并且其表面经过无酸清洗及涂蜡，故表面呈光亮的原铜色。成盘的铜线坯大部分作为商品出售，另一部分还需要经过扒皮作为浸渍成形生产的原料（种杆）。

（3）浸渍成形法生产线的生产工艺数据　见表5-5。

（4）浸渍成形连铸连轧法的特点

① 产品质量好，含氧量在 10×10^{-6} 以下，故电导率高可达到102.3% IACS，力学性能好。

② 整个生产系统自动控制，从电解铜板装料到成品铜杆卷取成卷不需人操作。

③ 可以生产大长度的光亮无氧铜线坯，以减少拉伸工序中的酸洗切头和对焊次数，提高拉伸的成材率。

④ 产量每小时 3.6～10t，适用于中型以上电线电缆厂。

⑤ 投资比较少，占地面积小。

⑥ 系统完全封闭没有空气和水的污染，也不存在直接辐射热。

5.3.2　低氧光亮铜线坯连铸连轧生产技术

这种铜线坯连铸连轧生产方法，最早称为普鲁佩兹法（Properzi），简称为CCR法。目前，世界上发达国家相继了开发了 SCR，Properze，Contirod，Secor，Dip，SE-COR，Upeast 等光亮铜杆连铸连轧的生产方法，从而使世界铜线坯的生产技术发生了重大变革。

（1）连铸连轧法的特点　连铸连轧铜线杆生产方法是熔铜与铜线坯热连轧的结合，具有生产连续化、自动化，产量高等优点，因而在世界各国都成为主要的生产方法。连铸连轧法与传统热轧法生产的铜线坯相比，具有长度长、节能、产品质量稳定、性能均一、表面光亮等特点。目前，传统热轧法已被连铸连轧法所取代，两者的比较见表5-6。

表5-6　传统热轧法与连铸连轧法生产铜线坯比较表

序号	项　目	传统热轧法	连铸连轧法
1	生产工艺	分熔铸、热轧、酸洗三段，工序多、周期长、有中间制品	从熔铸直接生产出线材，工序少、周期短、无中间制品
2	线坯卷质量/kg	35～115	2000～5000
3	成材率/%	<80	>93
4	线坯含氧量/×10^{-6}	400--600	150～400
5	导电率/%IACS	99～100	100～102
6	线坯头尾质量	不均匀	均匀
7	细线生产	要剥皮	不剥皮
8	铜耗/(kg/t)	9.07	0.86
9	电耗/(kW·h/t)	125	100
10	燃料消耗/(MJ/t)	5141	1675
11	基建投资	1	为传统热轧法的2/3左右
12	劳动定员/(人/班)	40	7～10
13	环境保护	酸洗污染	无污染(不酸洗)
14	铸坯晶粒度/mm	0.63～3.25	0.35～1.55
15	线坯晶粒度/mm	0.014～0.015	0.0107～0.0120
16	线坯精度/mm	ϕ7.2±0.4	ϕ8.00±0.25

（2）生产工艺　常用的连铸连轧机列由铜熔化炉、保温炉、铸造机、连轧机、收线机等组成。常用的连铸连轧铜杆生产线有美国南方线材公司法（SCR 法）、德国康特洛德法（Contirod 法）和意大利的普鲁佩兹法（Properzi 法）。

① 美国南方线材公司法（SCR 法）　其机列组成如图 5-5 所示，主要性能列于表 5-7。

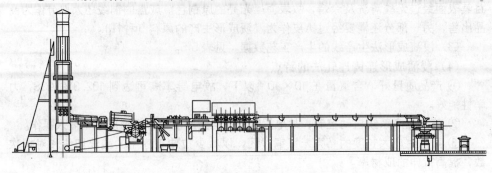

图 5-5　南方线材公司（SCR）法主要工艺设备连接示意图

表 5-7　南方线材公司的线坯连铸机型号及其特性

特　性	型　号					
	1300	2000	2300	3600	5700	6800
铸坯断面/mm^2	1355	2030	2330	3650	5700	6800
生产能力/(t/h)	6.5	11.5	19	27.5	41	45
熔炼炉能力/(t/h)	6.5	15	20	30	45	60
保温炉容量/(t/h)	5	9	13.5	13.5	25	25
铸轮直径/mm	1676	1676	2438	2438	3048	3048
机架数×轧辊直径/mm	9×203	1×254 9×203	1×304 10×203	2×304 10×203	1×457 2×304 10×203	1×457 4×304 8×203
两班，效率20%	1.6	3.7	6.0	8.8	13.1	14.4
三班，效率70%	2	5.2	8.5	12.4	18.4	20
铸机	五轮型	五轮型	五轮型	五轮型	五轮型	五轮型

连轧机列采用 2 辊悬臂式或 Y 形机架，也可以混合使用，轧制时用乳液润滑和冷却，开轧温度为 850℃ 左右，终轧为 600℃ 左右，终轧后线杆用水冷却至 80℃ 以下，使用乙醇水溶液清洗并使氧化亚铜还原为光亮的铜杆，最后经自动收线，捆扎包装成 ϕ8mm 线杆卷，质量可达 2~5t。孔型系列如图 5-6 所示。

② 德国康特洛德法（Contirod 法）　其机列组成如图 5-7 所示，主要性能列于表 5-8。

表 5-8　Contirod 法主要机型特征表

型号	8C 10	12C 10	12C 10L	14C 11	25C 12	W13 35 C13	W14 35 C13	W16 60 C16
铸坯断面/mm^2	2100	2750	2750	2750	4500	5400	7800	9000
生产能力/(t/h)	6~8	10~12	12~14	13~15	20~25	30~35	40~50	50~60
两班	2.3	3.4	4.0	4.2	6.6	9.6	9.6	—
三班	3.5	5.1	6.0	6.3	10	14.5	20	25
成品杆尺寸/mm	8~20	8~20	8~20	8~20	8~22	8~22	8~22	8~22
扁线宽度/mm	75	75	75	180	180	180	180	180
机架×辊径/mm	3×360 6×220	4×360 6×220	4×360 6×220	2×380 2×340 6×195	3×380 2×340 6×195	2×380 4×340 6×195	3×480 4×340 6×195	4×480 4×340 6×195
铸机型号	29.88	29.88	29.112	20.112	20.112	20.146	20.146	20.146

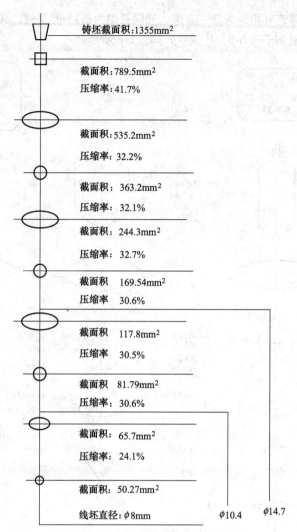

铸坯截面积：1355mm²

截面积：789.5mm²

压缩率：41.7%

截面积：535.2mm²

压缩：32.2%

截面积：363.2mm²

压缩率：32.1%

截面积：244.3mm²

压缩率：32.7%

截面积 169.54mm²

压缩率 30.6%

截面积 117.8mm²

压缩率 30.5%

截面积 81.79mm²

压缩率 30.6%

截面积 65.7mm²

压缩率：24.1%

截面积：50.27mm²

线坯直径：φ8mm　　　φ10.4　　φ14.7

图 5-6　美国 SCR 法孔型图举例

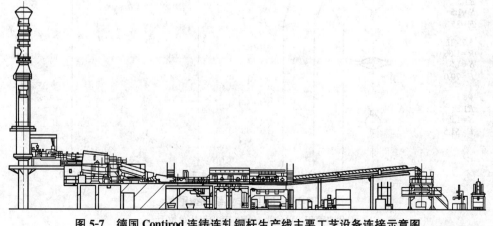

图 5-7　德国 Contirod 连铸连轧铜杆生产线主要工艺设备连接示意图

德国康特洛德连轧机架为 8~12 架，轧辊孔型为椭圆-圆系列，其中 8C10 型连铸连轧机列技术性能列于表 5-9，孔型系列如图 5-8 所示。

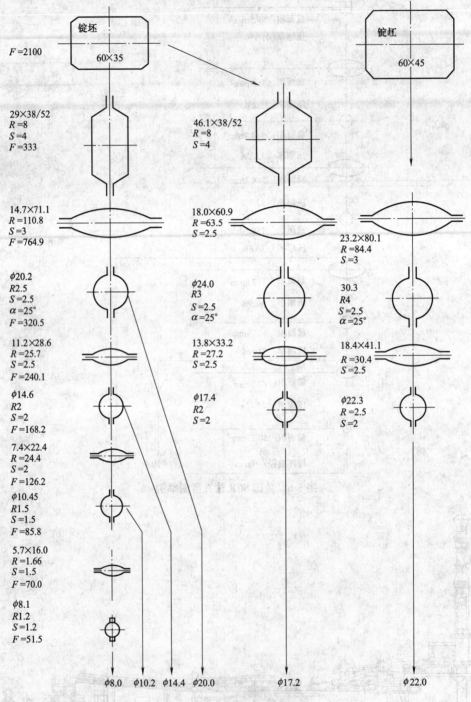

图 5-8　8C10 作业线孔型图

F 代表面积，单位为 mm²；其他尺寸单位为 mm

　铜合金型线材加工工艺

表 5-9　Contirod 8C10 作业线的特征及工艺

工　艺	参　数	工　艺	参　数
竖炉生产率/(t/h)	最大 12	终轧温度/℃	580～620
保温炉容量/t	8	出口速度/(m/s)	4.97
铸模腔长度/mm	2238	小时产量/(t/h)	8
锭坯尺寸/mm	60×35(2100mm²)	冷却清洗管长度	16%乙醇还原
冷却水流量/(L/min)	4540	最终温度/℃	80
轧机	3 架 φ360mm×100mm＋ 6 架 φ220mm×95mm	卷捆尺寸/m	φ(1.35～1.65)/(0.7～1.0)× (1.25～1.30)
主电机/kW	400	线杆尺寸/mm	φ8.0；φ10.2；φ14.4；φ20.0； φ17.2；φ22.0
开轧温度/℃	860～890		

③ 普鲁佩兹法（Properzi 法）　机列组成如图 5-9 所示。连轧机是由 2 架二辊轧机（平、立）和八架三辊 Y 形轧机组成。混合孔型系，铸坯截面积为 1440mm²，经十道次轧成成品圆，其直径为 φ8.0mm，截面积为 50.27mm²。孔型图如 5-10 所示。

（3）我国引进的生产线　我国引进连铸连轧生产线的主要技术指标见表 5-10。

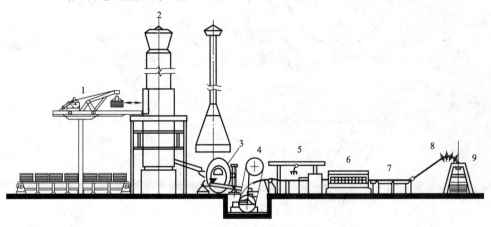

图 5-9　Preperze 法主要工艺设备连接示意图

1—上料机；2—竖式熔铜炉；3—保温炉；4—轮带铸造机；5—铸坯准备装置；6—连轧机；
7—冷却管；8—导向辊；9—卷线机

表 5-10　我国引进生产线的主要技术指标

主 要 性 能	SCR 法		Contirod 法			Properzi 法		
	云南 冶炼厂	上海 铜材厂	北京 铜厂	常州 冶炼厂	湘潭 冶炼厂	芜湖 冶炼厂	太原 铜厂	四川 电缆厂
铸轮直径/mm	1676		模腔长 2280			1400		
铸机	四轮		双带			二轮		
生产能力/(t/h)	6.5		13	8～10		7		
年产能力/(×10⁴t/年)	3		6.5		4.5	3.5		
轧机形式	三辊(平、立)		二辊(平、立)			二辊(平、立)两架 三辊 Y 形八架		
机架数/个	9		10	9		10		
线杆直径/mm	φ8		φ8	φ8～22		φ8		
引进国别和公司	美国南方线材公司		德国克虏伯公司			意大利康梯纽斯公司		
投产时间/年	1988	1990	1987	1987	1988	1987	1987	1986
国内分布	2		3			3		

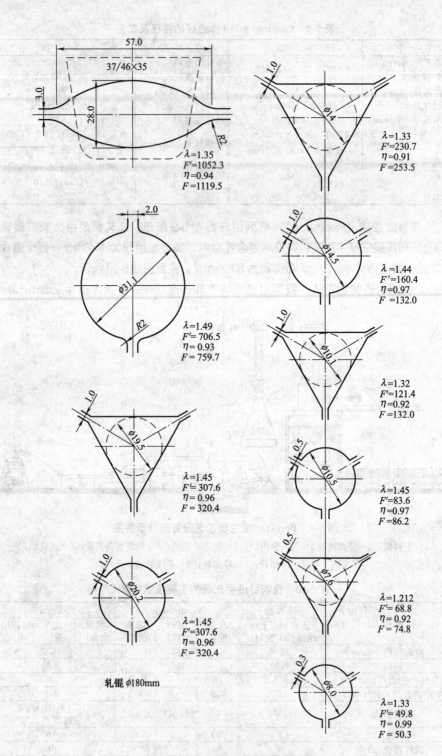

图 5-10 普鲁佩兹法孔型图举例

λ—延伸系数；F—面积，单位为 mm²；η—充满度

5.3.3 紫杂铜连铸连轧生产低氧光亮铜线坯技术

上述引进的几种连铸连轧铜线坯生产方法所采用的熔化炉是竖式熔化炉，没有精炼过程，只能用1#电解铜而不能使用其他的紫杂铜。目前，连铸连轧机组已基本国产化，机组的投资仅为引进机组的1/3。且经改进后对用料也进一步放宽，可以直接利用特殊处理过的紫杂铜为原料，生产低氧光亮铜线坯。

5.3.3.1 紫杂铜生产低氧光亮铜杆的工艺原理

工艺流程如图 5-11 所示。

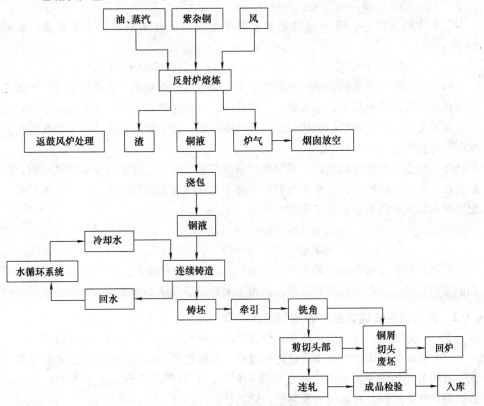

图 5-11 工艺流程图

由于使用紫杂铜为原料，必须严格分拣、严格检查，尽量做到物尽其用，同时必须增加火法精炼除杂工序，以除去来源于诸如镀锡铜废料、锡青铜、黄铜等各种合金原料中的杂质铅、锌、锡、镍、铁、氧和硫等。精炼过程的行为分为五大类。

(1) 除去氧化过程中易除去的杂质　锌是较易脱除的杂质，一般采用加焦炭吹风蒸锌，这个过程中锌被除去90%，剩下部分熔入铜液，$ZnO + SiO_2 \Longrightarrow ZnSiO_3$，扒渣除去。硫则在氧化时生成 SO_2 随烟气除去。

(2) 造渣除去在氧化过程中一般能脱除的杂质　就是通过氧化使杂质造渣，漂浮到铜液表面被扒渣除去。其中铁是造渣能够去除干净的杂质，反应如下。

$$FeO + SiO_2 \Longrightarrow FeSiO_3$$

$$Fe_2O_3 + 3SiO_2 \Longrightarrow Fe_2(SiO_3)_3$$

铅虽然容易通过 $PbO + SiO_2 \Longrightarrow PbSiO_3$ 反应在造渣中被除去，但铅的密度大，一般在物料熔化后，PbO 就沉到炉底，造渣时不易被搅起，因此彻底除去比较难。

锡和铜在熔融时是互熔的，氧化造渣时，锡被氧化成 SnO 和 SnO_2，氧化亚锡呈碱性，造渣时发生反应 $SnO + SiO_2 \Longrightarrow SnSiO_3$，可被除去。

少数的镍可通过发生反应 $NiO + SiO_2 \Longrightarrow NiSiO_3$ 造渣除去。

(3) 除去难于脱除的杂质　有人曾在停炉时，对炉底的铜取样进行分析，发现炉底铜含铅量高出标准数倍到数十倍，为此，每次加料前往炉底加入适量的石英砂，使沉底的 PbO 造渣，漂浮被除去。

二氧化锡呈酸性，在造酸性渣时不易被除去，只有靠碱性渣才能除去，反应如下。

$$SnO_2 + Na_2CO_3 \Longrightarrow Na_2SnO_3 + CO_2 \quad 或 \quad SnO_2 + CaO \Longrightarrow CaSnO_3$$

(4) 除去较少脱除的杂质　镍和铜也是互熔金属，很难用火法精炼除去，一般在电解造液时在溶液中积累，积累到一定程度时，从开路电解液中结晶除去。镍的超标造成铜的脆性，致使铜杆的抗拉强度和延伸率降低，为了使铜不断坯，必须在铜料分拣时，尽量彻底清除干净。

(5) 除去不能脱除的杂质　铜熔化后极易与氧反应，生成氧化亚铜和氧化铜，所以氧在最后还原阶段除去。在还原阶段，插木或重油与高温铜水接触后，立即裂解产生甲烷和氢气来还原铜水中氧化铜中的氧：

$$Cu_2O + H_2 \Longrightarrow Cu + H_2O$$

$$4Cu_2O + CH_4 \longrightarrow 8Cu + 2H_2O + CO$$

利用紫杂铜直接连铸连轧生产光亮铜杆时，"氧化要完全，还原要彻底"是做好铜的基础，对于不同等级的紫杂铜，采用不同的精炼方法则是关键。

5.3.3.2　紫杂铜连铸连轧生产方法和机组简介

紫杂铜连铸连轧生产由熔炼炉、保温炉和铸机机组、轧机机组三部分组成。

(1) 熔炼炉　熔炼炉的作用是熔化电解铜和精炼紫杂铜。熔池或铜液含氧不易控制，且引剪坯和炉子留意要有一定数量的铜液，有效利用率低。使用紫杂铜为原料时，需要精炼过程，只能使用反射炉为熔铜炉。

① 反射炉　反射炉（图 5-12）是传统的火法冶炼设备之一，它是周期性作业，结构简单，操作方便，对原料及燃料适应性强，但热效率低，一般只有 15%～30%，而且消耗耐火材料高。

紫杂铜连铸连轧生产亮铜杆的关键技术一是做铜，二是浇铸，三是轧机的工艺和维护。

做铜时要注意以下几个方面。

a. 加料应尽量缩短下料时间。有手工加料和落地式加料机，机加料不但节省劳动力，还能缩短加料时间。

b. 熔化要彻底，炉底不能存有冷料，且熔化结束，一定要扒渣，然后再插风管氧化。

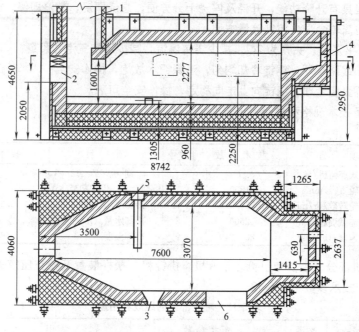

图 5-12　120t 铜精炼反射炉
1—排烟口；2—扒渣口；3—操作炉门；4—燃油口；5—出铜口；6—加料炉门

c. 氧化要彻底，氧化结束要取样。对氧化严重的再生铜，应在加料时配入一定量的还原剂，并在氧化过程中插木搅动、还原，即将工艺改为还原-氧化-还原。在氧化阶段，覆盖焦炭吹风蒸锌，加石英石造酸性渣，加石灰造碱性渣，每次造的渣都要扒净。

d. 插木还原一定要准确，即控制铜液中含氧量小于 200mg/kg。

e. 出铜时铜液面上覆盖一层木炭，以防铜水吸氧。

在从事再生铜生产时，一定要将每一道工序彻底分清，特别是氧化还原交叉作业时，避免相互影响，为此总结了九字原则，即"深氧化、准还原、扒渣净"。

② 倾动式阴极炉　倾动式阴极炉也是一种精炼炉。与固定式反射炉相比有许多优点，倾动式阴极炉在加料和出铜时，炉身可以转动，更重要的是吹风管和还原管预先埋在炉内两侧。而固定式阴极炉从炉门口插管进入，炉门无法封闭，造成烟气外逸，操作环境极其恶劣，倾动式解决了以上问题。该设备可清洁生产，可进行杂铜精炼，生产低氧光亮铜杆，但造价比固定式阴极炉高。

（2）国产连铸连轧机组

① 国产连铸连轧机组的组成和特点　该连铸机组是由结晶轮、压紧轮、游紧轮，浇包装置、钢带烘干、剔锭器、引桥、涂炭装置、流量控制装置等组成，其优点是：

a. 更换钢带方便，钢带寿命长（＞12h）；

b. 更换结晶轮简单方便，结晶轮装置可整体卸下；

c. 优化传动结构，取消了大齿圈，改由内部齿轮传动，清理铜渣方便；

d. 浇包具有升降功能，开浇及停浇十分方便，想浇即浇，想停即停；

e. 浇包简单合理，控制流量方便；

f. 准水平浇铸，夹角为24°，减少浇铸涡流，减少浇铸气泡和裂缝；

g. 冷却线路合理，铜锭冷却均匀，消除铜水放炮，操作安全；

h. 引桥弧度合理，铜锭向上走向稳定，操作安全可靠。

② 设备技术规格和说明　见表5-11。

表 5-11　国产连铸连轧机组设备技术规范

序号	项　　目	技术参数	序号	项　　目	技术参数
1	六轮式连铸机/台	1	6	电动机（Z4-112/4-1，1500r/min，440V）功率/kW	5.5（直流）
2	结晶轮直径/mm	1800	7	冷却水压/MPa	0.3～0.5
3	结晶轮转数/(r/min)	1.33～2.65	8	冷却水量/(m³/h)	170
4	浇铸坯截面积/mm²	2500	9	冷却温度/℃	<35
5	出锭速度/(mm/s)	120～240			

③ 辅机部分　由前牵引机、滚剪机、捞锭机、摆杆装置及校直压痕去角机、打毛机组成，技术参数见表5-12。

表 5-12　辅机部分的组成和用途

序号	设备	数量	技术参数	用　　途
1	前牵引机	1台	电机：5.5 kW（直流），Z4-112/4-1，440V，1500r/min	该机主动轮在上面，上下轮直径不同，使铜锭易进入牵引机，经牵引机进入滚剪机构
2	滚剪机	1台	电机：15kW（直流），Z4-132-3，440V，1500r/min 铸锭剪切长度：700mm	滚剪机主要用于开轧前和连轧生产出现故障时且又不能停止浇铸时使用，剪切下的铜锭由捞锭机捞出供回炉使用
3	捞锭机	1台		捞出滚剪机剪下的铜锭
4	摆杆装置	1件		它是一个安全机构，当轧机发生故障时，摆件在汽缸的作用下立即自动升起，使浇铸机送来的铜锭，在滚剪与校直之间呈圆弧状，保证在引桥的铜锭不会拱起，保证浇铸机安全操作
5	校直压痕去角机	1台		完成校直、压痕、去角（切屑）、除屑动作
6	打毛机	1台	交流电机 0.75kW，1000r/min	打毛机装在压痕去角机架上，扫去刨角粘在铜锭上的切屑

④ 自动喂料连轧机　该连轧机的组成见表5-13。铜锭的截面积由传统的1800mm² 增至2500mm²。本轧机机组生产的φ8mm 铜杆的拉线质量与美国南方线材公司生产的铜杆质量相当。

表 5-13　自动喂料连轧机的组成

设　　备	技术参数	设　　备		数　　量
主电机(直流，Z4-355-42，440V，500r/min)/kW	355	机架	二辊水平辊机架	2台(1号、3号)
			二辊垂直辊机架	2台（2号、4号）
终轧速度/(m/s)	8.17(最大)		Y形上传动机架	4台(5号、7号、9号、11号)
出杆直径/mm	8		Y形下传动机架	4架（6号、8号、10号、12号）

⑤ 冷却还原收线装置　本机主要由冷却还原装置、操作平台、引桥、后牵引机构、环形摆杆机构、双盘收线小车等组成，见表5-14。本机冷却还原装置操作、排除故障便利，而收线装置简单可靠。

表5-14　冷却还原收线装置的组成

序号	设	备	数量	技 术 参 数
1	进水阀、回水包、吹气包		各1套	
2	引桥		1套	
3	后牵引机及电机		1套	(5.5 kW 直流)，Z4-112/4-1，440V，1500r/min
4	摆杆装置和电机		1套	(5.5 kW 直流)，Z4-112/4-1，440V，1500r/min
5	收杆小车	摆线针轮减速机	2台	
		移动小车	1台	

铜杆经连轧机出杆后通过快速还原、冷却、吹干、引桥、牵引、进入摆杆装置。为保证铜杆顺利导出，特采用圆弧加滚轮导向，以减少铜杆表面擦伤，摆杆为离心甩头式，经过摆杆进入收线框，经过变形后落入框内，收线偏心慢速转动，形成梅花收线，便于放线。

⑥ 附加装置　附加装置的系统设备见表5-15。

表5-15　附加装置的系统设备组成

序号	系统和设备		数量	技 术 参 数	备注
1	轧机乳液润滑系统	乳液泵	2台	$H=50m$，2900r/min，100m³/h，22kW	其中1台备用
		过滤器	2台	GLQ-100，1.1 kW	其中1台备用
2	轧机齿轮箱体润滑系统	齿轮油泵	2台	2CY-18/3.6-1，18m³/h，3.6MPa，1500r/min，5.5kW，工作压力 0.1～0.3MPa	其中1台备用
		过滤器	2台	GLQ-80，1.1 kW	其中1台备用
3	油箱		1个	5m³	
4	收线冷却系统	冷却泵	2台	$H=50m$，2900r/min，100 m³/h，22kW	其中1台备用
5		冷却液		温度：<25℃，用量 50m³/h，压力>0.5MPa	
6	板式换热器		1台	80m³	
7	浇注机	冷却水系统	1套		用户自备
		冷却塔	2台	100m³/h	

乳液通过离心泵、过滤器、热交换器进入装在齿轮箱上的分水管，通过胶管对各机架上的齿轮、轧辊、进出口导卫进行润滑、冷却，最后乳液全部通过底座上的回流槽、回流管回到乳液池内。

油箱中的油通过油泵经过滤器到齿轮箱后的进油总管，分三路进入齿轮箱，然后经过分叉油管的喷嘴，对齿轮和轴承进行喷溅润滑，回油从齿轮箱头下侧经过回油管回到油箱内。

经离心泵打出的冷却液通过板式换热器进入总水管，快速冷却、还原，使铜杆光亮，另外装有 11 个回水包、2 个吹气包和 13 个导卫，达到快速回水和吹干作用，通过回水管回到贮液池内。

⑦ 电气控制系统 1 套。

电源条件：三相四线制，AC～380V，50Hz。控制回路：单向，AC～220V。

电气控制使浇铸机、轧机、收杆机的速度同步控制。

5.3.3.3　产品质量比较

不同生产线生产的铜产品的质量比较见表 5-16。

表 5-16　不同生产线生产的铜产品的质量比较

项目	产品适应市场性能	生产能力/(万吨/年)	产品质量技术指标	装机水平
国际先进生产线	产品能满足各种规格、各种需求的电线电缆，各种规格电磁线，尤其能满足线径＜0.18mm 铜线生产，适合高速拉丝机生产要求	10～20	电导率(IACS)＞101S/m 扭转＞55N 含氧量 200～300mg/kg 铜含量≥99.95% 延伸率 42%～44% 可生产最小线径 φ0.05mm 全面达到德国 DIN 标准要求	现在都向大铸坯、高速度、大加工率、一专多能、节能型推进
国内引进生产线	1982～1990 年引进生产线以常州冶炼厂最为成功，1997 年常州又引进一条 10 万吨生产线；南京华兴引进一条 10 万吨生产线；21 世纪初，江西铜业引进 15 万吨生产线，与国外水平一样	5～10	电导率(IACS)＞101S/m 扭转＞45N 含氧量 300～500mg/kg 延伸率 40%～50% 可生产最小线径 φ0.10mm 部分达到美国 ASTM 标准要求	具有中等铸坯、中小加工率，部分只能适应中高速拉丝机，好的适应高速拉丝机
基本生产线	生产单一光亮铜杆，产品仅能满足 φ0.3mm 以上（少数能满足 0.1mm）线坯的要求，只能在低速拉丝上拉丝	1～5	电导率(IACS)＞100S/m 扭转＞40N 含氧量 200～500mg/kg 延伸率 38%～45% 可生产最小线径 φ0.3mm 达到国际 3542—1998 要求	具有中等铸坯、中小加工率，适应低速拉丝机生产

利用废杂铜和国产连铸连轧机组生产低氧光亮铜杆的生产线在国内发展很快，其主要原因是投资少，利用杂铜和电解铜的价差有一定的利润空间。关键在于原料价格，分拣要彻底、操作熟练、掌握工艺、设备运行以及管理得当，仔细测算，慎重从事。

铜合金线材的拉伸加工工艺

6.1 概述

凡是直径小于 6mm、长度无限制的铜合金加工制品称为铜合金线材。线材是通过拉伸线坯得到的。

线材拉伸加工生产是仅次于锻造的古老塑性加工方法。在公元前 20～30 世纪就出现了把锤锻的金块通过小孔用手工拉制成细金丝，在同一时期发现了类似拉线模的东西。此后，拉伸方法、拉伸工具、拉伸模都有了巨大的发展。线材拉伸技术的发展趋势是：

① 拉伸装备的自动化、连续化和高速化；

② 扩大产品的品种、规格，提高产品的精度，减少制品的缺陷；

③ 提高拉伸工具的寿命；

④ 研究新的润滑剂及润滑技术；

⑤ 发展新的拉伸技术与研究新的拉伸理论，达到节能、节材、高产优质的目的；

⑥ 优化拉伸过程。

6.1.1 线材的分类

铜及铜合金线材规格多，品种繁多，而且分类方法不统一。

按线材的合金牌号分为：纯铜线、无氧铜线、黄铜线、铅黄铜线、硅青铜线、锡青铜线、铍青铜线、镉青铜线、白铜线等。

按线材的截面形状分为：圆铜线、扁线、三角形线、方形、六角形、椭圆形、滴形、梯形、半圆形、异形型线等。

按线材的性能状态分为：软铜线、硬铜线、半硬铜线。

按线材的用途分为：电工用线、铆钉用线、滤清器用线、电阻用线、热电用线、补偿用线、冷墩螺钉用黄铜线、电车线等。

6.1.2 线材生产方案

线材的生产方案如图 6-1 所示。

线材生产加工工艺流程就是从线坯起始到生产出成品线材的所有工序的总和，加工工艺流程是根据设备条件、产品的技术条件来制订的，并以所生产的金属及合金特

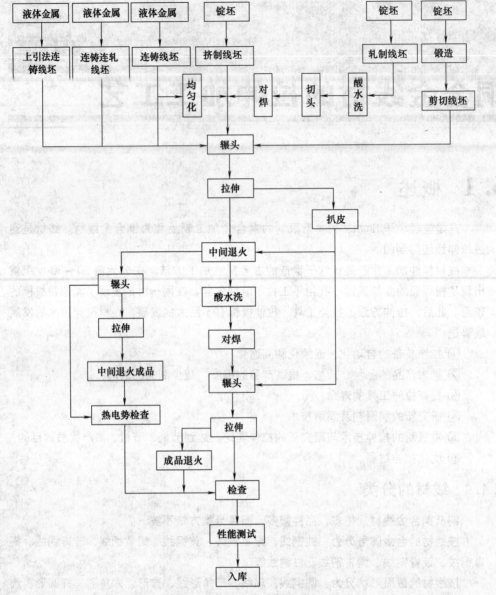

图 6-1 线材生产工艺流程图

性及尽量提高产品质量和生产效率，节约能源，降低原辅材料的消耗等综合指标来考虑的。

6.1.3 实现线材拉伸的条件

实现拉伸过程的基本条件是 $K > 1$。安全系数与设备能力、被拉伸制品的断面（如形状、尺寸、状态）、变形条件（如温度、速度、变形程度、反拉力等）以及金属或合金的性能（如强度极限、再结晶温度等）有关。一般取 $K = 1.4 \sim 2.0$，也即 $\sigma_L = (0.7 \sim 0.5)\sigma_b$。如果用线材的出口屈服极限 σ_s 代替 σ_b，则 $K \geqslant 1.1 \sim 1.2$。安全系数和圆断面线材直径关系见表6-1。

表6-1 安全系数与线径的关系

线材直径/mm	粗型线和粗圆线	＞1.0	1.0～0.4	＜0.4～0.1	＜0.1～0.05	＜0.05
安全系数 K	≥1.35-1.4	≥1.4	≥1.5	≥1.6	≥1.8	≥2.0

假如 $K<1.4$，则由于加工率过大，可能使线材出现被拉断、拉细现象；当 $K>2.0$ 时，则说明道次加工率不够大，金属或合金的塑性未被充分利用。随着线材断面面积的逐渐减小，被拉金属线的各种缺陷相继出现，以及由于设备的振动，速度的骤然变大等因素对降低金属强度的影响增大，容易造成断线，所以线材的横断面面积越小、K 值应当越大。当线材的断面积相等时，横断面的边长之和愈长，所需的拉伸应力 σ_L 也愈大；在屈服强度相等的情况下，σ_b/σ_L 之值显然是较小的，所以在断面积相等时，断面积边长之和比较长的线材在拉伸时 K 值应取得大些。

6.2 线材的拉伸方法

线材拉伸可分为一次只通过一个模子的单模拉伸和连续通过断面逐渐减小的多模连续拉伸，多模连续拉伸又分为带滑动多模连续拉伸和无滑动多模连续拉伸、单线多模连续拉伸和多线多模连续拉伸。

6.2.1 单模拉伸和多模拉伸

线材的单模拉伸如图6-2所示。单模拉伸亦称一次拉伸，多用于线径在4.5mm以上的线坯或成品线拉伸，在某些情况下（如拉制某些合金的半硬线时），也拉伸较小规格的线材。单模拉伸每次拉伸的加工率较大，所以拉伸速度不高。单模拉伸时线材和绞盘之间没有滑动，属于无滑动拉伸。

单线多模连续拉伸过程如图6-2所示，多模拉伸一般是用于较细线材的生产，线径愈细所选用的拉伸机级数也愈高，采用多模拉伸可以提高拉伸速度和生产效率，并减少中间工序，多模拉伸法现在也已用于较大线径的线坯和成品生产。线径为10mm左右的线材也可以用多模拉伸方法。

6.2.2 带滑动的连续式多模拉伸

6.2.2.1 带滑动的多模拉伸的原理

带滑动的多模拉伸过程如图6-3所示。在这种拉伸机上一般有2～23个模子，每个模子的后面都有一个相应的拉伸绞盘，每个绞盘上一般绕1～4圈线材。绞盘的直径可以是相同的或不同的，在拉伸过程中各绞盘的线速度是不能随意改变的，只是在停车后才能调整，但不能改变各绞盘之间的速度比值。在拉伸时，各中间绞盘均产生滑动。

在这种拉伸机上，每个中间绞盘的作用在于建立一个必要的拉伸力，以便使中间道次的拉伸得以实现。这个拉伸力只有在该绞盘的放线端存在一个张力和一个与拉伸方向相同的、存在于线材与绞盘之间的摩擦力的共同作用下才能建立起来。

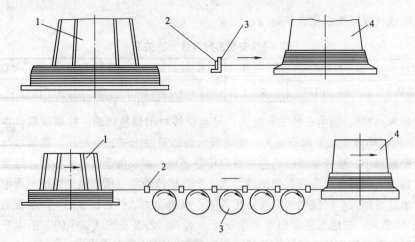

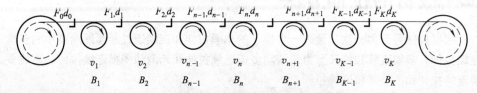

图 6-2　单线多模拉伸过程示意图

1—放线架；2—模子；3—中间绞盘；4—积线绞盘

图 6-3　带滑动多模拉伸示意图

F—面积；d—线材直径；v—线材速度；B—绞盘线速度

根据金属的秒体积流量相等原则，当模子上的延伸系数大于其后一个绞盘与前相邻绞盘的速度比即 $\lambda_n > \gamma_n$ 时，多模滑动拉伸是可靠的。

带滑动的多模连续拉伸机两相邻中间绞盘的速比在 1.10～1.35 之间，而最后两个绞盘的速比愈小，则拉伸机适应的范围愈广。目前，国产的带滑动多模连续拉伸机以速比大的居多，这无疑有利于塑性高的线材，但不适用塑性中等或较低的线材。

线材与绞盘之间由于存在摩擦，给工艺过程、产品质量和设备带来了不利影响。能耗增加；造成线材表面擦伤或划伤；使绞盘表面很快磨损，出现沟痕，以致使拉线过程难于进行。因此，拉伸机虽然是滑动的，但仍然应尽量减少其滑动，可选在 1.015～1.04 之间。

6.2.2.2　带滑动的多模拉伸的影响因素

（1）绞盘上线材圈数的影响　构造不同的拉伸机，线材在绞盘上缠绕的圈数也不相同，一般在 1.5～4.0 圈之间，并且圈数约为 0.5 的整数倍，缠绕一圈的情况是不多的。

在圈数较多（3～4 圈）时，在绞盘出端上的拉力大大减小，但容易出现压线情况，致使线材被拉断或出现其他停车情况。作为水箱拉伸机，在中、细线（线材直径<6mm）拉伸时，缠绕圈数为 1.5 或 2.5 圈；线材直径<3.0mm 时，以 1.5 圈为多。对非水箱拉伸机，线材带动滑动拉伸过程缠绕圈数多为 2～4 圈，3 圈为多数。总体说来，在带滑动拉伸过程中，线材直径大的圈数较多；同样线径的线材，在水箱拉伸机上比

在其他带滑动拉伸机上缠绕的圈数要少些。

（2）绞盘直径与线材直径的影响　线材缠绕在绞盘上就要产生弯曲应力，因此线材要产生弯曲变形，变形一般分如下四部分，如图6-4所示。

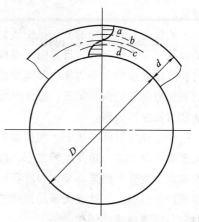

线材中心层（b和c处）处于弹性变形状态。线材的内层（d处）和外层（a处）变形较大，往往处于塑性变形状态。

随着D/d比值的减小，线材横断面上弯曲应力增加，相应的回弹力也较大，所以黏着绞盘的可能性就减小。这时，线材外表面的塑性变形较小，甚至可能不存在，这样有可能不能克服相邻绞盘之间由于活套自重所产生的应力，而使拉伸过程破坏。

图6-4　线材直径与绞盘直径的关系
a—塑性拉伸变形；b—弹性拉伸变形；
c—弹性压缩变形；d—塑性压缩变形

在实际生产中，D/d数值可取在45～1000之间，对于强度低的金属或合金，取值小些，强度高的则要取大些。

绞盘直径增大时，线材在单位接触弧上的法向应力减少，这将提高绞盘的使用寿命，减少磨损。绞盘直径太大将造成原材料和动能的浪费，并使线卷易产生"8"字形废品；绞盘直径太小会造成绞盘磨损加快，如果此时生产直径较大的线材，则易出现椭圆废品等。

（3）绞盘上绕线方法的影响　线材在绞盘上的缠绕方法对其滑动的影响是相当大的，与拉伸过程及制品质量和绞盘寿命等有密切关系。常用的缠绕方法有三种，如图6-5所示。

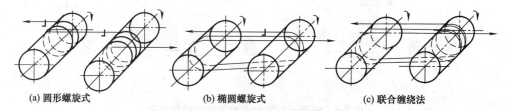

(a) 圆形螺旋式　　　　　(b) 椭圆螺旋式　　　　　(c) 联合缠绕法
图6-5　线材在绞盘上的缠绕方法

图6-5（a）式绕法简单，经常使用；图6-5（b）式由两个绞盘组成，其中一个是辅助的，既可以是主动的，也可以是被动的，线材绕过两个绞盘形成椭圆螺旋线，与图6-5（a）式相比，主要的优点是减少了绞盘所受的张力，减少了磨损，延长了绞盘的使用寿命；图6-5（c）式是上述两种方法的联合，其承受的拉伸力大，所以在绞盘之间可安排更多的模子，在水箱拉伸机中是最常用的。

6.2.3　无滑动的连续式多模拉伸

拉伸时线材与绞盘之间的滑动极为有害，所以在拉伸强度低的合金时用无滑动拉伸法。

实现无滑动拉伸的方法是使线材速度和绞盘的线速度完全一致,由于需要一套自动调速设备,投资大,目前尚未多用,但它的优点是明显的。第一,线材与绞盘之间的相互错动摩擦几乎为零,可减少能量消耗;第二,提高了绞盘的寿命,避免了线材的表面擦伤和划伤;第三,拉伸时线材没有扭转,可以加快拉伸速度,有利于提高产品质量和生产效率。

随着拉伸时间的延长,拉模要磨损,使直径变大,拉伸机的绞盘也在磨损,并且大多数绞盘都呈一定角度的锥形,以便向上串线,拉伸机本身的传动系统也会有一些影响速度变化的因素,所以,在实际生产中,绞盘的线速度与线材的速度不可能经常保证严格相等。因此在无滑动连续拉伸的过程中,绞盘的线速度要靠自动调速装置随时进行迅速准确的调整。

6.2.4 无滑动积蓄式多模拉伸

无滑动积蓄式多模拉伸过程如图6-6所示。拉伸时,线材与绞盘之间不发生滑动,在这种拉伸机上生产线材时,每个中间绞盘都应积蓄20圈以上的线材,每个绞盘都可以单独停车或起车,而不至于立即影响其他绞盘的工作。在这种拉伸机上,离开某一绞盘的线材速度和绕线速度可以不相等。

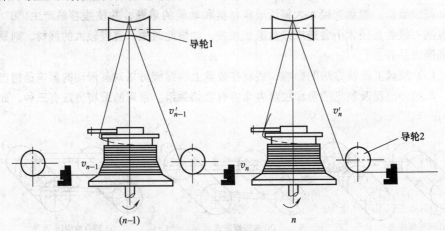

图6-6 无滑动积蓄式多模拉伸过程示意图

当绞盘上线材的圈数少于12～15圈时,由于线材与绞盘之间的摩擦力减小,则有可能产生滑动现象,而使线材和绞盘的速度不等。

为了使拉伸过程顺利进行,在配模和设计拉伸机时,应符合:

$$\lambda_n > \gamma_n$$

所以无滑动积蓄式多模拉伸机的配模与一次拉伸配模相同,并且遵守 $\lambda_n > \gamma_n$ 的条件,只做一般安全系数校核即可。相对前滑系数之值,即 $\dfrac{\lambda_n}{\gamma_n} = \tau_n$ 的取值范围应在1.02～1.05之间,在接近成品时,其值接近1,这样能使各中间绞盘上积蓄合理数量的线材,以保证最少的停车次数,并减少线材扭转。

无滑动积蓄式多模拉伸机拉伸线材时可能产生扭转，所以不能用于非圆断面型线的拉伸；由于线材由一个模子到另一个模子的中间路程较复杂，所以拉伸速度不高，一般不超过8m/s；由于无滑动，所以适用于较软的线材生产；由于线材由一个模子到另一个模子的时间长，可使线材充分冷却，这有利于使用稠的润滑剂拉伸硬的材料。

6.2.5　多线多模连续拉伸

多线多模连续拉伸是近20年发展起来的一种方法，其拉伸方式为滑动式。可以同时拉制2～8根线材，一台拉伸机顶多台用，但是必须在线材极少断线或不断线的条件才具有高的生产率。

6.2.6　线材连续拉伸方法的比较

积蓄式连续拉伸实质上是由多台单模拉伸机串联而成。将线材从绞盘的端面引出，再经两个导向轮，引向下一组单模拉伸，这是连续拉伸的初级阶段。因绞盘上存线多，重心易偏离中心，所以拉伸速度不宜过高，且占地面积大。虽各绞盘可单独停和开，用以调节绞盘上线材的积蓄量，但会造成线材扭拧。现在多用在拉制2～3道次即需退火的线材。

滑动连续拉伸的绞盘很扁，其上仅绕1～4圈线材，可快速运转，出线速度高，然而绞盘与线材间的滑动和摩擦造成无用功耗，为此应尽量降低其滑动量。

非滑动式连续拉伸是较好的拉线方式，既可快速拉伸，又可减小绞盘与线材间的摩擦功耗，线材表面品质好。但需自动控制进行调速。

6.3　拉伸配模

6.3.1　线材拉伸配模的方法

线材拉伸配模设计的步骤与型材拉伸配模步骤相同（见4.3.1.2）。在此仅补充三点不同之处。

① 线材配模时除了绘制型材配模时需要的关系曲线外，还应绘制变形程度（即加工率）与其相应的电导率、抗拉强度、伸长率、硬度等指标的关系曲线，还要试验线材不同的总加工率与线材的弯曲系数、扭转次数及冲压和缠绕等性能的关系。试验时试样直径最好为6.0～9.0mm，并经最佳退火（个别合金需要淬火）工艺退火的软线。如果线材的各项性能需要用最后的总加工率来控制，就要按照标准或用户要求的性能数据范围来规定最后拉伸的总加工率范围。各种铜及铜合金所规定的加工率见表6-2中。

② 根据总延伸系数，可以用下面的公式初步确定拉伸道次 n。

$$n = \frac{\lg\lambda_{\Sigma}}{\lg\lambda} \tag{6-1}$$

表 6-2　一些铜及合金加工率的规定

合金牌号	两次退火间总加工率/%	成品直径/mm	成品加工率/% 软	半硬	硬
T2,T3 Tu1,Tu2 TP1,TP2	30~99 以上	0.02~6.0	30~99 以上	—	60~99
T2 铆钉	30~99 以上	1.0~1.5	—	6.5~10	—
		>1.5~6.0		9~13	
H62 铆钉	25~85	1.0~2.0	—	9~11	
		>2.0~3.5		11~12	
		>3.5~6.0		12~13	
H96,H90	25~95	0.1~6.0	25~95	—	50~70
H80,H70	25~95	0.1~6.0	25~95	—	45~55
H68,H68A	25~95	0.05~0.25	25~95	退火控制	60~64
		>0.25~1.0		6~12	58~62.5
		>1.0~2.0		8~12.3	45~48
	25~85	>2.0~4.0	25~85	9~14	44~47
		>4.0~6.0		9~15	43~46
H62	25~95	0.05~0.25	25~95	退火控制	64~72
		>0.25~1.0		14~17	61~69.5
		>1.0~2.0		12~14.5	52~59
	25~85	>2.0~4.0	25~85	14~19.5	48~56
		>4.0~6.0		13~21	43~54
HPb59-1	20~90	0.5~2.0	20~85	17~31	34~48
		>2.0~4.0		17.5~30	29~40
		>4.0~6.0		16~28	27~36
HPb63-3	20~70	0.5~2.0	20~70	20~39	46~60
		>2.0~4.0		20~39	46~60
		>4.0~6.0		20~30	46~60
QSn4-3	35~96	0.1~1.0	—	—	95~97
		>1.0~2.0			93~94
		>2.0~4.0			90~94
		>4.0~6.0			88~90
QSn6.5-0.1	25~80	0.1~1.0	—	—	65~72
		>1.0~2.0			63~70
		>2.0~4.0			61~70
		>4.0~6.0			60~67
QSi3-1	15~60	0.1~0.5	—	—	67~78
		>0.5~2.5			67~76
		>2.5~4.0			64~68
		>4.0~6.0			58~63
QBe1.7,QBe1.9 QBe2.0,QBe2.15 QBe2.5	15~60	0.03~6.0	15~60	15~20	40~50
BZn15-20	30~95	0.1~0.2	30~95	—	75~90
		>0.2~0.5		36~46	75~80
		>0.5~2.0		30~40	68~75
		>2.0~6.0		30~40	62~70
B30	30~95	0.1~0.5	30~95		78~88
		>0.5~6.0			63~80

合金牌号	两次退火间总加工率/%	成品直径/mm	成品加工率/%		
			软	半硬	硬
B19	30～95	0.1～0.5	30～90	—	76～86
		＞0.5～6.0			70～80
BMn40-1.5	35～98	0.05～0.20	35～98	—	68～90
		＞0.2～0.5			67～85
		＞0.5～6.0			62～78

注：1. 表中软线的加工率是为了最大限度地减径，使之经过很少的中间退火和酸洗次数而达到成品尺寸，其性能控制是以软制品的热处理（如退火、淬火及随后的时效等）来完成的。

2. 半硬线给出的加工率，是为了控制半硬制品各项性能，在此加工率范围内基本可以满足有关标准对线材某些性能的要求。硬状态线材的加工率范围制定的目的基本与半硬线一致。

$$\text{或} \qquad n = \frac{\lg\lambda_\Sigma}{c' - \beta\lg\lambda_\Sigma} \qquad (6-2)$$

式中　λ_Σ——两次退火间的总延伸系数；

$\overline{\lambda}$——每道平均系数，对于不同的金属和合金，其道次平均延伸系数是根据现场实践经验选择的；

c'，β——与被拉伸线材直径有关的系数，可查表6-3。

表6-3　系数 c' 和 β 的值

种类	级别	直径/mm	β值	c'值	
				铜	铜合金
大拉	Ⅰ	16～4.50	0.03	0.20	0.18
粗拉	Ⅱ	4.49～1.00	0.03	0.18	0.16
中拉	Ⅲ	0.99～0.40	0.02	0.14	0.12
细拉	Ⅳ	0.39～0.20	0.01	0.12	0.11
细拉	Ⅴ	0.19～0.10	0.01	0.11	0.10
微拉	Ⅵ	0.09～0.05	0.005	0.10	0.09
超微拉	Ⅶ	0.04～0.03	0.005	0.09	0.08
极细	Ⅷ	0.02～0.01	0.005	0.08	0.07

③ 在道次延伸系数分配时，焊接线坯，由于焊接处强度较低，因此第一道加工率应小些，最后一道延伸系数较小有利于精确地控制制品的尺寸偏差。对拉制细线时，一般由于模具与拉伸中心线不能很好地对中，线材拉伸后会产生弯曲，细线的盘圆容易成"8"字形，所以仍采用适当大一些的延伸系数。一般中间道次的延伸系数应在 1.2～1.55 之间，最后一道的延伸系数大约在 1.05～1.15 之间。

对于同一材质，大规格采用下中限，小规格采用中上限，单道次拉伸的道次加工率大，无滑动积蓄式多模拉伸的道次加工率比单道次拉伸略小，带滑动多模拉伸的道次加工率就更要小些。

拉伸各种铜和铜合金线材的道次延伸系数见表6-4。

应该指出，由于现代技术的大大提高，新型的工艺、新设备的不断涌现，有些企业在线材拉伸时，中间各道次的延伸系数已超出表6-4给出的范围。

6.3.2　拉伸圆线时的配模

6.3.2.1　单模拉伸配模

圆线材拉伸配模设计一般有如下三种情况：

表 6-4　拉伸不同合金的道次延伸系数

线材规格/mm	紫铜	黄铜	青铜	铜镍合金
6~4.5	1.33~1.50	1.30~1.45	1.26~1.40	1.20~1.30
<4.5~1.0	1.33~1.50	1.30~1.45	1.26~1.40	1.20~1.30
<1.0~0.4	1.20~1.40	1.16~1.31	1.16~1.24	1.16~1.24
<0.4~0.1	1.20~1.30	1.13~1.20	1.13~1.20	1.13~1.20
<0.1~0.01	1.1~1.15	1.08~1.12	1.08~1.12	1.08~1.12

① 已经给出了成品尺寸和坯料尺寸，要求计算各道次的模子直径；

② 给定了成品尺寸，并要求成品线材有一定的力学性能或其他性能，求坯料尺寸；

③ 只要求成品尺寸。

对于①和②的情况，可按拉伸配模设计步骤进行配模设计，对于最后一种情况（包括简单断面的型线，如六角、矩形等线材），在保证制品表面质量的情况下，尽可能把线坯尺寸选得小些（即接近成品尺寸）。

对于拉制铜及其合金线材，延伸系数可参考表 6-3 的数据。

6.3.2.2　多模拉伸机的配模

对于单模拉伸来说，配模要求并不十分严格，主要是考虑充分利用金属和合金的塑性，保证产品质量和拉伸安全系数的要求，在满足上述几点的情况下，应尽量采用大的加工率以提高生产效率。

对于多模拉伸机的配模来说，与单模拉伸配模基本上是一致的，方法和步骤也大致相同，所不同的是要考虑线材和绞盘的速度关系

(1) 延伸系数为常数时的拉伸配模设计　当各道次的延伸系数为常数时，如果已知线坯断面积 F_0 及成品断面积 F_n，就可以其比值 F_0/F_n，利用式 (6-1) 计算出拉伸道次 n。

拉伸道次求出后，根据 $\bar{\lambda}$ 和坯料断面积、成品断面积计算各中间道次的模孔面积。为方便使用绘制了圆线材所有中间道次各模孔直径的计算图（图 6-7），纵坐标表示直径，横坐标是道次号，已知或经计算求得总拉伸道次数 n 时，在计算图上把相应于 d_0 及 d_n 值的点用直线连接起来，各道次的纵坐标与直线的交点即为相应的中间直径。该图中画出了用 13 道次由 7.2mm 的线坯拉伸到 1.0mm 及由 7.2mm 经 19 道次拉伸至 0.7mm 线材时的确定各道次线径的直线。

(2) 延伸系数逐渐减小时的配模设计　在拉伸的过程中，一般金属及合金随着拉伸道次的增加，冷作硬化的程度随之增强，所以道次延伸系数逐渐减小是合理的，此外，减小最后几个道次的延伸系数有利于精确控制线材的尺寸和形状。因此，一般来说由第一道至最后一道拉伸，其延伸系数是逐渐减小的。

拉伸道次数用式 (6-2) 计算，n 应选取整数。

求出拉伸道次 n 后，即可确定各道次模孔直径。对于圆线材第 K 道的直径由式 (6-3) 计算。

$$\lg d_K = \lg d_0 - \left(\lg \frac{d_0}{d_n}\right)\frac{K}{1+\alpha K}\frac{1+\alpha n}{n} \tag{6-3}$$

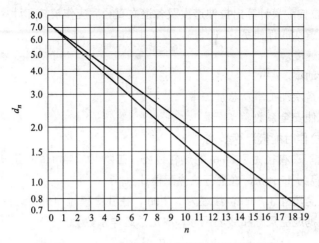

图 6-7 当 λ＝常数时各中间道次直径的计算图

由式 (6-3) 制成的 d_n 计算图如 6-8 所示。

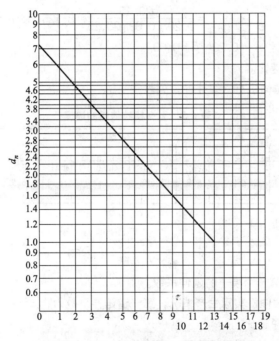

图 6-8 当 $\lambda_a < \lambda_{a-1}$ 时 d_n 的计算图

例如经 13 个道次由 7.2mm 拉伸至 1.0mm 的线材时，在图 6-8 中分别找出（0，7.2）和（13，1.0）两点，连此两点的直线分别与各道次的纵坐标相交，其各交点的纵坐标数即为所求的各道次线材的直径（或拉模直径），其结果为：$d_1 = 5.85mm$，$d_2 = 4.9mm$，$d_3 = 4.0mm$，$d_4 = 3.35mm$，$d_5 = 2.8\ 5mm$，$d_6 = 2.44mm$，$d_7 = 2.10mm$，$d_8 = 1.82mm$，$d_9 = 1.60mm$，$d_{10} = 1.41mm$，$d_{11} = 1.25mm$，$d_{12} = 1.10mm$，$d_{13} = 1.0mm$。

（3）多次拉伸配模计算出拉伸道次及各道次直径后应作校核和计算

① 计算各道次的延伸系数。

② 计算线速度。

③ 计算滑动率。

④ 计算各道次加工率及总加工率。

⑤ 校核拉伸安全系数。

（4）多模拉伸时配模计算举例

【例】 紫铜 T2 直径为 7.2mm 的热轧线坯，在以 10.244m/s 的 Ⅱ-9 模带滑动拉伸机上拉伸到直径为 1.6mm，试进行拉伸配模计算。

解： ① 成品尺寸 1.6mm，线坯为 7.2mm，在 Ⅱ-9 模拉伸机上进行生产。

② 根据成品尺寸和线坯尺寸，决定总延伸系数。

$$\lambda_\Sigma = \frac{d_0^2}{d_n^2} = \frac{7.2^2}{1.6^2} = 20.25$$

③ 计算拉伸道次

$$n = \frac{\lg\lambda_\Sigma}{c' - \beta\lg\lambda_\Sigma} = \frac{\lg 20.25}{0.20 - 0.03\lg 20.25} = 8.125，取 n = 9$$

按表 6-3 查得：$c' = 0.20$；$\beta = 0.03$。

④ 计算速比。

查得 Ⅱ-9 模拉伸机有三级速度，列表于 6-5。

表 6-5　Ⅱ-9 模拉伸机的速度　　　　　单位：m/s

速度	绞盘序号								
	1	2	3	4	5	6	7	8	9
一级速度	1.445	1.8	2.252	2.81	3.53	4.41	5.504	6.86	8.126
二级速度	1.82	2.271	2.833	3.538	4.447	5.543	6.925	8.633	10.244
三级速度	2.741	3.422	4.268	5.331	6.7	8.353	10.434	13.008	15.404

取二级速度时：

$$\gamma_5 = \frac{v_6}{v_5} = \frac{5.543}{4.447} = 1.2465$$

⑤ 确定第一个模子的延伸系数。

根据 Ⅱ-9 模拉伸机实际生产情况，第一道延伸系数为 1.35~1.55，选 $\lambda_1' = 1.5$。

⑥ 计算总速比。

在 Ⅱ-9 模拉伸机选用二级速度，它的总速比为：

$$\gamma_\Sigma = \frac{v_n}{v_1}\lambda_1' = \frac{10.244}{1.82} \times 1.5 = 8.44$$

⑦ 计算相对前滑系数。

$$\tau_n = \sqrt[n-1]{\frac{\lambda_\Sigma}{\gamma_\Sigma}} = \sqrt[9-1]{\frac{20.25}{8.44}} = 1.115$$

计算出的 τ_n 值应该进行合理的调配，原则上应使分配后的均方根值应等于 1.115。

⑧ 计算每道的延伸系数。

$$\lambda_n = \tau_n \gamma_K$$

$$\lambda_5 = \tau_5 \gamma_5 = 1.115 \times 1.246 = 1.39$$

⑨ 计算每道的线材直径、断面积。

$$d_{n-1} = d_n \sqrt{\lambda_n}$$

$$d_8 = d_9 \sqrt{\lambda_9}$$

因为成品直径已知，可由后面往前算。

$$d_8 = 1.6 \times \sqrt{1.3} = 1.82 \ (\text{mm})$$

$$F_n = \frac{\pi d_n^2}{4} = \frac{3.14 \times 1.82^2}{4} = 2.602 \ (\text{mm}^2)$$

⑩ 校核延伸系数。

$$\lambda_9 = \frac{F_8}{F_9} = \frac{2.602}{2.011} = 1.29$$

⑪ 计算线材速度。

$$v_K = \frac{B_n}{\lambda_{K+1}}$$

$$v_8 = \frac{B_9}{\lambda_9} = \frac{10.244}{1.29} = 7.94 \ (\text{m/s})$$

⑫ 计算滑动率。

$$R_8 = \frac{B_8 - v_8}{B_8} \times 100\% = \frac{8.633 - 7.94}{8.633} \times 100\% = 8.03\%$$

⑬ 计算加工率。

$$\varepsilon_9 = \frac{F_8 - F_9}{F_8} \times 100\% = \frac{2.602 - 2.011}{2.602} \times 100\% = 22.7\%$$

$$\varepsilon_{\Sigma 9} = \frac{F_0 - F_9}{F_0} \times 100\% = \frac{40.72 - 2.011}{40.72} \times 100\% = 95\%$$

现将计算结果列于表 6-6 中。

表 6-6　在 Ⅱ-9 模拉伸机配模计算

模子号数	绞盘圆周速度 B_n /(m/s)	绞盘圆周速比 r_n	相对前滑系数 τ_k	由计算预选的延伸系数 λ_n	线材直径 d_n /mm	线材断面积 F_n /mm²	终了延伸系数 每道的 λ_n	总的 λ_Σ	线材速度 V_n /(m/s)	滑动 绝对的 B_n-V_n /(m/s)	相对的 R_n/%	加工率 每道的 ε	总的 ε_Σ
0	—	—	—	—	7.2	40.72	—	—	—	—	—	—	—
1	1.82	—	—	1.5	5.78	26.24	1.55	1.55	0.776	1.044	57.36	35.6	35.6
2	2.271	1.248	1.15	1.44	4.82	18.25	1.44	2.22	1.117	1.154	50.81	30.4	55.2
3	2.833	1.247	1.12	1.4	4.08	13.07	1.4	3.11	1.564	1.269	47.62	28.4	67.9
4	3.538	1.249	1.12	1.4	3.45	9.348	1.4	4.34	2.19	1.348	38.1	28.5	77
5	4.447	1.257	1.115	1.4	2.92	6.697	1.4	6.1	3.067	1.38	31.03	28.4	83.6
6	5.543	1.246	1.115	1.39	2.48	4.831	1.39	8.41	4.263	1.28	23.09	27.9	88.1
7	6.925	1.249	1.1	1.37	2.12	3.53	1.37	11.6	5.84	1.085	15.67	26.9	91.3
8	8.633	1.247	1.1	1.37	1.82	2.602	1.36	15.6	7.94	0.693	8.03	26.3	93.6
9	10.244	1.187	1.1	1.3	1.6	2.011	1.29	20.25	10.244	—	—	22.7	95

6.3.3 拉伸型线时的配模

6.3.3.1 型线拉伸配模

拉伸方法可以生产许多异形线材，如三角形、椭圆形、矩形、六角形、滴形、梯形以及一些断面非对称的型线等。型线有多种各种形状，其断面形状如图6-9所示。

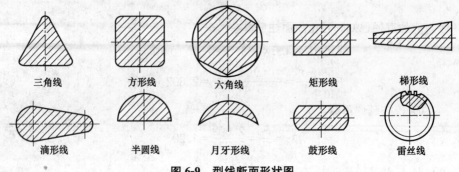

图6-9 型线断面形状图

型线拉伸的主要问题是不均匀变形，因此设计型线拉伸模的关键在于正确地选择原始坯料的断面形状与成品型线断面形状相似或接近相似，制品的不均匀变形程度也会减小。

一般供型线拉伸的线坯是由挤压、型辊轧制和水平连铸生产的。常用的挤压机虽然可以获得与成品型线相似的断面，但若得到断面很小而长度很长的坯料是困难的。用型轧法和水平连铸法可以得到面积较小、长度很长的型线坯料，但只能生产出断面形状简单的品种，如方形、六角形、矩形母线、梯形铜排等型线坯。因此一般型线生产的坯料大部分是以圆线坯或矩形线坯供应的，采用圆线坯和矩形线坯的优点是生产容易，成品率高，但是，此时的型线与坯料失去了相似性，金属的不均匀变形变得突出起来，为了使拉伸顺利进行及尽量减少不均匀变形，在选择坯料和设计型模时还应注意的事项和设计方法，参阅4.3.2。

根据型线的形状，其加工方法分为两种：一种是用圆线坯直接拉制异型线，如方形线、六角线、鼓形线、滴形线、半圆形线、雷丝线等以及宽厚比小于1.5的扁线；另一种是将圆形线坯轧扁，再拉伸成异型线，如梯形线、月牙形线、弓形线以及宽厚比大于1.5的扁线。

6.3.3.2 型线拉伸配模步骤

（1）型线线坯的确定 生产型线必须首先确定圆形线坯的大小，而确定圆形线坯的大小的依据有三个方面：①型线的形状；②对型线性能的要求；③型线的金属牌号。除形状较复杂的异形线，根据其形状来确定线坯的大小外，对于一般简单型线，如方线、六角线、三角线、扁线等按表6-7的方法确定其线坯的大小。

（2）扁线的配模计算 由于扁线宽厚比不同，所以确定线坯的方法也不同，当宽厚比小于1.5而采用直接拉伸方法生产时，其扁线配模计算方法近似等于方线配模。当宽厚比大于1.5时，采用轧制-拉伸方法生产，按式（6-4）计算。

表 6-7　简单型线配模计算方法

名称	圆线坯的直径/mm	系数 β 值					
		H62	HPb59-1	QSn4-3	QSn6.5-0.1 QSn 7-0.2	QSn6.5-0.4 QSi3-1	BZn15 20
方形	$D_0 = A_K \beta$	1.55	1.5	4.15	2.1	1.7	1.5
六角形	$D_0 = A_K \beta$	1.4	1.25	—	—	—	—
三角形	$D_0 = A_K \beta$	1.25~1.3	1.25~1.3	1.25~1.3	1.25~1.3	1.25~1.3	1.25~1.3
名称	过渡边长/mm	道次加工率/%	共需拉伸道次/道	中间各道线坯边长/mm			
方形	$A_0 = \dfrac{D_0}{1.414}$	10~20	3~4	$A_n = \sqrt{1-\varepsilon_n}\, A_{n-1}$			
六角形	$A_0 = \dfrac{D_0}{1.16}$	10~15	2~3	$A_n = \sqrt{1-\varepsilon_n}\, A_{n-1}$			
三角形	$A_0 = \dfrac{D_0}{1.16}$	10~15	2~3	$A_n = \sqrt{1-\varepsilon_n}\, A_{n-1}$			

注：D_0 代表圆线坯的直径；A_K 代表型线成品边长；A_0 代表型线线坯边长；A_{n-1}、A_n 代表型线中间拉伸前后边长；ε_n 代表第 n 道道次加工率。

$$D_0 = \frac{b_K + h_K}{2}(1+\beta) \tag{6-4}$$

式中　D_0——圆线坯的直径；

b_K——扁线宽度；

h_K——扁线厚度；

β——系数，由经验曲线查图 6-10 确定。

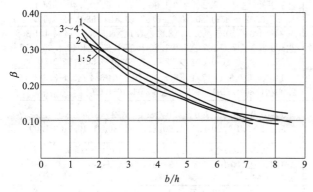

图 6-10　扁线坯确定系数

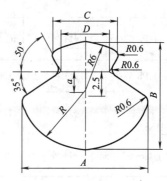

图 6-11　电气化铁路用
双沟导线断面

（3）电气化铁路用双沟导线的配模　断面图及配模见图 6-11 和表 6-8。

表 6-8　双沟线拉伸配模

道次	85mm²				100mm²				110mm²			
	A	B	C	D	A	B	C	D	A	B	C	D
线杆	20mm 上引杆 4 道次拉成 φ15.3mm				20mm 上引杆 4 道次拉成 φ15.3mm				23mm 上引杆 6 道次拉成 φ16.0mm			
1	13.95	14.2	11	10.3	14.1	14.5	10.4	10.2	15.5	15.5	12.92	12
2	12.6	13.2	9.6	8.3	13.1	13.7	9.4	8.2	14.2	14.2	11.54	9.89
3	11.7	12.4	8.75	6.8	12.3	13.2	8.7	6.7	13.3	13.3	10.23	7.84
4	10.8	11.76	8.05	5.7	11.8	12.81	8.05	5.7	12.34	12.34	9.75	7.27

6.3.4 铜合金线的配模方案

表 6-9 是国内某厂对几种合金线的配模表，供参考。

表 6-9 某工厂对几种合金线的配模表　　　　单位：mm

金属牌号	线杆尺寸来源	线尺寸	道次尺寸
T2,TU	φ12 挤	0.50	12-10.5-8.5 △6.5-5.0 △4.4-3.7-3.1-2.4-2.2 △2.0-1.80-1.60-1.45-1.30-1.20-1.04-1.00　△0.89-0.72-0.65-0.59-0.54-0.52-0.50
H97,H90	φ12 挤	0.50	12-10.5-8.5 △6.8-5.2-4.2-3.5 △3.0-2.7-2.4-2.2-2.0 △1.70-1.50-1.30-1.15-1.05-0.90-0.83-0.80△0.72-0.65-0.59-0.54-0.50
H80	φ12 铸	0.50	12-9.0 △7.0-5.5-4.4-3.4 △2.9-2.5-2.2-2.0 △1.80-1.65-1.50-1.40-1.30-1.22-1.15△1.06-0.97-0.86-0.84-0.79-0.74-0.70 △0.62-0.56-0.52-0.50
H68	φ11 轧	0.50	11-8.6 ▽ 8.0△6.7△5.2-4.3-3.8 △3.2-2.8-2.5-2.2 △2.0-1.85-1.70-1.60△1.40-1.30-1.20△1.07-0.97-0.91-0.85-0.75△0.60-0.60-0.55-0.50-0.50
H62	φ12 铸	0.50	12-9.5△7.6△7.0 ▽ 5.7△4.3△3.2-3.0△2.5-2.2-2.0-1.80△1.60-1.40-1.27-1.20△1.07-0.97-0.90-0.85 △0.76-0.67-0.59-0.59-0.54-0.50
HPb59-1	φ11 挤	0.50	14-12.0 △10.5 △9.2 △8.2 △7.1 △5.5-5.0 △4.4-4.1-3.8 △3.3-3.0 △2.5-2.2 △2.0-1.80-1.65-1.60 △1.40-1.25-1.15-1.05△0.92-0.85-0.80△0.72-0.67△0.61-0.56-0.52-0.50
HPb 63-3	φ14 挤	0.50	14-12.0 △10.5 △9.2 △8.2 △7.1 △5.5-5.0 △4.4-4.1-3.8 △3.3-3.0 △2.5-2.2 △2.0-1.80-1.65-1.60 △1.40-1.25-1.15-1.05△0.92-0.85-0.80△0.72-0.67△0.61-0.56-0.52-0.50
HPb 59-2	φ11 挤	1.00	11 △9.6 △8.1 △7.1 △6.5 △5.0 △4.4-3.4 △2.8-2.3-2.16-2.00△1.80-1.60-1.45-1.40△1.25-1.10-1.00
HSn60-1 HSn62-1 HSn59-1-0.3	φ11 挤	1.00	11-10.0 △8.5 △7.0 △6.0 △5.1 △4.2 △3.7-3.5 △3.0-2.7-2.5-2.3 △2.1-1.90-1.75-1.60△1.45-1.30△1.10-1.03-1.00
QSn4-3	φ14 铸	0.50	14-12.0△10.5△8.5△7.0 ▽ 6.4-5.9-5.0-4.3-3.7-3.2-2.8-2.45-2.20-2.10△1.80-1.55-1.37-1.09-0.88-0.80-0.73-0.67-0.62-0.57-0.54-0.51-0.50
QSn 6.5-0.1 QSn 7-0.2	φ12 铸	0.50	12-9.5 △8.0 △6.9 ▽ 6.3 △5.3 △4.7-4.3-4.0 △3.2-2.6-2.4△2.0-1.80-1.65-1.50△1.35-1.23-1.15△1.02-0.92-0.83△0.74-0.66-0.59-0.55-0.52—0.50
QSn 6.5-0.4	φ12 铸	0.50	12-10.0 △8.5 △7.1 ▽ 6.5 △5.5-4.8-4.5 △3.7-3.2 △2.5-2.2-2.0 △1.75-1.55-1.40-1.30 △1.20-1.10-1.00-0.92-0.85-0.80△0.72-0.65-0.59-0.55-0.515-0.50
QSi3-1	φ11 轧	0.50	11-9.7△8.7△8.0△6.6△5.5△4.3-3.5△2.9-2.5△2.0-1.85△1.70-1.55-1.40-1.25-1.10△0.90-0.82-0.75-0.69-0.64-0.59-0.55-0.52-0.50
QBe2.0 QBe 2.15 QBe 2.5	φ12 轧	0.50	12-10.5△8.6 ▽ 8.0△6.9△5.4△4.9-4-5.4-2△3.7-3.2△2.8-2.6-2.4 △2.15-1.95-1.85 △1.70-1.55 △1.42-1.30-1.20 △1.10-1.02-0.95-0.90△0.83-0.77-0.72-0.67-0.65△0.6-0.55-0.52-0.50
QCd1.0	φ12 挤	0.50	12-10.5-9.0-7.6-6.5-5.8-5.3-5.0△4.4-4.3-3.6-2.9-2.6-2.4-2.2△2.0-1.80-1.65-1.50-1.35-1.20-1.10 △0.95-0.78-0.72-0.65-0.59-0.54-0.52-0.50

金属牌号	线杆尺寸来源	线尺寸	道次尺寸
QCr0.5	$\phi12$ 挤	0.50	12 10.5 8.5 △6.8-5.2-4.1-3.8 △3.0-2.3-1.80-1.50-1.30-1.20△1.08-0.98-0.90-0.83-0.76-0.70-0.64-0.58-0.53-0.50
QAl9-2	$\phi14$ 挤	0.10	14 △12.2 △10.5 △9.0 △7.9 △7.0 △6.0 △5.1 △4.4-3.8 △3.4-2.9-2.7 △2.4-2.25-2.20 △1.80 △1.65-1.50 △1.38-1.30-1.23-1.18-1.15△1.00
BMn3-12	$\phi11$ 轧	0.50	11-8.6 ▽7.9 △6.4-6.0△4.8-4.1-3.4 △2.7-2.2-2.0△1.70-1.50-1.45-1.30△1.10-0.95-0.85△0.77-0.70-0.64-0.59-0.55-0.51-0.50
B19 B30 BMn40-1.5 BZn15-20	$\phi11$ 轧	0.5	11-9.5 △8.6 ▽ 8.0 △6.7 △5.4-4.4-4.2 △3.6-3.1-2.8-2.6 △2.1-1.72-1.60 △1.40-1.1-1.10-1.00-0.92-0.90 △0.80-0.72-0.65-0.59-0.54-0.52-0.50
BMn43-0.5	$\phi11$ 轧	0.5	11-9.5-8.2 ▽ 7.6-6.5-6.0△5.0-4.3-3.7-3.3-3.2 △2.5-2.2-2.0 △1.75-1.55-1.42-1.30-1.20-1.10-1.00 △0.92-0.85-0.78-0.72-0.66-0.61-0.56-0.52-0.50

注：△代表退火；▽代表扒皮。

6.4 线材拉伸的加工工艺

6.4.1 线材拉伸的坯料

为了确保制品的质量，线坯要求的化学成分应符合 GB/T 的规定，表面质量符合拉伸要求，剪去线坯头尾，直至缺陷消除，力学性能应符合状态的要求。

应根据制品的技术要求、表面质量和力学性能选择坯料。一般应选择截面形状简单、与制品截面相似或相近且易于生产、成本低廉的、能够满足技术要求的坯料。

6.4.2 线材拉伸工序

6.4.2.1 线坯的表面处理

线坯在拉伸前应对其表面进行适当处理，如某些型辊轧制线坯（黑杆）要进行酸洗，以便除掉氧化层，某些连铸线坯要进行均匀化热处理等。

（1）酸洗工艺 热挤压、热轧或氧化退火后的线坯，表面都有一层氧化物，应在拉伸之前通过酸洗去掉，以利于以后的拉伸生产和保证线材表面质量。也有些合金的氧化物可当固体润滑剂用，此时就暂不酸洗。另外也有些金属或合金不易酸洗，需要在酸洗前拉伸 1～2 道，使氧化皮破裂之后再进行酸洗。

酸洗工序由酸洗、冷水和热水冲洗、中和、烘干等几个步骤组成。

为了从线材表面消除残酸及附着在其上的金属粉末，要用冷水冲洗，一般是采用高压冷水喷射洗完的线材。为了较彻底地除掉线材上的残酸，并使其很快干燥，保证拉伸前不致变色，水洗后要把线材浸入 90～95℃ 的含有 1%～2% 肥皂水的溶液里浸泡一定的时间进行中和，然后吊出。有时还需要通热风或用电炉来烘干，再送去拉伸。铜和铜合金酸洗的工艺参数见表 6-10。

表 6-10　铜和铜合金酸洗工艺参数

牌　号	酸洗成分和浓度/%	酸洗温度/℃	酸洗时间/min
T2,T3,TU1 TU2,TP1	$12\% \sim 18\% H_2SO_4 +$水	常温	洗净氧化皮为止
H90,H80,H98,H70 H68,H66,H62 HPb59-1,HPb63-3	$25\% \sim 30\% H_2SO_4 +$水	常温	洗净氧化皮为止
QSn4-3,QSn6.5-0.1 QSi3-1,QBe1.7,QBe1.9 QBe2.0,QBe2.5,QBe2.15 BZn15-20,B30,B19	$16\% \sim 22\% H_2SO_4 +$水 $0.5\% \sim 1\% HCl +$水	常温	洗净氧化皮为止
BMn40-1.5	$12\% \sim 16\% HNO_3 +$ $6\% \sim 8\% H_2SO_4 +$水	常温	洗净氧化皮为止

严禁铁器进入酸洗槽内，以防表面镀铜。紫铜和黄铜应分槽进行酸洗。铍青铜在热处理后最好在含有 $20\% \sim 25\%$ 的苛性钠溶液进行除油处理，时间 $10 \sim 15min$，再用水洗净，然后再去酸洗，可得到光亮的合金表面。顶先拉伸，破碎氧化皮后再酸洗也可得到同样的效果。

（2）均匀化热处理　均匀化处理的温度，一般要高于该合金的中间退火温度，保温时间也比较长。例如，采用水平连铸生产的 HPb59-1 铅黄铜线坯，需要在 $710 \sim 760℃$ 的温度下保温 4h；QSn6.5-0.1 在 $650℃$ 下保温 $2.5 \sim 3h$；BZn15-24-1.5 线坯在 $700 \sim 750℃$ 下保温 $1.5 \sim 2h$。

6.4.2.2　对焊

为了提高生产效率，拉伸前线坯采用对头焊接，把待焊的两条线坯端部分别夹在对焊机的两个钳口上，把两个线头对正靠紧，用限位开关调整好焊接距离，然后送电焊接。在整个焊接过程中，应对被焊接线坯施加压力，焊好后立即停电，以免将焊好了的线坯烧断。待焊接处冷却后，用歪嘴钳（或砂轮）除掉焊渣，使焊接处尽量平整圆滑，焊接处经反复弯曲两次不断，即可拉伸。对于某些不易焊接的合金，在焊完后可在焊机上进行退火处理，以减少在焊接处的断线次数。在焊接细线（如直径<3mm）时，可采用 304 号铜-银-锌焊料，以硼砂作焊剂，焊完冷却后用锉刀将焊口锉平。

6.4.2.3　辗头（制夹头）

为了使被拉伸的线材端头穿过模孔，必须辗头，使线材的端头直径略小于要通过的模孔的直径，辗头工作在辗头机上进行，辗头后，线材端头应呈圆锥形并且无压扁，无耳子，辗头的长度应为 $100 \sim 150mm$，直径较小的线材（如直径在 1.5mm 以下）辗头比较困难，可用锉刀锉头，砂轮磨头，也可以在对焊机上送电加热拽头，直径在 0.5mm 以下的线材除用上述方法制头外，还可采用电化腐蚀的方法。

6.4.2.4　线坯扒皮

为了除掉某些轧制或连铸线坯表面的氧化皮、起刺、凹坑、夹灰、金属压入、停拉造成的环状痕迹等缺陷，或者为了获得高质量的成品线材，应在拉伸前用扒皮模将线坯表面的缺陷扒掉。为了确保扒皮质量，提高扒皮的成品率，在扒皮前应经过一道加工率为 12%～40% 的拉伸，然后经过可调的定位装置进入扒皮模扒皮。扒皮前的拉伸主要是为了使线坯在整圆断面上扒皮均匀，容易进行。如果不能绝大部分除掉线材表面缺陷时，还应重复扒皮，或剪掉个别缺陷部分，然后焊接起来。

连铸线坯如果表面质量好就可以不扒皮，而挤压线坯则不必扒皮。每次的扒皮质量参考值见表 6-11。

表 6-11 每次扒皮质量参考值

名　　称	紫　铜	黄　铜	青　铜	铜镍合金
每次扒皮量/mm	0.3～0.5	0.25～0.4	0.2～0.4	0.2～0.4

6.4.2.5 拉伸

拉伸是线材拉伸的关键工序，按照配模设计的规程，逐道进行拉伸。同时应特别注意中间退火和润滑工艺。

经常生产的铜及其合金拉伸流程及某些合金线材的代表拉伸流程见表6-12～表6-25 中，表中所列的拉伸流程都是控制各牌号的硬状态线材，软状态的可按硬状态流程拉到成品规格，然后进行成品退火，以便达到要求的各项性能。半硬线各项性能获得方法有两种，一是用表 6-2 中给定的加工率范围来控制；二是把线材按软、硬线拉伸流程拉到成品规格，然后用退火的方法控制性能。扁线生产工艺列于表 6-26 中。三角线生产工艺列于表 6-27 中。异型线生产工艺列于表 6-28 中。

表 6-12 轧制紫铜 7.2mm 拉伸流程表　　　　　　　　单位：mm

拉伸道次/道	半成品	成品前	成品尺寸范围	代表尺寸	拉伸道次/道	半成品	成品前	成品尺寸范围	代表尺寸
0	7.2	—	—	—	7	2.1	2.30 2.10 2.05	1.87～1.95 1.78～1.86 1.71～1.77	1.82
1	5.8	—	—	—	8	1.82	1.95 1.82 1.8	1.65～1.70 1.56～1.64 1.50～1.55	1.60
2	4.8	—	—	—	9	1.6	1.65 1.60 1.55	1.46～1.49 1.37～1.45 1.34～1.36	1.41
3	4.0	—	—	—	10	1.41	1.46 1.41 1.36	1.29～1.33 1.22～1.28 1.19～1.21	1.25
4	3.35	3.45 3.35 3.25	2.93～3.05 2.78～2.92 2.65～2.77	2.85	11	1.25	1.28 1.25 1.23	1.15～1.18 1.08～1.14 1.06～1.07	1.11
5	2.85	2.95 2.85 2.75	2.40～2.64 2.39～2.64 2.27～2.38	2.44	12	1.11	1.16 1.11 1.08	1.03～1.05 0.98～1.02 0.95～0.97	1.00
6	2.44	2.60 2.44 2.40	2.15～2.26 2.06～2.14 1.96～2.06	2.1					

表 6-13　紫铜类 (T2、T3、T4、TU1、TU2、TUP) 拉伸流程表

模具尺寸/mm（下表中 0～25 列）

成品直径/mm	公差/mm	成品加工率/%	0	1	2	3	4	5	6	7	8	9	10	11	12	13	14	15	16	17	18	19	20	21	22	23	24	25
6.0	−0.08	67.5	11	8.8	扒拉	8.0	6.9	6.2	6.0																		
5.5	−0.08	72.5	11	8.8	扒拉	8.0	6.8	5.7	5.5																		
5.0	−0.08	77.4	11	8.8	扒拉	8.0	6.8	5.7	5.2	5.0																	
4.7	−0.08	79.2	11	8.8	扒拉	8.0	6.8	5.7	5.0	4.8																	
4.5	−0.08	81.2	11	8.8	扒拉	8.0	6.8	5.7	5.0	4.7	4.5																
4.2	−0.08	84	11	8.8	扒拉	8.0	6.8	5.7	5.0	4.4	4.2																
4.0	−0.08	65.3	11	8.8	扒拉	8.0	6.8	退火	5.7	4.8	4.1	4.0															
3.8	−0.08	68.7	11	8.8	扒拉	8.0	6.8	退火	5.7	4.8	4.1	3.8															
3.6	−0.08	72	11	8.8	扒拉	8.0	6.8	退火	5.7	4.8	4.1	3.8	3.6														
3.4	−0.08	75	11	8.8	扒拉	8.0	6.8	退火	5.7	4.8	4.1	3.6	3.4														
3.2	−0.08	77.8	11	8.8	扒拉	8.0	6.8	退火	5.7	4.8	4.1	3.6	3.4	3.2													
3.0	−0.06	80.5	11	8.8	扒拉	8.0	6.8	退火	5.7	4.8	4.1	3.6	3.2	3.0													
2.8	−0.06	83	11	8.8	扒拉	8.0	6.8	退火	5.7	4.8	4.1	3.5	3.0	2.8													
2.6	−0.06	85.4	11	8.8	扒拉	8.0	6.8	退火	5.7	4.8	4.1	3.5	3.0	2.8	2.6												
2.4	−0.06	87.5	11	8.8	扒拉	8.0	6.8	退火	5.7	4.8	4.1	3.5	3.0	2.6	2.4												
2.2	−0.06	89.5	11	8.8	扒拉	8.0	6.8	退火	5.7	4.8	4.1	3.5	3.0	2.6	2.3	2.2											
2.0	−0.06	91.7	11	8.8	扒拉	8.0	6.8	退火	5.7	4.8	4.1	3.5	3.0	2.6	2.3	2.1	2.0										
1.8	−0.06	93	11	8.8	扒拉	8.0	6.8	退火	5.7	4.8	4.1	3.5	3.0	2.6	2.25	2.0	1.8										
1.6	−0.06	94.5	11	8.8	扒拉	8.0	6.8	退火	5.7	4.8	4.1	3.5	3.0	2.6	2.25	2.0	1.8	1.6									
1.4	−0.06	78.2	11	8.8	扒拉	8.0	6.8	退火	5.7	4.8	4.1	3.5	3.0	退火	2.45	2.0	1.8	1.55	1.45	1.4							
1.2	−0.06	84	11	8.8	扒拉	8.0	6.8	退火	5.7	4.8	4.1	3.5	3.0	退火	2.45	2.0	1.75	1.55	1.38	1.25	1.2						
1.0	−0.06	75	11	8.8	扒拉	8.0	6.8	退火	5.7	4.8	4.1	3.5	3.0	2.6	2.25	2.0	退火	1.75	1.55	1.38	1.25	1.14	1.04	1.0			
0.9	−0.05	79.8	11	8.8	扒拉	8.0	6.8	退火	5.7	4.8	4.1	3.5	3.0	2.6	2.25	2.0	退火	1.75	1.55	1.38	1.23	1.1	0.99	0.93	0.9		

模具尺寸/mm

成品直径/mm	公差/mm	成品加工率/%	0	1	2	3	4	5	6	7	8	9	10	11	12	13	14	15	16	17	18	19	20	21	22	23	24	25
0.8	−0.05	84	11	8.8	扒拉	8.0	6.8	退火	5.7	4.8	4.1	3.5	3.0	2.6	2.25	2.0	退火	1.75	1.55	1.38	1.23	1.1	0.99	0.9	0.82	0.8		
0.7	−0.05	87.7	11	8.8	扒拉	8.0	6.8	退火	5.7	4.8	4.1	3.5	3.0	2.6	2.25	2.0	退火	1.75	1.55	1.38	1.23	1.1	0.99	0.9	0.82	0.75	0.7	
0.6	−0.04	91	11	8.8	扒拉	8.0	6.8	退火	5.7	4.8	4.1	3.8	3.0	2.6	2.25	2.0	退火	1.75	1.55	1.38	1.23	1.1	0.99	0.9	0.82	0.75	0.69	0.64
0.5	−0.04	75	11	8.8	扒拉	8.0	6.8	退火	5.7	4.8	4.1	3.5	3.0	2.6	2.25	2.0	退火	1.75	1.55	1.38	1.23	1.1	1.0	退火	0.89	0.8	0.72	0.65
0.4	−0.04	84	11	8.8	扒拉	8.0	6.8	退火	5.7	4.8	4.1	3.5	3.0	2.6	2.25	2.0	退火	1.75	1.55	1.38	1.23	1.1	1.0	退火	0.89	0.8	0.72	0.65
																						0.59	0.54	0.5	0.465	0.435	0.41	0.4
0.3	−0.04	91	11	8.8	扒拉	8.0	6.8	退火	5.7	4.8	4.1	3.5	3.0	2.6	2.25	2.0	退火	1.75	1.55	1.38	1.23	1.1	1.0	退火	0.89	0.8	0.72	0.65
																			0.59	0.54	0.5	0.46	0.42	0.38	0.355	0.32	0.3
0.2	−0.04	84	11	8.8	扒拉	8.0	6.8	退火	5.7	4.8	4.1	3.5	3.0	2.6	2.25	2.0	退火	1.75	1.55	1.38	1.23	1.1	1.0	退火	0.89	0.8	0.72	0.65
																	0.45	0.41	0.365	0.33	0.3	0.274	0.25	0.23	0.21	0.2	
0.1	−0.04	89	11	8.8	扒拉	8.0	6.8	退火	5.7	4.8	4.1	3.5	3.0	2.6	2.25	2.0	退火	1.75	1.55	1.38	1.25	1.14	1.04	1.0	退火	0.89	0.8	0.72

表6-14　黄铜类（H62）拉伸流程表

模具尺寸/mm

成品直径/mm	公差/mm	成品加工率/%	0	1	2	3	4	5	6	7	8	9	10	11	12	13	14	15	16	17	18	19	20	21	22	23	24	25
6.0	−0.08	43.8	11	8.8	扒拉	8.0	退火	6.4	6.0																			
5.5	−0.08	41.6	11	8.8	扒拉	8.0	退火	7.2	退火	5.8	5.5																	
5.0	−0.08	40.8	11	8.8	扒拉	8.0	退火	6.5	退火	5.3	5.0																	
4.8	−0.08	50	11	8.8	扒拉	8.0	退火	6.8	退火	5.1	4.8																	
4.5	−0.08	50.5	11	8.8	扒拉	8.0	退火	6.4	退火	4.8	4.5																	
4.2	−0.08	51	11	8.8	扒拉	8.0	退火	6.5	6.0	退火	4.5	4.2																
4.0	−0.08	52.5	11	8.8	扒拉	8.0	退火	6.5	5.8	退火	4.4	4.0																

成品直径/mm	公差/mm	成品加工率/%	模具尺寸/mm																									
			0	1	2	3	4	5	6	7	8	9	10	11	12	13	14	15	16	17	18	19	20	21	22	23	24	25
3.8	−0.08	54	11	8.8	扒拉	8.0	退火	6.5	5.6	退火	4.2	3.8																	
3.6	−0.08	54	11	8.8	扒拉	8.0	退火	接	6.6	退火	5.3	退火	4.4	3.8	3.6													
3.4	−0.08	53.8	11	8.8	扒拉	8.0	退火	接	6.6	退火	5.0	退火	4.2	3.5	3.4													
3.2	−0.08	53.7	11	8.8	扒拉	8.0	退火	接	6.6	退火	5.4	4.7	退火	3.6	3.2													
3.0	−0.06	51.3	11	8.8	扒拉	8.0	退火	接	6.6	退火	5.2	4.3	退火	3.3	3.0													
2.8	−0.06	53.4	11	8.8	扒拉	8.0	退火	接	6.6	退火	5.2	4.1	退火	3.5	3.0	2.8												
2.6	−0.06	53.1	11	8.8	扒拉	8.0	退火	接	6.6	退火	5.2	4.1	3.8	退火	3.2	2.8	2.6											
2.4	−0.06	53	11	8.8	扒拉	8.0	退火	接	6.6	退火	5.2	4.1	3.5	退火	2.9	2.6	2.4											
2.2	−0.06	52.7	11	8.8	扒拉	8.0	退火	接	6.6	退火	5.2	4.1	退火	3.4	3.2	退火	2.7	2.4	2.2									
2.0	−0.06	52.5	11	8.8	扒拉	8.0	退火	接	6.6	退火	5.2	4.1	退火	3.4	2.9	退火	2.5	2.2	2.0									
1.8	−0.06	52	11	8.8	扒拉	8.0	退火	接	6.6	退火	5.2	4.1	退火	3.4	2.9	2.6	退火	2.3	2.0	1.8								
1.6	−0.06	51.5	11	8.8	扒拉	8.0	退火	接	6.6	退火	5.2	4.1	退火	3.4	2.9	2.6	2.3	退火	2.0	1.75	1.6							
1.4	−0.06	51	11	8.8	扒拉	8.0	退火	接	6.6	退火	5.2	4.1	退火	3.4	2.9	退火	2.5	2.2	2.0	退火	1.78	1.6	1.45	1.4				
1.2	−0.06	53	11	8.8	扒拉	8.0	退火	接	6.6	退火	5.2	4.1	退火	3.4	2.9	退火	2.5	2.2	1.95	1.75	退火	1.55	1.4	1.27	1.2			
1.0	−0.06	63.2	11	8.8	扒拉	8.0	退火	接	6.6	退火	5.2	4.1	退火	3.4	2.9	2.6	退火	2.2	1.95	1.75	1.65	退火	1.4	1.25	1.14	1.05	1.0	
0.9	−0.045	64	11	8.8	扒拉	8.0	退火	接	6.6	退火	5.2	4.1	退火	3.4	2.9	2.6	2.5	2.2	1.9	1.65	1.5		1.35	1.22	1.1	1.0	0.94	0.9
0.8	−0.045	64	11	8.8	扒拉	8.0	退火	接	6.6	退火	5.2	4.1	退火	3.4	2.9	退火	2.5	2.2	2.0	退火	1.78	1.6	1.6	1.3	退火	1.15	1.02	0.92
0.7	−0.045	63	11	8.8	扒拉	8.0	退火	接	6.6	退火	5.2	4.1	退火	3.4	2.9	退火	2.5	2.2	2.0	退火	1.75	1.55	1.38	1.23	退火	1.0	1.02	0.92
0.6	−0.04	64	11	8.8	扒拉	8.0	退火	接	6.6	退火	5.2	4.1	退火	3.4	2.9	退火	2.5	2.2	2.0	退火	1.78	1.6	1.44	1.3	1.	1.0	退火	0.89
0.5	−0.04	65.4	11	8.8	扒拉	8.0	退火	接	6.6	退火	5.2	0.85	0.8	0.73	0.67	0.62	0.54	0.52	0.5									
0.4	−0.04	65.4	11	8.8	扒拉	8.0	退火	接	6.6	退火	5.2	4.1	退火	3.4	2.9	退火	2.5	2.2	2.0	退火	1.75	1.55	1.38	1.23	退火	1.15	1.02	0.92

表 6-15 前 续表（模具尺寸/mm）

成品直径/mm	公差/mm	成品加工率/%	0	1	2	3	4	5	6	7	8	9	10	11	12	13	14	15	16	17	18	19	20	21	22	23	24	25
0.3	−0.02	69	11	8.8	扒拉	8.0	退火	接	6.6	退火	5.2	4.1	退火	3.4	2.9	退火	2.5	2.2	2.0	退火	1.78	1.6	1.44	1.3	退火	1.15	1.02	0.92
			0.85	0.74	0.68	退火	0.62	0.57	0.53	0.49	0.45	0.42	0.4															0.89
0.2	−0.02	69	11	8.8	扒拉	8.0	退火	接	6.6	退火	5.2	4.1	退火	3.4	2.9	退火	2.5	2.2	2.0	退火	1.75	1.55	1.38	1.23	1.1	1.0		0.89
			0.8	0.72	0.65	0.59	0.535	0.485	0.44	0.4	0.37	0.36	退火	0.32	0.285	0.26	0.238	0.22	0.21	0.2								
0.1	−0.02	69	11	8.8	扒拉	8.0	退火	接	6.6	退火	5.2	4.1	退火	3.4	2.9	退火	2.5	2.2	2.0	退火	1.75	1.55	1.38	1.23	1.1	1.0	退火	0.89
			0.72	0.65	0.59	0.535	0.485	0.44	0.4	0.37	0.36	退火	0.32	0.285	0.26	0.238	0.22	0.205	0.19	0.18	退火	0.16	0.1420	0.1270	0.1150	0.105	0.1	

表 6-15 黄铜（H-b59-1）线拉伸流程表

成品直径/mm	公差/mm	成品加工率/%	0	1	2	3	4	5	6	7	8	9	10	11	12	13	14	15	16	17	18	19	20	21	22	23	24	25
6.0	−0.08	30.5	11	9.7	退火	7.2	退火	6.2	6.0																			
5.5	−0.08	30.5	11	9.7	退火	7.3	退火	6.6	退火	5.7	5.5																	
5.0	−0.08	30.5	11	9.7	退火	7.3	退火	6.0	退火	5.2	5.0																	
4.8	−0.08	36	11	9.7	退火	7.3	退火	6.0	退火	5.2	4.8																	
4.5	−0.08	30.5	11	9.7	退火	7.3	退火	6.0	退火	接	5.4	退火	4.7	4.5														
4.2	−0.08	29.5	11	9.7	退火	7.3	退火	6.0	退火	接	5.0	退火	4.4	4.2														
4.0	−0.08	33.3	11	9.7	退火	7.3	退火	6.0	退火	接	4.9	退火	4.2	4.0														
3.8	−0.08	39.5	11	9.7	退火	7.3	退火	6.0	退火	接	4.9	退火	4.2	退火	3.8													
3.6	−0.08	30	11	9.7	退火	7.3	退火	6.0	退火	接	5.2	退火	4.3	退火	3.8	3.6												
3.4	−0.08	31.2	11	9.7	退火	7.3	退火	6.0	退火	接	5.2	退火	4.1	退火	3.6	3.4												
3.2	−0.08	39	11	9.7	退火	7.3	退火	6.0	退火	接	5.2	退火	4.1	退火	3.4	3.2												

续表

成品直径/mm	公差/mm	成品加工率/%	0	1	2	3	4	5	6	7	8	9	10	11	12	13	14	15	16	17	18	19	20	21	22	23	24	25
													模具尺寸/mm															
3.0	−0.06	30.5	11	9.7	退火	7.3	退火	6.0	退火	接	5.2	退火	4.2	3.6	退火	3.2	3.0											
2.8	−0.06	32	11	9.7	退火	7.3	退火	6.0	退火	接	5.2	退火	4.2	3.4	退火	3.0	2.8											
2.6	−0.06	29.5	11	9.7	退火	7.3	退火	6.0	退火	接	5.2	退火	4.0	3.1	退火	2.8	2.6											
2.4	−0.06	36	11	9.7	退火	7.3	退火	6.0	退火	接	5.2	退火	4.2	3.4	退火	3.0	退火	2.6	2.4									
2.2	−0.06	33.7	11	9.7	退火	7.3	退火	6.0	退火	接	5.2	退火	4.2	3.4	退火	3.0	2.7	退火	2.4	2.2								
2.0	−0.06	36	11	9.7	退火	7.3	退火	6.0	退火	接	5.2	退火	4.2	3.4	退火	2.9	2.5	2.3	2.2	2.0								
1.8	−0.06	38.8	11	9.7	退火	7.3	退火	6.0	退火	接	5.2	退火	4.2	3.4	退火	2.9	2.5	退火	2.2	2.0	1.8							
1.6	−0.06	36	11	9.7	退火	7.3	退火	6.0	退火	接	5.2	退火	4.2	3.4	退火	2.9	2.5	2.2	2.0	退火	1.75	1.6						
1.4	−0.06	36	11	9.7	退火	7.3	退火	6.0	退火	接	5.2	退火	4.2	3.4	退火	2.9	2.5	2.2	2.0	1.75	退火	1.5	1.4					
1.2	−0.06	36	11	9.7	退火	7.3	退火	6.0	退火	接	5.2	退火	4.2	3.4	退火	2.9	2.5	2.2	2.0	退火	1.75	1.6	1.5	退火	1.35	1.25	1.2	
1.0	−0.06	36	11	9.7	退火	7.3	退火	6.0	退火	接	5.2	退火	4.2	3.4	退火	2.9	2.5	2.2	2.0	退火	1.75	1.55	1.38	1.25	退火	1.12	1.04	1.0
0.9	−0.045	35.5	11	9.7	退火	7.3	退火	6.0	退火	接	5.2	退火	4.2	3.4	退火	2.9	2.5	2.2	2.0	退火	1.75	1.55	1.37	1.22	1.12	退火	1.0	0.94
0.8	−0.045	36	11	9.7	退火	7.3	退火	6.0	退火	接	5.2	退火	4.2	3.4	退火	2.9	2.5	2.2	2.0	退火	1.75	1.55	1.37	1.22	1.12	1.0	退火	0.92
0.7	−0.045	32	11	9.7	退火	7.3	退火	6.0	退火	接	5.2	退火	4.2	3.4	退火	2.9	2.5	2.2	2.0	退火	1.75	1.55	1.37	1.25	退火	1.1	1.0	0.92
																0.85			0.85	退火	0.76	0.72	0.7					
0.6	−0.04	36	11	9.7	退火	7.3	退火	6.0	退火	接	5.2	退火	4.2	3.4	退火	2.9	2.5	2.2	2.0	退火	1.75	1.55	1.38	1.25	退火	1.1	1.0	0.92
																0.85	0.79	0.75	退火	0.66	0.62	0.6						
0.5	−0.04	30.5	11	9.7	退火	7.3	退火	6.0	退火	接	5.2	退火	4.2	3.4	退火	2.9	2.5	2.2	2.0	退火	1.75	1.55	1.38	1.25	退火	1.1	1.0	0.92
																0.85	0.79	0.73	0.68	0.635	0.6	退火	0.54	0.51	0.5			

表 6-16　青铜（QSn6.5-0.1、QSn6.5-0.4、QSn7-0.2）线拉伸流程表

成品直径/mm	公差/mm	成品加工率/%	模具尺寸/mm																										
			0	1	2	3	4	5	6	7	8	9	10	11	12	13	14	15	16	17	18	19	20	21	22	23	24	25
6.0	−0.08	55.5	12	退火	10.2	9.2	9.0	退火	7.6	6.4	5.0	5.0																
5.5	−0.08	56	12	退火	10.5	9.2	8.3	退火	6.8	5.8	5.5	4.8																
5.0	−0.08	55.5	12	退火	10.5	9.2	8.2	7.5	退火	6.2	5.3	4.8																
4.8	−0.08	56.7	12	退火	10.5	9.2	8.0	7.3	退火	5.8	5.0	5.0																
4.5	−0.08	56.2	12	退火	10.2	9.0	退火	7.6	6.8	退火	5.5	5.0	4.5															
4.2	−0.08	55.5	12	退火	10.2	9.0	退火	7.6	6.8	6.3	退火	4.7	4.4	4.2														
4.0	−0.08	55.5	12	退火	10.2	9.0	退火	7.6	6.8	6.0	退火	4.4	4.2	4.0														
3.8	−0.08	55.5	12	退火	10.2	9.0	退火	7.6	6.6	5.7	退火	5.1	4.0	3.8														
3.6	−0.08	55.5	12	退火	10.2	9.0	退火	7.6	6.4	5.4	退火	4.8	3.8	3.6														
3.4	−0.08	55.5	12	退火	10.2	9.0	退火	7.6	6.6	退火	5.6	4.5	退火	4.1	3.6	3.4												
3.2	−0.08	55.5	12	退火	10.2	9.0	退火	7.6	6.6	退火	5.6	4.7	退火	4.0	3.4	3.2												
3.0	−0.08	55.5	12	退火	10.2	9.0	退火	7.6	6.6	5.7	5.5	4.7	退火	3.7	3.2	3.0												
2.8	−0.06	57.6	12	退火	10.2	9.0	退火	7.6	6.6	退火	5.6	4.7	4.3	退火	3.5	3.0	2.8											
2.6	−0.06	57.6	12	退火	10.2	9.0	退火	7.6	6.6	退火	5.6	4.5	4.0	退火	3.2	2.8	2.6											
2.4	−0.06	64	12	退火	10.2	9.0	退火	7.6	6.6	退火	5.6	4.5	4.0	退火	3.2	2.6	2.4											
2.2	−0.06	66.5	12	退火	10.2	9.0	退火	7.6	6.6	退火	5.5	4.5	3.8	退火	3.1	2.7	2.4	2.2										
2.0	−0.06	65.4	12	退火	10.2	9.0	退火	7.6	6.6	退火	5.5	4.5	3.8	3.4	退火	2.8	2.5	2.15	2.0									
1.8	−0.06	65.3	12	退火	10.2	9.0	退火	7.6	6.6	退火	5.5	4.5	3.8	3.7	3.1	退火	2.5	2.15	1.9	1.8								
1.6	−0.06	64.9	12	退火	10.2	9.0	退火	7.6	6.6	退火	5.5	4.5	4.0	退火	3.2	2.7	退火	2.25	2.0	1.8	1.67	1.6						
1.4	−0.06	65.9	12	退火	10.2	9.0	退火	7.6	6.6	退火	5.5	4.5	4.0	退火	3.2	2.7	2.4	2.0	2.0	1.75	1.55	1.45	1.4					
1.2	−0.06	64	12	退火	10.2	9.0	退火	7.6	6.6	退火	5.5	4.5	3.8	3.4	2.8	2.8	2.5	2.2	2.0	退火	1.75	1.55	1.38	1.25	1.2			
1.0	−0.06	64.5	12	退火	10.2	9.0	退火	7.6	6.6	退火	5.5	4.5	4.0	退火	3.2	2.7	退火	2.25	2.0	1.8	1.68	退火	1.5	1.35	1.22	1.1	1.0	

续表

模具尺寸/mm

成品直径/mm	公差/mm	成品加工率/%	0	1	2	3	4	5	6	7	8	9	10	11	12	13	14	15	16	17	18	19	20	21	22	23	24	25
0.9	−0.03	64	12	退火	10.2	9.0	退火	7.6	6.6	退火	5.5	4.5	4.0	退火	3.2	2.7	2.4	退火	2.0	1.75	1.6	1.5	退火	1.32	1.22	1.1	1.0	0.92
0.8	−0.03	65	12	退火	10.2	9.0	退火	7.6	6.6	退火	5.5	4.5	4.0	退火	3.2	2.7	2.4	退火	2.0	1.75	1.55	1.4	1.35	退火	1.22	1.1	1.0	0.92
0.7	−0.03	65	12	退火	10.2	9.0	退火	7.6	6.6	退火	5.5	4.5	3.8	退火	退火	2.8	2.5	2.2	2.0	退火	1.75	1.55	1.38	1.25	1.13	退火	1.05	0.94
0.6	−0.025	64	12	退火	10.2	9.0	退火	7.6	6.6	退火	5.5	4.5	4.0	退火	3.2	2.7	退火	2.25	2.0	1.8	1.7	退火	1.5	1.35	1.22	1.1	1.0	退火
0.5	−0.025	64.5	12	退火	10.2	9.0	退火	7.6	6.6	退火	5.5	4.5	4.0	退火	3.2	2.7	2.4	退火	2.0	1.75	1.55	1.4	1.35	退火	1.22	1.1	1.0	0.92
													0.9	0.82	0.75	0.7	0.64	0.6	0.52	0.5								
0.4	−0.04	64.3	12	退火	10.2	9.0	退火	7.6	6.6	退火	5.5	4.5	3.8	退火	退火	2.8	2.5	2.2	2.0	退火	1.75	1.55	1.38	1.25	退火	退火	1.05	0.94
													0.84	0.77	0.71	0.67	0.6	0.55	0.55	0.51	0.47	0.44	0.42	0.4	0.3	0.3	0.30	0.27
0.3	−0.02	64	12	退火	10.2	9.0	退火	7.6	6.6	退火	5.5	4.5	4.0	退火	3.2	2.7	2.4	退火	2.0	1.75	1.55	1.4	1.35	退火	1.2	1.05	0.84	退火
													0.85		0.75	0.7	0.6	0.55	0.5	0.5	0.47	0.44		0.35	0.35			
0.2	−0.02	64.4	12	退火	10.2	9.0	退火	7.6	6.6	退火	5.5	4.5	3.8	退火	3.2	2.7	2.4	退火	2.0	1.75	1.55	1.4	1.25	退火	1.05	退火	退火	0.27
													0.84		0.75	0.7	0.6	0.54	0.5		0.45	0.41	0.38	0.35	0.35			0.3
0.1	−0.02	64.5	12	退火	10.2	9.0	退火	7.6	6.6	退火	5.5	4.5	3.8	退火	3.2	2.7	2.5	2.2	2.0	退火	1.75	1.55	1.4	1.25	退火	退火	1.02	0.9
				0.8	0.72	0.65	0.6	退火	0.53	0.47	0.42	0.38	0.35	0.32	退火	0.28	0.245	0.215	0.19	0.168	退火	0.15	0.135	0.122	退火	0.11	0.103	0.1

表 6-17 青铜 (QSn4-3) 线拉伸流程表

模具尺寸/mm

成品直径/mm	公差/mm	成品加工率/%	0	1	2	3	4	5	6	7	8	9	10	11	12	13	14	15	16	17	18	19	20	21	22	23	24	25
6.0	−0.08	88.2	18	退火	15	12.5	10.5	9.4	扒拉	8.8	7.5	6.4	6.0																
5.5	−0.08	88.2	18	退火	16.5	退火	14	12	10.5	9.4	8.8	8.8	7.5	6.4	5.8	5.5													
5.0	−0.08	88.1	18	退火	15	退火	12	10.5	9.4	扒拉	8.8	7.5	6.4	5.5	5.2	5.0													

续表

成品直径/mm	公差/mm	成品加工率/%	模具尺寸/mm																									
			0	1	2	3	4	5	6	7	8	9	10	11	12	13	14	15	16	17	18	19	20	21	22	23	24	25
4.8	−0.08	87.4	18	退火	15	14.0	退火	12	10.5	9.4	扒拉	8.8	7.5	6.4	5.5	5.0	4.8											
4.5	−0.08	88	18	退火	15	13.5	退火	11.5	10	9.4	扒拉	8.8	7.5	6.4	5.5	4.7	4.5											
4.2	−0.08	87.8	18	退火	15	12.5	退火	10.5	9.4	扒拉	8.8	7.5	6.4	5.5	4.8	4.4	4.2											
4.0	−0.08	87.9	18	退火	15	13.0	12	退火	10.5	9.4	扒拉	8.8	7.5	6.4	5.5	4.8	4.2	4.0										
3.8	−0.08	88	18	退火	15	13.0	11.5	退火	10.5	9.4	扒拉	8.8	7.5	6.4	5.5	4.8	4.2	4.0	3.8									
3.6	−0.08	88.3	18	退火	15	12.5	11	退火	10	9.4	扒拉	8.8	7.5	6.4	5.5	4.8	4.2	3.7	3.6									
3.4	−0.08	88.5	18	退火	15	12.5	11	退火	10	9.4	扒拉	8.8	7.5	6.4	5.5	4.8	4.2	3.7	3.4									
3.2	−0.08	88.7	18	退火	15	12.5	11	10	退火	9.4	扒拉	8.8	7.5	6.4	5.5	4.8	4.2	3.7	3.3	3.2								
3.0	−0.06	88.6	18	退火	15	12.5	10.5	9.4	退火	8.0	7.0	扒拉	6.4	5.4	4.6	4.0	3.5	3.2	3.0								
2.8	−0.06	89.9	18	退火	15	12.5	10.5	9.4	扒拉	8.8	退火	7.5	5.5	4.8	4.2	3.7	3.3	3.0	2.8								
2.6	−0.06	89.7	18	退火	15	12.5	10.5	9.4	扒拉	8.8	8.1	退火	6.9	5.9	5.1	4.4	3.8	3.3	2.9	2.8	2.6						
2.4	−0.06	91	18	退火	15	12.5	10.5	9.4	扒拉	8.8	8.0	退火	6.8	5.8	5.0	4.3	3.7	3.2	2.7	2.5	2.4						
2.2	−0.06	90.8	18	退火	15	12.5	10.5	9.4	扒拉	8.8	8.0	7.3	退火	6.0	5.0	4.2	3.6	3.1	2.9	2.4	2.2						
2.0	−0.06	91.1	18	退火	15	12.5	10.5	9.4	扒拉	8.8	7.5	6.7	退火	接	5.6	4.7	4.0	3.4	2.9	2.5	2.2	2.0					
1.8	−0.06	91	18	退火	15	12.5	10.5	9.4	扒拉	8.8	7.5	6.5	6.0	退火	接	5.0	4.2	3.5	2.7	2.5	2.2	2.0	1.8				
1.6	−0.06	90.8	18	退火	15	12.5	10.5	9.4	扒拉	8.8	7.5	6.7	退火	接	5.6	5.3	退火	4.5	3.4	3.2	2.7	2.3	2.0	1.8	1.6		
1.4	−0.06	91.1	18	退火	15	12.5	10.5	9.4	扒拉	8.8	7.5	6.7	退火	接	5.6	4.7	退火	4.0	3.4	2.9	2.5	2.2	1.95	1.75	1.58	1.45	1.4
1.2	−0.06	91	18	退火	15	12.5	10.5	9.4	扒拉	8.8	7.5	6.7	退火	接	5.6	4.7	4.0	3.6	退火	2.9	2.5	2.2	1.95	1.75	1.57	1.42	1.28	1.2
1.0	−0.06	92.3	18	退火	15	12.5	10.5	9.4	扒拉	8.8	7.5	6.7	退火	接	5.6	4.7	4.0	3.6	3.4	3.0	2.5	2.1	1.8	1.55	1.35	1.2	1.08	1.0
0.9	−0.03	93	18	退火	15	12.5	10.5	9.4	扒拉	8.8	7.5	6.7	退火	接	5.6	4.7	4.0	3.6	3.0	退火	2.8	2.35	2.0	1.75	1.55	1.38	1.24	1.12
0.8	−0.03	92.9	18	退火	15	12.5	10.5	9.4	扒拉	8.8	7.5	6.7	退火	接	5.6	4.7	4.0	3.4	3.0	退火	2.4	2.0	1.75	1.55	1.38	1.24	1.12	1.02
0.7	−0.03	93.6	18	退火	15	12.5	10.5	9.4	扒拉	8.8	7.5	6.7	退火	接	5.6	4.7	4.0	3.4	3.0	2.8	退火	2.3	2.0	1.75	1.55	1.38	1.24	1.12

模具尺寸/mm

成品直径/mm	公差/mm	成品加工率/%	0	1	2	3	4	5	6	7	8	9	10	11	12	13	14	15	16	17	18	19	20	21	22	23	24	25
0.6	−0.025	94.2	18	退火	15	12.5	10.5	9.4	扒拉	8.8	7.5	6.7	退火	接	5.6	4.7	4.0	3.4	2.9	2.5	退火	2.0	1.75	1.55	0.85	0.79	0.74	0.7
																							0.93	0.84	退火	0.67	0.63	0.6
0.5	−0.025	94.3	18	退火	15	12.5	10.5	9.4	扒拉	8.8	7.5	6.7	退火	接	5.6	4.7	4.0	退火	3.4	2.9	2.5	2.2	2.10	退火	1.55	1.24	1.12	1.02
																		0.98	0.88	0.8	0.73	0.67	0.62	0.57	0.54	0.51	0.5
0.4	−0.04	94.5	18	退火	15	12.5	10.5	9.4	扒拉	8.8	7.5	6.7	退火	接	5.6	4.7	4.0	退火	3.4	2.9	2.5	2.2	1.95	1.75	退火	1.45	1.37	1.22
																	1.09	0.94	0.83	0.74	0.66	0.59	0.53	退火	0.435	0.41	0.4
0.3	−0.02	95.5	18	退火	15	12.5	10.5	9.4	扒拉	8.8	7.5	6.7	退火	接	5.6	4.7	4.0	退火	3.4	2.9	2.5	2.0	退火	1.75	1.55	1.42	1.35
																	1.08	0.61	0.5	0.48	0.43	0.39	0.36	0.325	退火	0.435	0.4
0.2	−0.02	95.5	18	退火	15	12.5	10.5	9.4	扒拉	8.8	7.5	6.7	退火	接	5.6	4.7	4.0	退火	3.4	2.9	2.5	2.2	2.0	退火	1.75	1.38	
										1.0	0.88	0.8	0.69	0.61	0.5	0.48	0.43	0.39	0.36	0.33	0.3	0.275	0.252	0.23	0.21	0.2
0.1	−0.02	94.5	1.12	退火	1.02	0.93	0.9	退火	0.8	0.72	0.65	0.59	0.54	退火	0.49	0.45	0.37	0.33	0.3	0.275	0.252	0.23	0.2		0.2	0.162	0.146	0.132
			1.04		1.0		0.9		0.75	0.64	0.59	0.55	0.50	0.51	0.47	0.45	退火	0.4	0.355	0.315	0.28	0.25	0.224	0.2	0.1	

表 6-18 青铜（QSi3-1）线拉伸流程表

模具尺寸/mm

成品直径/mm	公差/mm	成品加工率/%	0	1	2	3	4	5	6	7	8	9	10
6.0	−0.08	55.5	11	9.7	扒拉	9.0	退火	7.5	6.5	6.0			
5.5	−0.08	55	11	8.9	扒拉	8.2	退火	7.4	6.4	5.8	5.5		
5.0	−0.08	61	11	9.7	扒拉	9.0	8.0	退火	6.3	5.3	5.0		
4.8	−0.08	64	11	9.7	扒拉	9.0	8.0	退火	6.3	5.3	5.0	4.8	
4.5	−0.08	62	11	9.7	扒拉	9.0	退火	8.0	7.3	退火	5.8	4.8	4.5

成品直径/mm	公差/mm	成品加工率/%	模具尺寸/mm																								
			0	1	2	3	4	5	6	7	8	9	10	11	12	13	14	15	16	17	18	19	20	21	22	23	24	25
4.2	−0.08	61.8	11	9.7	扒拉	9.0	退火	7.5	6.8	退火	5.5	4.5	4.2															
4.0	−0.08	63.2	11	9.7	扒拉	9.0	退火	7.5	6.6	退火	5.2	4.3	4.0															
3.8	−0.08	63.5	11	9.7	扒拉	9.0	退火	7.5	6.3	退火	5.0	4.0	3.8															
3.6	−0.08	64	11	9.7	扒拉	9.0	退火	7.5	6.5	退火	4.8	3.9	3.6															
3.4	−0.08	64.4	11	9.7	扒拉	9.0	退火	7.5	6.3	5.7	退火	4.3	3.6	3.4														
3.2	−0.08	64.8	11	9.7	扒拉	9.0	退火	7.5	6.3	5.4	退火	4.3	3.4	3.2														
3.0	−0.06	65.3	11	9.7	扒拉	9.0	退火	7.5	6.3	退火	5.5	5.1	退火	4.1	3.3	3.0												
2.8	−0.06	66	11	9.7	扒拉	9.0	退火	7.5	6.3	退火	5.3	4.8	退火	3.9	3.4	3.0	2.8											
2.6	−0.06	66.6	11	9.7	扒拉	9.0	退火	7.5	6.3	退火	5.3	4.5	退火	3.7	3.2	2.8	2.6											
2.4	−0.06	67.3	11	9.7	扒拉	9.0	退火	7.5	6.3	退火	5.3	4.2	退火	3.5	3.0	2.6	2.4											
2.2	−0.06	69.5	11	9.7	扒拉	9.0	退火	7.5	6.3	退火	5.3	4.2	3.8	退火	3.2	2.7	2.4	2.2										
2.0	−0.06	67.3	11	9.7	扒拉	9.0	退火	7.5	6.3	退火	5.3	4.2	3.5	退火	2.9	2.5	2.2	2.0										
1.8	−0.06	68.3	11	9.7	扒拉	9.0	退火	7.5	6.3	5.4	退火	4.3	3.2	退火	2.7	2.3	2.0	1.8										
1.6	−0.06	68.3	11	9.7	扒拉	9.0	退火	7.5	6.3	5.4	退火	4.3	3.5	2.8	退火	2.3	2.0	1.78	1.6									
1.4	−0.06	68.6	11	9.7	扒拉	9.0	退火	7.5	6.3	5.4	退火	4.3	3.5	2.5	退火	2.1	1.8	1.55	1.4									
1.2	−0.06	70.2	11	9.7	扒拉	9.0	退火	7.5	6.3	退火	5.3	4.2	3.5	退火	2.9	2.5	2.2	退火	1.95	1.75	1.58	1.42	1.28	1.2				
1.0	−0.06	72.2	11	9.7	扒拉	9.0	退火	7.5	6.3	退火	5.3	4.2	3.2	退火	2.9	2.5	2.16	1.9	退火	1.7	1.52	1.38	1.25	1.14	1.04	1.0		
0.9	−0.03	75	11	9.7	扒拉	9.0	退火	7.5	6.3	退火	5.3	4.2	3.5	退火	2.9	2.5	2.16	1.9	1.8	退火	1.6	1.43	1.28	1.15	1.04	0.95	0.9	
0.8	−0.03	84	11	9.7	扒拉	9.0	退火	7.5	6.3	5.4	退火	4.3	3.5	退火	2.9	2.5	2.16	1.9	1.7	1.6	退火	1.4	1.25	1.12	1.02	0.93	0.85	0.8
0.7	−0.03	84	11	9.7	扒拉	9.0	退火	7.5	6.3	退火	5.3	4.2	3.2	2.5	退火	2.1	1.8	1.55	1.4	退火	1.25	1.12	1.0	0.9	退火	0.75	0.7	
0.6	−0.025	84	11	9.7	扒拉	9.0	退火	7.5	6.3	退火	5.3	4.2	3.5	退火	2.9	2.5	2.2	2.0	退火	1.75	1.55	1.38	1.25	1.2	1.04	1.05	0.95	0.87
0.5	−0.025	84	11	9.7	扒拉	9.0	退火	7.5	6.3	退火	5.3	4.2	3.5	退火	2.9	2.5	2.2	2.0	退火	1.75	1.55	1.38	1.24	1.12	退火	1.0	退火	0.9

模具尺寸/mm

成品直径/mm	公差/mm	成品加工率/%	0	1	2	3	4	5	6	7	8	9	10	11	12	13	14	15	16	17	18	19	20	21	22	23	24	25
0.4	-0.025		11	9.7	扒拉	9.0	退火	7.5	6.3	退火	5.3	4.2	3.5	退火	0.82	0.8	0.69	0.64	0.59	0.55	0.52	0.5						
		84		9.7	扒拉										2.9	2.5	2	2.0	退火	1.75	1.55	1.38	1.25	1.2	退火	1.05	0.95	0.87
0.3	-0.02		11	9.7	扒拉	9.0	退火	7.5	6.3	退火	5.3	4.2	3.5	退火	0.74	0.7	0.65	0.62	0.6	0.54	0.54	0.485	0.44	0.4	0.365	0.355	0.31	0.3
		84		9.7	扒拉										2.9	2.5	2	2.0	退火	1.75	1.55	1.38	1.25	1.2	退火	1.05	0.95	0.87
0.2	-0.02		11	9.7	扒拉	9.0	退火	7.5	6.3	退火	5.3	4.2	3.5	退火	0.8	退火	0.7	0.65	0.59	0.54	0.5	0.46	0.425	0.4	退火	0.36	0.32	0.29
		84		9.7	扒拉										2.9	2.5	2	2.0	退火	1.75	1.55	1.38	1.25	1.2	退火	1.05	0.95	0.87
0.1	-0.02			0.8	退火	0.7	退火	0.59	0.54	0.5	0.46	0.425	0.4	退火	0.36	0.32	0.29	0.27	0.24	0.22	0.2							
		84		0.8	退火	0.72		0.59	0.54	0.5	0.46	0.425	0.4	退火	0.36	0.32	0.29	0.27	0.24	0.22	0.2	退火	0.175	0.155	0.138	0.125	0.113	0.103

表6-19　白铜（BMn40-1.5、BMn3-12、BZn15-20）线拉伸流程表

模具尺寸/mm

成品直径/mm	公差/mm	成品加工率/%	0	1	2	3	4	5	6	7	8	9	10	11	12	13	14	15	16	17	18	19	20	21	22	23	24	25
6.0	-0.08	64	11	10	退火	8.3	7.0	6.3	6.0																			
5.5	-0.08	62.6	11	9.0	退火	7.5	6.5	5.7	5.5																			
5.0	-0.08	61	11	9.0	8.0	退火	6.5	5.5	5.2																			
4.8	-0.08	64	11	9.0	8.0	6.5	退火	5.5	5.0																			
4.5	-0.08	61	11	9.2	8.0	7.2	退火	6.0	5.0	4.5																		
4.2	-0.08	60.7	11	9.2	8.0	退火	6.7	6.4	退火	4.4	4.2																	
4.0	-0.08	60.8	11	9.2	8.0	退火	6.8	6.4	退火	4.5	4.4	4.2	4.0															
3.8	-0.08	64.7	11	9.2	8.0	退火	6.5	5.8	退火	4.0	4.0	4.0	3.8															
3.6	-0.08	61.4	11	9.2	8.0	退火	6.5	5.8	退火	4.0	3.8	3.6																

模具尺寸/mm

成品直径/mm	公差/mm	成品加工率/%	0	1	2	3	4	5	6	8	9	10	11	12	13	14	15	16	17	18	19	20	21	22	23	24	25
3.4	−0.08	65.6	11	9.2	8.0	退火	6.5	5.8	5.2	4.0	3.6	3.4															
3.2	−0.08	62.2	11	9.2	8.0	退火	6.5	5.8	5.0	4.3	3.7	3.4	3.2														
3.0	−0.06	64	11	9.2	8.0	退火	6.5	5.5	4.8	4.2	3.7	3.2	3.0														
2.8	−0.06	66	11	9.2	8.0	退火	6.5	5.5	退火	4.0	3.4	3.0	2.8														
2.6	−0.06	61.7	11	9.2	8.0	退火	6.5	5.5	退火	4.2	退火	3.6	3.1	2.8	2.6												
2.4	−0.06	64	11	9.2	8.0	退火	6.5	5.5	退火	4.0	退火	3.4	2.9	2.5	2.4												
2.2	−0.06	69.7	11	9.2	8.0	退火	6.5	5.5	退火	4.0	退火	3.4	2.9	2.5	2.3	2.2											
2.0	−0.06	65.4	11	9.2	8.0	退火	6.5	5.5	退火	3.9	3.4	退火	2.9	2.5	2.2	2.0											
1.8	−0.06	64	11	9.2	8.0	退火	6.5	5.5	退火	3.9	3.4	3.0	退火	2.5	2.1	1.9	1.8										
1.6	−0.06	62	11	9.2	8.0	退火	6.5	5.5	退火	3.9	3.4	退火	2.9	2.6	2.4	2.1	1.9	1.75	1.6								
1.4	−0.06	66	11	9.2	8.0	退火	6.5	5.5	退火	3.9	3.4	退火	2.9	2.6	2.2	退火	2.0	1.75	1.55	1.4							
1.2	−0.06	64	11	9.2	8.0	退火	6.5	5.5	退火	3.9	3.4	退火	2.9	2.5	2.2	2.0	退火	1.75	1.55	1.38	1.25	1.2					
1.0	−0.06	61	11	9.2	8.0	退火	6.5	5.5	退火	3.9	3.4	退火	2.9	2.5	2.2	退火	1.95	1.75	1.6	退火	1.4	1.24	1.1	1.0			
0.9	−0.03	68.4	11	9.2	8.0	退火	6.5	5.5	退火	3.9	3.4	退火	2.9	2.5	2.4	退火	1.95	1.75	1.6	退火	1.4	1.24	1.1	1.05	0.93	0.9	
0.8	−0.03	67.4	11	9.2	8.0	退火	6.5	5.5	退火	3.9	3.4	退火	2.9	2.5	2.2	退火	2.0	1.75	1.55	1.4	退火	1.2	1.05	0.93	0.83	0.8	
0.7	−0.03	66	11	9.2	8.0	退火	6.5	5.5	退火	3.9	3.4	退火	2.9	2.5	2.2	2.0	退火	1.75	1.55	1.38	1.25	1.2	退火	0.9	0.8	0.75	0.7
0.6	−0.025	64	11	9.2	8.0	退火	6.5	5.5	退火	3.9	3.4	退火	2.9	2.5	2.2	退火	1.95	1.75	1.6	退火	1.4	1.24	退火	0.75	0.69	0.64	0.6
0.5	−0.025	69.2	11	9.2	8.0	退火	6.5	5.5	退火	3.9	3.4	退火	2.9	2.5	2.2	2.0	退火	1.75	1.6	退火	0.8	0.72	0.65	0.59	0.54	0.52	0.5
0.4	−0.025	67.4	11	9.2	8.0	退火	6.5	5.5	退火	3.9	3.4	退火	2.9	2.5	2.2	2.0	退火	1.75	1.55	1.38	退火	0.62	0.55	0.49	0.45	0.42	0.4

模具尺寸/mm

成品直径/mm	公差/mm	成品加工率/%	0	1	2	3	4	5	6	7	8	9	10	11	12	13	14	15	16	17	18	19	20	21	22	23	24	25
0.3	−0.02	75	11	9.2	8.0	退火	6.5	5.5	退火	3.9	3.9	3.4	退火	2.9	2.5	2.2	2.0	退火	1.75	1.55	1.38	1.24	1.12	1.04	1.0	退火	0.9	0.82
																0.75	0.69	0.64	0.6	退火	0.54	0.49	0.45	0.42	0.38	0.35	0.32	0.3
0.2	−0.02	65	11	9.2	8.0	退火	6.5	5.5	退火	3.9	3.9	3.4	退火	2.9	2.5	2.2	2.0	退火	1.75	1.55	1.38	1.24	1.12	1.04	1.0	退火	0.9	0.82
																0.51	0.43	0.45	0.42	0.4	0.35	0.35	0.31	0.28	0.25	0.23	0.21	0.2
0.1	−0.015	75	11	9.2	8.0	退火	6.5	5.5	退火	3.9	3.9	3.4	退火	2.9	2.5	2.2	2.0	退火	1.75	1.55	1.38	1.24	1.12	1.04	1.0	退火	0.9	0.82
																0.28	0.25	0.23	0.21	0.2	退火	0.18	0.16	0.14	0.24	0.112	0.1	0.1

表6-20　热电偶（BMn43-0.5）线拉伸流程表

模具尺寸/mm

成品直径/mm	公差/mm	成品加工率/%	0	1	2	3	4	5	6	7	8	9	10	11	12	13	14	15	16	17	18	19	20	21	22	23	24	25
5.0	−0.12	79	11	退火	9.5	8.1	6.8	5.8	5.0																			
3.2	−0.1	55	11	退火	9.5	8.1	6.8	5.8	5.0	退火	4.2	3.7	3.4	3.2														
2.0	−0.08	61	11	退火	9.5	8.1	6.8	5.8	5.0	退火	4.2	3.7	3.4	3.2	退火	2.8	2.5	2.2	2.0									
1.5	−0.08	78	11	退火	9.5	8.1	6.8	5.8	5.0	退火	4.2	3.7	3.4	3.2	退火	2.8	2.5	2.2	2.0	1.8	1.62	1.5						
1.2	−0.06	60	11	退火	9.5	8.1	6.8	5.8	5.0	退火	4.2	3.7	3.4	3.2	退火	2.8	2.5	2.2	2.0	退火	1.75	1.55	1.4	1.28	1.2			
1.0	−0.06	75	11	退火	9.5	8.1	6.8	5.8	5.0	退火	4.2	3.7	3.4	3.2	退火	2.8	2.5	2.2	2.0	退火	1.75	1.55	1.38	1.25	1.5	1.05	1.0	
																0.85	0.79	0.74	0.7	退火	0.63	0.57	0.53	0.51	0.5	0.74	0.7	
0.7	−0.05	52	11	退火	9.5	8.1	6.8	5.8	5.0	退火	4.2	3.7	3.4	3.2	退火	2.8	2.5	2.2	2.0	退火	1.75	1.55	1.38	1.25	1.5	1.05	1.0	退火
									0.92									0.74					0.9	0.85	0.79	0.74	0.71	0.7
0.5	−0.04	49	11	退火	9.5	8.1	6.8	5.8	50	退火	4.2	3.7	3.4	3.2	退火	2.8	2.5	2.2	2.0	退火	1.75	1.55	1.38	1.25	1.5	1.05	1.0	退火
									0.92						0.85		0.74		0.7			0.92	0.85	0.5	0.63	0.57	0.53	0.5
0.3	−0.03	60	11	退火	9.5	8.1	6.8	5.8	5.0	退火	4.2	3.7	3.4	3.2	退火	2.8	2.5	2.2	2.0	退火	1.75	1.55	1.38	1.25	1.15	1.05	1.0	0.3
																0.63	0.57	0.5	0.45	0.45	0.41	0.375	0.35	0.33	0.3			

续表

成品直径/mm	公差/mm	成品加工率/%	0	1	2	3	4	5	6	7	8	9	10	11	12	13	14	15	16	17	18	19	20	21	22	23	24	25
																			模具尺寸/mm										
0.2	−0.03	57	11	退火	9.5	8.1	6.8	5.8	5.0	退火	4.2	3.7	3.4	3.2	退火	2.8	2.5	2.2	2.0	退火	1.75	1.55	1.38	1.25	1.15	1.05	1.0	退火
			0.92	0.85	0.79	0.74	0.7	退火	0.63	0.57	0.53	0.5	退火	0.45	0.41	0.375	0.35	0.33	0.31	0.3	退火	0.27	0.245	0.225	0.21	0.2	退火	0.175
0.1	−0.03	75	11	退火	9.5	8.1	6.8	5.8	5.0	退火	4.2	3.7	3.4	3.2	退火	2.8	2.5	2.2	2.0	退火	1.75	1.55	1.38	1.25	1.15	1.05	1.0	退火
			0.92	0.85	0.79	0.74	0.7	退火	0.63	0.57	0.53	0.5	退火	0.45	0.41	0.375	0.35	0.33	0.31	0.3	退火	0.27	0.245	0.225	0.21	0.2	退火	0.175

表 6-21　特细线拉伸流程表

成品直径/mm	公差/mm	成品加工率/%	0	1	2	3	4	5	6	7	8	9	10	11	12	13	14	15	16	17	18	19
												模具尺寸/mm										
0.1	±0.005	95.5	0.45	退火	0.4	0.335	0.315	0.28	0.25	0.224	0.2	0.18	0.162	0.146	0.132	0.12	0.109	0.1				
0.09	±0.0045	96	0.45	退火	0.4	0.335	0.315	0.28	0.25	0.224	0.2	0.18	0.162	0.146	0.132	0.12	0.11	0.102	0.095	0.09		
0.08	±0.004	96.85	0.45	退火	0.4	0.335	0.315	0.28	0.25	0.224	0.2	0.18	0.162	0.146	0.132	0.12	0.109	0.1	0.092	0.085	0.08	
0.07	±0.0035	92.15	0.25	退火	0.22	0.195	0.173	0.154	0.137	0.122	0.109	0.098	0.088	0.079	0.074	0.07						
0.06	±0.003	94.25	0.25	退火	0.22	0.195	0.173	0.154	0.137	0.122	0.109	0.098	0.088	0.079	0.071	0.064	0.06					
0.05	±0.0025	96	0.25	退火	0.22	0.195	0.173	0.154	0.137	0.122	0.109	0.098	0.088	0.079	0.071	0.064	0.058	0.053	0.05			
0.04	±0.002	97.45	0.25	退火	0.22	0.195	0.173	0.154	0.137	0.122	0.109	0.098	0.088	0.079	0.071	0.064	0.058	0.052	0.047	0.043	0.04	
0.03	±0.0015	91	0.1	退火	0.09	0.081	0.073	0.066	0.06	0.054	0.049	0.045	0.041	0.037	0.034	0.032	0.03					
0.02	±0.001	96	0.1	退火	0.09	0.081	0.073	0.066	0.06	0.054	0.049	0.045	0.041	0.037	0.034	0.031	0.029	0.027	0.025	0.023	0.021	0.02
0.01	±0.001	96	0.05	退火	0.045	0.04	0.036	0.033	0.03	0.027	0.024	0.022	0.02	0.018	0.016	0.015	0.014	0.013	0.012	0.011	0.01	0.01

表 6-22 黄铜（H62）六角线拉伸流程表

成品尺寸/mm	公差/mm	成品加工率/%	模具尺寸/mm			
			0	1	2	3
6.0	−0.08	38	8.0	退火	6.5（六角）	6.0（六角）
5.5	0.08	39	7.4	退火	6.0（六角）	5.5（六角）
5.0	−0.08	39	6.7	退火	5.5（六角）	5.0（六角）
4.5	−0.08	48.8	6.6	退火	5.0（六角）	4.5（六角）
4.0	−0.08	49	5.9	退火	4.5（六角）	4.0（六角）
3.5	−0.08	48	5.1	退火	4.0（六角）	3.5（六角）
3.0	−0.06	51	4.5	退火	3.5（六角）	3.0（六角）

表 6-23 黄铜（HPb59-1）六角线拉伸流程表

成品尺寸/mm	公差/mm	成品加工率/%	模具尺寸/mm			
			0	1	2	3
6.0	−0.08	23.4	7.2	退火	6.5×6.5	6.0（六角）
5.5	−0.08	23.4	6.6	退火	6.0×6.0	5.5（六角）
5.0	−0.08	23.6	6.0	退火	5.5×5.5	5.0（六角）
4.5	−0.08	23.6	5.4	退火	5.0×5.0	4.5（六角）
4.0	−0.08	23.8	4.8	退火	4.5×4.5	4.0（六角）
3.5	−0.08	23.2	4.2	退火	3.8×3.8	3.5（六角）
3.0	−0.06	23.5	3.6	退火	3.3×3.3	3.0（六角）

表 6-24 黄铜（H62）方线拉伸流程表

成品直径/mm	公差/mm	成品加工率/%	模具尺寸/mm				
			0	1	2	3	4
6.0	−0.08	38.4	8.8	退火	7×7	6.5×6.5	6.0×6.0
5.5	−0.08	41.1	8.1	退火	6.5×6.5	6.0×6.0	5.5×5.5
5.0	−0.08	42	7.4	退火	6.0×6.0	5.4×5.4	5.0×5.0
4.5	−0.08	51.7	7.3	退火	5.5×5.5	4.9×4.9	4.5×4.5
4.0	−0.08	51.7	6.5	退火	5.0×5.0	4.4×4.4	4.0×4.0
3.5	−0.08	52	5.7	退火	4.5×4.5	3.9×3.9	3.5×3.5
3.0	−0.06	52.1	4.9	退火	3.7×3.7	3.3×3.3	3.0×3.0

表 6-25 黄铜（HPb59-1）方线拉伸流程表

成品尺寸/mm	公差/mm	成品加工率/%	模具尺寸/mm			
			0	1	2	3
6.0	−0.08	26.5	7.9	退火	6.5（六角）	6.0×6.0
5.5	−0.08	28	7.3	退火	5.9（六角）	5.5×5.5
5.0	−0.08	27.2	6.6	退火	5.4（六角）	5.0×5.0
4.5	−0.08	28.4	6.0	退火	4.8（六角）	4.5×4.5
4.0	−0.08	27.3	5.3	退火	4.3（六角）	4.0×4.0
3.5	−0.08	29	4.7	退火	3.8（六角）	3.5×3.5
3.0	−0.06	28.2	4.1	退火	3.3（六角）	3.0×3.0

表 6-26 　扁线工艺举例　　　　　　　　　单位：mm

牌　号	成品尺寸	线坯直径	轧扁尺寸≥	拉　伸　流　程
T2	0.78×2.57	2.1	1×2.8	0.9×2.6→0.78×2.57
	2×8	6.0	2.45×8.55	2.35×8.35→2×8
	2×10	7.1	2.4×10.5	2.3×10.3→2×10
	3.53×9.3	8.4	4×9.9	3.9×9.7→3.53×9.3
H62	1×1.5	1.75	1.2×1.8	1.1×1.6→1×1.5
	2.83×14.5	10.2	3.2×15	3.1×14.8→2.83×14.5
	3×8	6.85	3.45×8.55	3.35×8.35→3×8
	4.7×9.3	9.2	5.1×9.8	5×9.6→4.7×9.3
H68	0.8×1.8	1.75	1.1×2.1	0.95×2.0→0.8×1.8
	1.02×4.02	2.95	1.25×4.35	1.15×4.15→1.02×4.02
	1.38×4.6	3.8	1.7×5.0	1.5×4.8→1.38×4.6
	1.45×5.63	4.3	1.9×6.13	1.79×5.92→1.45×5.63
	1.5×6.5	4.75	1.78×6.9	1.68×6.7→1.5×6.5
	2×6	5.0	2.45×6.55	2.35×6.35→2×6
	3×6	6.0	3.35×6.45	3.25×6.25→3×6
	4×8	7.6	4.4×8.6	4.3×8.4→4×8
	5×10	9.7	5.6×10.6	5.3×10.4→5×10
QSn6.5-0.1	0.9×4.2	3.1	1.3×5.2	1.1×4.6→0.9×4.2
	1.6×8	5.35	2.05×8.6	1.95×8.4→1.6×8
	1.63×11.6	7.3	1.98×12.1	1.88×11.9→1.63×11.6
	2×3.5	3.6	2.35×3.95	2.25×3.75→2×3.5
	4.1×14.5	11.5	4.6×15.1	4.5×14.4→4.1×14.5

表 6-27 　三角线工艺举例　　　　　　　　　单位：mm

牌号	成品尺寸与形状	线坯直径	拉　伸　流　程
T2	0.5 / 0.5	0.7	0.7→ △0.65 → △0.6 → △0.55 → △0.5
	1.0 / 1.0	1.4	1.4→ △1.3 → △1.15 → △1.07 → △1.0
H62	2.52 / 2.52	3.3	3.3→ △3.14 → △2.94 →退火→ △2.72 → △2.52

表 6-28 　异型线工艺举例　　　　　　　　　单位：mm

牌　号	名称	断面形状	线坯直径	拉　伸　流　程
T2	梯形线	3.24 上底, 7.5 高, 1.09 下底	6.8	6.8→轧 4.05×1.9×8.4→3.95 ×1.8×8.2→3.69×1.45×7.95→ 3.44×1.29×7.7→3.42×1.09 ×7.5

表 6-29　成品退火工艺参数

牌　号	状态	成品规格/mm	退火温度/℃	保温时间/min
T2,TU1 TU2,TP1	软	0.1~0.3 >0.3~1.0 >1.0~2.5 >2.5~4.0 >4.0~6.0	340~360 340~360 340~360 360~370 360~370	180~210
H95	软	0.1~6.0	390~410	110~130
H90	硬 软	0.1~6.0 0.1~6.0	160~180 390~410	90~100 110~130
H80,H70	硬 软	0.1~6.0 0.1~6.0	160~180 390~410	90~100 110~130
H62	硬 半硬 半硬	0.05~6.0 0.05~6.0 0.5~1.5	200~240 200~240 260~280	100~120 100~120 80~90
H68	硬 半硬 半硬 软 软	0.05~6.0 0.5~6.0 1.5~6.0 0.05~1.5 >1.5~6.0	200~260 200~240 350~370 410~430 430~450	120~150 120~150 90~100 90~100 90~100
QBe1.7,QBe1.9 QBe2.0,QBe2.15 QBe2.5	软 半硬 硬	0.03~6.0	315±15	180 120 6
BZn15-20	硬 半硬 软	0.1~6.0 0.1~6.0 0.1~6.0	280~340 280~340 600~620	90~100 90~100 110~140
HPb63-3	硬 半硬 软	0.5~6.0 0.5~6.0 0.5~6.0	200~220 200~220 390~410	100~120 100~120 90~100
HPb59-1	硬 半硬 软	0.5~6.0 0.5~6.0 0.5~6.0	180~220 180~220 340~360	100~120 100~120 90~100
BMn40-1.5	软	0.05~6.0	680~730	110~140
B30,B19	软	0.1~6.0	500~600	70~80

表 6-30　线材退火用保护性气体

气　体	成分/%						使用范围	说　明
	CO_2	H_2	N_2	NH_4	H_2O	其他		
氧化性						空气	中间退火,或条件 不具备时	
水蒸气					H_2O		紫铜	有蒸汽凝结
二氧化碳气	CO_2						紫铜、黄铜、青铜	
氮气			>99%				紫铜、黄铜、青铜	退火黄铜时加适量 锌块
氨气				NH_4			铍青铜淬火	
液氨分解		75	25				所有合金退火	紫铜、黄铜应低温退火
氢加氮		25	75				紫、黄、青、白铜	黄铜要求 420~470℃
真空							所有合金退火	黄铜用低真空
抽真空通保护性气体							所有合金退火	需要有炉胆

② 退火工序的注意事项

a. 退火温度是指料温，保温时间是指料温达到规定退火温度后应保持的时间。

b. 真空退火的紫铜类线材冷却到常温，黄铜要冷却到 100℃ 以下才能启开炉胆出炉。在条件允许的情况下，H68、H62 黄铜最好使用抽真空后充入纯氮或 25% 的氢和 75% 的氮的混合气体，进行保护退火。装料前可在真空炉胆内温度最高的底部放适量的锌块，每吨料放 400g 左右。

c. 铅黄铜、铝黄铜在 250～350℃ 时搬动，易脆断，应予注意，出炉后尽可能不要搬动。

d. 拉伸后的黄铜线材应在 20h 内退火，不然容易产生裂纹。

e. QSi3-1、QSn6.5-0.1 等青铜或某些白铜硬线最好能增加低温退火，180～200℃ 保温 90min，以消除内应力，防止裂纹。

(2) 中间退火　加工硬化后进行的中间退火应在再结晶温度以上进行，有时还应该注意控制晶粒度。中间退火的工艺参数见表 6-31。

表 6-31　铜及铜合金中间退火工艺参数

牌　　号	规格/mm	退火温度/℃	保温时间/min
T2,T3,TU1,TU2,TP1	≥3.5 <3.5	560～600 530～573	60～90
H96,H98,H80	≥3.5 <3.5	600～640 560～620	70～90
H70,H68	≥3.5 <3.5	550～560①	
H62	≥3.5 <3.5	600～620 580～600	90～120
HPb59-1,HPb63-3	≥3.5 <3.5	600～640 590～610	90～120
QSn4-3,QSn6.5-0.1	≥3.5 <3.5	590～630 570～600	90～120
QSi3-1	≥3.5 <3.5	700～750 650～700	70～80
QBe1.7,QBe1.9,QBe2.0, QBe2.5,QBe2.15	≥3.5 <3.5	780～790② 760～780	30～45② 25～30
BZn15-20	≥3.5 <3.5	700～740 670～700	120～150
B30	≥3.5 <3.5	740～770 700～740	100～120
B19	≥3.5 <3.5	710～750 670～710	100～120
BMn40-1.5	≥3.5 <3.5	730～770 680～730	120～150

① 对于成品前一次退火应采用 450～480℃，保温 150～180min，以免晶粒过大。

② 此温度和保温时间是淬火工艺参数，其中的保温时间应尽量缩短，退火参数为 550～560℃，保温 4～5h，拉伸过程中，淬火和退火交替进行比较好，淬火速度要快，最好不超过 10s。

(3) 淬火和时效　为了改善铍青铜、钛青铜、铬锆镁青铜等少数合金的内部组织，提高制品的某些性能，则需淬火。一般的淬火剂是冷水，为了提高此类合金的性能，在淬火后要给予一定量的加工率（也有不再拉伸的），然后在适当的温度下进行时效（保温一段时间），以保证溶解于基本金属中的元素（或化合物等）沿晶界有适当的析出，这样即可得到具有一定良好性能的该合金线材。这类合金的特点是合金中作为溶质的元素（或化合物等），在高温下溶解在基体金属（溶剂）中的溶解度大，在低温下溶解度小，而且随着温度的降低不会分解并能很快析出。铍青铜和钛青铜在750～790℃加热后，水淬。

6.4.2.7 拉伸过程中的润滑、冷却和清洗

在铜及其合金线材拉伸中，润滑是不可缺少的部分，如无润滑，在拉伸模壁与金属之间形成干摩擦，造成金属与模壁粘接，使拉伸力过大，即使采用很小的加工率，也会导致断线现象。由于模壁粘金属，使线材表面被严重破坏，无法拉制出高质量的线材，模子也由于磨损严重而很快报废；由于摩擦力的成倍增加，能量消耗也十分巨大。因此，在整个拉伸过程中，没有润滑无法进行拉线。

（1）拉伸润滑的目的

① 润滑剂在拉伸时能够在拉模与被拉金属之间形成一层能承受高压而不被破坏的薄膜，使模壁与金属之间成液膜润滑，大大降低变形区和定径区的摩擦力。降低能耗，提高模子寿命。

② 乳浊液向模孔喷射以便及时排除变形时线材表面脱落的粉灰状物，防止其与油脂结合成黏胶状物，堵塞模孔使润滑恶化；乳液循环系统设置沉淀和过滤装置，排除其中的微粒，保持本身的清洁。稠的润滑剂也有清洁作用。这样才能使线材表面获得良好的粗糙度，从而提高产品质量。

③ 乳浊液具有比油类好的吸热作用，在循环使用中，乳液能把拉伸变形和摩擦产生的热量带走，在高速拉线时尤甚，这样才能维持原来的温度和热平衡，才能起到冷却作用。

（2）铜及合金常用的拉伸润滑剂　见表6-32。

表6-32　铜及铜合金拉伸常用的润滑剂

组成状态	成　分	优　点	缺　点	使用范围
乳液状	皂片＋水	方便、使用广泛、容易取得，冷却好	润滑性不太好	多次中、细拉伸、成品拉伸用
乳液状	肥皂1.3%＋机油4.0%＋水 肥皂1%＋机油3.0%＋水	冷却性能好，便宜易得，使用广泛	润滑性不太好，使用温度不应超过70℃	多次拉伸各种金属材料
液体状	机油	具有中等润滑和冷却性能	脏，使用时间短	单次拉伸各种金属材料
乳液状	三乙醇胺4.5%＋肥皂4%＋油酸7.5%＋煤油44%＋水	比较便宜，表面光亮	需专门配制	紫铜、黄铜、青铜及铜镍合金
液体状	菜籽油、豆油	表面光亮，润滑性能好	不易得	黄铜类

组成状态	成　份	优　点	缺　点	使用范围
半液体状	石墨 10%＋硫黄＋余量机油	润滑性能好	冷却差、线材表面脏	铍青铜
半液体状	洗衣粉 2%＋水胶 3%＋石墨乳液 35%＋水	加工窄小表面光滑	脏	热电偶用
固体粉状	二硫化钼 3%～5%＋肥皂粉	效果好,使用时间长	表面容易出沟道	铜镍合金

(3) 新型润滑方法　通常采用的润滑方法,润滑膜较薄(如喷射法、浸湿法、随线带入法等),所以未脱离边界润滑的范围,摩擦力仍然较大。现在拉线生产中已出现了强制润滑方法,可使材料和拉模表面之间的润滑膜增厚,实现流体润滑,从而达到了减少摩擦力和增大拉模使用寿命的目的。对于单模强制润滑,采用带压管的形式,如图 6-12 所示,管子与线坯之间具有狭窄的间隙,借助于运动着的坯料和润滑剂的黏性,使模子入口处的润滑剂压力增高,从而达到强制润滑的目的,增加润滑膜的厚度。

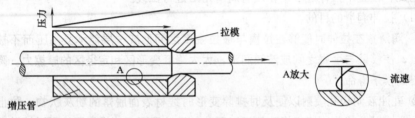

图 6-12　单模强制润滑

双模强制润滑方法在线材生产中也有应用,特别是在生产难于拉伸的合金线材时,效果更为明显,如图 6-13 所示是带增压模的双模强制润滑示意图。图中的增压模直径比被拉伸线材的直径稍小一些,随着线坯的运动,润滑剂被带入两模之间的腔体,使其压力增高而达到强制润滑的目的。

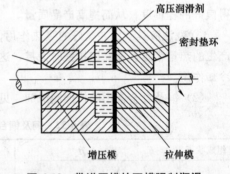

图 6-13　带增压模的双模强制润滑

6.4.2.8　性能检验和成品检查

线材拉伸制品最后都要经过性能检验和成品检查。按照有关标准规定的检验项目完全合格后才算合格成品,才能出厂交货。

6.5　线材拉伸加工的废品

在铜及其合金线材生产中,废品的出现有的是可以避免的,有的则不能避免,但能尽量减少。如采用真空或有保护性气体的退火,可以减少氧化,减少烧损、避免酸洗的损失,减少切头切尾、辗头、扒皮的长度,减少几何损失。正确地制定工艺,尽量采用先进的工艺和设备，精心按工艺要求操作，就可以减少工艺废品。废品的种类、特征、产生的原因见表 6-33，以便在生产中采取措施克服。

表 6-33　废品的种类

废品种类	特　征	产 生 原 因
尺寸不正确	尺寸超公差	模子磨损，用错模子
椭圆	线材横断面各方向直径不等	模孔不圆；模子的中心线与绞盘的切线不一致
裂纹	线材表面出现的纵向或横向开裂现象	线坯有裂纹、皮下气泡或夹渣物，拉伸加工率过大；退火温度过低，或保温时间太短；线材椭圆度太大，变形不均；退火过热或过烧产生横裂，没有及时退火，产生应力裂纹
拉痕	线材表面沿纵向局部或全长呈现拉道	线材酸洗不彻底，润滑剂质量不好或供应不足，模子抛光不好或粘金属，加工率过大
起刺	线材表面呈现局部纵向的尖而薄的飞刺	线坯表面有毛刺，内部有夹杂、气泡等缺陷，轧制和挤压线坯有裂纹、压折，拉伸后表现为毛刺；扒皮不净或扒皮模不锋利；模具拉裂；机械碰伤；线材与绞盘间摩擦大；模子变形区太短
折叠	线材断面存在金属分层现象	轧制线坯有折叠，连铸线坯有冷隔
断面不致密	线材断面上有气孔、夹杂、缩尾等	线坯带来的缺陷，挤压、轧制造成的缺陷，铸造缺陷
表面腐蚀	线材表面局部出现腐蚀、生锈、颜色与金属本色不同，有的出现腐蚀凹坑	酸、碱、盐等介质腐蚀表面造成
氧化色	线材表面失去光泽，发生氧化现象	线材退火时造成的氧化；酸水洗不彻底；变形量大，使料变热；线材放置时间过长
划伤	线材表面呈现沟状划痕	线坯表面划沟太深；拉伸时润滑油槽刮料，润滑剂不清洁；绞盘表面不光和不串线；模子光洁度不够或粘有金属；绞盘挂链孔棱角刮料
"∞"字形	线材从绞盘上取下来呈现紊乱、扭成"∞"字形	模子中心线与绞盘切线不一致；线材弹性过大或绞盘直径过大；加工率过大；模子定径区太短；模子放偏
竹节	线材表面沿轴线方向出现像竹节状环形痕，使线材直径粗细不均	加工率过大；拉伸机震动大；润滑不良；拉伸模角度大；定径区太短或太长；模子抛光差，提高了收线绞盘对牵引绞盘的速度；模子上粘有赃物
起皮	线材表面呈"舌状"或"鱼鳞状"的翘起薄片	线坯表面有缺陷，如扒皮不净、锭坯皮下气孔、夹杂等经加工后产生破裂
压坑	线材表面呈现局部点状或块状凹陷	线材表面粘有金属或非金属压痕或压入物脱落后造成；线材退火时装料过多或没有分层装料
麻面	线材表面出现微小麻坑，粗糙面，有时是连续成片的	退火温度过高或时间过长；线材过酸洗；线材表面不光或加工率小；线材晶粒粗大
过热	指黄铜线材成品退火不合格，具有比正常情况下低的抗拉强度及延伸率	成品退火温度高，时间过长，工艺制度不合理
黑斑点	线材退火后表面出现炭化物的痕迹	线材表面有润滑剂或赃物，退火后留在表面上，成品退火时，由于阀门漏气，使真空泵油进入炉胆内，喷射到线材上加热分解后，线材表面出现炭化物
紫铜氢脆（氢气病）	紫铜退火后，拉伸时脆断	紫铜在氢气或含氢气的气氛中退火时，氢渗入铜中与氧化亚铜作用，产生水蒸气造成晶间破裂

废品种类	特　征	产　生　原　因
黄铜脱锌	黄铜线退火温度过高、时间过长,线材表面出现白灰(氧化锌),经酸洗呈现不同浓度的麻面	黄铜在高温时,锌大量挥发造成
水迹	线材表面出现局部酸洗痕迹	线材酸水洗不净,线材未烘干
力学性能不合格	线材力学性能达不到标准的要求	规定的加工率不合理或没按合理的加工率拉伸,退火温度过高或过低
力学性能不均匀	指成品退火后,一炉料性能不一致	炉温不均或仪表失灵,炉盖不严,保温性不好,料装得过多或没有分层装料
打钉不合格	指铆钉打钉时开裂	线坯扒皮不净,质量不好,加工率不适当
反复弯曲或扭转不合格	弯曲次数达不到规定值,扭转后有开裂现象	线坯有压折缺陷;成品加工率过大;线材头尾切除过短;成品前退火温度过高或过低
缠绕不合格	指青铜在直径为线材两倍的圆柱上绕10圈,有开裂现象	线坯有压折,成品加工率过大;线料表面氧化皮没洗净;成品前退火不好;线材切头尾过短
电气性能不合格	指线材作电气性能试验时,结果不合标准规定	线坯化学成分不合,加工率不适合

6.6　线材加工新工艺和新技术

随着科学技术的发展和进步,各部门对铜及铜合金线材多品种、高质量的要求,在线材生产工艺和技术上也取得了很大的进步,出现的新工艺和新技术有以下几个方面。

6.6.1　用超微连轧机制线的新工艺

20 世纪 70 年代末期和 80 年代初期意大利康梯纽斯公司 (Continuus SPA) 总经理 Giulio Properzi 依据其轧制理论和实践经验,利用其三辊精密连轧机的专利,研制出一种超微型三辊 Y 形连轧机用于轧制 $\phi1.5\sim1.0mm$ 的铜线代替大拉机。

（1）工艺特点

① 进料线坯最大直径为 9.52mm。

② 最小出线直径为 1.52～1.00mm。

③ 出线速度达到 50m/s 以上。

④ 轧制时无张力、无滑动摩擦。

⑤ 轧制的作用扩张到线坯的芯部。

⑥ 喂料方便,不需辗头、穿模等操作。

⑦ 线材表面光滑无摩擦痕。

⑧ 轧辊孔型寿命长。

⑨ 不断线、生产率高。

（2）超微型连轧机主要特性　该轧机结构紧凑,如图 6-14 所示。此设备是由安装齿轮箱的底板以及 12 副直线排列的机架构成，用 1 台 300hp 的直流电机拖动。整个齿轮箱按照不同线径的需要设计成容易、快捷更换的型式，每根齿轮安装轴（主传动轴除外）通过一个带有安全销的联轴节并用花键传动对应的机架，机架为两半对开的型式。

图 6-14　超微型轧机外形图

（3）轧制工艺　ϕ8mm 的铜线坯，用圆-弧三角-圆孔型系经 10～12 道次在密闭的机架内轧成 ϕ1.52～1.00mm 的圆线材，线材尺寸精确，圆整光洁。线材组织致密，性能均一，工序少，操作简便，生产自动化程度高，是有发展前途的线材生产加工新工艺之一。

6.6.2　压力模拉伸铜线新工艺

压力模拉伸是高压拉线加工中的一种。20 世纪 90 年代我国在拉制直径 20mm 上引连铸铜杆生产 2.5mm×4.2mm 硬铜扁线中就使用了压力模拉伸的新工艺。

6.6.2.1　压力模拉伸原理

压力模构造如图 6-15 所示，由制动模、拉拔模、高压系统和模座组成。拉伸模具的角度为 18°±2°，材料为 YG8 硬质合金。在拉伸铜杆时，高压润滑油被压向拉伸模变形区，使油膜厚度大为增加，因而可减小铜杆与模具之间的摩擦。因此，在同样的拉伸力作用下，这种方法可以明显增大压缩率，且使某些变形难度较大的材料的拉拔加工成为可能。研究结果证实，用不大的反拉力进行拉伸，能降低金属对模具孔壁的压力。在压力模中，制动模恰好造成一个反拉力；与此同时，连铸杆经制动模整形、矫直，可减少其变形的不均匀性，起到降低总拉伸力的效果。

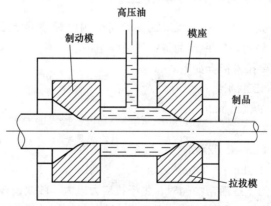

图 6-15　压力模拉伸原理示意图

6.6.2.2　压力模拉制加工工艺

拉伸工艺流程见表 6-34。

表 6-34　拉伸工艺流程

道次/道	模孔尺寸/mm	延伸系数 λ	延伸率 ε/%
0	φ20		
1	φ17.80	1.26	26
2	φ15.90	1.25	25
3	φ14.10	1.27	27
4	φ12.30	1.31	31
5	φ10.60	1.35	35
6	φ9.20	1.33	33
7	φ8.00	1.32	32
8	φ6.90	1.34	34
9	φ6.00	1.32	32
10	φ5.20	1.33	33
11	φ3.55×4.75	1.26	26
12	φ3.00×4.50	1.25	25
13	φ2.50×4.20	1.27	27

从表 6-34 看出，从 φ20mm 拉至 φ8.00mm，经过 7 道，拉到 φ6.00mm 经过 9 道。若经 13 道也可拉成 φ3.00mm 的成品线材。可为中拉和小拉准备线坯。

在拉机上拉制，重复两次，拉成 φ5.20mm，再用一次拉伸机经 3 道拉伸，拉制成 φ2.50mm×4.20mm 成品的扁线。

6.6.2.3　压力模拉伸工艺的特点

压力模拉伸的实质为强迫润滑拉线。和通常的拉伸方法相比，有如下特点。

① 改善了润滑条件，使摩擦力降低。反拉力也使线坯对模孔内壁的压力降低，制动模对线坯的整形和矫直使其拉伸变形的不均匀性减少。同时增大了道次压缩率，减少了辅助时间，提高了劳动生产率。

② 降低了总拉伸力，节约了电能。

③ 降低摩擦系数，减少了模具的磨损，延长了拉伸模的使用寿命。

④ 改善了拉伸变形条件，变形均匀，提高了线材的质量。

6.6.3　细线的静液压挤出拉伸线工艺

如图 6-16 所示是日本（株）西川铁工公司研制的细线静液压挤出拉线机 "Fluidraw" 的外观图。如图 6-17 所示为该拉线机的结构示意图。

该拉线机的主要技术指标如下。

① 最大压力　1500MPa。

② 挤出速度　1000m/min。

③ 坯料重量　Cu 1.5kg。

④ 成品直径　0.5～0.02mm。

⑤ 外形尺寸　1.25m×1.65m×2.5m。

这种拉线机是为了在通常拉伸时，由于拉应力较大，故此延伸系数很小的情况下获得大的道次加工率而研制开发的。它发展了静液挤压拉伸的方法，其拉伸过程是将绕成螺管状的线坯放在高压容器中，并对线坯施以比纯挤压时压力稍低些压力，同时在线材出模端施加一个拉伸力进行静液挤压拉线。此拉线机为了克服在高压下传压介质黏度增加而采用低黏度油作压力媒体，并且加热到 40℃ 左右。在良好的高压密封

图 6-16 静液压挤出细线拉线机

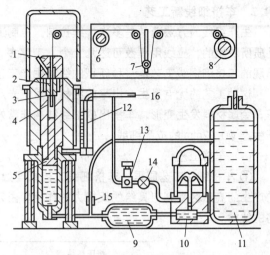

图 6-17 静液挤压拉线机

1—末端螺栓连接；2—模支承；3—模子；4—卷成螺旋状
的线坯；5—增压活塞；6—绞盘；7—张力调节装置；
8—收线盘；9—缓冲罐；10—风动液压泵；11—液罐；
12—行程指示板；13—调压阀；14—截止阀；
15—液体排出阀；16—进气口

条件下，随着高压下油黏度的下降才能长时间地高速挤出。此种细线的静液压挤出拉伸工艺特别适用于制造细铜线。

6.6.4 其他拉线新工艺

6.6.4.1 多线中速拉线和多线连续退火系统

高速拉线技术已达到相当高的水平。拉线速度达到 63m/s，甚至中小拉机已达80m/s。但是生产实践证明在高速拉线时会出现突出问题，为此，研制出了多线中速拉线和多线连续退火系统生产新工艺。

在这种拉线机上视线径的大小，有 2~8 根线同时进行中速拉线（中小线的拉线速度一般为 25~30m/s），在拉线机后面配置连续退火装置，使 2~8 根铜线同时进行退火，最后绕到线盘上。多线拉线机多为四线或八线的小拉机，拉线速度在 25~35m/s 之间。

这种多线中速拉线系统的主要优点是：

① 提高劳动生产率，容易做到工时少、断线少、产量高；

② 设备占地小，投资便宜（与多台机器相比）；

③ 收线盘容量大，要求不高，不必进行平衡；

④ 与高速拉线比较，拉伸模寿命相对延长；

⑤ 设备噪声低，制造要求不高；

⑥ 减少下道工序的放线盘数目及放线时的断线机会。

第 6 章 铜合金线材的拉伸加工工艺 **189**

6.6.4.2 车挤细线新工艺

生产细线的方法通常是多次连续拉制，拉制道次和中间退火道次是由线坯材料的性质所决定的，拉线用模数可达几十个，工序多，模具要求高，操作繁杂。近年来。出现的车挤细铜线工艺是一种新型的线材生产工艺。

这种工艺的优点是生产出来的线材圆整、光滑、线径均匀、工艺简单。在高压力下，金属材料发生变形，车挤出的细线结构非常好，处于细密的结晶状态。此工艺适于生产 ϕ0.02mm 的成品细线。

（1）车挤工艺

① 车挤细线工艺原理　车挤细线工艺原理如图 6-18 所示。挤压线坯在挤压刀具前产生的高压区受到刀具给的反推力的作用，由刀具模孔中被挤出，成为符合技术规格的线材。

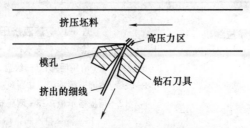

挤压坯料
高压力区
模孔
钻石刀具
挤出的细线

图 6-18　车挤细线工艺原理示意图

② 车挤细线的工艺流程　工艺流程如图 6-19 所示。为了保证成品线材的质量，必须使线坯表面的状况非常好才行。因此，线坯在到达车挤压模具之前，先用一把小的锐利车刀车一次，把线坯一部分表皮剥去，如图 6-20 所示。

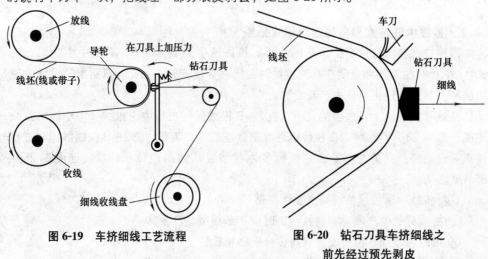

放线
导轮
线坯(线或带子)
在刀具上加压力
钻石刀具
收线
细线收线盘

车刀
线坯
钻石刀具
细线

图 6-19　车挤细线工艺流程　　　　**图 6-20　钻石刀具车挤细线之**
　　　　　　　　　　　　　　　　　　　　　　　　　前先经过预先剥皮

（2）车挤制线机的构成　车挤制线机包括三大部件：

① 一套能使线坯在刀具前走动的普通放线装置和收线装置及导轮（线坯为线杆或带材时）；

② 一个能将车挤压刀具固定在适当的位置，并在线坯上施加一定压力的支座（支架）；

③ 细线成品的收线装置（收线盘）。

（3）细线的形状、尺寸和性质　细线的形状仅受车挤压模具的模孔和刀具的制造精度所制约。其表面质量除与模具有关外，也和线坯的质量尤其是表面质量有关。

如果在冷态下用已经加工硬化过的线坯车挤制细线，这种制出的细线还会进一步被加工硬化。车挤出的细铜线的直径为 0.02～0.15mm，其断裂强度为 400MPa，延伸率小于 1%。

6.6.4.3　玻璃膜金属液抽丝法

这是一种利用玻璃的可抽丝性，由熔融状态的金属一次制得的超细丝的方法（图6-21所示）。首先将一定量的金属块或粉末放入玻璃管内，用高频感应线圈加热使金属熔化，玻璃管产生软化。然后，利用玻璃的可抽丝性，从下方将它引出，冷却并绕在卷取机上，从而得到表面覆有一层玻璃膜的超细金属丝。通过调整和控制工艺参数则可获得丝径为 $\phi 1$～150μm、玻璃膜厚为 2～20μm 的制品。

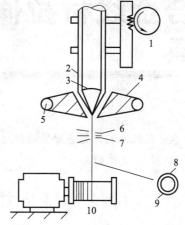

图 6-21　玻璃膜金属液抽丝工作原理

1—送料机构；2—玻璃管；3—金属坯料；

4—高频感应加热；5—冷却水；

6—水冷；7—干冰；8—玻璃层；

9—金属丝；10—卷取机

玻璃膜超细金属丝是近代精密仪表和微型电子器件所必不可少的材料。在不需要玻璃膜时，可在抽丝后用化学或机械方法将其除掉。目前用此法生产的金属丝不仅有紫铜、锰铜，还有金、银、铸铁和不锈钢等。这也是一种有发展前途的拉线方法。

第7章

铜合金线材拉伸的主要设备和工具

铜合金拉伸的设备主要是线材拉伸机、对焊机、收线放线等辅助装置，主要的工具是拉伸模、扒皮模。

7.1 线材拉伸机及其辅助设备

7.1.1 线材拉伸机

线材拉伸机的分类如图 7-1 所示。

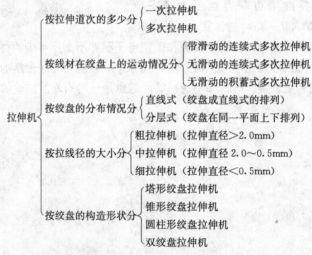

图 7-1 线材拉伸机的分类

7.1.1.1 一次拉伸机（单模拉伸机）

线材只通过一个模子进行拉伸的拉伸机，一次拉伸机的结构如图 7-2 所示，一次拉伸机的分类见表 7-1，其特点如下：

① 结构简单，容易制造；

② 拉伸速度慢，一般在 0.1~3m/s 的范围内；

③ 设备占地面积较大，多用于粗拉大直径的圆线、型线以及短料的拉伸。

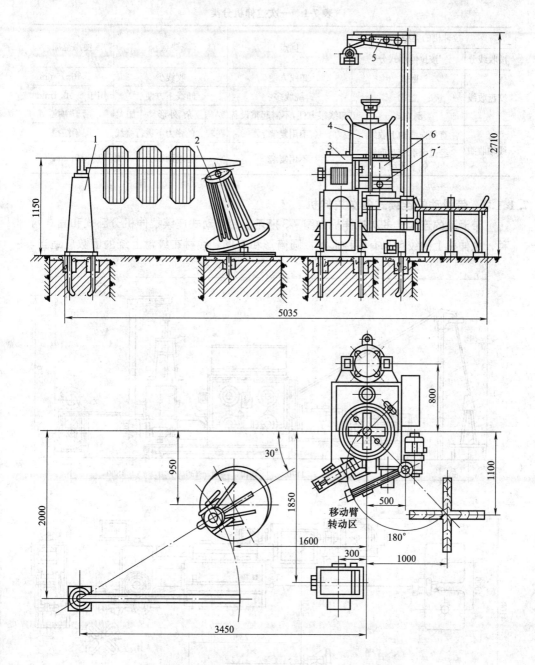

图7-2　1/550型立式一次拉伸机的总图及平面图

1—线卷悬挂架；2—放线架；3—辗头装置；4—起线架；

5—250kg起重机；6—拉线机；7—穿模夹钳

④ 生产率低，用在退火次数多、总加工率不大的拉伸，道次加工率可大于多次拉伸机。

⑤ 设备改装容易，添加辅助设施也较方便。

表 7-1　一次拉伸机分类

拉伸机的类型		优点	缺点	使用范围
按收线分	按拉伸形式分			
绞盘收线	卧式	卸线方便	收线少	用于 16～6mm
	立式	绕线多	卸线不方便	用于 6～0.4mm
	倒立式	卸线很方便,不需起重设备	结构复杂、外形尺寸加大	用于中拉
线轴收线	直接向线轴上收线	不用复绕	在较大的张力下进行绕线	用于细拉
	经过牵引绞盘向线轴上收线	不用复绕	占地面积大	用于 10mm 以下

7.1.1.2　带滑动的连续式多次拉伸机

带滑动的连续式多次拉伸机如图 7-3 所示。带滑动式连续拉伸机分卧式和立式两种，拉伸机上的绞盘也有两种形状：圆筒形和塔形。线材在绞盘上绕的圈数应适当，

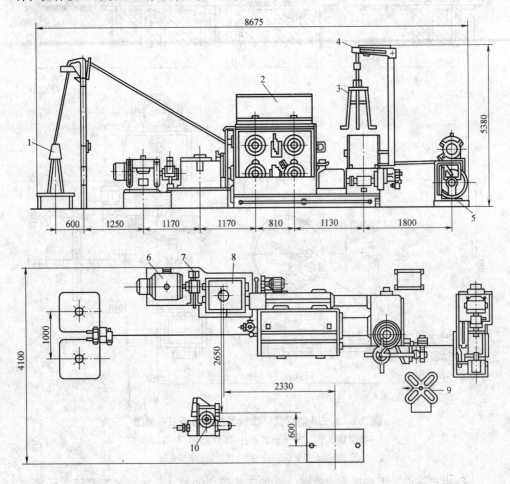

图 7-3　带滑动的多次拉伸机的总图及平面图

1—放线架；2—拉线机；3—起线架；4—起重机；5—收线装置；6—拖动装置；
7—制动装置；8—减速齿轮箱；9—捆线卷用台架；10—穿模机

圈数过少会使下一道反拉力增大，圈数过多会产生压线而造成断线，或使绞盘有滑动的可能性。一般绞盘上圈数随其线径而定，见表7-2。

表7-2　带滑动的连续式多次拉伸机的模子数目和绞盘上的圈数

拉伸类型	粗　拉	中　拉	细　拉	特细拉
模子数目/个	5、7、11、13、15	9～21	9～21	
绞盘上绕的圈数/圈	3～4	2～3	1～2	1

带滑动式连续拉伸机的特点如下。

① 总的延伸系数大，适合拉伸塑性好的金属。

② 拉伸速度快，专适合圆断面线材拉伸。

③ 生产率高，能承受较大的拉力，适于拉伸表面耐磨的、强度低的金属和合金。

④ 易于实现机械化、自动化；同时和无滑动多次连续式比较起来，电气控制要求不甚严格。

⑤ 由于线材与绞盘间存在着滑动，故使绞盘受到磨损。

滑动式多次拉伸机的一般参数及技术性能见表7-3。

表7-3　滑动式多次拉伸机的一般参数

种类	级别	模子数/个	成品直径/mm	推荐的总延伸系数	线坯与成品直径比值	线坯直径/mm
粗拉	Ⅰ	5 9	16～10 9.99～4.5	3 6	1.7 2.5	25～18 16～8
粗拉	Ⅱ	9 13	4.49～1.6 1.59～1.0	20 50	4.5 7.2	8～7.2 8～7.2
中拉	Ⅲ	12	0.99～0.4	16	4	3.95～1.6
细拉	Ⅳ Ⅴ	19 19	0.39～0.2 0.19～0.1	25 20	5 4.5	1.95～1.0 0.95～0.45
特细拉	Ⅵ Ⅶ Ⅷ	19 19 19	0.09～0.05 0.04～0.03 0.02～0.01	16 12 9	4 3.5 3	0.36～0.2 0.14～0.1 0.06～0.03

7.1.1.3　无滑动的连续式多次拉伸机

（1）无滑动的连续式多次拉伸机的特点

① 拉伸速度自动调整范围很大，延伸系数允许在1.26～1.73范围内变动。

② 存在有反拉力，这样可以大大减少模子的磨损和升温，因而能采用高速拉伸。

③ 由于线材离开绞盘时，不必通过绞盘上部，因此消除了当拉伸速度很大时乱线的可能性。

④ 拉伸时无滑动，线材表面质量较好，绞盘磨损小。

⑤ 无滑动活套连续式拉伸机的电气系统比较复杂。在拉伸大断面高强度合金线时，在张力轮和导向轮上绕线困难。

⑥ 无滑动直线连续式拉伸机绞盘旋转速度能准确地自动调整，有利于采用反拉力。

（2）无滑动连续式多次拉伸机的种类

① 无滑动活套连续式多次拉伸机如图 7-4 所示。

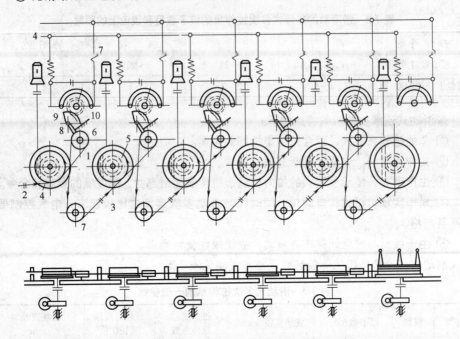

图 7-4　活套式无滑动拉伸机

1—线材；2,3—拉伸模；4,5—绞盘；6—张力轮；7—导向轮；
8—平衡杠杆；9—齿扇；10—弹簧

② 无滑动直线式连续多次拉伸机（图 7-5）　这种拉伸机由电动机本身来建立反拉力，它允许用较大的反拉力和在较大的范围内调整反拉力的大小。拉伸绞盘由依次互相联系的直流电机单独传动。每个电动机可以帮助前一电动机，在这一情况下，下一电动机所增加的过剩转矩可建立反拉力。

7.1.1.4　无滑动的积蓄式多次拉伸机

无滑动积蓄式拉伸机特点如下。

① 由于线材行程复杂，不能采用高速拉伸，一般速度不应大于 10m/s。

② 在拉伸中，常产生张力和活套，所以它不适于拉细线及特细线。

③ 由于线材与绞盘之间无滑动，所以它适于拉伸强度低、耐磨性差的线材。

④ 此种拉伸机结构可保证几个绞盘同时拉伸，亦可单独拉伸。

⑤ 因有扭转，不适宜拉伸型线。

每一个绞盘都起拉线和下一道的放线架的作用。如图 7-6 所示为六模无滑动积蓄式拉伸机的外形图。

7.1.1.5　无滑动双绞盘积蓄式多次拉伸机

双绞盘拉伸机是在积蓄式拉伸机基础上发展起来的，它主要是为了解决线材扭转及连续化生产问题，这种拉伸机的特点如下。

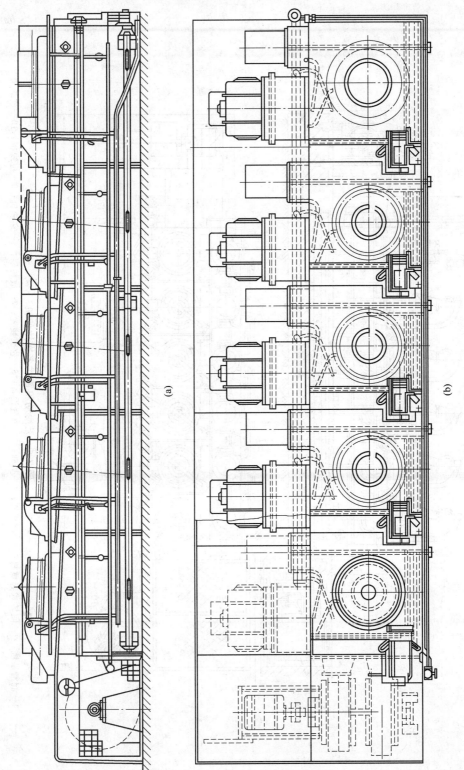

(a)

(b)

图 7-5　无滑动直线式连续多次拉伸机

第 7 章　铜合金线材拉伸的主要设备和工具 197

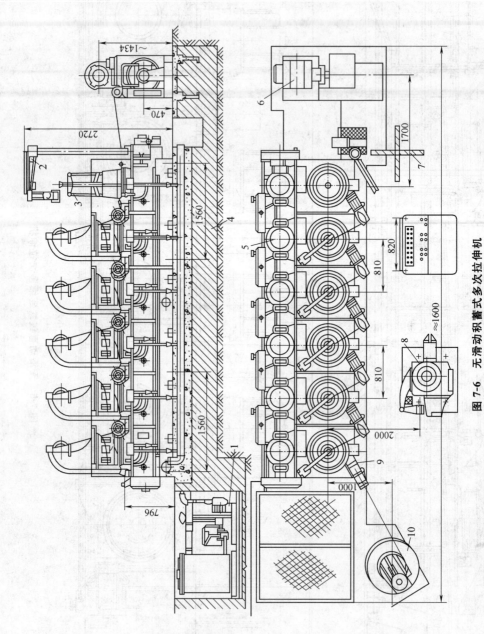

图 7-6　无滑动积蓄式多次拉伸机

1—润滑系统；2—回转式起重机；3—起线架；4—基础；5—电气设备；6—收线装置；7—放料架；8—穿模机；9—拉线机；10—放线架

① 线材在张力作用下从一个绞盘以切线方向走至拉伸模，又从切线方向走向另一个绞盘，因此线材无扭转，可用来拉伸异型线材。

② 在绞盘上积蓄线材数量大，因此线材上的热量几乎可全部被冷却绞盘的水和风带走，所以这种拉伸机可用很高的拉伸速度。

③ 卸成品线材时，只需停止成品绞盘，其他各道可继续拉伸。

④ 这种拉伸机结构简单，拉伸线路合理，电气系统也很简单。

⑤ 穿线麻烦，适合长线拉伸。

如图 7-7 所示为双绞盘积蓄式拉伸机的示意图。

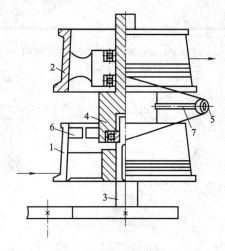

图 7-7　双绞盘积蓄式拉伸机的示意图

1—拉伸绞盘；2—积线绞盘；3—主轴；4—套筒；
5—导向轮；6—磁性滑动扳手；7—导轮杆

7.1.1.6　拉伸扁线的设备

扁线生产是在卧式拉伸机上进行的，卧式拉伸机分为Ⅰ级 5 模拉伸机（图7-8）和Ⅰ级 9 模拉伸机（图7-9）。

扁线生产多采用压拉法：即在二辊轧机上压扁；在拉伸机拉 2～3 次得到要求规格。目前这种设备都组合在一起，压扁-拉伸直到成品连续进行。

7.1.2　拉伸机的辅助设备

7.1.2.1　对焊机

对焊机是将两根线材的头尾对接成一根线材的工具。

对焊的原理是将欲焊接的两个断头加热至半熔融状态，然后将其靠拢压紧，挤出半熔状态金属，待其冷却后即对接在一起。采用电接触加热，线材作为变压器的二次线圈，两个夹钳既把线材夹紧（使之靠拢时不会打滑），又作为电极导入电流，在大电流和自身电阻作用下线材升温，而两端头接触处，接触面积小，接触电阻大，电流密度大，该处温度较高，在其达到半熔态瞬间，应立即切断电流，同时靠拢压紧，使之焊合。

对焊机的主要技术参数是：额定容量（即变压器容量）、线材尺寸以及夹钳的间距和行程、夹紧力和压紧力等。对焊机如图 7-10 所示。

7.1.2.2　拉伸机的放线与收线装置

（1）拉伸机的放线装置（图7-11）

① 用旋转线轴放线　将线轴放在支架上，通过进入模子的线坯拉力使之旋转。这种型式比较简单，运送方便，线材不扭转，最适合型线生产，但盛线有限，反拉力较大，如图 7-11 (a) 所示。

牌　号	名称	断面形状	线坯直径	拉伸流程
H62	鼓形线		8	0→6.0→扒皮 0.45→5.5× 5.5×R4→5×5×R4
H68	半圆线		1.9	1.9→轧扁 1.7×2.3→拉半圆 1.4×2×R→拉半圆 1.2×1.8×R
HPb59-1	雷丝线		2.4	2.4～2.3→2.2
HPb59-1	滴形线		1.25	1.25→滴形 0.8×1.3→滴形 0.75×1.25→滴形 0.7×1.2→退火→滴形 0.65×1.15→滴形 0.6×1.1
HPb59-1	三角形线		4.35	4.35→△3.55×R2.025→退火～ △3.25×R1.785→△3×R1.75
QSn6.5-0.1	月牙形线		7.4	7.4→轧 3.5×9.8→退火→拉月牙形 2.6×9.6→拉月牙形 2.3×9.3→拉月牙形 2×9

6.4.2.6　拉伸过程中的热处理

在线材拉伸变形的过程中，铜及铜合金将产生加工硬化，使线材的继续拉伸难于进行。某些连铸线坯、铸锭的内部组织不佳（如偏析等），使拉伸生产不能进行。由于拉伸时形成的线材内部的残余应力导致线材质量恶化，为此都必须进行不同的热处理。线材的热处理依目的不同可以分为如下几种。

（1）成品退火

① 成品退火的工艺参数及所需的保护性气体　见表 6-29 和表 6-30。

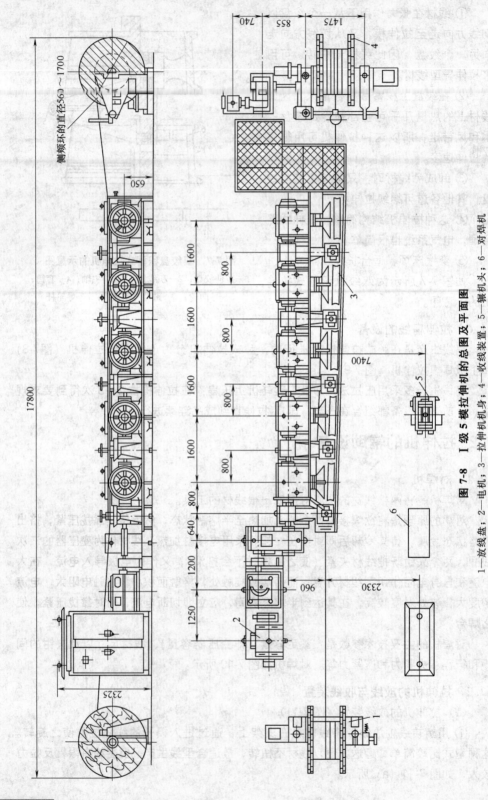

图 7-8 Ⅰ级 5 模拉伸机的总图及平面图

1—放线盘；2—电机；3—拉伸机机身；4—收线装置；5—矫机头；6—对焊机

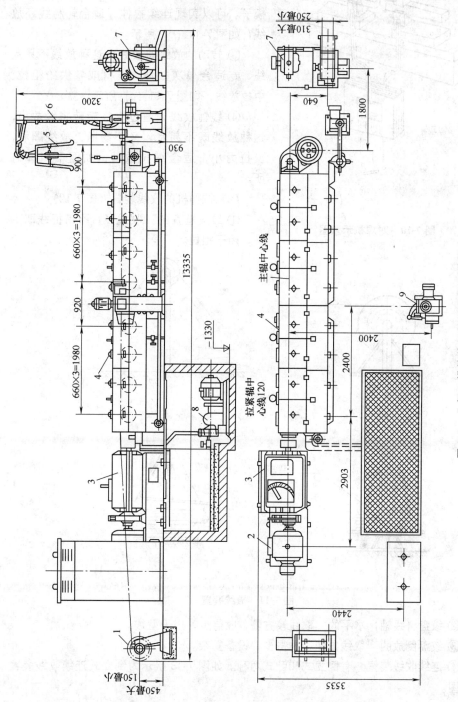

图 7-9　Ⅰ级 9 模拉伸机的总图及平面图

1—放线架；2—拖动装置；3—减速箱；4—拉伸机；5—起线架；6—吊车；7—收线装置；8—乳液泵；9—穿模机

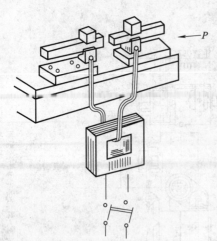

图 7-10 对焊机示意图

② 不转动的放线装置 线坯依次套放于不动的放线架上，线坯经过导轮进入第一个模子。可以实现连续拉伸，适合轧制线坯放线，如图 7-11 (b) 所示。

③ 转动的放线架放线 这种放线不易乱线，专适合单次拉伸，线材成卷供给粗拉、中拉放线，如图 7-11 (c) 所示。

④ 线轴放线 通过支杠旋转将线放出，这种放线既不易乱，又不易断，放线顺利，反拉力小，适合细拉放线，如图 7-11 (d) 所示。

（2）拉伸机的收线装置（图 7-12）

① 绞盘垂直的 收线多，不易把线取下来，用于粗拉。

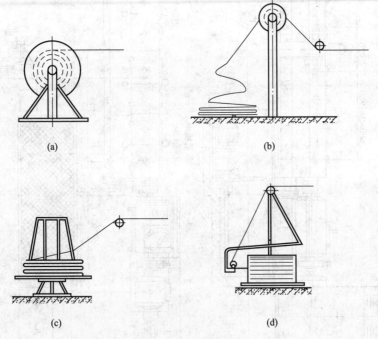

图 7-11 放线装置

② 绞盘（线轴）水平的 取线较方便，收得少，用于型线。

③ 绞盘倒放的 取线方便，收得少，设备复杂。

④ 连续收线装置 有倒立式和卧式两种。如图 7-13 所示为倒立式连续收线装置示意图。

7.1.2.3 废线卷取机

将废线卷成团块的机器，性能见表 7-4。

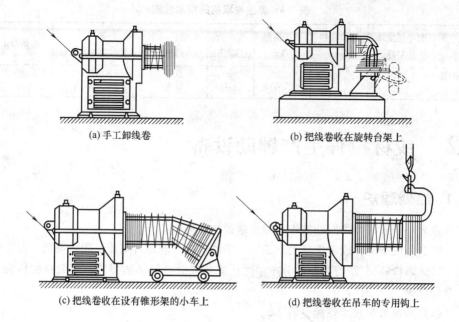

(a) 手工卸线卷

(b) 把线卷收在旋转台架上

(c) 把线卷收在设有锥形架的小车上

(d) 把线卷收在吊车的专用钩上

图 7-12　收线装置

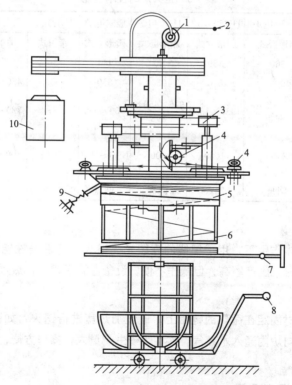

图 7-13　倒立式连续收线装置示意图

1—导向轮；2—线材；3—差动变速；4—转向导轮；5—绞盘；6—存线筒；

7—闸板扳手；8—小车；9—压紧装置；10—电机

表 7-4 废线卷取机的技术性能

型号	圆柱形团块的长度/mm	团块直径/mm	团块质量/kg	生产力/(kg/h)	电动机功率/kW	外形尺寸（长×宽×高）/m	质量/kg
30 型	300	150~300	<30	200	0.6	1.8×0.6×1.5	350
70 型	700	150~300	<70	300	0.8	3.6×0.9×1.5	1100

7.2 线材拉伸生产辅助设备

7.2.1 热处理炉

退火炉一般可分为周期性作业与连续性作业两类。

在选择设备时，须考虑热处理工艺、炉体结构、能源（电能、固体燃料、液体燃料、气体燃料等）、炉温控制与分布、防止氧化或吸收气体的措施、装卸料的机械化和自动化等。

常用的退火炉技术性能见表 7-5。

表 7-5 退火炉的技术性能

名称	H-360 电炉	H-150 电炉	H-30 电炉	竖式电炉	24 管式炉	真空电炉	水封电炉
形式	箱形卧式	圆形立式	箱形卧式	圆形立式	牵引式	钟罩式	水封式
功率/kW	360	150	30	144	36	50	175
最高工作温度/℃	900	850	950	850	850	450~600	550~700
炉膛尺寸/mm	7400×1200×664	1350×1350	916×460×398	960×960	—	720×760	3080×1000×800
最大装料量/kg	2500	1000	100	1000~1500	24 根	500~600	有效面积700mm×250mm
退火直径/mm	圆盘	圆盘	圆盘	圆盘	0.4~0.07	0.5~6.0	0.41 以上

7.2.1.1 管式炉

在保护性气体作用下，用于细线的连续光亮退火，特点是性能均匀，表面质量好。当采用多管时，生产率高，但操作不便，设备占地面积大，热效率较低。

7.2.1.2 封式炉

把成卷的线材固定在循环的链带上，通过加热室进行退火，如图 7-14 所示。为了防止氧化，可向炉内通入水蒸气。这种炉子生产量大，操作方便，但结构复杂，占地面积大。

7.2.1.3 连续通电退火设备

（1）连续通电退火原理 连续通电退火是一种快速的连续电加热退火法。使线材通过带电的导轮，利用电流的热效应，加热线材至退火温度。连续通电退火使拉伸-

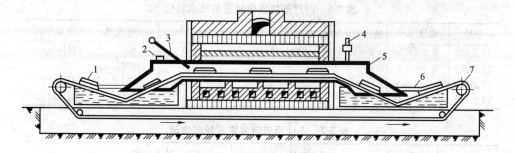

图 7-14　水封式退火炉

1—线卷；2—安全阀；3—热电偶；4—蒸汽管；5—马弗套；6—水槽；7—循环链条

退火-收线生产连续化，其特点是热效率高，比一般辐射加热退火可节电 40% 左右。适应范围广，缩短生产周期，取消酸水洗，退火后线材力学性能均匀，设备体积小，操作方便。但设备结构复杂，操作技术要求高，保证接触良好才能正常生产。如图 7-15 所示为连续通电退火原理图。

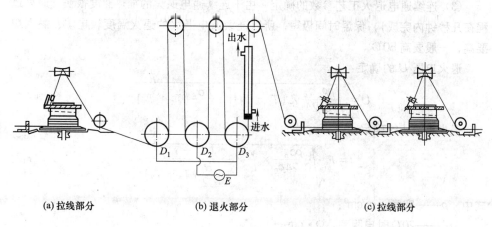

(a) 拉线部分　　　　　(b) 退火部分　　　　　(c) 拉线部分

图 7-15　连续通电退火原理图

如图 7-16 所示为粗拉伸机与连续通电退火装置示意图。

(2) 连续通电退火装置技术特性　见表 7-6 和表 7-7。

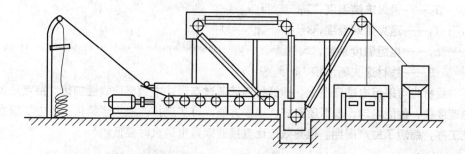

图 7-16　粗拉伸机与连续通电退火装置示意图

表 7-6　国产连续退火装置的技术特性

型号	线径/mm	速度/(m/s)	电流/A	电压/V	接触轮/mm	冷却液量/L	配套拉伸机
TLZ-400	1.2～1.5	8～16.5	4000	20～66	400	600	LH400/13
TLZ-250	0.4～1.2	10～21.2	1200	55	250	200	LH280/17
TLZ-160	0.12～0.4	15～25	300	63	160	290	LH300/17
TLZ-100	0.08～0.15	15～25	35	27	100	70	LH120/17

表 7-7　连续通电退火装置技术性能

型号	退火方式	退火金属	退火直径/mm	退火长度/m	退火速度/(m/s)	退火功率/kW	退火电压/V	退火电流/A
CL-526型	一段预热 一段退火	T2	1.2～3.5	预热8.4 退火4.0	8～16	180	70	4000
6.5mm 连续通电 退火装置	一段退火	H68 H65 H62	5.0～6.5	4.5	2	180	60	3000

（3）连续通电退火工艺参数的确定　由于连续通电退火的加热速度很快（退火过程在几秒钟内完成），保温时间极短，所以连续通电退火的退火温度较电炉、燃气炉要高，一般要高 50℃。

退火电压 U 的确定：

$$U = \sqrt{\frac{\rho\rho_0 c_p}{0.24} vL(T_2 - T_1)\left[1 + \frac{\alpha_\rho}{2}(T_1 + T_2)\right]} \qquad (7-1)$$

退火电流 I 的确定：

$$I = F\sqrt{\frac{\rho c_p}{0.24\rho_0} \times \frac{v}{L} \times \frac{(T_2 - T_1)}{1 + \frac{\alpha_\rho}{2}(T_1 + T_2)}} \qquad (7-2)$$

式中　ρ——密度，g/cm^3；

ρ_0——20℃时电阻率，$\Omega \cdot cm$；

c_p——比热容，$cal/(g \cdot K)$，1cal = 4.18J；

v——退火速度，cm/s；

L——退火长度，cm；

T_2——退火末端温度，℃；

T_1——退火始端温度，℃；

α_ρ——电阻温度系数，$℃^{-1}$；

F——线材退火断面积，cm^2。

线材也可采用电感应退火，即线材连续通过高频或中频感应线圈加热。特点是加热速度快，性能均匀，表面质量好，操作方便，可实现拉伸退火连续化。省去了酸水洗工序，缩短了生产周期。但热效应比直接连续通电退火时要低。

7.2.2　酸洗设备

酸洗设备分为间歇式和连续式两种。间歇式是按着酸洗工序，用手工或吊车依次从一个槽到另一个槽进行酸洗。对于品种多的，采用间歇式。连续式是指成盘的线卷由一个槽到另一个槽连续不断进行酸洗。将线卷悬挂在速度可变化的循环运动的链条上，由一端进入酸槽中进行连续酸洗20min以后，又进入水洗槽用高压水喷射。最后通过中和槽，并由链条直接送至下一工序。酸洗槽的长度可用式（7-3）计算。

$$L = \frac{Q\,1000\,tB}{60\,q} = 16.7\frac{Q}{q}tB \tag{7-3}$$

式中　L——槽的长度，m；

　　　Q——小时生产力，t/h；

　　　q——卷料的重量，kg；

　　　t——酸洗的时间，min；

　　　B——两相邻料卷的距离，m。

考虑到料卷进入及由槽内吊出所必需的距离，需要把计算的 L 值增长2~3m。

连续酸洗生产率高，适于单一品种、大规模生产的，如图7-17所示。

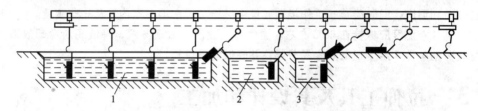

图7-17　连续酸洗装置示意图
1—酸洗槽；2—清洗槽；3—中和槽

酸洗槽使用的材料有各种各样的，按照生产量的大小选择槽的尺寸，酸洗槽一般使用的材质和尺寸见表7-8。

表7-8　酸洗槽的参数

名称	硫酸水溶液槽	加重铬酸钾的硫酸水溶液槽	硝酸水溶液槽	热、冷水槽中和槽
材质	铸石 花岗岩 塑料板 木槽内衬铅板 砖砌内衬铅板	铸石 花岗岩 陶瓷缸 不锈钢板	铸石 不锈钢板	钢板 木板
尺寸/mm	长 2500~5000 宽 1000~1500 高 1000~1500	(1)长 600~1000 宽 600~1000 高 600~1000 (2)直径 800~1200 高 300~850	(1)长 600~1000 宽 600~1000 高 300~850 (2)直径 800~1200 高 300~850	长 2500~3000 宽 1000~1500 高 1000~1500

酸洗槽或水槽中的酸和水需经常加热，一般加热器由蒸汽通入舌形不锈钢管或包铅钢管构成，来达到加热目的。

7.2.3　供给润滑剂的装置

向模孔供应润滑剂的方法，由润滑剂本身的状态及拉伸机等具体条件决定。

粉状润滑剂盛在模孔入口的盒子内使用。油状润滑剂最好安装润滑剂的循环系统，使润滑剂不断地浇在模孔入口及金属上。在立式锥形绞盘的一次拉伸机上，利用导轮使线材先浸入盛有油状润滑剂的槽内，然后再进入模孔。

在不带滑动的拉伸机上，使用极为浓稠的润滑剂时，可使线材直接进入线模前盛润滑剂的盒内，这种润滑剂在拉伸时不会从进入线一侧的盒缺口流出。

在带滑动的连续多次拉伸机上，模孔和绞盘用乳浊液进行润滑和冷却。其润滑冷却的方式有两种。

① 把线材绞盘完全浸在乳浊液内，可使线材得到充分的润滑和冷却，但是由于乳浊液在槽内不断运动，没有沉淀的可能，因此从线材掉下来的金属粉及其他物质就很容易进入模孔或粘到绞盘表面，这种方法在新式拉伸机上已经不被采用。

② 乳浊液盛在单独的槽子中，经沉淀过滤及冷却后用泵打入管道，由喷嘴向线材模具及绞盘进行润滑冷却。使用后的乳浊液自动流回槽子里。

乳浊液的沉淀过滤冷却方式有两种：单独在拉伸机旁边设一个乳液槽和许多台拉伸机由一个专门的乳浊液站集中供给。集中供给润滑，可以统一、严格地控制乳浊液的成分和温度，同时能节省工作场地（集中供给可设在地下室内）及一些装置。

乳浊液温度应保持在 40℃ 左右。温度过高会产生大量蒸汽，降低润滑冷却效果，恶化劳动条件；温度过低则容易分层，并降低润滑性能。

7.3　拉伸工具及其设计和加工

线材拉伸的主要工具是拉模，它的结构形状、尺寸、表面质量和材质对线材拉伸制品的质量、拉伸力、模子寿命、能耗、生产效率等都有极大的影响，因此，正确地设计、加工制造模具和合理选择模具材料对拉伸生产是很重要的；此外，还要用到扒皮模。

7.3.1　拉模材料和各部位的参数

7.3.1.1　拉模用的材料

线材用拉伸模的材质一般为硬质合金、钻石（即金刚石）、人造聚晶石。除此之外还有钢及陶瓷等。

（1）金刚石模　金刚石具有硬度高、耐磨性好的特点，是目前已知的物质中硬度最高的一种材料。但是性质较脆，不能承受较大的压力，价格昂贵，加工费时，所以一般用于 1.0mm 以下的模子，目前最大孔径也只有 2.5mm。

（2）硬质合金模　常用的是钨钴类，这些合金是由碳化钨和钴组成的。碳化钨是整个合金的"骨架"，坚硬耐磨，钴是粘接金属，提供合金的韧性，改变其中任何一种成分的百分数，合金性能就有显著的变化。硬质合金具有高耐蚀性及抗碱性、抗乳浊液与其他润滑材料作用的良好性能。还具有高的耐磨性，硬质合金模的耐磨性及硬度次于金刚石模，在拉线方面已获得广泛的应用。硬质合金模常用于直径 0.5mm 以上的线材生产。

（3）人造聚晶石　人造聚晶石用于直径 0.5～0.6mm 范围内的线材拉伸。从结构上看，人造聚晶模的模孔形状与金刚石模相近。

（4）钢模　来源广，加工方便，易修磨，但硬度、耐磨性差，使用寿命短，所以已被硬质合金代替。

（5）刚玉模　是一种新型的制模材料。硬度仅次于金刚石，比硬质合金硬，价格便宜，但比硬质合金脆。

7.3.1.2　拉模各部位的参数

（1）润滑区Ⅰ　线材拉模的润滑锥角 β 取 $40°\sim45°$，并多在入口处带有圆角 R，R 取 $1.5\sim3.5mm$，长度取 $0.7\sim1.8$ 倍的制品直径。

（2）工作区Ⅱ　工作带的形状除锥形之外还可以是弧线型的，也称为流线型的，如图 4-3。弧形线工作带对大加工率（如 45%）和小加工率（如 10%）都适合，在这两种情况下，都具有足够的接触面积。锥形工作带适合于大加工率，当采用小加工率时，金属和模子的接触面积不够大，从而使模孔很快磨损。从拉伸力的角度看，两者无明显差别。尽管弧线形工作带有上述优点，但是它主要用于拉伸直径小于 1.0mm 的线材上，因为在用振动的金属针磨光、抛光模孔时很容易得到此种形状。对于拉伸大、中直径的线材制品所用的模子，制成弧线形很困难，多为锥形工作带。在铜及合金线材拉伸中，根据实验可知 α 角合理区间为 $6°\sim9°$，一般取 $8°$。

（3）定径区Ⅲ　对生产细线用的拉模，由于在加工时必须用带 $0.5°\sim2°$ 锥的磨针进行修磨，所以使定径带也具有与此相同的锥度。

拉伸时选用模孔直径 d，应考虑制品的允许偏差和弹性变形，对同一规格的制品，拉制青铜线的模孔要比紫铜的小一些，而黄铜线介于两者之间。

定径带的长度与制品直径和金属性质有关，制品直径大和材料强度高时，定径带长度应长些。

拉伸铜及铜合金线材时模子定径带长度取值见表 7-9。

表 7-9　拉伸铜及铜合金线材时模子定径带长度取值

模孔直径 d/mm	<1.0	1.0~2.0	2.0~3.0	>3.0
定径带长度 $L_{定}$/mm	$(0.85\sim1.0)d$	d	$(0.6\sim0.7)d$	$(0.4\sim0.5)d$

（4）出口区Ⅳ　拉制细线时，模子的出口带为凹球面状；出口带长度根据模子规格的材料取为模孔直径的 $0.2\sim0.5$ 倍，一般可取为 $1\sim3mm$。

7.3.2　金刚石模的设计和加工

7.3.2.1　金刚石模的质量要求

金刚石模的质量要求见表 7-10。

表 7-10　金刚石模的质量要求

等级	晶型	最小直径/mm	外　观
一级品	结晶完整的八面体、十二面体、球形体	≥1.4	透明，颜色为白色、淡黄色，无裂纹、包裹体、气泡等缺陷

等级	晶型	最小直径/mm	外　观
二级品	结晶完整的八面体、十二面体、球形体、板状体或扁形体	≥1.4	透明或半透明,颜色为白色、黄色、棕色或较浅颜色。晶体边缘允许有少数不影响作拉伸模的裂纹、包裹体、气泡等
三级品	结晶不完整的单体	≥1.4	透明或半透明,颜色为白色、黄色、棕色或较浅颜色,允许边缘含有少数不影响作拉伸模的裂纹、包裹体、气泡等
金刚石碎粒	不分级别,重量不限,凡不能作装饰品、拉伸模、修砂轮、硬度计、玻璃刀用的金刚石,均属此类。		对晶体物理特征无要求

注:检查裂纹、包裹体、气泡等缺陷,可用5~9倍放大镜。

7.3.2.2　金刚石模模孔形状和尺寸

常用的金刚石模模孔形状和各部位尺寸见表7-11。

表7-11　常用的金刚石模模孔形状和各部位尺寸

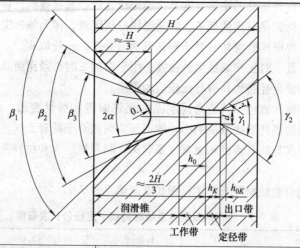

各区名称	尺寸名称	用　途		
		铜	黄铜和青铜	铜镍合金及镍合金
润滑锥	锥角 β_1/(°)	90	90	90
	锥角 β_2/(°)	60	60	60
	锥角 β_3/(°)	35	35	35
	润滑锥总长/mm	$\frac{2}{3}H-h_0$	$\frac{2}{3}H-h_0$	$\frac{2}{3}H-h_0$
工作带	锥角 2α/(°)	16	1.2	10
	工作锥长 h_0/mm	1.0d	1.5d	1.5d
定径带	直径 d/mm	d	d	d
	长度 h_K/mm	0.4d	0.5d	0.8d
出口带	倒锥角 γ_1/(°)	45	45	45
	倒锥长度 h_{0K}/mm	0.1d	0.1d	0.1d
	圆角半径 γ/mm	0.2	0.2	0.2
	出口锥锥角 γ_2/(°)	70	70	70
	出口带长度/mm	$\frac{H}{3}-h_K$	$\frac{H}{3}-h_K$	$\frac{H}{3}-h_K$

7.3.2.3 金刚石模的加工方法

金刚石模的加工方法有两种。

① 把金刚石镶套工序放在大部分工序之后，以便利用金刚石的透明性观察开孔过程，这种方法要磨掉大量金刚石，由于要在不同机器上进行加工，而又是用漆片固定加工件，很不方便，也易丢失，费工时，费材料，当加工小直径模孔时，需通过观察面检查各部形状，故都使用这种方法。

② 先把金刚石装入模套内，用烧结的办法固定金刚石，烧结时，把金刚石放在特殊的挤压模内，四周用铜粉或其他粉末填盖，并用压力挤压成圆柱形团块，将团块经烧结及压装在模套中；然后进行各道工序的加工。在这种情况下，不需要磨两个支撑面及观察面，用同样大小的金刚石，要比按第一种方法开模孔时少磨去 2/3～4/5。在所有工序确定中心容易，操作也方便。当加工大直径模孔时，应采用第二种方法。

7.3.2.4 金刚石模加工步骤

用第一种方法加工金刚石模，加工过程如图 7-18 所示。

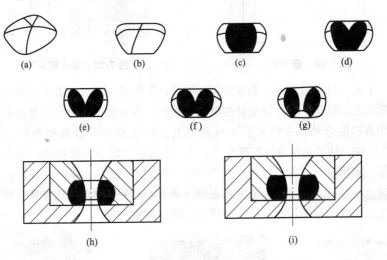

图 7-18 金刚石模加工过程简图

（1）验收金刚石 检查未加工金刚石的内部有无缺陷，选择尺寸及确定模孔的位置。金刚石模尺寸、重量选择列于表 7-12。

表 7-12 金刚石模尺寸、重量

模孔直径/mm	磨面前的金刚石		磨面后的最小厚度/mm
	重量/（ct/粒）	最小厚度/mm	
0.01～0.029	0.08～0.11	1.4	1.0
0.03～0.0999	0.12～0.2	1.6	1.2
0.1～0.199	0.21～0.3	1.8	1.4
0.2～0.399	0.31～0.6	2.0	1.6
0.4～0.999	0.61～1.4	2.0	1.8

注：1ct=0.2g。

（2）磨平面及观察面　这一工序在磨楞机上进行（图7-19），首先磨出两个互相平行的平面。在选择研磨位置时，应选择平行于金刚石的劈开面的平面。在高速旋转铸铁圆盘上涂有金刚石粉的磨料，分别磨光两个平面后，开始磨观察面，有时是磨两个互相平行的观察面，一定要使磨出的观察面与平行面相垂直。

（3）定心　定心是在双头钻床上进行的，如图7-20所示。在磨好的金刚石粒上，确定模孔的中心点，定为入口，把金刚石粒用漆片固定在圆铜板上，入口面朝外，夹持在机头上。用尖嘴钳子夹住金刚石碎片以棱刻出金刚石厚度的1/3的锥形坑，锥顶角不应小于75°，在刻挖金刚石时，可稍施推力，但不可过大。

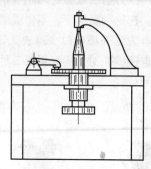

图 7-19　磨楞机

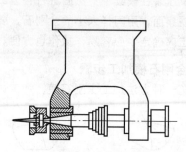

图 7-20　双头钻床

（4）钻孔　钻孔是最重要和最常用的工序，开出模孔的几个基本组成部分：润滑区、变形区及定径区。用高速旋转的细锥形钢针，在针尖端部分加以金刚石粉与橄榄油构成的磨料混合物，在钻孔机上进行钻孔。钻孔机分为立钻和卧钻。立钻（图7-21）速度快，钻孔通常进行到厚度的2/3，包括以前定心深度在内。对于小规格的金刚石模，可用激光打孔机钻孔（图7-22），速度快，在某一瞬间完成打孔。当打孔不圆或深度不够时，都可采用低压电火花（图7-23）配合进行加工修正，来达到要求深度。近几年有的也使用高频电火花钻孔，可提高生产率。

图 7-21　立式十头钻孔机

图 7-22　激光打孔机

图 7-23　电火花打孔机

（5）加工出口　加工金刚石模孔的出口是在双头钻床上进行的。为了避免可能在出口端产生大块的剥落，并保证定径区和出口区的规定尺寸，出口分为两段进行：①在双头钻床上刻出凹孔，直到出口区与定径带之间壁厚为0.02～0.05mm；②然后在钻孔机上用细钢针加金刚石粉与橄榄油的磨料。与钻孔工序一样的，从出口方向把孔钻通，有时也在双头钻床上钻通。

（6）研磨　用磨光的方法使各区的尺寸达到规定的尺寸、角度和形状，并使各区的连接表面圆滑。磨光的次序是：①从出口端进行出口区的磨光；②从入口端进行变形带的磨光；③从入口端进行定径带的磨光；④从入口端进行润滑锥的磨光；⑤各区连接面的磨光。

磨光可以用磨有适当角度的钢针在研磨机上进行，对磨光的地方应经常不断地填加磨料。磨光机分为立式和卧式两种。金刚石模在0.1mm以上用立式研磨机（图7-24），称粗研磨。0.1～0.031mm时可在立式和卧式研磨机上配合进行，0.03mm以下时用卧式研磨机（图7-25），称细研磨。

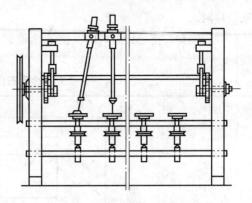

图 7-24　立式十头研磨机

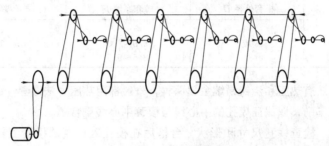

图 7-25　卧式研磨机

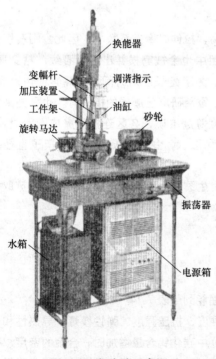

换能器
变幅杆
加压装置
工件架
旋转马达
调谐指示
油缸
砂轮
振荡器
水箱
电源箱

图 7-26　超声波研磨机

随着技术的发展，现已使用超声波研磨法，不但省人力、质量高、速度快、能收到机械加工所无法达到的效果，而且加工效率可提高数十倍。

超声波研磨机（图7-26）的工作原理是由超声波发生器产生的超声频率电振荡，通过换能器转换为机械振动，再由变幅杆将振幅放大并传递至焊于变幅杆端部的研磨钢针上，钢针置于需研磨的金刚石模孔内，钢针的超声频振动不断使磨料（金刚石粉＋水）中的金刚石粉微粒以同样的频率打击被研磨表面，使工件表面材料剥落。由于磨料的微粒数量大，粒度细，"打击"频率高（超声频），结果使被研磨孔很快达到所需要的粗糙度。为了保证模孔的圆整度，在研磨时还应使金刚石模以钢针为中心，作低速转动，并用砝码借加压装置，加以一定压力，使模具始终以一定压力与钢针接触。

（7）镶套　把已经磨好的金刚石模镶装在模套中，模套的尺寸应符合表7-13的规定。

表 7-13　金刚石模模套尺寸表　　　　　　单位：mm

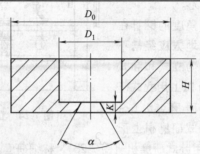

模孔直径 D_1	模套外径 D_0	模套厚度 H	支承壁厚度 $K\geqslant$
≤0.3		5～6	1.2
>0.31～0.5	16 或 25	6.5～7.5	1.6
>0.51～1.0		8.5～9.5	2.0

镶套的方法有热压和浇铸易熔金属两种，一般都用热压方法镶套，镶套后需在小型车床上进行车削，以保证模孔的中心线与模套中心线重合。

（8）验收　检查模孔尺寸和形状，合格后在模孔入口端的模套上刻模型号、直径、工厂代号等。

7.3.2.5　金刚石模的重磨

金刚石模的使用寿命长，内表面粗糙度高，拉伸时摩擦系数小，因此金刚石模是比较理想的线材生产用拉模，但在长时间使用中也会被磨损并出现小裂纹、粘金属、定径带增大，出现椭圆、内表面不光等缺陷。为了延长使用时间，提高其使用寿命，因此重新清洗、研磨用旧了的模子是必要的。重新研磨已磨损的模子时，也是先采用粗磨模孔内表面缺陷、赃物，把各部尺寸角度等磨准确，各区连接处磨成圆滑过渡，经彻底清洗后再进行细磨到需要尺寸、角度和形状，金刚石模重磨后，模子直径扩大，要写上尺寸以便使用时查看。

金刚石模可多次重修再用，一直可用到发生裂纹为止，废旧的金刚石模芯可取出用于制造金刚石粉。

7.3.3　硬质合金模的设计和加工

7.3.3.1　硬质合金模的力学性能

一般常用做拉伸模的硬质合金物理力学性能列于表 7-14。

合金中随着含钴量增加，合金的密度、硬度、抗压强度、弹性模量、导热性和电阻率均降低，而韧性和抗弯强度升高；当合金中碳化钨含量增加时，合金的密度、硬度、抗压强度、弹性模数、导热性和电阻率等也随之提高，而韧性和抗弯强度降低。

表 7-14　硬质合金物理力学性能

| 牌号 | 主要成分 | | 密度/(g/cm³) | 硬度(HB)/MPa ≥ | 抗弯强度/MPa ≥ | 抗压强度极限平均值/MPa | 弹性模数平均值/MPa | 热导率/[cal/(cm·s·K)] | 电阻率/(μΩ/cm²) |
	WC	Co							
YG3	97	3	15～15.3	910	1050	5900	670000	0.21	—
YG3X	97	3	15～15.3	920	1000	—	—	—	—
YG6	94	6	14.6～15	895	1400	5000	620000	0.19	20
YG8	92	8	14.4～14.8	890	1500	—	—	—	—
YG11	89	11	14～14.4	880	1800	4600	580000	0.16	18
YG15	85	15	13.9～14.1	870	1900	3900	540000	—	—
YG20	80	20	13.4～13.5	855	3400	3400	—	—	—

注：1cal＝4.18J。

7.3.3.2　硬质合金模的加工步骤

模坯的选择→镶外套→粗磨内孔各区→精磨内孔各区→抛光内孔各区→测量尺寸和打号→清擦→分放。

（1）模坯的选择　按需制模的模孔尺寸大小选择模坯型号、规格。模坯在一般情况下是由专门生产硬质合金工厂供给。生产型线品种较多的工厂中，也可以进行混合料、制备、压型和烧结等工序，及时满足本厂需要。

拉伸圆断面线材的硬质合金模坯其结构及各部尺寸见表 7-15。

表 7-15　硬质合金模坯尺寸

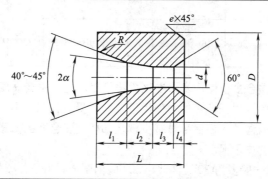

| 模坯型号 | | 主要尺寸/mm | | | | | | | | 模坯重量/g |
		D	L	d	l₂	l₃	l₄	R	e	
01 型	01-1	6	4	—	1.0	1.0	1.0	—	0.5	1.6
	01-2	8	6	—	1.2	1.5	1.5	—	0.5	4.1
10 型	10-1	6	4	0.4	—	0.8	0.8	1.0	0.5	1.6
	10-2			0.6		1.0				
	10-3			0.8		1.2				
	10-4	8	6	0.4		1.0	0.8	1.5	0.5	4.1
	10-5			0.6		1.2				
	10-6			0.8		1.5				

模坯型号		主要尺寸/mm								模坯重量/g
		D	L	d	l_2	l_3	l_4	R	e	
12型	12-1	8	6	0.4	1.4	0.3	1.0	2.0	0.5	4.1
	12-2			0.6	1.6	0.4				
	12-3			0.8	1.8	0.6				
	12-4	13	8	0.4	2.0	0.3	1.5	2.0	0.5	14.2
	12-5			0.6	2.0	0.5				
	12-6			0.8	2.0	0.5				
	12-7	13	8	1.0	2.5	0.6	1.5	2.0	0.5	14.2
	12-8			1.3	2.5	0.8				
	12-9			1.8	3.0	0.8				
	12-10			2.3	3.0	1.0				
	12-11	16	10	0.8	2.5	0.5	2.0	3.0	1.0	27.5
	12-12			1.0	2.5	0.6				
	12-13			1.3	2.5	0.6				
	12-14			1.8	3.0	1.0				
	12-15			2.3	3.5	1.0				
	12-16			2.8	3.5	1.2				
	12-17	20	12	2.3	4.5	1.0	2.5	3.0	1.0	52.0
	12-18			2.8	4.5	1.2				
	12-19			3.3	5.0	1.4				
	12-20			3.8	5.0	1.4				
	12-21	20	14	4.2	5.5	1.6	3.0	3.0	1.0	74.0
	12-22			4.7	5.5	1.6				73.0
	12-23			5.2	7.0	2.0				72.0
	12-24			5.7	7.0	2.0				72.0
	12-25	26	16	6.4	7.5	2.0	3.5	3.5	1.0	114.0
	12-26			7.2	7.5	2.0				112.0
	12-27			8.0	7.5	2.0				110.0

（2）镶套　硬质合金模使用寿命在很大程度上决定于镶套质量，必须把模坯紧密而牢固地镶在模套中，以保证在外力作用下或外套受热膨胀而不松弛，为此除适当地选择模套材料和过盈量外，还需尽量减少模坯和模套配合孔的椭圆度，并要求模孔的中心线垂直于模套的支承面。

①模套材料　一般多用 $30^{\#}$、$45^{\#}$、$50^{\#}$ 碳钢制造，当拉伸模的工作应力很大时，模套也可选用高级的碳素工具钢或合金结构钢等。

②模套尺寸　模套的形状和推荐尺寸见表 7-16。模套尺寸在一般情况下，用下列经验公式计算。

$$D_0 \geqslant \frac{D}{K} \tag{7-4}$$

$$H_0 \geqslant 2H \tag{7-5}$$

式中　D_0——模套外径，mm；

$\quad\quad D$——硬质合金模坯外径，mm；

$\quad\quad K$——与材料强度、内压力大小有关的系数，取 0.4～0.75；

H_0——模套高度，mm；

H——硬质合金模坯高度，mm。

表 7-16   硬质合金模套尺寸表   单位：mm

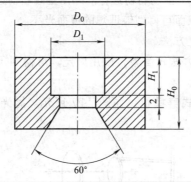

硬质合金模坯尺寸		模套尺寸	
D_1	H_1	D_0	H_0
6	4	25	10
8	6	25	16
13	8～10	25	20
16	14	30	25
20～26	12～16	45	30

③ 镶套方法　硬质合金模坯的镶套方法很多，目前采用的有：冷压法、镶焊法、热压法、热镶法、等级淬火法。

（3）磨光和抛光　首先采用 180#～240# 的碳化硼或碳化硅与油类（锭子油或蓖麻油等）混合的磨料在磨光机上按下列顺序磨光各区，再在抛光机上进行抛光。

① 磨光

a. 变形区磨光　用磨成一定锥角的磨针在立式磨光机上进行磨光。

b. 润滑区磨光　当变形区磨光后，改换磨针，采用 40°的磨针进行润滑区磨光。

c. 出口区磨光　当润滑区磨光后，把模坯翻转过来，用 60°磨针进行出口区磨光，直到能使定径区经磨光后，达到规定的长度为止。

d. 磨光定径区　用 1°～2°的锥形磨针，在卧式磨光机上进行，直到模孔定径区直径略小于规定尺寸，留出抛光余量。模孔定径区精磨余量见表 7-17。

表 7-17   定径区精磨余量表   单位：mm

模孔尺寸	0.2～0.5	0.5～1.0	1.0～2.0	2.0～3.0	3.0～5.0	5.0 以上
精磨余量	0.01	0.02～0.04	0.1～0.15	0.15	0.15～0.2	0.2

e. 磨光各过渡区　一般在卧式磨光机上进行。

② 抛光　抛光前应仔细地用汽油将模孔清洗，并用棉花擦净，然后进行抛光。当更换磨料时，将原来的磨料用汽油洗净，再加入细一些的磨料，进一步抛光。抛光结束，用汽油或洗油将模孔洗净，再用棉纱等擦净。

a. 抛光变形区　在卧式半自动抛光机上进行，抛光是借助比模孔变形带锥角小 0.25°～0.5°的磨针，用 220#～240# 细磨料进行。

　　b. 抛光定径区　在卧式抛光机上进行，利用端部有 3°～5°锥度的圆柱形尖针及 280#～320# 碳化硼或 3#～7# 金刚石粉进行。采用金刚石粉磨料加在缠有稍许棉花的研磨棒上进行抛光，模孔表面可得到较理想的镜面光亮。

　　（4）硬质合金模的加工方法

　　① 机械研磨加工法　方法较简单，应用广泛，可得到尺寸精确、粗糙度很高的模子。

　　粗磨和精磨多采用立式磨模机，如图 7-27 所示。抛光多采用卧式抛光，如图 7-28 所示。

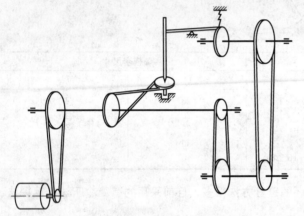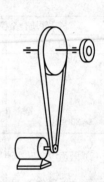

图 7-27　立式磨模机示意图　　　　**图 7-28　卧式抛光机**

　　研磨棒可用碳钢、紫铜等材料，抛光棒可用柳木、桦木等。

　　模孔过渡部分的修磨，可在钢丝拉光机上进行，可根据拉光部分的角度来调节钢丝与模孔中心线所形成的角度。

　　② 化学-机械加工法　化学-机械加工法是机械研磨法的一种改进方法，在研磨过程中，采用表面活性物质如硫酸铜等。

　　在化学反应过程中，硬质合金中的钴被液体中的铜置换，在加工表面覆盖一层铜膜，使溶解减慢或停止。为保持高速溶解，可用机械研磨方法将薄膜除去，这样不断地进行，就能达到最终加工目的。

　　③ 超声波加工法　它是机械研磨加工的发展。磨料在液体介质中受到高频率振动工具的冲击，并迫使磨料进入到被加工材料中去，使被加工材料强制剥落。其加工尺寸、形状决定于工具的尺寸和形状。硬质合金超声波加工装置简图如图 7-29 所示。

　　④ 电火花加工法　电火花加工是在一定的电压下，当正负极达到一定间隙时，发生放电作用，而将金属电蚀掉。金属的除去是由于脉冲放电，产生高温使金属产生破坏，甚至气化。

　　电极之间脉冲放电引起阳极（工件）的蚀掉而复制出阴极（磨芯）形状尺寸的

模孔。

加工余量大和孔型复杂的拉伸模，采用电火花加工比较理想，电火花加工由于电极消耗很小，可得到高的加工精度，但易烧伤金属，所以粗糙度不高。电火花加工后模孔还需精磨或抛光。

电火花加工是在液体介质中进行，液体高度要高出拉伸模100mm以上，并使模孔中心线与磨针中心线相重合，然后选用一定的电参数进行加工。

电火花加工装置如图 7-30 所示。电火花加工设备由脉冲发生器、机床和自动控制三部分组成。

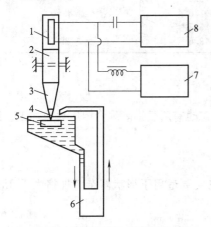

图 7-29　超声波加工装置简图

1—磁致伸缩换能器；2—耦合杆；3—聚能器；
4—工具头；5—被加工零件；6—悬浮液供给泵；
7—直流电源；8—超声波发生器

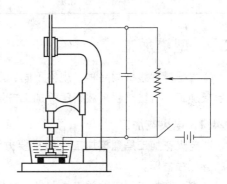

图 7-30　电火花加工示意图

电火花加工不用研磨料；生产率高；能有效地加工孔型断面复杂的模子；能保证精确的加工模孔。

⑤ 电解液加工法　电解液加工是一种电化学加工过程。将模芯作阴极、模子作阳极，电解液在模芯和模孔之间流过，通电后产生电化学反应，从而使阳极（模子）金属析出，达到扩孔目的。目前应用比较广泛。

电解液的成分可根据圆模、型模适当调配，一般如下。

5%～15% $C_4H_6O_6$＋5%～15% NaOH＋2%～10% NaCl＋68%～80% H_2O

（5）检查验收　模子抛光后进行尺寸测量，检测内孔形状。测量尺寸可采用样棒法或用砸扁的铜丝插入模孔，拉出后用千分仪测量被拉过变形部分的尺寸即可；也有用稍大于模孔直径的铜拉出模孔后测量线材直径的方法。变形带和定径带的形状，可用拉伸、酸腐蚀法进行观察和测量；模孔大一些的模子可用灌蜡法观察和测量。并检查表面质量，质量合格后，在出口区模套上打上模子直径尺寸。

（6）硬质合金模的重磨　硬质合金模的旧模磨损后可以重新修理，重磨的方法与上述基本相同，只是旧模回收后要彻底用汽油清洗，擦净脏物，然后进行粗磨，磨掉凹印、粘着的金属、椭圆形状等。当模孔直径超差时，可以改模孔尺寸，磨成大一些直径的尺寸，继续使用，直到模芯减壁到引起裂纹或各部尺寸、角度和形状已不符合要求时为止。

硬质合金模重磨最大允许孔径见表 7-18。

表 7-18　硬质合金模最大允许孔径　　　　　单位：mm

模坯外径	模坯外径		重磨后允许最大孔径
	最小	最大	
8	0.4	1.0	4.3
13	0.4	2.3	7.2
16	0.4	2.8	8.5
22	1.8	5.7	14
30	3.7	9.6	22

7.3.4　型模加工

根据异型线材的品种、规格不同，型模加工也有所区别。现介绍电火花加工、组合模加工、机械或超声波研磨等加工方法。

7.3.4.1　电火花加工

电火花加工是型模加工中的重要方法，它主要适用于形状复杂、规格大于 1mm 的异型线材模。

电火花加工型模的关键是制备电极棒。

电极棒有三种：①进出口区电极棒，其角度为 60°；②变形区电极棒，其角度为 12°～16°，大部分用 14°；③定径区电极棒，其角度为 1°～2°。

电火花加工型模的顺序是先打定径区，再打变形区，最后打进口区，经电火花加工后进一步用人造钻石什锦锉刀加工过渡区，手工研磨模孔成形。

7.3.4.2　组合模加工

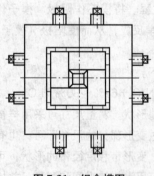

图 7-31　组合模图

组合模是由四块异型硬质合金，固定于特制模壳中的拉伸模。它适用于形状简单、要求特别倾角的型线生产。

组合模加工首先研磨异型硬质合金块，两圆弧面必须粗糙度高，呈镜面，且相互垂直，作好以后组合。如图 7-31 所示为扁线组合模。

组合模的优点：
① 可任意调节大小规格，所以模子的利用率高；
② 可以拉制特别倾角的型线；
③ 由于变形区为弧线形，所以模具寿命长。

7.3.4.3　机械或超声波研磨

此加工方法用于 1mm 以下电火花难以加工的异型模。其模孔断面如图 7-32 所示。

图 7-32　机械或超声波加工模孔

首先制备样棒，样棒材料用 45# 钢，用分度磨床及手工方法加工成定径区、变形区、进出口区三种样棒；再用小于要求尺寸的带孔硬质合金模放于包式修磨机或超声波研磨机上，加以碳化硼研磨料，分别加工出定径、变形、进出口区；最后用手工研磨成形。

7.3.5　扒皮模及其加工

为了消除坯料表面的重皮、夹灰、飞边等缺陷，在成品拉伸之前，要对坯料扒皮。扒皮是用扒皮模（刃模）将坯料表面扒去一层（图 7-33）。为了确保扒皮质量，在扒皮前必须经过一道加工率 30% 左右的拉伸。这道拉伸使坯料变直，且有加工硬化，保证坯料四周能均匀地被扒去一层。每次的扒皮量随合金不同而异，紫铜为 0.3～0.5mm；黄铜为 0.3～0.5mm；青铜为 0.2～0.4mm；铜镍合金为0.2～0.4mm。可以重复扒皮。

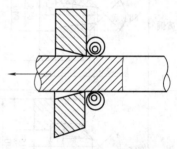

图 7-33　扒皮示意图

扒皮模是扒皮的主要工具，结构如图 7-34 所示。对不同合金，根据其特征扒皮模结构也不完全相同，扒皮模的主要参数是刀口的角度 α，其值为 18°～21°，模孔内角 β 为 2°～5°。扒皮模的材料随金属和合金的强度高低而异。除了紫铜扒皮模采用合金工具钢（W18Cr4V）之外（有的也用硬质合金模），其余合金线坯一般都采用 YG8、YG15 硬质合金扒皮模。扒皮模镶套方法与硬质合金模相同。

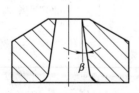
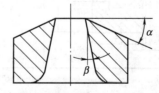

(a)铅黄铜、H62、H65、H68扒皮模　　　(b)紫铜、青铜、铜镍合金扒皮模

图 7-34　扒皮模的结构

因为被扒皮金属的性质不同，所以对扒皮模的要求也不一样。如用合金工具钢，磨好以后即可使用。而采用硬质合金应事先进行镶套，各种扒皮模加工列于表7-19中。

扒皮模的刃口应保证锋利无损，用硬质合金为材料的扒皮模，使用时应尽量避免过大的冲击。

表 7-19 扒皮模的加工表

用途	图 形	材料	定径区长/mm	加工顺序
紫铜	118° φ14 φ40 2 25	W18Cr4V	1.5～2.5	1. 如采用合金工具钢，先在 970℃保温 5～15min 后在油中淬火。除去刃口面及定径区的氧化皮 2. 磨刃口凹圆锥 3. 磨定径区、出口圆锥、出口区 4. 精磨定径区、刃口凹圆锥 5. 淬火后硬度为 60～80HRC（W18Cr4V 时）
黄铜	88° 5°～7° φ15 φ40 1.5～2.0 25	YG8 YG15	1.5～2.0	1. 磨刃口圆锥 2. 磨定径区、出口圆锥、出口区 3. 精磨定径区、刃口圆锥
铅黄铜	80.5° 7° φ15 φ40 25	YG8 YG15	—	1. 磨刃口工作面 2. 磨出口圆锥、出口区 3. 精磨刃口工作面、出口圆锥
青铜、铜镍合金	88° 5° φ15 φ40 25 2～3	YG8 YG15	2～3	1. 磨刃口圆锥 2. 磨定径区、出口圆锥、出口区 3. 精磨定径区、刃口圆锥

7.3.6 模子的质量检查

模子检查包括：表面质量、模孔的形状、尺寸等。质量检查不应限于成品，而在加工过程中要进行中间质量检查，这样可以减少废品，保证模子的质量。

(1) 模子表面质量的检查 一般用肉眼、放大镜或显微镜进行观察模孔表面质量，也可根据磨光后抛光的余量和抛光使用的磨料判定模孔表面质量。

(2) 模孔形状和尺寸的检查 一般采用直接测量，适用于大尺寸模孔和未镶套时透明的金刚石模孔的检查。模孔各区形状和尺寸检查的一些通用方法见表 7-20。

表 7-20　检查模孔方法表

检查部位		检查方法
定径区	名义直径	测量线材通过该模子拉出后的直径
	实际直径	用工具、显微镜测量
	横断面形状	用光学投影法测量
	纵向长度	把线材从模孔中拉出一段后,出口处涂以使线变色的药剂,再反向拉,测量未变色的圆柱部分的长度
变形区	纵向长度	浇铸易熔材料(蜡、石膏、铅锡合金)于模孔入口,测量凝固后取出的铸型
	纵向断面形状及锥角	用量规粗略测量 从模孔拉出一段后,对反拉回的线段(或易熔材料的铸型)用显微镜观测形状及锥角 对得到的锥形线段或用铸型方法得到的锥形段,用光学投影器放大方法进行测量 利用光学反射器原理制成的光学仪器,确定锥角
润滑区	形状和长度	浇铸易熔材料,于模孔入口测量凝固后取出的铸型
各区过渡	圆滑性	用肉眼或通过放大镜观察模孔,观察用上述方法得到的铸型

在下列相对密度时每千米线材的质量/g

直径/mm	横断面积/×10⁻⁶ mm²	8.89 T2, QCr0.5, B19, BMn40-1.5	8.80 QSn6.5-0.4, QSn4-3, QCd1.0	8.70 BZn15-20, BMn3-12	8.60 H68	8.50 HPb59-1	8.40 H62, QSi3-1
0.010	78.53982	0.69822	0.69115	0.68330	0.67544	0.66759	0.65973
0.011	95.03318	0.84484	0.83629	0.82679	0.81729	0.80778	0.79828
0.012	113.09734	1.00544	0.99526	0.98395	0.97264	0.96133	0.95002
0.014	153.93804	1.36851	1.35465	1.33926	1.32387	1.30847	1.29308
0.016	201.06193	1.78744	1.76934	1.74924	1.72913	1.70903	1.68892
0.018	254.46900	2.26223	2.23933	2.21388	2.18843	2.16299	2.13754
0.020	314.15927	2.79288	2.76460	2.73319	2.70177	2.67035	2.63894
0.022	380.13271	3.37938	3.34517	3.30716	3.26914	3.23113	3.19312
0.025	490.87385	4.36387	4.31969	4.27060	4.22152	4.17243	4.12334
0.028	615.75216	5.47404	5.41186	5.35704	5.29547	5.23389	5.17232
0.030	706.85835	6.28397	6.22035	6.14967	6.07898	6.00830	5.93761
0.032	804.24772	7.14976	7.07738	6.99696	6.91653	6.83611	6.75568
0.034	907.92028	8.07141	7.98970	7.89891	7.80811	7.71723	7.62653
0.036	1017.87602	9.04892	8.95731	8.85552	8.75373	8.65195	8.55016
0.038	1134.11495	10.08228	9.98021	9.86680	9.75339	9.63998	9.52657
0.040	1256.63706	11.17150	11.05841	10.93274	10.80708	10.68142	10.55575
0.042	1385.44236	12.31658	12.19190	12.05335	11.91480	11.77626	11.63772
0.045	1590.43128	14.13893	13.99580	13.83675	13.67771	13.51867	13.35962
0.050	1963.49541	17.45547	17.27876	17.08241	16.88606	16.68971	16.49336
0.053	2206.18344	19.61297	19.41441	19.19380	18.97318	18.75256	18.53194
0.056	2463.00864	21.89615	21.67448	21.42818	21.18187	20.93557	20.68927
0.06	2827.43385	25.13589	24.88142	24.59867	24.31593	24.03313	23.75044
0.063	3117.24531	27.71231	27.43176	27.12003	26.80831	26.49659	26.18486
0.067	3525.65236	31.34304	31.02574	30.67318	30.32061	29.96805	29.61548
0.070	3848.45100	34.21272	33.86637	33.48152	33.09668	32.71183	32.32699
0.075	4417.86467	39.27481	38.87721	38.43542	37.99364	37.55185	37.11006
0.080	5026.54825	44.68601	44.23363	43.73097	43.22832	42.72566	42.22301
0.085	5674.50173	50.44632	49.93562	49.36817	48.80072	48.23327	47.33582
0.090	6361.72512	56.55573	55.98318	55.34701	54.71084	54.07766	53.43849
0.095	788.21842	63.01426	62.37632	61.67750	60.95868	60.24986	59.54104

附录2　直径 0.10～20.00mm 的铜及铜合金的横断面积及质量

在下列相对密度时每千米线材的质量/g

直径/mm	横断面积/mm²	8.89 T2,QCr0.5,B19,BMn40-1.5	8.80 QSn6.5-0.4,QSn4-3,QCd1.0	8.70 BZn15-20,BMn3-12	8.60 H68	8.50 HPb59-1,	8.40 H62,QSi3-1
0.10	0.00785	0.06982	0.06912	0.06833	0.06754	0.06676	0.06597
0.11	0.00950	0.08448	0.08363	0.08269	0.08177	0.08078	0.07983
0.12	0.01131	0.10054	0.09953	0.09840	0.09727	0.09613	0.09500
0.13	0.01327	0.11800	0.11680	0.11547	0.11415	0.11282	0.11150
0.14	0.01539	0.13685	0.13547	0.13393	0.13239	0.13085	0.12931
0.15	0.01767	0.15710	0.15551	0.15374	0.15197	0.15021	0.14844
0.16	0.02011	0.17874	0.17693	0.17492	0.17291	0.17090	0.16889
0.18	0.02545	0.22622	0.22393	0.22139	0.21884	0.21630	0.21375
0.20	0.03142	0.27929	0.27646	0.27332	0.27018	0.26704	0.26389
0.25	0.04909	0.43639	0.43197	0.42706	0.42215	0.41724	0.41233
0.30	0.07069	0.62840	0.62204	0.61497	0.60790	0.60083	0.59376
0.36	0.10179	0.90489	0.89573	0.88555	0.87537	0.86519	0.85502
0.40	0.12566	1.11715	1.10584	1.09327	1.08071	1.06814	1.05558
0.45	0.15904	1.41389	1.39958	1.38368	1.36777	1.35187	1.33596
0.50	0.19635	1.74555	1.72788	1.70824	1.68861	1.66897	1.64934
0.56	0.24630	2.18961	2.16745	2.14282	2.11819	2.09356	2.06893
0.60	0.28274	2.51359	2.48814	2.45987	2.43159	2.40331	2.37504
0.67	0.35257	3.13430	3.10257	3.06732	3.03206	2.99680	2.96155
0.70	0.38481	3.42127	3.38664	3.34815	3.30967	3.27118	3.23270
0.75	0.44179	3.92748	3.88772	3.84354	3.79936	3.75519	3.71101
0.80	0.50265	4.46860	4.42336	4.37310	4.32283	4.27257	4.22230
0.90	0.63617	5.65557	5.59832	5.53470	5.47108	5.40777	5.34385
1.00	0.78540	6.98219	6.91150	6.83296	6.75442	6.67588	6.59734
1.10	0.95033	8.44845	8.36292	8.26788	8.17285	8.07762	7.98279
1.20	1.13097	10.05435	9.95257	9.83947	9.72637	9.61327	9.50018

直径/mm	横断面积/mm²	在下列相对密度时每千米线材的质量/g					
		8.89	8.80	8.70	8.60	8.50	8.40
		T2,QCr0.5,BI9,BMn40-1.5	QSn6.5-0.4,QSn4-3,QCd1.0	BZn15-20,BMn3-12	H68	HPb59-1,	H62,QSi3-1
1.30	1.32732	11.79990	11.68044	11.54771	11.41498	11.28224	11.14951
1.40	1.53938	13.68509	13.54655	13.39261	13.23867	13.08473	12.93079
1.50	1.76715	15.70993	15.55088	15.37417	15.19745	15.02074	14.84403
1.60	2.01062	17.87441	17.69345	17.49239	17.29133	17.09026	16.88920
1.70	2.26980	20.17853	19.97425	19.74727	19.52029	19.29331	19.06633
1.80	2.54469	22.62299	22.39327	22.13880	21.88433	21.62987	21.37540
1.90	2.83529	25.20570	24.95053	24.66700	24.38347	24.09994	23.81641
2.00	3.14159	27.92876	27.64602	27.33186	27.01770	26.70354	26.38938
2.10	3.46361	30.79146	30.47073	30.13337	29.78701	29.44065	29.09429
2.20	3.80133	33.79380	33.45168	33.07155	32.69141	32.31128	31.93115
2.4	4.52389	40.21741	39.81026	39.35787	38.90548	38.45309	38.00070
2.5	4.90874	43.63869	43.19690	42.70602	42.21515	41.72428	41.23340
2.6	5.30929	47.19960	46.72177	46.19084	45.65991	45.12898	44.59805
2.8	6.15752	54.74037	54.18619	53.57044	52.95469	52.33893	51.72318
3.0	7.06858	62.83971	62.20353	61.49668	60.78982	60.08296	59.37610
3.2	8.04248	71.49762	70.77380	69.96955	69.16530	68.36106	67.55681
3.4	9.07920	80.71411	79.89698	78.98906	78.08114	77.17322	76.26530
3.6	10.17876	90.48918	89.57309	88.55521	87.53734	86.51946	85.50159
3.8	11.34115	100.82282	99.80812	98.66800	97.53389	96.39977	95.26566
4.0	12.56637	111.71503	110.58406	109.32742	108.07079	106.81415	105.55751
4.2	13.85442	123.16583	121.91893	120.58349	119.14804	117.76260	116.37716
4.5	15.90431	141.38934	139.95795	138.36752	136.77709	135.18686	133.59623
4.8	18.09557	160.86965	159.24105	157.43149	155.62193	153.81237	152.00282
5.0	19.63495	174.55474	172.78760	170.82410	168.86061	166.89711	164.93361
5.3	22.06183	196.12971	194.14414	191.93796	189.73178	187.52559	185.31941

在下列相对密度时每千米线材的质量/g

直径/mm	横断面积/mm²	8.89 T2,QCr0.5,B19,BMn40-1.5	8.80 QSn6.5-0.4,QSn4-3,QCd1.0	8.70 BZn15-20,BMn3-12	8.60 H68	8.50 HPb59-1,	8.40 H62,QSi3-1
5.6	24.63009	218.96147	216.74476	214.28175	211.81874	209.35573	206.89273
6.0	28.27434	251.35887	248.81418	245.98674	243.15931	240.33128	237.50444
6.3	31.17245	277.12311	274.31759	271.20034	268.08310	264.96585	261.34861
6.7	35.25652	313.43049	310.25741	306.73176	303.20610	299.68045	296.15480
7.0	38.48451	342.12729	338.66369	334.81524	330.96679	327.11834	323.26988
7.5	44.17865	392.74817	388.77209	384.35423	379.93636	375.51850	371.10063
8.0	50.26548	446.86014	442.33625	437.30970	432.28315	427.25660	422.23005
8.5	56.74502	504.46320	499.35615	493.68165	488.00715	482.33265	476.65815
9.0	63.61725	565.55736	559.83181	553.47009	547.10836	540.74663	534.38491
9.5	70.88218	630.14261	623.76322	616.67500	609.58678	602.49857	585.41035
10.0	78.53982	698.21897	691.15038	683.29640	675.44242	667.58844	659.73446
11.0	95.03318	844.84495	836.29196	826.78865	817.28533	807.78201	798.27869
12.0	113.09734	1005.43532	995.25656	983.94682	972.63709	961.32736	950.01762
13.0	132.73229	1179.99005	1168.04414	1154.77091	1141.49769	1128.22446	1114.95123
14.0	153.93804	1368.50918	1354.65475	1339.26095	1323.86714	1308.47334	1293.07654
15.0	176.71459	1570.99267	1555.08836	1537.41690	1519.74544	1502.07398	1484.40252
16.0	201.06193	1787.44055	1769.34498	1749.23878	1729.13259	1709.02640	1688.92020
17.0	226.98007	2017.85281	1997.42461	1974.72660	1952.02859	1929.33059	1906.63258
18.0	254.46900	2262.22945	2239.32724	2213.88033	2188.43343	2162.98653	2137.53963
19.0	283.52874	2520.57046	2495.05288	2466.70000	2438.34713	2409.99426	2381.64138
20.0	314.15927	2792.87587	2764.60153	2733.18561	2701.76968	2670.35375	2638.93783

参 考 文 献

[1] 重有色金属材料手册编写组编. 重有色金属材料加工手册：第一分册. 北京：冶金工业出版社，1980.

[2] 东北工学院，中南矿业学院. 有色金属及合金管棒线型生产. 北京：中国工业出版社，1962

[3] ［前苏联］米列尔 ДЕ 主编. 有色金属及合金加工手册. 子群，刘欣等译校. 北京：中国工业出版社，1965.

[4] 温景林，丁桦，曹富荣等编. 有色金属挤压与拉拔技术. 北京：化学工业出版社，2007.

[5] 杨守山主编. 有色金属塑性加工学. 北京：冶金工业出版社，1983.

[6] 钟卫佳主编. 铜加工技术实用手册. 北京：冶金工业出版社，2006.

[7] 田荣璋，王祝堂主编. 铜合金及其加工手册. 长沙：中南大学出版社，2002.

[8] ［前苏联］德涅斯特罗夫斯基 НЗ 著. 有色金属及合金的拉伸. 吴庆龄，丁修塑合译. 北京：冶金工业出版社，1957.

[9] ［前苏联］古布金 СИ. 金属压力加工原理. 梁炳文译，唐荣锡，刘世宁等校. 北京：高等教育出版社，1957.

[10] 彭大暑主编. 金属塑性加工原理. 长沙：中南大学出版社，2004.

[11] 陈森灿，叶庆荣编著. 金属塑性加工原理. 北京：清华大学出版社，1991.

[12] 上海市冶金工业局孔型学习班编. 孔型设计上册. 上海：上海人民出版社，1977.

[13] 赵松筠，唐文林编. 型钢孔型设计. 第2版. 北京：冶金工业出版社，2000.

[14] 中国材料工程大典编委会编. 中国材料工程大典：第20卷. 北京：化学工业出版社，2006.

[15] 樊东黎主编. 热加工工艺规范. 北京：机械工艺出版社，2003.

[16] 赵国权，贺家齐，王碧文等编著. 铜回收、再生与加工技术. 北京：化学工业出版社，2007.

[17] 王碧文，王涛，王祝堂编著. 铜合金及其加工技术. 北京：化学工业出版社，2007.

[18] 黄德彬主编. 有色金属材料手册. 北京：化学工业出版社，2005.

[19] 梁治齐主编. 实用清洗技术手册. 第2版. 北京：化学工业出版社，2005.

[20] 孙兆渭译. 车挤细线新工艺——制造超细线的一项新技术. 国外电线电缆，1980，（1）：8-12.

[21] 倪克煌译. 用超微轧机代替大拉制线的效果. 国外电线电缆，1980，（2）：36-38.

[22] 赵允恭. 西欧铜线生产技术的一些发展趋向. 国外电线电缆，1980，（4）：1-6.

[23] 舒展福. 电缆工业拉线技术的现状和发展方向. 国外电线电缆，1980（3）：9-13.

[24] 李友胜，顾天成. 铜、铝导体的生产工艺和设备的最新发展. 国外电线电缆，1980（5）：7-13.